LA FABRIQUE DE POUPÉES

Elizabeth Macneal

LA FABRIQUE DE POUPÉES

Roman

Traduit de l'anglais (Grande-Bretagne)
par Karine Guerre

PRESSES DE LA CITÉ

Titre original : *The Doll Factory*
L'édition originale de cet ouvrage a paru en 2019 chez Picador, une filiale de Pan Macmillan, Londres.

Ce livre est une œuvre de fiction. Les noms, les personnages, les lieux et les événements sont le fruit de l'imagination de l'auteur ou sont utilisés fictivement. Toute ressemblance avec des personnes réelles, vivantes ou mortes, serait pure coïncidence.

ISBN 978-2-258-16160-3
Dépôt légal : octobre 2019

Presses de la Cité — un département **place des éditeurs**

place des éditeurs

À Enid et Arthur

Londres

Novembre 1850

Une aquarelle

Un soir, aux heures les plus sombres et silencieuses de la nuit, une jeune fille s'installe à une petite table dans la cave d'un magasin de poupées. En face d'elle, une tête en porcelaine peinte la fixe de ses yeux vides de toute expression. La jeune fille presse deux tubes d'aquarelle, un rouge et un blanc, dans une coquille d'huître, suçote la pointe de son pinceau et oriente le miroir vers son visage. La mèche de la bougie émet un sifflement. La jeune fille se penche vers le papier blanc en plissant les paupières.

Elle ajoute un peu d'eau dans la coquille pour délayer les couleurs afin d'obtenir des nuances proches de celle de sa peau. Son premier coup de pinceau vient frapper la feuille comme une gifle. Le papier, épais, pressé à froid, ne se déforme pas.

La bougie étire les ombres, et la masse de ses cheveux se fond dans l'obscurité. Elle continue son autoportrait, trace le menton d'un trait, dépose une pointe de blanc sur les pommettes prises dans la lueur de la flamme. Elle reproduit fidèlement ses défauts : ses yeux trop espacés, sa clavicule distordue. Sa sœur et sa patronne dorment à l'étage. Chaque fois qu'elle effleure le papier, le chuintement du pinceau lui paraît assourdissant – une intrusion, un cri d'alarme qui pourrait les réveiller.

Elle fronce les sourcils. Elle s'y est mal prise : son visage est trop petit, il flotte au-dessus d'un grand espace vierge au lieu de remplir la page. Dire qu'elle a économisé une semaine sur ses gages pour s'offrir cette feuille de papier ! La voilà gâchée, à présent. Elle aurait dû commencer par dessiner les contours de son visage au lieu de se précipiter.

De longues secondes s'écoulent ainsi, sans que rien ne bouge : la jeune fille, le portrait, la bougie. Son cœur fait des ricochets dans sa poitrine ; la tête de la poupée la fixe de ses yeux vides. Elle ferait mieux de retourner se coucher. Plus elle attend, plus elle risque de se faire prendre.

Pourtant, elle se penche de nouveau vers le miroir et approche la bougie de son visage. C'est un bel objet, en cire d'abeille et non en suif, chipé dans les provisions bien cachées de sa maîtresse. Elle trempe son index dans la cire chaude et s'amuse à former un creux de la taille d'un dé à coudre. Puis elle pose la main sur la flamme – combien de temps va-t-elle tenir ? – jusqu'à ce qu'elle entende grésiller le fin duvet qui pousse sur ses doigts.

Première Partie

« Ce cœur abrite sûrement quelque chose qui n'est pas périssable, et la vie est bien plus qu'un songe. »

Mary Wollstonecraft,
Lettres de Scandinavie, écrites durant un court séjour en Suède, en Norvège et au Danemark (1796)

« Un objet de beauté est une joie éternelle :
Son charme ne fait que croître ; et jamais
Ne sombrera au néant, mais restera toujours
Pour nous un havre de calme, un sommeil
Plein de doux rêves, de santé,
et d'un calme respir. »

John Keats,
Endymion (1818)

Chez Silas Reed, magasin de curiosités, objets anciens et modernes

Silas est assis à son établi, une tourterelle empaillée au creux de la main. N'était le bruit de son souffle qui hérisse les plumes de l'oiseau à intervalles réguliers, la cave serait aussi muette qu'une tombe.

Il plisse les lèvres en travaillant. Sous la lumière de la lampe, son visage n'est pas vilain à regarder. Il n'a pas le crâne dégarni ni les tempes grisonnantes des hommes de son âge : ses cheveux sont restés sombres et épais, malgré ses trente-huit ans. Il relève la tête et fait courir son regard sur les grandes jarres alignées le long des murs ; chacune d'elles, soigneusement étiquetée, renferme un spécimen conservé dans du vinaigre. Agneaux, serpents, lézards et chatons ballonnés se pressent contre les parois de leur prison de verre.

« N'essaie pas de m'échapper maintenant, petite crapule », murmure-t-il en saisissant une pince pour resserrer le fil qui traverse les griffes de l'oiseau.

Il aime parler à ses créatures, imaginer les circonstances qui les ont amenées jusqu'à sa table de dissection. Après avoir envisagé plusieurs scénarios possibles pour cette ravissante tourterelle des bois (semeuse de troubles sur les péniches empruntant le canal ou passagère clandestine sur l'*Odyssée*, nichée au creux d'une voile ?), il a opté pour une de ses variantes préférées, faisant d'elle une voleuse de cresson, toujours prête à fondre sur les jeunes marchandes ambulantes. Il desserre les doigts, libérant l'oiseau, qui se dresse avec raideur sur son socle en bois.

« Ah, on fait moins la maligne, à présent ! s'exclame-t-il en repoussant les cheveux qui lui tombent dans les yeux. Tu n'en serais pas là si tu n'avais pas arraché ce bouquet de cresson des mains d'une pauvre enfant ! »

Silas est satisfait du travail accompli pour cette commande, d'autant plus qu'il a dû se hâter pour achever à temps les étapes finales. Il est convaincu que l'artiste sera content, lui aussi : non seulement la tourterelle est prête ce matin, comme prévu, mais elle est figée dans son envol, les ailes déployées en un « V » parfait, ainsi qu'il l'avait exigé. En outre, Silas s'est assuré un revenu supplémentaire en prélevant le cœur de l'oiseau : l'organe brun et plissé flotte maintenant avec d'autres dans un liquide jaunâtre et sera vendu à bon prix à un médecin ou à un apothicaire du quartier.

Silas remet de l'ordre dans l'atelier, essuyant et rangeant ses outils, avant d'emprunter l'échelle qui relie la cave à la boutique. La tourterelle à la main, il s'apprête à donner un coup d'épaule dans la trappe, quand le sifflement phtisique de la sonnette retentit à travers la maison.

Albie ? C'est possible : l'enfant vient souvent à cette heure matinale. Silas abandonne l'oiseau sur un meuble et traverse la boutique à grands pas, pressé de découvrir ce qu'Albie lui aura apporté. Pour être honnête, l'enfant ne lui a rien proposé d'intéressant ces derniers temps : des rats souffreteux, quelques vieux chats au crâne défoncé et même un pigeon affublé d'une patte plus courte que l'autre ont constitué ses seules trouvailles. (« Si vous saviez, mon bon monsieur, comme il est difficile de travailler en ce moment : les biffins récupèrent tout ce qu'ils peuvent pendant la nuit, les carcasses comme le reste ! ») Or, Silas se doit d'ajouter une pièce exceptionnelle à sa collection s'il souhaite la voir passer à la postérité. Il pense à la boulangerie située non loin de là, sur le Strand – un commerce au bord de la faillite qui peinait à écouler ses grosses miches de pain grisâtre, tout juste bonnes à caler le bas des portes, jusqu'à ce que le patron se lance dans la fabrication de fraises en conserve : mises en bocaux avec du sucre et du vinaigre, elles ont remporté un tel succès que la boulangerie, maintenant florissante, est citée dans les brochures destinées aux touristes.

Silas a souvent cru avoir trouvé la clé du succès, lui aussi – la pièce unique, exceptionnelle, qui ferait sa renommée –, mais, chaque fois, ses certitudes se sont effondrées sitôt l'animal empaillé : il fallait trouver mieux, beaucoup mieux ! Les anatomistes qu'il admire, qu'il s'agisse de collectionneurs ou de grands professeurs de médecine comme John Hunter ou Astley Cooper, ne manquent pas de spécimens, eux ! Combien de fois Silas a-t-il tendu l'oreille pour écouter les conversations des carabins dans les cabarets situés en face de la faculté de médecine ? Avec quelle jalousie n'a-t-il pas entendu le récit des dissections que ces jeunes gens avaient pratiquées quelques heures auparavant ? Silas ne fraie pas dans les mêmes milieux et il a moins de relations que les médecins, mais il est convaincu, absolument convaincu, qu'Albie finira par lui apporter une pièce remarquable – oui, *remarquable* ! Cette seule pensée le fait trembler. Son nom sera alors gravé au fronton d'un muséum, et son travail, l'œuvre de toute une vie, enfin reconnu à sa juste valeur. Les yeux mi-clos, il s'imagine gravir les marches du bâtiment avec Flick, son amie d'enfance : parvenus sous le fronton, tous deux lèvent les yeux vers son patronyme inscrit dans le marbre. Ivre de fierté, Flick glisse un bras autour de sa taille, tandis qu'il se penche vers son oreille. « C'est pour toi que j'ai fait tout ça, chuchote-t-il. Pour toi seule ! »

Sourire aux lèvres, Silas ouvre la porte de la boutique à la volée. Hélas, ce n'est pas Albie. Et les visites suivantes ne font qu'accroître sa déception. D'abord, c'est une femme de chambre venue acheter un colibri empaillé pour sa maîtresse, soucieuse d'embellir un de ses chapeaux ; puis c'est un gamin en veste de velours qui observe longuement le contenu de chaque vitrine avant de se décider pour une broche ornée d'un papillon, que Silas lui cède avec une moue dédaigneuse. Agacé par ces clients, il ne se déplace que pour glisser leurs pièces de monnaie dans sa bourse en peau de chien. Entre chaque visite, il se replonge dans la lecture d'un article du *Lancet* : il peine à saisir le sens d'une des phrases, qu'il relit interminablement en suivant les mots du bout du doigt : « La tu-meur qui sé-pare l'os na-vi-cu-laire... » Son existence est rythmée par les coups de sonnette. À l'étage, une chambre mansardée ; au sous-sol, un atelier plongé dans la pénombre. Toute sa vie est là, entre la cave et le grenier.

Ce matin, comme souvent, il se désole de constater que les objets les moins intéressants sont ceux qui lui permettent de payer son loyer. Les goûts et les couleurs ne se discutent pas, Silas l'admet volontiers, mais le mauvais goût des petites gens l'exaspère. La plupart de ses clients n'accordent pas un regard aux trésors que recèle sa boutique enténébrée – un crâne de lion vieux d'une centaine d'années, un éventail taillé dans des fanons de baleine, un singe empaillé sous une cloche de verre – et se précipitent vers la vitrine consacrée aux lépidoptères. Elle renferme des ailes de papillon rouge vif, que Silas a plaquées entre deux lamelles de verre ; les plus petites peuvent servir de pendentifs, les autres sont purement décoratives. De simples babioles que ses clients pourraient fabriquer eux-mêmes s'ils avaient un peu d'imagination. En fait, seuls les artistes et les apothicaires lui donnent l'occasion de réaliser des pièces qui le passionnent vraiment.

En fin de matinée, alors que l'horloge sonne la onzième heure, on toque de nouveau contre le battant – un coup léger, vite suivi par le sifflement de la sonnette dans la cave.

Silas se précipite vers la porte. À cette heure-ci, songe-t-il, ce sera encore un gamin sans le sou. (« Et pour deux pence, m'sieur, qu'est-ce que je peux avoir ? ») Et si c'est Albie, le gosse n'aura sans doute rien de mieux à lui proposer qu'une vilaine chauve-souris ou un chien pouilleux tout juste bon à finir en ragoût !

Il tire le battant. Son cœur s'accélère à la vue du gamin planté sur le seuil.

« Ah, c'est toi, Albie », dit-il en s'efforçant de modérer le tremblement de sa voix.

Tandis que le brouillard qui flotte sur la Tamise s'immisce dans la pièce comme un long serpent grisâtre, le gamin se fend d'un grand sourire. Il prétend avoir dix ans (« J'le sais, mon bon monsieur, parce que je suis né le jour où la reine Victoria a épousé le prince Albert »), mais il en paraît davantage, sans doute parce qu'il a perdu toutes ses dents : il ne lui reste qu'une incisive jaunie, plantée au milieu de sa gencive supérieure comme une potence.

« J'ai une sacrée bestiole à vous proposer aujourd'hui, assure-t-il. Et bien fraîche, avec ça ! »

Silas lance un regard vers l'impasse bordée de bâtisses délabrées. Elles ressemblent à une rangée d'ivrognes plus vacillants les uns que les autres.

« Eh bien, montre-moi ça, répond-il en lui pinçant le menton pour lui montrer qui est le maître. Qu'as-tu déniché, cette fois-ci ? La patte avant d'un mégalosaure ? Une tête de sirène ?

— Regent Canal est trop froid en ce moment pour

les sirènes, m'sieur Reed. Et pour ce qui est de l'autre bestiole, le méga-machin-chose dont vous parlez, il m'a chargé de vous dire qu'il vous léguera sa rotule le jour où il claquera sa pipe.

— C'est gentil de sa part. »

Le gamin se mouche dans la manche de sa veste, avant de reprendre :

« Sérieusement, m'sieur, j'vous ai trouvé un vrai bijou. D'ailleurs, j'vous le céderai pas à moins de deux shillings ! Mais j'vous préviens : il n'est pas aussi rouge que vos papillons préférés. Il n'est pas rouge du tout, à vrai dire. »

Tout en parlant, le gamin entreprend de dénouer la cordelette qui ferme son sac. Sitôt entrouvert, celui-ci laisse échapper une bouffée d'air putride. Silas porte la main à son nez. Il ne supporte pas l'odeur de la mort. Sa boutique ressemble plus à une pharmacie qu'à un cabinet de curiosités : il livre chaque jour un combat sans merci contre la poussière de charbon, les poils des animaux et, surtout, contre la *puanteur*. Celle qui monte du sac du gamin lui donne la nausée. Il aimerait déboucher la fiole remplie d'huile de lavande qu'il a glissée dans la poche de son gilet et en déposer quelques gouttes sur sa lèvre supérieure, mais il craint de distraire le gamin – difficile pour lui de se concentrer plus de quelques minutes, même dans ses meilleurs jours. Pour l'heure, Albie lui jette un regard malicieux tout en faisant mine de lutter contre l'animal enfermé dans son sac.

Silas esquisse un sourire forcé. La désinvolture et les plaisanteries de ce garnement l'insupportent. Incapable d'en rire, il se replie sur lui-même ; pire, il se revoit au même âge, dix ans à peine, traînant de lourds sacs de kaolin à travers la cour de la manufacture, les bras meurtris par les poings de sa mère. Ses souvenirs sont si vifs qu'il se demande parfois s'il a vraiment quitté cette misérable existence. Pourtant, il a grandi et forci avec le temps. Pourquoi ne parvient-il pas à tenir en respect ce chenapan, ce petit vagabond édenté ?

Il garde le silence, feint d'étouffer un bâillement, mais suit les gestes du gamin d'un regard oblique – un regard de crocodile, si fixe qu'il trahit son intérêt.

Un sourire satisfait aux lèvres, Albie repousse enfin la toile de jute, dévoilant deux chiots morts. Ou plutôt, ce que Silas prend d'abord pour deux chiots... En réalité, la créature dont il s'empare possède huit pattes, mais une seule nuque. Et une seule tête au crâne ouvert.

Des siamois.

Abasourdi, Silas fait courir son doigt le long de la jointure qui unit les deux petits corps, histoire de vérifier que tout ceci n'est pas une farce. Albie est parfaitement capable de les avoir cousus ensemble pour empocher quelques pennies supplémentaires. Puis il présente la créature sous la lampe, observe ses contours, tâte ses pattes et ses vertèbres.

« Pas mal, murmure-t-il. Pas mal du tout.

— J'en veux deux shillings, déclare Albie. Pas moins. »

Silas éclate de rire.

« Un shilling, réplique-t-il en sortant sa bourse. Pas plus. Mais tu peux entrer, si tu veux. Et visiter mon atelier. »

Albie secoue la tête. Il recule d'un pas et jette un regard par-dessus son épaule. Il semble effrayé, mais reprend vite contenance. Quand Silas pose un shilling dans sa paume, il s'esclaffe et crache avec dédain sur les pavés.

« C'est tout ? Vous voulez m'affamer, ou quoi ? »

Silas referme sa porte et demeure sourd aux coups que le gamin frappe contre le battant.

Il s'appuie sur une vitrine pour reprendre son équilibre. L'émotion le fait chanceler. Il baisse les yeux pour s'assurer que les chiots sont encore là. Oui, ils sont là, plaqués contre son torse comme une poupée de chiffon. Leurs huit pattes se balancent doucement, brunes et soyeuses. On dirait de petites taupes. Ils n'ont sans doute pas vécu plus de quelques minutes.

Silas sourit. Il la tient, sa merveille. Sa fraise au vinaigre.

Le gamin

Après que Silas lui a fermé la porte au nez, Albie glisse la pièce dans sa bouche et la coince entre sa dent de devant et sa gencive – juste parce qu'il a vu sa sœur faire pareil. Le métal a un petit goût sucré. Albie est content. Il ne s'attendait pas à rafler deux shillings. En fait, c'est pour en avoir un qu'il en a demandé deux. Qu'aurait-il gagné s'il s'était contenté de réclamer un shilling ? Il hausse les épaules, recrache la pièce de monnaie et la fourre dans sa poche. Il va s'offrir un bol d'oreilles de cochon bouillies pour le déjeuner, puis il donnera le reste de l'argent à sa sœur. Avant cela, il a encore une course à faire, et il est déjà en retard.

Comme chaque matin, il a emporté deux sacs en toile : le sac aux bestioles, et un autre, qui contient les petites jupes qu'il a cousues pendant la nuit. Il veille à ne jamais les confondre. Parfois, quand il remet le sac à la patronne du magasin de poupées, il craint de les avoir mélangés, et un frisson de terreur lui transperce le cœur. Il n'aimerait pas voir la tête que ferait Mme Salter si elle découvrait un tas de rats véreux au fond du sac.

Il souffle sur ses poings pour les réchauffer, puis s'élance vers la sortie de l'impasse. Il zigzague d'une rue à l'autre sur ses jambes grêles et file vers l'ouest à travers la boue de Soho, où des catins aux traits tirés le suivent des yeux comme de vieux chats regardant passer une mouche.

Lorsqu'il surgit dans Regent Street, il jette un œil à la boutique qui vend des dentiers pour quatre guinées, frappe sa seule dent du bout de la langue, puis trébuche et se retrouve nez à nez avec une voiture à cheval. L'animal hennit et se cabre. Albie fait un saut de côté et parvient à surmonter sa peur en s'en prenant au cocher. « Eh, mon gars, regarde où tu vas ! » s'écrie-t-il. Avant que l'homme ait pu répliquer ou lui donner un coup de fouet, Albie traverse la rue en courant et franchit le seuil du grand magasin de poupées de Mme Salter.

Le grand magasin de poupées de Mme Salter

Iris passe l'ongle de son pouce sur les coutures des jupes miniatures, prête à écraser les puces dissimulées dans les replis du tissu. Remarquant un fil un peu trop long, elle tire dessus et fait un nœud pour l'arrêter.

Bien qu'il soit presque midi, la patronne, Mme Salter, n'est pas encore levée. Assise derrière Iris, sa sœur jumelle travaille en silence, penchée sur son ouvrage.

« Pas de puces, c'est déjà ça ! dit Iris à Albie. Veille à couper les fils, la prochaine fois. La ville regorge de couturières qui vendraient leurs nouveau-nés pour te chiper ta place.

— Je sais, mam'zelle, mais ma sœur, elle a la grippe, et j'ai pas fermé l'œil de la nuit, occupé que j'étais à la soigner. Dans la journée, j'peux pas aller patiner, et c'est vraiment pas juste, vu que…

— Pauvre petit ! » Iris lance un regard derrière son épaule pour s'assurer que Rose n'écoute pas, puis elle reprend en baissant la voix : « Quoi qu'il arrive, n'oublie pas que tu travailles pour le diable en personne : Mme Salter se fiche pas mal de ce qui est juste ou injuste. L'as-tu déjà vue tirer la langue ? »

Albie secoue la tête.

« Elle est fourchue », assène Iris.

Le sourire qui éclaire le visage du gamin est si spontané, si dénué d'artifice, que la jeune femme voudrait l'embrasser. Ses cheveux d'un blond crasseux, sa bouche édentée, son visage maculé de suie : rien de tout cela n'est sa faute. Si le destin en avait voulu autrement, Albie serait né dans sa famille, à Hackney.

Elle glisse une petite pile de tissus dans le sac en toile, vérifie de nouveau que Rose ne la regarde pas, et tend une pièce de six pence au gamin. Elle l'avait mise de côté pour s'offrir une feuille de papier et un nouveau pinceau.

« Avec ça, tu achèteras du bouillon pour ta sœur. »

Albie lui lance un regard soupçonneux.

« Je ne plaisante pas, chuchote-t-elle.

— Merci, mam'zelle. »

Les yeux du garçon sont aussi noirs que des têtes d'épingle. Il s'empare de la pièce avec vivacité, comme s'il craignait qu'Iris ne change d'avis, et s'élance vers la porte. En sortant, il court déjà et manque de renverser le joueur d'orgue de Barbarie qui longe le trottoir. Furieux, l'homme lui donne un coup de canne.

Iris le suit des yeux jusqu'au coin de la rue, avant de s'autoriser à aspirer une grande bouffée d'air. Ce gamin a beau être affreusement sale, elle ne comprend pas pourquoi il dégage l'odeur ignoble des corps en décomposition.

La boutique de Regent Street est coincée entre deux confiseries concurrentes. Le conduit de cheminée étant fissuré, le Grand magasin de poupées de Mme Salter est envahi en permanence par une odeur de sucre en ébullition et de caramel brûlé. Il arrive à Iris de rêver qu'elle se gave de bonbons et de gelée de prune, de ravissants petits gâteaux décorés de boudins de pâte multicolore et chapeautés de crème chantilly, ou qu'elle chevauche des éléphants en pain d'épice jusqu'à Buckingham Palace. D'autres soirs, le rêve tourne au cauchemar, et elle se noie dans une marmite de mélasse bouillante.

Aux premiers temps de leur apprentissage chez Mme Salter (que cette femme soit, ou ait été, réellement mariée demeure un mystère), Iris était fascinée par leur nouveau lieu de travail. Ni elle ni sa sœur n'étant agréables à regarder (elle souffre d'une déformation de la clavicule et Rose a le visage grêlé par la petite vérole), Iris s'attendait à être reléguée dans le cellier situé au sous-sol de la maison. Au lieu de quoi les jumelles ont été conduites, dès le premier jour, vers la grande table dorée dressée au milieu de la boutique, afin que les clients intéressés puissent les regarder travailler. Mme Salter les a munies de peintures en poudre et de minuscules pinceaux en poil de renard pour colorer les pieds, les mains et le visage des poupées. Iris se doutait que leurs journées seraient longues, mais elle ne se lassait pas d'admirer les vitrines en ébène dressées le long des murs et leurs étagères cirées garnies de poupées. Elle appréciait aussi le feu de cheminée et la lumière que dispensaient généreusement les bougies fichées dans des chandeliers dorés.

À présent, assise près de sa sœur au milieu de la boutique, une poupée dans une main, un pinceau usé dans l'autre, Iris peine à retenir un bâillement. Jamais elle n'aurait imaginé que puisse exister pareille fatigue. Elle trime davantage entre ces quatre murs que dans une usine et titube d'épuisement. Elle aimerait enduire de suif ses mains gercées par les rigueurs de l'hiver, mais elle se l'interdit, sous peine de voir le pinceau glisser entre ses doigts et barbouiller de peinture les lèvres et les joues des poupées. Elle pose un regard désabusé sur les vitrines (en chêne peint en noir, et non en ébène), les chandeliers (dont la peinture dorée s'écaille sous la chaleur des flammes) et sur la partie du mobilier qu'elle déteste le plus : la longue bande de tapis élimé que Mme Salter parcourt de long en large du matin au soir. Usé jusqu'à la trame, il est maintenant plus fin que les rares cheveux dressés sur la tête de la patronne. L'odeur écœurante des caramels en train de cuire, le manque d'air et le regard fixe des dizaines de poupées alignées sur les étagères confèrent aux lieux l'aspect d'une crypte. Par moments, Iris a l'impression de suffoquer.

« Morte ou vivante ? » chuchote-t-elle à sa sœur jumelle en poussant un daguerréotype vers elle.

La petite image couleur sépia montre une enfant aux mains sagement croisées sur les genoux. Iris lève les yeux. Mme Salter vient d'entrer dans la boutique. Elle s'assied près de la porte et ouvre sa bible au dos craquelé par l'usage.

Espérant la faire taire, Rose la foudroie du regard. Bien qu'Iris en éprouve de la culpabilité, c'est l'un des rares plaisirs qui jalonnent ses journées ces derniers temps : scruter les daguerréotypes des clients et tenter de deviner si leurs enfants sont morts ou vivants. Pour une raison qu'elle ne parvient pas à s'expliquer, elle aime savoir si elle fabrique une poupée qui sera placée dans le cercueil d'une enfant décédée ou offerte à une gamine bien vivante.

Mme Salter tire l'essentiel de ses revenus de ces poupées fabriquées sur commande. Comme chaque année, l'hiver et son cortège de maladies ont doublé la charge de travail : les jumelles travaillent parfois jusqu'à vingt heures par jour, au lieu des douze heures habituelles, pour répondre à la demande des clients endeuillés. « Il est tout à fait normal, et même naturel, que vous souhaitiez rendre hommage à ce petit être cher, assure Mme Salter aux parents de sa voix la plus mielleuse. Comme l'écrit saint Paul aux Corinthiens, "nous aimons mieux être absents du corps et présents avec le Seigneur". L'âme de votre chérubin s'en est allée, et cette poupée sera le symbole du corps terrestre qu'il a laissé derrière lui. »

Il n'est pas toujours évident de savoir si les fillettes qui figurent sur les images sépia sont vivantes ou mortes, mais Iris a appris à décrypter les signes révélateurs. Dans certains cas, la réponse s'impose d'elle-même : l'enfant semble dormir, entourée de fleurs. Elle est maintenue en position assise par un dispositif ou par quelqu'un, dissimulé derrière une draperie. Et si d'autres personnes figuraient sur l'image, elles ont été surexposées lors du développement afin de ne laisser apparaître que l'enfant sur la plaque : ses traits étrangement nets jaillissent alors avec une fixité troublante d'un univers cotonneux.

« Vivante, décrète Iris à mi-voix. Ses yeux sont flous.

— Silence ! Pas de bavardages ! » aboie Mme Salter.

Sa voix tranchante a craqué dans l'air froid comme la flamme d'une allumette. Iris baisse la tête, puis trempe la pointe de son pinceau dans un godet de rose plus foncé afin de colorer l'intérieur des lèvres de la poupée. Elle n'ose plus lever les yeux : Mme Salter risquerait de la punir en lui pinçant violemment l'intérieur du coude.

La journée s'écoule, semblable à toutes les autres. Assises côte à côte, les deux sœurs parlent à peine, bougent à peine, ne s'interrompent que pour avaler un morceau de pain tartiné de gras de bœuf à l'heure du déjeuner.

Iris peint les visages des poupées et fixe les cheveux sur leurs têtes. Puis, si l'enfant du daguerréotype arbore des anglaises, elle façonne de belles boucles à l'aide d'un fer chauffé dans le poêle à charbon. Près d'elle, l'aiguille de Rose monte et descend comme l'archet d'un violoniste. Elle est chargée d'ajouter la passementerie aux jupes et aux corsages taillés et assemblés par les couturiers de la boutique pendant la nuit : rangées de perles, ruchés, franges et dentelles, boutons en velours à peine plus grands que des museaux de souris.

Identiques à la naissance, les jumelles sont aujourd'hui très différentes l'une de l'autre. Rose était considérée comme la plus jolie des deux lorsqu'elles étaient enfants, ce qui lui valait la préférence de leurs parents. Rose le devinait et s'accrochait à son statut de favorite comme à un trésor. La clavicule légèrement distordue d'Iris, une malformation qui pousse son épaule gauche vers l'avant, éveillait chez Rose un instinct de protection qui agaçait sa sœur par moments. (« Je ne suis pas invalide, tu sais ! » répliquait-elle quand sa jumelle lui prenait ses paquets des bras.) Il leur arrivait aussi de se quereller pour savoir qui aurait la plus grosse pomme de terre au dîner, qui sautait le plus longtemps à la corde ou qui avait la plus jolie écriture – mais elles savaient bien que chaque dispute, même la plus amère, serait suivie d'une réconciliation. Lovées devant la cheminée, jambes emmêlées, elles imaginaient alors à quoi ressemblerait Flora, la boutique de leurs rêves, avec ses bouquets d'iris et de roses fixés aux murs et ses étagères garnies de babioles aux motifs floraux.

Puis, à seize ans, Rose avait contracté la variole – et tout avait changé. La maladie ne l'avait pas emportée, mais la jeune fille aurait préféré y succomber – du moins l'affirmait-elle en observant les rougeurs qui envahissaient son visage et son corps, et la pustule qui boursouflait son œil gauche, devenu vitreux. Sa peau avait pris une teinte violacée et s'était couverte de cratères, qu'elle creusait en se grattant. Sur ses jambes, les cicatrices formaient des sillons indélébiles. « Pourquoi moi ? » geignait-elle d'une voix entrecoupée de sanglots. Ses plaintes s'arrêtaient là, mais une fois, une fois seulement, Iris l'avait entendue murmurer entre ses dents, si bas qu'elle avait cru se méprendre : « C'est *toi* qui aurais dû tomber malade ! »

Aujourd'hui, âgées de vingt et un ans, les jumelles ont de longs cheveux bruns aux reflets roux. Rose porte les siens comme une pénitence, drapés vers l'avant pour dissimuler ses joues variolées, tandis qu'Iris les natte dans le dos, révélant ainsi son visage à la peau douce et pâle, d'une perfection presque moqueuse. Aujourd'hui, elles ne rient plus et ne partagent plus leurs secrets à mi-voix au coin du feu. Elles ont cessé de parler de la boutique de leurs rêves.

Le matin, en ouvrant les yeux, Iris découvre parfois le regard de Rose posé sur elle – un regard si glacé, si dépourvu d'émotion, qu'il la terrifie.

Iris sent ses paupières s'alourdir comme si elles étaient cousues de plomb. Mme Salter s'entretient avec une cliente d'une voix mélodieuse.

« Nous exécutons chacune de nos commandes avec le plus grand soin. La porcelaine vient d'une excellente manufacture située dans le nord du pays. Nous travaillons main dans la main, comme une grande famille. Leurs ouvrières sont honnêtes et consciencieuses, rien à voir avec les modistes de Cranbourne Alley – des filles perdues qui braillent à longueur de journée pour vous vendre leur camelote ! »

Iris a beau enfoncer ses ongles dans sa cuisse pour ne pas s'endormir, elle s'affaisse sur sa chaise. Serait-ce si terrible de céder au sommeil ? Une minute ou deux, pas plus…

Sa sœur lui donne un violent coup sur le côté.

« Fichtre, Rosie ! gémit Iris en frottant son bras endolori. Tu m'as fait mal ! Ton coude est aussi pointu qu'une aiguille, ma parole !

— Si Mme Salter t'avait vue fermer les…

— Je n'en peux plus. Je t'assure ! »

Les yeux baissés, Rose gratte une cicatrice sur sa main. Elle ne répond pas.

« Dis-moi, reprend Iris à voix basse, où irions-nous si nous pouvions partir ? Si nous n'étions pas tenues de…

— Estime-toi heureuse de travailler ici. Que faire d'autre ? Tu partirais, toi ? Tu me laisserais seule, tu deviendrais une fille des rues ?

— Bien sûr que non ! Mais j'aimerais tant peindre autre chose ! De vrais tableaux, tu comprends ? Cesser de peinturlurer des poupées du matin au soir ! »

Elle s'aperçoit qu'elle a crispé les poings. Consciente de causer du chagrin à sa sœur, elle s'exhorte au calme. Elle n'est pour rien dans la variole qui a défiguré Rose. Pourtant, elle en paie le prix chaque jour, elle aussi. Recluse avec elle, à l'écart du monde. Sans amour et sans joie.

« Je n'en peux plus, répète-t-elle. Les poupées, Mme Satan… »

À l'autre extrémité de la boutique, Mme Salter tourne brusquement la tête. Un faucon n'aurait pas réagi plus vite. Rose sursaute et se pique le doigt.

La porte claque, poussée par une rafale de vent. Iris jette un regard vers la vitrine grise de poussière. La rue est encombrée de voitures à cheval. Leurs rideaux sont tirés, mais elle imagine sans peine les passagères, ces élégantes confortablement assises sur les banquettes, à l'abri du froid et de la boue.

Elle se mord les lèvres. Puis elle verse un peu de poudre bleue dans son godet et trempe pour la énième fois son pinceau dans le flacon rempli d'eau claire.

Les chiots

« Eh bien, mes jolis, chantonne Silas en se penchant vers les chiots posés sur son établi dans la cave de la boutique. Je suis navré de devoir en arriver là, mais si vous n'aviez pas chipé la pâte d'amandes de Maître-Queux, les choses se seraient peut-être passées autrement. Pas vrai, petits garnements ? » Il rit, amusé par l'histoire qu'il vient d'imaginer, et repousse la mèche de cheveux noirs qui s'est rabattue sur son visage. Puis il aligne trois scalpels de tailles différentes sur l'établi, à côté des siamois.

Silas a d'abord pensé conserver l'étrange créature dans du vinaigre, puis il s'est ravisé : mieux vaut fabriquer deux spécimens, l'un à partir de la fourrure, l'autre à partir des os. Ainsi, lorsqu'il aura fait construire son musée dallé de marbre, il exposera les chiots empaillés et leur squelette dans le hall d'entrée, sous la protection de grandes colonnes en stuc.

Il essuie son front mouillé de sueur malgré le froid de novembre. Il plie et déplie les doigts. Le plus long des trois couteaux paraît glacé dans sa paume tiède.

Il pratique une petite incision sur l'abdomen du chiot de gauche et tire fermement sur la fourrure. Son souffle s'échappe d'entre ses dents avec un léger sifflement. Il veille à ne pas abîmer la chair et les organes qu'elle recouvre, tassés derrière une fine membrane de couleur pourpre. Il se penche vers la gauche et place le chiot sous le halo de la lampe, puis il tire de nouveau sur la fourrure, d'un geste ample et régulier, en s'arrêtant à hauteur des coussinets et du museau en losange doté de quatre narines. L'obscurité qui règne dans la cave lui complique la tâche. Il travaille plus lentement que d'ordinaire, en s'aidant du petit scalpel pour les parties les plus délicates. Le jour s'achève lorsqu'il parvient enfin à détacher d'un seul tenant la fourrure des siamois.

« Quand je pense à tous ces invités privés de pâte d'amandes ! Pas le moindre morceau pour accompagner leurs fruits à la crème... Vraiment, quels vilains lascars vous faites ! » lance-t-il en imaginant les chiots parfaitement empaillés. Si seulement Gideon était là ce soir ! Silas a fait tant de progrès au cours des quinze années écoulées – avec quelle fierté il lui montrerait ses œuvres ! Il sourit, puis chasse cette pensée pour se concentrer sur les corps étendus devant lui. Voilà peut-être la meilleure partie du travail : le cadavre est encore intact et plein de promesses. L'excitation qui le saisit est aussi vive que le jour où il avait trouvé son premier crâne.

« Allons nous promener », avait-il proposé à son amie Flick ce jour-là, alors qu'ils sortaient ensemble de la manufacture. Ensuite, pour une raison dont il ne parvient pas à se souvenir, il s'était retrouvé seul dans la campagne. Peu après, il avait aperçu le corps en décomposition d'un renard. D'abord révulsé, il s'était bouché le nez, puis il avait remarqué que la fourrure de l'animal était du même roux que les cheveux de Flick. Le renard lui-même était splendide, doté d'une ossature fine et délicate. Un vrai puzzle. Ce corps qui avait vécu et respiré oscillait maintenant sur la frontière qui sépare la beauté de l'horreur. Silas avait touché son crâne, puis le sien.

Ensuite, il s'était rendu chaque jour auprès du petit animal ; il avait vu les vers s'emparer de sa chair, sa peau partir en lambeaux, dévoilant la complexité de son ossature comme une fleur déploie lentement ses pétales. À chaque visite, son œil était attiré par de nouveaux détails : l'étonnante finesse du fémur, la surface dentelée du crâne, le son creux qu'il produisait sous ses doigts lorsqu'il lui donnait une chiquenaude. Quand le squelette du renard, entièrement débarrassé de sa chair, avait commencé à blanchir au soleil, Silas avait enveloppé le crâne dans un linge et l'avait emporté chez lui.

Cet été-là, couvert d'une épaisse couche de sueur et de poussière, il avait ratissé chaque motte, chaque monticule, chaque taillis, chaque berge de la campagne environnante pour trouver d'autres crânes. Il avait posé des pièges, aiguisé des bâtons pour en faire des piques et rampé dans les fourrés pour arrêter les lapins les plus lents et les plus âgés dans leur course. Il avait fait jaillir l'air de leurs poumons en serrant ses doigts autour de leur cou. Les petits mammifères commençaient par se débattre. Silas retenait son souffle avec eux. Quand ils s'affaissaient sur eux-mêmes, il continuait à serrer les doigts, au cas où.

Quinze crânes ! Avec quel soin il les avait amassés, patiemment vidés et nettoyés ! Au départ, il pensait se contenter de cinq ou six spécimens, mais il avait vite compris qu'il lui en faudrait plus, beaucoup plus, pour apaiser la frénésie qui le gagnait. Chaque crâne le rendait plus heureux, mais aussi plus avide de poursuivre sa quête.

Aujourd'hui, il sait qu'il a trouvé un trésor : cette créature à huit pattes au pelage doux et soyeux est plus précieuse que tout ce qu'il a pu imaginer quand il était gamin. Que pourrait-il désirer de plus ?

Il sera bientôt cinq heures de l'après-midi. Il a bien travaillé – du mieux possible, à vrai dire. S'il continuait, la fatigue venant, il risquerait d'abîmer le spécimen. L'expérience le lui a appris : dans ces circonstances, mieux vaut aller s'allonger. Il place les siamois dans un seau en fer-blanc. Plus tard, quand il aura fait bouillir la carcasse pour la débarrasser de la chair, il recomposera le squelette à l'aide d'une pince, d'un peu de colle et d'un fil de fer aussi fin qu'un fil à coudre.

Il emprunte l'échelle qui mène à la boutique, puis l'escalier qui conduit au grenier. Là, il troque ses vêtements contre sa robe de nuit en observant les souris empaillées alignées sur l'étagère près de son lit. Chacune d'elles porte un petit costume.

Silas en saisit une vêtue d'une jupe en laine peignée. Il caresse du bout des doigts le châle qu'il a crocheté lui-même et la petite assiette qu'elle tient entre ses griffes, puis il la remet à sa place et éteint sa bougie.

Il est sur le point de s'endormir quand on frappe à la porte de la boutique.

Il enfouit sa tête sous l'oreiller.

Les coups s'intensifient.

« Silaaaaas ! »

Il soupire. Cet homme est d'une impatience ! Par chance, il ne risque pas de déranger les voisins : Silas vit seul dans la maison. Tout de même, ne voit-il pas le panneau « fermé » accroché au battant ?

« Ouvrez la porte*[1] ! »

Silas se lève en grommelant, enfile une veste et un pantalon sur sa robe de nuit, rallume sa bougie dont la flamme vacille et se glisse dans la cage d'escalier, si étroite qu'il se cogne les épaules à chaque marche.

« Je veux ma colombe* !

1. Tous les mots, phrases et dialogues suivis d'un astérisque sont en français dans le texte. *(N.d.T.)*

— Bonsoir, monsieur Frost », dit Silas en ouvrant la porte.

Son client, un homme grand et mince aux vêtements tachés de peinture, lui retourne son regard. Il dégage un tel charisme, fait d'énergie brute, d'assurance et d'orgueil, que Silas se sent, comme toujours, tiraillé entre la fascination et le mépris qu'il lui inspire.

« Ah, je savais bien que vous seriez chez vous ! s'exclame Louis en souriant. Je viens chercher ma colombe. J'espère que je ne l'ai pas fait tomber de son perchoir en tambourinant à la porte ? » Sans attendre la réponse du taxidermiste, il jette un regard derrière lui et interpelle le passant qui vient de s'engager dans l'allée. « Ohé ! Par ici ! Tu es en retard, comme d'habitude. »

Il fait presque nuit, à présent. Silas distingue à peine les traits de l'homme qui court vers eux en évitant les tas de cendres et d'épluchures de légumes. Il lève la bougie qu'il tient à la main. Il le reconnaît, à présent : c'est Johnnie Millais. Si maigre qu'on dirait un poney efflanqué.

Le jeune artiste fronce les sourcils en arrivant à leur hauteur. « Mon Dieu, Louis ! s'exclame-t-il. Comment peux-tu sortir dans cette tenue ? Je ne mettrais pas cette chemise à mon chien !

— C'est toujours un plaisir de te voir, cher ami, réplique Louis, avant d'entrer dans la boutique sans y avoir été invité – et sans prendre soin de racler ses semelles sur le décrottoir.

— Tu as de la chance : à cette heure-ci, tu aurais pu trouver porte close », remarque Millais en suivant son ami à l'intérieur.

Silas acquiesce, mais ne dit rien.

« M. Reed a empaillé une tourterelle des bois pour moi, précise Louis. Alors, où est-elle ? »

Il aperçoit le crâne de lion sur une étagère, s'en saisit à deux mains et pousse un rugissement en faisant mine de le lancer à Millais. Silas se raidit. Si seulement il avait le courage d'exiger que cet imbécile remette le spécimen à sa place ! Au lieu de quoi, il feint de n'avoir rien vu et se penche vers une vitrine pour en sortir la tourterelle.

« Formidable ! s'exclame l'artiste. Elle est splendide. Exactement ce que j'avais imaginé. » Il prend l'oiseau que lui tend le taxidermiste et caresse le haut de son crâne. « En voilà une gentille fille... Dommage que mes modèles ne soient pas aussi sages ! » Il plaque une guinée dans la paume de Silas – le double du prix convenu, avant d'ajouter : « Tu ne veux pas acheter une souris, Millais ? Pour ajouter un élément à ta composition. Tu sais, dans le coin supérieur de ta *Mariana* ? Un peu de mouvement serait bienvenu, tu ne crois pas ? » Sans attendre la réponse de son ami, il soulève par la queue une des souris exposées sur l'étagère. « Je la prends aussi, conclut-il.

— Attention, elle est fragile ! » s'écrie Silas, mais Louis demeure sourd à ses protestations : il fourre sans ménagement la tourterelle et la souris empaillées dans son sac, avant de s'élancer vers la porte.

Un instant plus tard, les deux hommes s'éloignent dans le passage enténébré. Demeuré sur le seuil, Silas voit Louis prendre son ami par l'épaule tout en sautillant sur les pavés – un bond tous les trois pas, une sorte de gigue qui dévoile la peau pâle de ses chevilles et de ses poignets. Silas frémit. Flick avait la peau très blanche, elle aussi. La bougie vacille dans sa main tandis que les souvenirs affluent à sa mémoire. Vingt ans qu'il ne l'a pas vue. Vingt ans qu'il n'a pas pris sa main dans la sienne.

Il ferme la porte et observe sa petite boutique – le plafond bas, les meubles au vernis écaillé qu'il s'est pourtant efforcé de remettre en état. Il sent les coins de sa bouche s'affaisser.

« Eh bien, ma colombe ! Plus question de t'attaquer aux vendeuses de cresson, murmure-t-il. Ce genre de facétie ne plairait pas à ton nouvel ami. »

La peintre

Ce soir-là, malgré la fatigue qui l'a assaillie plus tôt dans la journée, Iris ne parvient pas à s'endormir. L'odeur entêtante du caramel lui donne la migraine et un brin de crin la gratte à travers le matelas. Elle change de position, glisse son bras hors des couvertures et savoure le contact de l'air froid sur sa peau moite. Elle s'efforce de se calmer et de caler sa respiration sur celle de sa sœur, mais son esprit caracole. Elle ne veut pas dormir : elle veut peindre ! Les tubes d'aquarelle de chez Winsor et Newton défilent sous ses yeux clos ; elle se voit mélanger les couleurs dans les coquilles d'huître et s'emparer d'un des pinceaux en poils de martre qu'elle s'est offerts après avoir patiemment économisé sur ses gages pendant six mois.

Elle tapote l'épaule de sa sœur jumelle.

« Non, j'ai pas vu la perruche », marmonne Rose dans son sommeil, sans bouger ni même battre des paupières. Parfait. Elle ne s'éveillera pas avant que les cloches de l'église St George sonnent cinq heures. De l'autre côté du mur, Iris entend l'alternance de grognements et de sifflements qui caractérise les ronflements de Mme Salter. Une vraie locomotive. Le laudanum a fait son effet : sa patronne en avale une bonne rasade chaque soir et dort comme une souche jusqu'en fin de matinée.

Iris repousse les couvertures et se glisse hors du lit. Les lattes du plancher grincent sous ses pieds nus, mais la clenche de la porte, qu'elle veille à huiler régulièrement, s'ouvre sans un bruit. Saisie d'une étrange hilarité, Iris plaque une main sur sa bouche pour étouffer le fou rire nerveux qui enfle dans sa gorge.

Elle s'engage dans le couloir. Un léger courant d'air arrondit sa chemise de nuit autour de ses jambes tandis qu'elle passe devant la chambre de Mme Salter. Encore allumée, sa lampe de chevet projette un halo jaunâtre sur le plancher. Une odeur aigrelette s'échappe par la porte entrouverte. Manifestement, la batterie de sirops et de pilules que Mme Salter ingurgite avant de se coucher lui a soulevé l'estomac… Iris en est convaincue : *L'ami de vos nuits* (censé faciliter la digestion) et *La pâte inoffensive à l'arsenic du Dr Munro* (conçue pour dissimuler les imperfections du teint) ne font qu'aggraver ses maux au lieu de les soulager. Si Mme Salter acceptait de jeter toutes ces médications, sa jeune employée n'aurait plus à nettoyer la descente de lit raide de vomi, à quatre pattes sur le plancher, les mains rougies par le vinaigre. Ni à encaisser les gifles qu'elle lui assène lorsque ses pilules échauffent son imagination déjà déréglée. Ces jours-là, Mme Salter se met en rage, convaincue d'héberger deux catins sous son toit. Iris lui paraît alors d'une perversité inouïe, prête à convoler avec un gentleman au teint verdâtre, pourvu de deux défenses en ivoire.

Si seulement l'apothicaire pouvait ajouter un peu de mort-aux-rats dans son flacon de laudanum ! songe-t-elle en descendant l'escalier. Comme toujours, elle pose doucement son pied nu sur le bord de chaque marche, là où elles grincent le moins.

Le cellier, situé au sous-sol de la maison, est une petite pièce encombrée, aux murs tachés d'humidité. L'odeur du plâtre moisi est si prégnante qu'elle l'emporte sur toutes les autres, y compris sur celle du sucre.

Iris se dirige vers le buffet ouvert dans l'angle de la pièce. Il est rempli de paniers contenant des bras, des pieds et des têtes de poupée pas encore peintes. Un ballot renferme des mèches de cheveux humains, achetées aux paysannes du sud de l'Allemagne. Iris le soulève, puis saisit le papier à dessin et les fournitures cachés dessous. Elle pose le tout sur la table et s'assied.

L'autoportrait est aussi médiocre que dans son souvenir : le visage, mal proportionné, est mal disposé sur la feuille. Iris se sent d'abord accablée par la certitude qu'elle n'est pas, et ne sera jamais, assez douée. Puis, examinant le dessin de plus près, elle découvre une profondeur qu'elle aime, un éclat. Si seulement son visage ne flottait pas si étrangement en haut de la page ! Bien sûr, elle pourrait couper la feuille, mais elle se l'interdit farouchement : elle est déjà si petite ! Non, ce qu'il faut, c'est amarrer son visage dans le cadre. Et remplir l'espace vide. C'est le seul moyen de sauver le portrait.

Sa chemise de nuit solide et sans fanfreluches – en flanelle blanche avec des auréoles jaunes sous les aisselles – lui irrite le cou. Sans réfléchir, elle se lève et la fait passer par-dessus sa tête. Son corps nu, sur lequel glisse la lumière de la bougie, est aussi pâle et brillant qu'un vairon.

L'espace d'un instant, elle imagine le dégoût que son geste inspirerait à ses parents s'ils la découvraient ainsi, nue devant une feuille de papier, et le sermon moralisateur qui s'ensuivrait. Puis elle se rassure : aucun risque qu'ils la trouvent ici. Plus alarmante est la perspective de décevoir Rose, si par malheur elle descendait l'escalier, ou, pire, celle d'endurer la colère de Mme Salter si elle entrait en titubant dans le cellier, sa rage amplifiée par le laudanum. Iris imagine sans peine les insultes qui jailliraient de sa bouche (« catin », « fille publique ») – ses menaces, aussi : elle pourrait perdre son emploi, et, avec lui, vingt livres par an. Mais elle ne s'attarde pas sur cette pensée, préférant mélanger ses aquarelles, assise bien droite sur la chaise en métal qui refroidit ses cuisses nues.

Elle se penche vers le miroir, laissant son regard descendre vers sa poitrine menue aux mamelons durcis. Elle se mord la lèvre. *Difforme.* Est-elle pour autant dépourvue de toute beauté ? N'en demeure-t-il pas une trace en elle, sur son corps ou son visage ?

Elle a longtemps haï sa clavicule déformée, la façon dont l'os s'est soudé vers l'extérieur après qu'il s'est brisé à la naissance. Enfant, sa démarche s'en trouvait légèrement affectée – rien de dramatique, mais les gamins du quartier se moquaient d'elle. « Voilà la bossue ! » s'écriaient-ils en riant. Sa sœur les réprimandait, une once de pitié dans la voix, au risque d'attiser leurs railleries (les gamins, alors, les traitaient de « jumelles géantes »). Ces dernières années, pourtant, Iris en est venue à accepter sa vilaine clavicule comme une partie d'elle-même qu'elle ne changerait pour rien au monde. Ce qui est sûr, c'est qu'elle ne rebute pas les vendeurs ambulants. Certains d'entre eux essaient de l'attraper par la taille. « Un petit baiser, mam'zelle ? » ou : « J'ai dans l'idée que vous aimeriez tâter de mon bâton, ma jolie. » Dans ces cas-là, elle leur échappe, l'air indigné (« Vous avez chopé des morpions, mam'zelle ? Allons, souriez un peu ! »). Elle hâte le pas, fait mine de les ignorer. Près d'elle, Rose, non moquée, non désirée, baisse les yeux. Iris la prend par les épaules et lui rappelle, d'un ton trop insistant, à quel point elle déteste être sifflée en pleine rue.

Un jour, il faudra bien qu'elle encourage l'un des commis qui l'observent depuis le seuil de la boutique, casquette froissée entre les mains. Le mariage est une manière de s'en sortir, non ? Elle a vingt et un ans, déjà. Bientôt, sa jeunesse s'envolera. Il y a quelque temps, ses parents lui ont transmis le message d'un portier qui aurait aimé lui rendre visite, mais elle l'a soigneusement évité lorsqu'il est venu.

Et Rose ? Jamais elle ne trouvera de fiancé ! Le mieux qu'Iris puisse espérer, c'est de faire un mariage honorable qui lui permette de subvenir aux besoins de sa sœur. Car elle ne l'abandonnera pas. Elles sont jumelles, si puissamment liées l'une à l'autre ! La maladie de Rose a tout à la fois resserré et dénoué le nœud. Lorsqu'elles étaient enfants, Iris s'emparait d'un morceau de charbon pour dessiner sur tout ce qu'elle pouvait trouver : emballages de beurre, coupures de journaux, chutes de papier peint. Sa sœur était fascinée par la façon dont son crayon faisait écho aux formes qu'elle avait sous les yeux. « Dessine cette paire de ciseaux ! » ordonnait-elle, et Iris obtempérait. « Dessine-moi un éléphant », demandait-elle aussi. En vain, toutefois : Iris ne savait pas improviser. À présent, Rose se détourne chaque fois que sa sœur saisit un crayon.

Iris chasse ces souvenirs de son esprit. Elle prépare le rose pâle qu'elle utilisera pour le dessous de sa poitrine, là où sa peau est dans l'ombre. Puis elle fait glisser le pinceau et regarde l'aquarelle fleurir sur le papier. Elle a le sentiment de contrôler la situation, d'être de nouveau maîtresse d'elle-même. Oui, son corps lui appartient ; il n'est plus un simple outil que Mme Salter peut employer à sa guise pour récurer les planchers, ni le rappel quotidien de ce que Rose aurait pu être si elle n'avait pas contracté la variole. À cette pensée, Iris est parcourue d'un long frisson – de honte, d'ivresse, ou parce qu'elle a froid, tout simplement.

Elle regarde fixement son épaule nue. Comment imaginer qu'un jour la main rude d'un homme puisse s'y poser ? Elle plaque sa paume sur sa peau, descend vers sa poitrine et ferme le poing sur son sein. Elle frémit et se remet au travail.

Elle n'a jamais interrogé Rose sur ce qu'elle l'a vue faire avec Charles, son « gentleman », comme elles l'avaient surnommé. Au début de leur relation, Rose n'avait pas d'autre sujet de conversation. Elle était si fière de montrer à Iris les cadeaux qu'il lui faisait porter ! Des friandises au chocolat, puis un canari jaune (qui s'est par la suite engouffré dans le conduit de cheminée, où il est mort). Elles avaient quinze ans, alors. Charles était censé l'arracher à leur vie de labeur pour faire d'elle une jeune et belle épouse dans sa modeste maison de Marylebone. Il s'était également lié d'amitié avec Iris et lui avait promis de leur prêter l'argent nécessaire pour monter leur boutique quand Rose et lui seraient… Il s'était interrompu, comme s'il ne parvenait pas à prononcer le mot « mariés ». Iris avait tressailli, malgré tout. Car Flora était sortie de leur imagination. Et soudain, la boutique devenait réelle. Iris s'était tournée vers sa sœur pour s'assurer qu'elle n'était pas embarrassée par les propos de son gentleman et par sa manière de l'inclure, elle aussi, dans leurs projets d'avenir.

Il venait tous les dimanches quand leurs parents étaient de sortie. Rose demandait alors à Iris de rester dans la chambre du haut, ce qu'elle acceptait volontiers – mais, un après-midi, comme elles s'étaient chamaillées plus tôt dans la matinée, Iris s'est sentie blessée d'être ainsi enfermée, tenue à distance des secrets de sa sœur. Elle avait descendu l'escalier, s'était arrêtée devant la porte fermée et les avait observés par le trou de la serrure. Elle avait vu Charles s'asseoir, attirer sa sœur vers lui, taquiner ses jupes et défaire les boutons de son pantalon. À peine Iris avait-elle repris son souffle que, déjà, Rose chevauchait son compagnon, se levant et retombant sur lui à un rythme régulier, avec l'assurance que confère l'habitude. Horrifiée, captivée, Iris ne parvenait pas à détourner les yeux, fascinée par les contorsions qui agitaient le visage de Charles, par ses mains crispées sur les cuisses laiteuses de sa sœur. Un instant, elle avait souhaité être à la place de Rose, les jupons relevés, tandis que sa jumelle regarderait par le trou de la serrure. Les gestes des deux amants s'enchaînaient rapidement, avec une aisance effarante, sur la chaise en bois que leur grand-père avait fabriquée.

Iris ne sait pas comment Charles a découvert que Rose avait contracté la petite vérole. Le lendemain du jour où les pustules se sont répandues sur le visage et le corps de Rose, Iris l'a fait entrer dans le couloir. Il lui a tendu une lettre. Pour Rose. « Elle sera ravie d'avoir de vos nouvelles. Ce n'est qu'un vilain rhume. Elle sera rétablie en un rien de temps », a menti Iris. Charles a bredouillé quelques mots, avant de prendre rapidement congé. La lettre n'était pas un billet doux : elle mettait un terme à leur relation, et, avec elle, au rire sonore de sa sœur, aux confidences qu'elle lui murmurait. Quand Rose avait crié, lui ordonnant de quitter la pièce, Iris avait pris la chaise et l'avait jetée contre le mur.

Soudain, un bruit. Des pas lourds brisent le silence.

Iris est tellement plongée dans ses souvenirs qu'elle sursaute et renverse le godet d'eau trouble sur la table.

Vite, elle saisit son portrait avant que le liquide ne vienne le tacher. Dehors, le bruit s'est éloigné.

« Seigneur ! » murmure-t-elle en plaquant la main sur sa poitrine. Elle en rit presque de soulagement. Quelle idiotie de sa part ! Les pas semblaient si proches qu'elle a cru entendre arriver Mme Salter dans l'escalier. En fait, le bruit venait de la rue. Sans doute les apprentis pâtissiers de retour d'une soirée dans un beuglant du quartier.

Ce n'est que lorsqu'elle commence à éponger l'eau sale qu'elle remarque la tête de la poupée. Elle laisse échapper un juron. Un voile grisâtre s'est répandu sur les joues et le front de porcelaine.

Effarée, elle prend la petite sphère et la frotte avec sa chemise de nuit. Ce visage peint lui a coûté des heures de travail. Elle frotte de plus en plus fort, crache sur chaque joue – en vain : la tache refuse de partir.

Iris serre les dents. Pourquoi a-t-il fallu que ces clampins passent dans la rue ? Maintenant – il est à peine minuit, juge-t-elle en levant les yeux vers la fenêtre à barreaux –, elle devra travailler jusqu'à l'aube pour réparer les dégâts.

Elle remet sa chemise, soudain sensible au froid qui règne dans la pièce. Et s'interdit de regarder son portrait. *Obscène.*

Elle a l'impression, fréquente ces derniers temps, que quelque chose ne tourne pas rond chez elle. Comme si, souffrant d'un abcès, elle ne parvenait pas à le percer. Elle devrait détruire son dessin, l'approcher de la bougie et le réduire en cendres.

Mais elle se lève, le cache sous un panier dans le buffet et saisit une tête de poupée non peinte.

L'Exposition universelle

Les cloches sonnent à toute volée, comme chaque samedi matin. Depuis quinze jours, Silas est tellement absorbé par la reconstitution du squelette des chiots siamois qu'il ne se nourrit plus que de biscuits rassis arrosés de bière légère. Une chope de whisky chaud au beurre – la spécialité du Dolphin – lui ferait le plus grand bien. Il jette un regard vers l'horloge. Impossible : le pub n'ouvrira pas avant plusieurs heures.

Dommage. En attendant, il décide d'aller voir le chantier de l'Exposition universelle. Il ne parvient toujours pas à se faire une opinion à ce sujet. Comment sa petite boutique pourrait-elle être comparée à l'un des plus grands musées jamais construits ? Un édifice aussi flamboyant semble avoir pour seul objectif de minimiser l'importance de son propre travail. Pourtant, ses pas le conduisent presque chaque semaine vers Hyde Park, où le Crystal Palace sort de terre – bien trop lentement à son goût.

D'ordinaire, l'impasse est déserte, mais, ce matin, deux ivrognes sont couchés dans la boue du caniveau, couverts de vomi, leurs pantalons maculés d'urine. L'un d'eux ressemble à Gideon – la forme de sa tête et de ses épaules, surtout –, mais Silas sait bien que ce n'est pas lui. Il porte son mouchoir à son nez et poursuit son chemin, le dos plaqué contre le mur pour éviter de frôler les deux hommes.

Silas a rencontré Gideon en 1835, peu après son arrivée

à Londres. À l'époque, il louait une petite chambre dans un garni miteux de Holborn, dans le West End. Il l'avait remplie de créatures empaillées et de crânes censés asseoir sa réputation au-delà des cabinets de dessin de Stoke, sa ville natale. Il avait quitté cette dernière sans regret : il se sentait à l'étroit dans la petite bourgade – et puis, se disait-il, à quoi bon rester à Stoke maintenant que Flick avait disparu ?

Une fois installé dans la capitale, il avait entendu parler d'une coterie de chirurgiens et de médecins fascinés par la dissection et la conservation des cadavres. Il avait trouvé sans difficulté l'imposante bâtisse qui abritait la faculté de médecine de l'University College de Londres. Chaque après-midi, Silas se postait derrière les hautes grilles pour voir passer les chirurgiens les plus renommés du pays. Ces messieurs traversaient la cour et sa pelouse immaculée d'un pas pressé, avant de laisser les lourdes portes se refermer derrière eux.

La nuit, il se cachait dans l'un des cloîtres situés à l'arrière du bâtiment. Les corps arriveraient bientôt, il le savait – mais d'où ? Le mystère demeurait entier. Son attente, elle, était toujours récompensée. Tapi derrière un buisson ou un pilier, il surprenait d'abord un mouvement dans la cour, puis un hennissement annonçait le passage d'une voiture à cheval drapée de noir. La précieuse cargaison, enveloppée dans un linge, était transportée sur des planches. Silas avançait de quelques pas en tendant le cou. Comme il aurait voulu assister à la leçon d'anatomie qui s'ensuivrait !

Gideon l'avait abordé un après-midi. C'était un étudiant en médecine plutôt corpulent, doté de cette langueur caractéristique des classes supérieures, celle que confèrent les privilèges. Il s'était fait un plaisir de décrire à Silas les spécimens alignés sur les étagères de la salle de dissection : poumons atteints de diverses tumeurs, crânes de syphilitiques, cerveaux endommagés. D'après Gideon, l'un d'eux, victime d'un coup de hache, avait été préservé grâce à l'injection de cire chaude. Et en s'approchant du bocal rempli de vinaigre, on pouvait admirer toutes les ramifications du système nerveux demeuré intact.

« Naturellement, avait-il assuré, nous recueillons ces échantillons pour mieux comprendre la vie, pour savoir comment elle pourrait être prolongée. Votre intérêt pour la conservation des corps est très différent, quoique assez fascinant… »

Silas s'était rengorgé, flatté. Au cours des semaines suivantes, Gideon l'avait abordé de plus en plus fréquemment. Il l'avait persuadé de lui donner des détails sur sa collection de crânes et d'animaux empaillés. Debout près des grilles, Silas lui avait décrit son travail sur les moineaux, les souris et les rats des champs ; il lui avait confié son projet de musée, son désir d'accéder à la renommée. À quel moment étaient-ils devenus amis ? Il n'aurait su le dire. L'événement aurait dû s'accompagner d'une célébration, lui semblait-il. Pourtant, il s'était produit sans qu'ils s'en rendent compte.

« Je pense, avait décrété Gideon quand Silas avait enfin accepté de lui montrer l'un de ses rouges-gorges empaillés, que l'inclinaison presque *fantasque* de son bec, un phénomène que je n'ai jamais vu dans la nature, est son aspect le plus remarquable. » Sa moustache avait frémi, et il avait porté la main à sa bouche pour cacher son admiration. « Une vraie rareté scientifique, avait-il ajouté. Franchement, je ne me souviens pas d'avoir vu un rouge-gorge doté d'un port aussi particulier. C'est une merveille. Une merveille ! »

La situation aurait pu prêter à rire. Gideon, cet étudiant en médecine, ce *gentleman*, se disait impressionné par son travail ? C'était à peine croyable. Pour Silas, fréquenter un tel homme, qui venait converser avec lui presque chaque jour, même brièvement, était un honneur.

Peu après, il avait trouvé le courage de faire à Gideon la demande d'un « objet pour sa collection ». Le jeune homme lui avait laissé entendre qu'il lui apporterait un véritable trésor, un spécimen de nature à assurer sa renommée.

« Même Frederik Ruysch se retournerait dans sa tombe pour posséder une pareille pièce ! » avait-il chuchoté en lui remettant un petit sac en toile. Comme chaque fois qu'il était ému, sa lèvre supérieure avait frémi.

Silas avait fait mine de garder son calme, mais son cœur battait la chamade. Déjà, il imaginait les discussions qu'il aurait avec Gideon, sur un coin de table, au fond d'une taverne. Le sac ne pesait pas bien lourd. Il s'agissait peut-être d'un cœur, ou...

« Non, avait intimé Gideon en posant la main sur son bras pour l'empêcher de déballer le paquet. Attendez d'être rentré chez vous. C'est un tel trésor ! Si mes tuteurs découvraient que je vous l'ai donné...

— Vraiment ? Combien vaut-il ? Je ne peux pas me permettre une grosse somme.

— Ne vous tracassez pas. Je vous l'offre. Après tout le... » Gideon s'était interrompu, avant de reprendre : « Tout le plaisir que j'ai éprouvé en votre compagnie !

— Je ne sais pas comment vous remercier.

— Peut-être pourriez-vous me citer dans votre musée ? Quand il ouvrira.

— Bien sûr ! Je n'y manquerai pas », avait promis Silas en souriant.

Malgré le désir qui le poussait à ouvrir le sac, il avait obéi aux instructions de Gideon et couru jusqu'à sa boutique, si vite que les voitures s'écartaient sur son passage.

Il avait claqué la porte derrière lui, tourné la clé dans la serrure et arraché le tissu qui enveloppait le paquet.

À l'intérieur se trouvaient une cuisse de poulet à demi rongée et deux carottes trop cuites.

Il s'était mordu la lèvre pour ne pas pleurer tandis que lui revenait en mémoire chaque remarque, chaque frémissement de moustache de son « ami ». Avec quelle cruauté Gideon s'était joué de lui !

Sans s'en apercevoir, Silas s'est engagé sur un sentier pédestre de Hyde Park, les jambes percluses de fatigue. Il jette un regard derrière lui, et se rend compte qu'il n'a aucun souvenir de la promenade qu'il vient de faire, comme s'il n'avait rien ressenti, rien pensé depuis qu'il a vu les deux ivrognes dans l'impasse. C'est un sentiment familier : d'aussi loin qu'il se souvienne, sa mémoire a toujours englouti des pans entiers de son existence, demeurant aussi muette qu'un daguerréotype avant qu'il soit exposé aux vapeurs de mercure. Il secoue la tête, sonde son esprit – en vain : aucune image ne surgit.

Mais à quoi bon s'inquiéter ? Ici, l'air est plus clair que dans l'East End. Il entend chanter un oiseau. Le parc respire le calme et la beauté. Dépouillés de leur verdure estivale, les arbres ont des allures de squelette, et sous ses pas les brindilles craquent comme des os. Un homme lui donne un coup de coude, s'excuse et poursuit son chemin. Arraché à sa rêverie, Silas se remet en route, et rejoint bientôt à la petite foule qui se dirige vers le chantier de l'Exposition universelle.

Il est souvent venu observer l'avancée des travaux, payant chaque fois la petite somme exigée pour entrer dans l'enceinte protégée par une haute palissade en bois. Et chaque fois, il se pose la même question : pourquoi le palais des expositions sera-t-il démonté au bout d'un an ? Les pièces devraient être exposées pour toujours, au contraire ! Lorsqu'il contemple la structure du bâtiment, les grues et les poulies déployées comme des vautours dans le ciel, il se sent empli d'humilité. C'est splendide. Et tout cela pour rassembler et montrer les plus belles réussites de l'industrie, du commerce, des arts et des sciences – plus de cent mille objets seront exposés sous une immense verrière, a-t-il lu. Émerveillé, Silas ne sait où poser le regard. Une fois terminé, l'édifice ressemblera à un « palais de cristal », comme l'a si bien surnommé un journaliste de *Punch*.

Sous ses yeux, le chantier grouille d'activité. Un contremaître hurle des instructions tandis que des ouvriers, la tête protégée par des hauts-de-forme en paille, tirent sur de lourdes cordes. Plus loin, d'autres fouettent les flancs à vif des chevaux de trait. Des volutes de vapeur s'élèvent vers le ciel. Un treuil soulève lentement la vaste cage thoracique du transept, qui oscille sous la brise.

Si seulement les organisateurs lui commandaient une pièce pour la section consacrée aux objets d'art ! Mais personne ne l'a approché. Personne n'a répondu à ses lettres. Pourquoi ? Pourquoi sa collection n'est-elle pas prise au sérieux ?

Il s'efforce de ne pas céder au ressentiment, mais il a serré les poings. Une procession de nuages bas traverse le ciel. Les poumons de Londres se remplissent et se vident d'air grisâtre. Un cheval hennit.

Il redoublera d'efforts. Il travaillera plus dur, plus tard. Un jour, peut-être, il ouvrira un musée encore plus grand que celui-ci.

Soudain, il voit un enfant courir et arracher un mouchoir rouge du sac à main d'une dame. Il plisse les yeux. Cette tignasse de cheveux blonds ne lui est pas inconnue.

C'est Albie ! La silhouette familière lui fait l'effet d'un baume. Il n'est donc pas seul dans cette foule, écrasé par le spectacle d'une industrie triomphante. Sourire aux lèvres, il appelle le garçon d'une voix forte.

Albie ne se retourne pas. L'a-t-il entendu ? Silas s'apprête à l'appeler de nouveau, quand il comprend la situation : le garnement vient de se faire prendre. Une femme a refermé la main sur son bras, l'empêchant de dérober le mouchoir, qui pend dans son poing comme un drapeau en berne. La dame va-t-elle prévenir les autorités ? Silas s'élance, prêt à secourir le gamin, mais il glisse sur une motte d'herbe et perd l'équilibre. En se redressant, il s'aperçoit qu'Albie rit aux éclats.

Silas reporte son attention sur la jeune femme. Elle est aussi grande qu'un homme et ses longs cheveux auburn sont nattés dans son dos. Serait-ce… Flick, son amie d'enfance ? Plus âgée, mais toujours aussi rousse ? Il s'approche, le cœur battant. Non. Cette femme-là est légèrement bossue du côté gauche.

Pourtant, Silas ne parvient pas à la quitter des yeux. Il a l'impression d'abriter en son sein une très vieille cloche dont on aurait brusquement tiré la corde. Il sent vibrer la courroie métallique qui s'enfonce dans les méandres de son âme, à travers les parois et les cloisons de sa mémoire. Il se fige, fasciné, tandis que les vibrations mettent en mouvement une série de cloches plus petites.

Que lui arrive-t-il ? Il n'en a pas la moindre idée.

Pickpocket

Albie est accroupi dans un fossé à Hyde Park. Tandis qu'il vaque à sa besogne, ses fesses pareilles à deux lunes d'un blanc crasseux, un groupe d'hommes passe à proximité. L'un d'eux s'arrête, s'esclaffe et lui lance un bâton.

« Dégage, mon vieux ! » crie Albie en s'essuyant brièvement les fesses avec une feuille de chêne, avant de remonter sa culotte. Sa merde fume dans l'air. Il la regarde avec la curiosité qu'il réserve à tous ses déchets corporels. Où ses oreilles ont-elles appris à produire cette saleté orange au goût aigre ? Comment son nez s'y prend-il pour fabriquer la pâte grisâtre qu'il essuie sur sa manche ?

Il ramasse sa crotte avec deux brindilles, la jette vers le groupe d'hommes qui battent en retraite en hoquetant de rire, et rejoint en courant la foule des badauds.

C'est une belle journée pour chiper deux ou trois babioles, même s'il faut, pour cela, escalader la palissade en bois qui protège l'accès au chantier. Les promeneurs sont distraits par le spectacle du palais en construction – toutes ces cordes tendues, ces cris, ces bousculades... Albie ne sait pas à quoi servira le bâtiment et il ne cherche pas à le savoir, mais il observe avec intérêt l'immense charpente métallique, plus haute que la cime des ormes. Tout autour, le sol évoque un bain de boue, creusé par le passage incessant des charrettes remplies de barres de fer et d'échafaudages. Le mieux, songe-t-il, serait de revenir quand les ouvriers poseront les plaques de verre sur la charpente. Ce jour-là, il lancera une grosse brique sur le palais flambant neuf, rien que pour choquer les beaux messieurs venus admirer l'édifice.

Il serpente à travers la foule, baisse la tête par ici, joue des épaules un peu plus loin, tel un fil reliant les passants entre eux. Il a glissé une fausse main en plâtre dans sa manche, ce qui lui permet de délester discrètement ses victimes de leurs beaux mouchoirs en soie. Il pourrait aussi s'emparer de leurs bracelets de perles et de leurs chaînes en argent, mais il préfère s'abstenir. Bien qu'il refuse de l'admettre, il craint d'être condamné aux travaux forcés ou envoyé aux colonies, ce qui l'obligerait à s'éloigner de sa sœur.

Tous ces curieux, avec leurs brocarts d'or et leurs maisons bien gardées, ne le laisseraient même pas nettoyer leurs cabinets d'aisances. Cette pensée le fait sourire, et il redouble d'ardeur, trop heureux de soulager ces messieurs dames de leurs fardeaux. Il connaît un prêteur sur gages sur Duck Lane qui prendra les mouchoirs pour un demi-penny chacun, sans poser de questions. D'ici peu, il aura assez de pépètes pour s'offrir un joli dentier en ivoire de lamantin – son rêve le plus cher.

Il tire un mouchoir à pois rouges de la manche d'une passante. Il vient de le fourrer dans la poche de son pantalon quand une main impérieuse se pose sur son leurre en plâtre et l'extraie vivement de sa veste.

« Ce n'est pas… », commence-t-il, avant de reconnaître le visage courroucé d'Iris. Soulagé, il rit et tousse en même temps, comme un chat aux prises avec une boule de poils.

« Donne-moi ça, Albert, ordonne-t-elle.

— Vous donner quoi, mam'zelle ? » réplique-t-il avec

un sourire enjôleur. Elle fronce les sourcils. Il soupire. « Bah, c'est qu'un bout de chiffon, pas vrai ? Et j'ai bien des misères, mam'zelle. Si vous saviez comme c'est dur… » Il s'interrompt, conscient qu'il ne parviendra pas à l'amadouer avec ce genre de réplique. Trop éculé. Vaincu, il donne l'objet incriminé à Iris, laquelle le rend aussitôt à la passante (« Tenez, madame, je crois que vous l'avez laissé tomber »). Albie baisse les yeux. « Vous êtes une empêcheuse de tourner en rond, marmonne-t-il entre ses dents.

— Encore en train de chaparder ? » lance une voix masculine derrière eux. Albie se retourne. C'est Silas, enveloppé dans son beau manteau bleu. « Je pensais que tu n'en aurais plus besoin, avec les deux shillings que je t'ai donnés ! »

Albie se raidit. Ce type a une façon de surgir dans son dos qui lui déplaît souverainement. Et puis, cette odeur de propre et de plantes médicinales, ça lui retourne l'estomac. Sans compter que ce grippe-sou ne lui a donné qu'un shilling, et non deux, comme il le prétend – mais à quoi bon rectifier son mensonge ? Mieux vaut faire les présentations. « Iris Machin-chose », dit-il en tentant d'imiter l'accent des messieurs de la haute société, ce qui lui donne l'air irlandais. « Et voici, je veux dire… Voici Silas. Je ne connais pas non plus votre nom de famille, en fait. » Iris esquisse un sourire froid. « Elle me commande des travaux de couture, ajoute Albie. Pour le grand magasin de poupées de Mme Salter.

— Sur Regent Street ? » demande le taxidermiste. La jeune femme acquiesce.

« Et j'apporte des animaux morts à Silas », reprend le gamin. Il envisage d'étrangler l'air à deux mains pour accentuer l'effet dramatique de son propos, puis change d'avis en jetant un coup d'œil à Iris : elle paraît légèrement révulsée. Il a soudain très envie de se moquer avec elle des manières de Silas, mais il échoue à croiser son regard.

« Ah oui ? fait-elle sans conviction.

— Un jour, ma collection sera célèbre ! affirme Silas.

— Eh bien, j'ai hâte de la voir », répond-elle sur le même ton plat et presque mécanique. Albie la connaît assez pour savoir qu'elle écoute à peine. Tournée vers les badauds, elle semble chercher quelqu'un. Elle prend congé d'un geste de la main.

Albie regarde sa haute silhouette disparaître dans la foule, puis il hausse les épaules et porte la main à sa casquette.

« Au revoir, m'sieur. »

Silas ne répond pas. Les doigts crispés sur sa clavicule, là où celle d'Iris est déformée, il regarde droit devant lui, l'air troublé.

Se peut-il qu'il soit inquiet ? Vraiment, songe Albie, ce type est trop bête.

« Rassurez-vous, dit-il à Silas d'un ton condescendant. Son machin au cou. C'est pas contagieux. »

La dépense universelle

Iris se faufile entre les passants, loin d'Albie et de l'homme qui s'est joint à eux. Elle aimerait être moins grande et disparaître sous les coiffes et les capelines afin d'échapper à la surveillance de Rose.

Elle jette un regard par-dessus son épaule. Aucun signe de sa sœur. Parfait. Elle lui a échappé.

Iris ferme les yeux, attend un instant, puis les rouvre. Cette fois, le parc, le chantier et les badauds se déploient devant elle comme sur une grande toile. Elle perçoit à la fois la vue d'ensemble et le moindre détail. Une étude en perspective.

Elle incline la tête en arrière. L'imposante armature métallique semble frôler les nuages. La vapeur qui monte des machines évoque la fumée des scènes de bataille napoléoniennes qu'elle a vues à la National Gallery, mais ce spectacle-ci est plus frappant, et les teintes sont moins brunâtres que celles des tableaux dont elle se souvient. Elle aimerait peindre le monde sous ses vraies couleurs et les assembler comme sur un vitrail.

À quoi ressembleraient les tableaux exposés dans ce grand palais de verre, s'il était muni de vitres rouges, bleues et vertes ? Un instant, elle imagine le vaste hall des expositions transformé en gigantesque kaléidoscope, puis elle fait la moue. Ce serait trop éblouissant. L'édifice est déjà grandiose, plus impressionnant que tout ce qu'elle aurait pu imaginer. Si les hommes sont capables d'un tel exploit, s'ils peuvent mettre de grands ormes en cage et maîtriser la nature, que ferait-elle, elle, si elle disposait de moyens similaires ? Elle se sent tantôt insignifiante, guère plus importante qu'un pou à la surface de la terre, tantôt surpuissante, capable de s'enfuir à tire-d'aile, d'échapper à la maison, au magasin – et même, s'avoue-t-elle la mort dans l'âme, à sa sœur.

« N'est-ce pas magnifique ? dit-elle à la femme qui se tient près d'elle.

— C'est merveilleux ! » répond l'inconnue avec une chaleur inattendue. Émue, Iris se sent envahie d'amour pour elle et pour les passants qui les entourent. Tous ces êtres humains, avec leurs soucis, leurs joies, leurs amours, leurs frustrations, leurs larmes, leurs rêves et leurs rires, ne sont-ils pas glorieusement semblables ?

Soudain, elle se met à courir. Elle s'élance vers les grandes pelouses qui s'étendent en contrebas du chantier. Sa longue natte rousse bondit dans son dos, l'herbe s'enfonce doucement sous ses pieds, elle se sent aussi légère qu'un chaton – mais à peine a-t-elle atteint la première rangée d'arbres qu'elle est contrainte de s'arrêter, le souffle court. Elle suffoque dans son corset et transpire sous son bonnet et ses gants de dentelle.

À cet instant, une voix résonne derrière elle, une voix qui crie son prénom. Avant même de se retourner, elle sait qui c'est. Elle soupire. Pourquoi sa sœur tient-elle à la suivre partout où elle va ? Qu'espère-t-elle découvrir ? Il ne lui arrive jamais rien. Sa vie est à périr d'ennui. Et puis, quelle hypocrisie ! L'attitude de Rose lui retourne le cœur. Car Iris en est persuadée : sa sœur jumelle aurait accepté son gentleman – s'il l'avait demandée en mariage – sans un regard pour sa *pauvre bossue*.

« Ah ! » s'exclame Iris en feignant la surprise et le

soulagement. Sa sœur tend la main vers elle avec agitation. L'ourlet de sa robe est tout crotté, mais elle se déplace avec l'élégance d'une grande dame. De l'endroit où elle se trouve, Iris peut presque croire que sa jumelle est aussi belle qu'elle l'était avant sa maladie. Elle songe à sa propre démarche, ce port gauche et maladroit, cette épaule tordue dont elle surprend le reflet dans les vitrines des magasins. « Dieu merci, Rose ! reprend-elle. Te voilà. Viens vite. Nous serons en retard pour le dîner. Maman va s'inquiéter.

— C'est toi qui es partie. Je t'ai vue partir en courant. J'ai cru que tu m'avais abandonnée… »

Et le visage de sa sœur est si désespéré, si désemparé, qu'Iris se reproche aussitôt de lui avoir fait de la peine.

La clameur de l'omnibus de Hyde Park à Bethnal Green ; le bras d'Iris a lâché celui de Rose. Un bref sermon maternel, une odeur de linge aigre. Ils s'asseyent à table. Le père des jumelles tousse dans sa manche.

Iris s'efforce de mâcher sa part de pudding à la graisse de bœuf, mais un morceau de viande lui résiste et elle l'avale tout rond. Elle entend distinctement sa sœur mastiquer sa propre bouchée de nourriture en respirant par le nez. Ce bruit l'insupporte. Tout, plutôt qu'endurer ça une seconde de plus ! Alors, elle prend la parole : « J'ai hâte de retrouver mon prêtre préféré demain !

— Je suis ravie que tu trouves ses sermons si édifiants, l'interrompt sa mère avec un regard d'avertissement.

— Oh, assurément. » Iris marque une pause, sa fourchette à mi-chemin de sa bouche. Le cartilage du rognon scintille sous la lumière, la graisse est jaune. Elle tente d'attirer l'attention de sa sœur pour se faire pardonner sa course éperdue sur les pelouses du parc. « J'ai toujours pensé qu'un excès d'indulgence pour le vin de messe dénotait une forte inclination religieuse. Or notre prêtre semble éprouver pour le sang du Christ une soif inextinguible, vous ne trouvez pas ? »

Elle jette un coup d'œil vers sa sœur : Rose sourit brièvement, avant de frotter son menton grêlé du plat de la main. Iris reporte son attention sur l'épagneul en porcelaine qui trône sur la cheminée, un bibelot bon marché posé là pour singer le fouillis élégant des maisons bourgeoises. Iris décèle à présent, sous chacun des actes de ses parents, leurs tentatives pathétiques pour adopter les habitudes et la morale d'une société dont ils ne font pas partie. Les magasins de Regent Street sont remplis de jeunes vendeuses comme Rose et elle, mais aucune d'elles ne doit endurer des parents aussi austères, aussi soucieux de « tenir leur rang ».

Sa mère soupire. « Je suppose que tu trouves ça drôle ? »

Iris la voit glisser son bras sous celui de Rose, une formation de combat conçue le jour de la lettre de Charles, lorsque sa sœur est tombée malade. Iris n'est jamais parvenue à s'expliquer cette soudaine alliance. Ce jour-là, Rose l'a traitée comme si c'était elle qui avait écrit la lettre de rupture, elle qui avait anéanti ses rêves d'avenir, elle qui avait abîmé son visage en le couvrant de pustules. Depuis lors, Iris n'a jamais réussi à rétablir la confiance entre elles deux, n'a plus jamais réussi à consoler sa sœur, ou à la distraire. Elle se souvient de leur complicité d'autrefois, des bons moments qu'elles passaient à imaginer la boutique de leurs rêves, avec son papier peint à fleurs et ses cadres remplis de roses séchées. Elle aime sa sœur – bien sûr qu'elle l'aime ! – et pourtant…

Elle tente encore de relancer la conversation. « Le palais de l'Exposition universelle est splendide…

— La dépense universelle, tu veux dire ? » l'interrompt

son père avec un petit rire encourageant son auditoire à apprécier son trait d'esprit. Iris sourit gentiment.

« Mme Salter estime que le culte des marchandises poussera la société à sa perte, ajoute Rose.

— Elle est bien placée pour le savoir ! commente Iris sans réfléchir.

— Que veux-tu dire, je te prie ? » demande sa mère.

Inutile de répondre. Iris tapote sa serviette sur son menton. Sauce brune sur linge gris.

« Tout à l'heure, Iris s'est enfuie en courant, lâche Rose d'un ton accusateur. J'ai eu tellement peur ! Elle était près de moi, et, l'instant suivant, elle avait disparu. Impossible de la retrouver dans la foule. D'autant que j'ai parfois du mal à voir avec mon… » Elle ne finit pas sa phrase, se contentant de baisser son œil valide vers son assiette.

Cafardage.

« Est-ce vrai, Iris ? Pourquoi as-tu fait une chose pareille ? Toi qui aimais tellement ta sœur, autrefois ! À présent, tu la fuis, tu l'abandonnes dans la foule… »

Iris ne dit rien. Elle sait qu'elle s'est comportée de manière cruelle – mais laquelle d'elles deux a commencé ? N'est-ce pas Rose qui l'a exclue la première ? Elle s'efforce de faire resurgir l'image de l'ossature métallique du palais des expositions et la joie qu'elle a éprouvée à la contempler. Mais le poids qui lui comprime la poitrine refuse de bouger.

Elle ne leur échappera jamais. Elle ne sera jamais libre. Elle est destinée à vivoter ainsi jusqu'à son dernier souffle, à subir les gifles et les insultes de Mme Salter, à endurer la jalousie de sa sœur, tout ça jusqu'à ce qu'un type maigrelet l'engrosse, un gosse après l'autre, et qu'elle passe ses journées à tourner la manivelle de l'essoreuse, à glisser des abats pourris dans la tourte du dimanche tout en veillant sur des mioches atteints de scarlatine, de grippe et de Dieu sait quoi d'autre, et qu'elle finisse par tomber malade, elle aussi…

Sa mère soupire, interrompant ses pensées. Iris fait mine de ne pas remarquer son regard noir.

« Encore des pommes de terre ? » demande son père en tapotant distraitement sa poche, comme il le fait toujours une fois qu'Iris et Rose lui ont remis la majorité de leurs gages hebdomadaires. Il incline la tête, laissant voir le haut de son crâne luisant de gras.

« Non, merci », murmure Rose.

Leur mère toussote. « Iris ? » Sa voix est tendue comme un fil. Leur père lève les yeux. Ses poils se hérissent sur ses avant-bras. « Pourquoi ne peux-tu pas répondre comme ta sœur ? Est-ce vraiment si pénible pour toi ? »

Iris regarde la peau ridée que forme la sauce dans son assiette. Elle doit faire un effort pour ne pas taper du poing sur la table, saisir à deux mains la nappe tachée et tout jeter au sol. Elle aimerait voir l'épagneul en porcelaine se briser en mille morceaux.

Elle sourit. « Non, merci. » Elle avale une autre bouchée de pudding.

L'horloge sonne six heures.

Fraternité préraphaélite

« Un whisky chaud au beurre », commande Silas en plaçant une pièce de monnaie sur la table tandis qu'une cloche sonne à toute volée dans la rue d'à côté. Il est six heures du soir. L'office va commencer. Le taxidermiste s'est installé sur la banquette la plus proche de la cheminée. Les joues roses, il promène un regard satisfait sur le décor familier. Aujourd'hui, tout brille de mille feux : la grille en forme de coquille, les chopes argentées suspendues au plafond, les étincelles jaillies de la cheminée qui rougeoient une dernière fois avant de s'éteindre sur le tapis à ses pieds. Au mur, une plaque humoristique suggère : « PENSEZ À FAIRE VOTRE BIÈRE TOUS LES SOIRS. » Il s'applique à sourire chaque fois qu'il la regarde, pour montrer qu'il sait lire. Son grog, quand il arrive, est bien chaud, très épicé. Il lape la couche de beurre liquide avec sa première gorgée. Les yeux mi-clos, il repense à la jeune fille, à la déformation de sa clavicule, au vert de ses yeux.

« Il y a longtemps qu'on ne vous a pas vu, monsieur, dit la patronne d'un ton affable que contredit son visage courroucé. Les jeunes peintres que vous affectionnez viennent souvent, en revanche. Trop souvent, pourrait-on dire.

— J'avais du travail », répond Silas, bien qu'il se demande pourquoi il a évité la chaleur et le brouhaha du Dolphin pendant si longtemps. Il aime cet endroit. La bière est plaisante, et les conversations se révèlent plus agréables encore.

La jeune femme assise de l'autre côté de la cheminée éclate d'un rire sonore, puis frappe le torse de son compagnon, un homme aux cheveux gris. Vêtue d'une robe si échancrée qu'elle laisse voir le croissant rose de ses mamelons, elle porte sa plume d'autruche habituelle dans les cheveux – une plume teinte en rose. La patronne se précipite. « Calmez-vous, Bluebell. Je ne vous laisserai pas manquer de respect envers nos estimés clients ! »

Silas serre les doigts sur sa chope. Même la mousse du grog lui rappelle la couleur de ses cheveux ! Iris – est-ce bien ainsi qu'Albie l'a appelée ? Dans ses yeux verts, aux orbites un peu enfoncées, il a lu une solitude et une mélancolie qui lui ont paru familières. Comme si un lien invisible les unissait.

Sur le moment, elle lui a si fortement rappelé Flick qu'il a presque cru l'avoir retrouvée. Tant de temps s'est écoulé depuis qu'elle a disparu, l'année de leurs quinze ans ! Un jour, il l'a invitée à venir voir sa collection, et elle a couru avec lui à travers champs. Il se souvient de l'éclat rouge de ses cheveux, de ses mains aux jointures saillantes. Il avait l'impression d'être un gentleman qui introduit une dame dans son bureau pour la première fois : *Entrez, ma chère. Voici mon univers.* Il peine à se remémorer son expression quand il lui a montré les crânes du lapin, du blaireau, du lièvre – et son trésor : le bélier aux cornes torsadées.

Il pense si souvent à Flick qu'il a éprouvé un vif réconfort cet après-midi, face à la jeune inconnue qui lui ressemble. Ou plutôt, qui ressemble à la jeune adulte qu'aurait pu devenir Flick si elle n'avait pas disparu.

Dans son esprit embrumé par l'alcool, Flick devient Iris. Elle échappe à la mort qu'il a imaginée (dans une rivière du Staffordshire ou à la manufacture de porcelaine, entre les mains du fils du patron, ou encore sous les roues d'un cocher ivre) et elle parvient à fuir – vers Londres, un magasin de poupées et de meilleures perspectives d'avenir.

« Saute, Louis ! » crie une voix masculine. Silas se retourne. Trois jeunes artistes s'esclaffent près du comptoir. Il les reconnaît aussitôt. Une vingtaine de jours se sont écoulés depuis que Louis Frost et Johnnie Millais sont venus chez lui. Il est probablement trop tôt pour tenter de leur vendre un autre animal empaillé. Le troisième homme, Gabriel Rossetti, a noué ses mains à celles de Millais afin de créer un pont à hauteur de poitrine. Louis a reculé de quelques pas sur les planches posées au sol pour protéger les tapis. Ses cheveux noirs ondulent sur sa tête comme les akènes d'un pissenlit.

« Messieurs, messieurs ! Je vous en conjure », gronde la patronne, mais Louis a déjà pris son élan. Il saute par-dessus les bras tendus et atterrit sur les planches avec un bruit sourd. Le plafond vibre. Le jeune homme époussette son pantalon et sourit aux autres clients. Certains l'acclament, d'autres froncent les sourcils en plongeant le nez dans leurs assiettes.

« Vive la FPR ! » s'exclame Rossetti en français. Silas se hérisse, non parce que le bruit le dérange, mais parce que ces trois lettres suffisent à l'exclure de leur cercle. La FPR ? De quoi s'agit-il ? D'une faction quelconque ?

« Vive la FPR ! » font écho Johnnie Millais et Louis Frost.

Louis entame en français le refrain de *La Marseillaise* :

« Allons enfants de la Patrie !

— Le jour de gloire est arrivé !

— Tais-toi* ! Ce jour-là n'est pas encore arrivé », tonne la patronne.

Elle les pousse sans ménagement vers le box situé derrière celui de Silas. « Pas arrivé du tout, reprend-elle, si j'en crois la critique cinglante parue dans le *Times* à votre propos.

— Un coup bas…

— Extrêmement désobligeant…

— Vous verrez, chère vieille bique, notre jour viendra ! »

Quelques clients ricanent. Silas n'en fait pas partie. Il fixe les trois gaillards, plus jeunes que lui d'une dizaine d'années, débordant d'une énergie et d'une assurance qu'il n'a jamais rêvé de posséder. Il les a vus arpenter le quartier en quête de celles qu'ils surnomment les « stupéfiantes », formant un barrage de leurs bras tendus pour arrêter les passantes venant en sens inverse. Peut-être aurait-il appartenu à un cercle d'amis semblable au leur s'il avait étudié la médecine.

Tendant l'oreille, il attrape au vol des bribes de leur conversation.

« Tottenham Court Road, pas la moindre stupéfiante en vue. Comment vais-je finir *L'Emprisonnement de la dame de Guigemar* pour l'exposition sans… ?

— Continue de chercher. Cela vaudra toujours mieux que d'aller dénicher une gitane dans un taudis…

— Dixit le "gamin roux au cou tordu et à l'œil larmoyant"…

— Je t'en prie, ne me rappelle pas cette odieuse critique !

— Allons, Millais, tout le monde connaît Charles

Dickens pour ce qu'il est, intervient Louis d'un ton réconfortant.

— Oh, ça oui. Quel vieux schnock ! »

Ils éclatent de rire, et Silas se demande s'il ne devrait pas se pencher et leur parler, essayer de leur vendre un crâne, un moineau ou un chaton empaillé comme élément de décor pour leurs tableaux. Ces derniers temps, accaparé par les chiots siamois, il n'a pas vendu autant d'ailes de papillon qu'il aurait fallu.

« Regardez, le Cadavre est parmi nous ! » s'écrie Rossetti. Silas reconnaît le surnom qu'ils lui ont donné. Il se retourne, les salue d'un hochement de tête et lève sa chope face à la fine cloison en bois ajouré qui les sépare.

« Pardonnez son impertinence, Silas », tempère Louis en s'agenouillant sur la banquette pour se pencher vers lui. L'artiste paraît encore plus vampirique que d'habitude, avec ses cheveux noirs ébouriffés et sa peau si pâle qu'elle est presque bleue. « Quel rustre tu fais, Gabriel ! poursuit-il. Je suis sûr que tu n'aimerais pas être traité de cadavre.

— Arrête tes sottises. C'est une gentillesse, réplique Rossetti, dont le visage apparaît près de celui de Louis.

— Je suis certain qu'on m'a attribué des surnoms bien pires que celui-là », renchérit le taxidermiste.

Louis tapote du bout des doigts une mélodie sur la cloison du box. Une épaisse couche de peinture s'est accumulée sous ses ongles. « Eh bien, Silas, je suis ravi de vous trouver ici. Vous m'évitez une visite à votre boutique. »

J'aurai bientôt un musée, pense Silas, pas une boutique. Il avale une gorgée de whisky. « Seriez-vous intéressé par un autre animal ? »

Louis balaie sa question d'un geste vif. « Non. En fait,

je dois vous dire, et j'en suis navré, que la tourterelle empaillée par vos soins...

— Oui ? » souffle Silas. Il pense à la petite voleuse de cresson, à la façon dont il a arrangé ses plumes en éventail. C'est l'une de ses plus belles pièces, l'exemple parfait de ce qu'il est capable de réaliser.

Louis soupire. « Eh bien, j'ai peur qu'elle... qu'elle n'ait moisi.

— Pardon ? bégaie Silas.

— Elle a pourri. Je suis parti une semaine à Édimbourg. À mon retour, j'ai trouvé la maison remplie de mouches à viande. » Il frémit, agite les mains en parlant. « C'était... Oh, ça grouillait d'asticots ! J'ai failli vomir en ouvrant la porte. Bon sang, Johnnie, tu te souviens de cette puanteur ? »

Millais acquiesce. « Je la sentais presque depuis Gower Street.

— Vous êtes sûr que la tourterelle est en cause ? murmure Silas, l'estomac noué. Je suis persuadé de l'avoir correctement grattée et séchée.

— Est-ce que Louis en est *sûr* ? répète Rossetti. Évidemment ! Que voulez-vous que ce soit d'autre ? Des pinceaux dévorés par une armée de champignons ? Estimez-vous heureux que ce soit arrivé à Louis, et pas à moi. Je n'ai pas son sens de la mesure...

— Rossetti, je t'en prie, intervient Louis en posant une main sur son bras. Je suis navré de devoir vous en parler, reprend-il plus doucement à l'adresse de Silas, mais... il se trouve que cet incident m'a compliqué les choses. Mon modèle – censé incarner la dame de Guigemar, une reine du Moyen Âge – est parti en trombe en hurlant qu'elle ne resterait pas une seconde de plus dans une atmosphère aussi putride. Or sa défection me cause un réel désagrément à ce stade de mon travail... »

Silas crispe les doigts sur sa chope. « Je suis désolé. Je ne comprends pas ce qui s'est passé. Je vous dédommagerai, bien sûr. » Louis écarte l'idée d'un geste de la main, mais sa générosité ne fait qu'accroître l'embarras de Silas. Se peut-il qu'il ait négligé de bien sécher l'oiseau, trop absorbé par son travail sur un autre spécimen – une chauve-souris, si sa mémoire est exacte ? Il la donnera à Louis pour se faire pardonner. Ou il insistera pour le rembourser. Il le faut, et il ne pensera pas à l'argent perdu (bien qu'il y songe déjà en plissant le front). Les artistes lui passeront d'autres commandes pour le remercier, et il a mis un peu d'argent de son loyer de côté en cas de coup dur.

« Un *désagrément* ? Allons, Louis ! Cette colombe pourrie t'a mis dans une situation désastreuse », tempête Rossetti, si fort que même Bluebell fronce les sourcils. Silas baisse les yeux, de peur de lire sur le visage des clients du pub le mépris qu'il leur inspire. Je suis un raté, se dit-il en lui-même. Rossetti le pense aussi, manifestement. Et il semble déterminé à le faire savoir au monde entier.

« Je ne dirais pas désastreuse, commence Louis.

— Ah oui ? Ta colombe était dévorée par les vers et tu as dû la jeter dans les égouts !

— J'avais presque fini de la peindre…

— Ton modèle, cette jeune vendeuse qui avait la bougeotte…

— Elle ne bougeait que de temps en temps.

— … t'a abandonné parce que ton atelier empestait le moisi.

— Je suis sûr que Lizzie acceptera de la remplacer. Sinon, j'irai dénicher une gitane dans un taudis », réplique Louis.

Rossetti hausse les épaules. « Lizzie Siddal ? J'en

doute. Elle pose pour Millais en ce moment. Avoue-le : tu n'as plus de modèle pour ton portrait, et aucun espoir d'en trouver un autre. Pour l'heure, tu n'as peint que les contours d'une silhouette et une colombe en arrière-plan. Essaie de soumettre ça à la Royal Academy ! » Rossetti se cale contre le dossier de la banquette, avant d'assener : « Et tu me dis que ta situation n'est pas désastreuse ? »

Louis incline la tête. « J'ai perdu mon modèle, c'est vrai, mais ma vision du tableau est intacte. Je n'ai pas changé d'idée. Ce portrait, je l'imagine déjà sur les murs de l'Académie. Il ne me reste plus qu'à… » Il hésite. « Trouver un modèle.

— C'est ta vision qui compte, assure Millais en lui tapotant le bras. Tu trouveras une solution pour le reste.

— Quant au Cadavre…, continue Rossetti en se tournant vers le taxidermiste.

— Silas, rectifie Louis.

— Quant à vous, *Silas*, vous venez de promettre de dédommager notre ami. Comment vous y prendrez-vous ? Par quelle magie ferez-vous revenir la jeune vendeuse remuante que votre oiseau de malheur a fait fuir ? Comprenez-vous le tort que vous avez causé à Louis ? C'est un scandale !

— Il est vrai que la situation n'est pas idéale », ajoute Millais, et Silas rougit. Même Millais est déçu. « Vous auriez dû voir Louis ces jours-ci !

— Il a sombré dans une mélancolie pitoyable, assène Rossetti. En tant que professionnel, j'avais une meilleure opinion de vous, Silas. »

J'avais une meilleure opinion de vous. C'est un scandale. L'inclinaison presque fantasque de son bec. Silas voudrait enfouir son visage dans ses mains. *Inclinaison fantasque.*

Les trois hommes semblent ne faire qu'un avec le visage de Gideon. Doivent-ils se mordre les lèvres, eux aussi, pour ne pas éclater d'un rire moqueur ? Silas baisse la tête. Il n'est qu'un bon à rien. Méprisable et dénué de talent.

Louis reprend la parole : « Vraiment, messieurs, ce n'est pas aussi grave que vous le dites. Silas, pardonnez-leur. Ils sont pleins d'allant ce soir. Je finirai bien par trouver une solution ! Au moins, j'ai eu le temps de peindre la colombe avant qu'elle pourrisse. » Il tend la main vers Silas, qui se raidit, prêt à recevoir un coup, mais Louis se contente de lui tapoter l'épaule.

La main du jeune homme est ferme, réconfortante. Silas ne parvient pas à lever les yeux. Cette gentillesse abrupte, c'est plus qu'il n'en peut supporter après les invectives de Rossetti. « Je… Je pense que j'ai une solution », marmonne-t-il. Il porte sa chope à sa bouche d'une main tremblante, la vide d'un trait. La tête lui tourne. Le breuvage lui donne la nausée. Trop sucré. Ses émotions se mêlent. Il veut plaire à cet homme, saisir cette amitié naissante, rattraper l'erreur qu'il a commise avec la tourterelle – alors, sans réfléchir davantage, il poursuit : « Je crois que j'ai un modèle pour vous. C'est une dame que vous voulez, n'est-ce pas ? Une personne majestueuse ? Vous la trouverez chez Mme Salter.

— Le magasin de poupées ?

— En effet. » Il s'arrête. Il lève la main vers son visage, se couvre le cou comme pour faire rentrer les mots dans sa gorge. Cette fille est trop précieuse, elle est à lui. Seigneur, qu'a-t-il fait ?

« Non, je… Elle ne vous conviendra pas, se reprend-il. J'ai parlé trop vite. Elle a un défaut. Sa clavicule… Ça ne vous plaira pas.

— J'irai demain pour en juger par moi-même », décrète Louis. Il sort de sa veste un crayon et un carnet relié de cuir, l'ouvre et griffonne *Chez Mme Salter.*

Le sort en est jeté.

Querelle

Assise à sa place habituelle, Iris s'apprête à colorer le pied d'une poupée. Elle s'étire, bâille, puis jette un coup d'œil vers la rue. Elle sursaute.

Quatre hommes l'observent à travers les cercles de buée que forme leur souffle sur la vitre. Ils sont jeunes, beaux, et l'un d'entre eux, le front masqué par d'épaisses boucles noires, la fixe avec une intensité particulière. Elle baisse aussitôt les yeux en rougissant. Elle voudrait se couvrir (non qu'elle ne soit pas vêtue des pieds à la tête) pour échapper à son regard ; mais elle désire aussi continuer à s'offrir à son examen, aussi insistant soit-il. Son ventre se noue, et elle repense à l'indécence de sa propre conduite – l'étrange désir qui l'a amenée à se dévêtir avant d'esquisser son autoportrait, à espionner sa sœur à travers le trou de la serrure et à en éprouver une certaine excitation.

À côté d'elle, penchée sur son ouvrage, Rose découd un minuscule col de dentelle.

Iris relève les yeux, prête à donner un coup de coude à sa sœur, mais l'homme aux cheveux bouclés pose un doigt sur ses lèvres.

Iris se raidit. Quelle impertinence ! Comment osent-ils la dévisager ainsi ? La prennent-ils pour une fille publique ou pour une pièce de collection ? Cet homme n'a guère plus d'allure qu'un vendeur ambulant. Il ne porte même pas de chapeau. Elle se redresse contre le dossier de sa chaise et porte distraitement la main à sa clavicule.

« Regarde, dit-elle à sa sœur après s'être assurée que Mme Salter n'est pas dans la pièce. Regarde ces grossiers... »

Mais les hommes se sont esquivés, et son doigt pointé vers la vitrine ne désigne plus qu'un espace vide.

Dans l'après-midi, un pâle soleil s'infiltre à travers les vitres poussiéreuses, puis la nuit tombe. On allume les lampes à huile et les bougies, on souffle une dernière fois sur les bûches rougeoyantes avant d'aller se coucher. Les jeunes femmes ont dîné, Mme Salter tète sa bouteille de laudanum comme s'il s'agissait d'un biberon, et elles se retirent dans leurs chambres respectives.

Sitôt couchée, Rose cale ses genoux contre ceux de sa sœur. Iris prend sa main dans la sienne, et Rose ne proteste pas. « Je suis désolée de m'être enfuie, chuchote Iris.

— Ça n'a pas d'importance.

— Tu te souviens de notre boutique ? » La paume de Rose est chaude dans la sienne. « Les boîtes de biscuits que je voulais peindre, les mouchoirs que tu voulais broder ?

— Hmm.

— Pourquoi ne veux-tu plus en parler ? Qu'ai-je fait de mal ? »

Rose ne répond pas.

Au bout d'un moment, Iris comprend que sa sœur s'est endormie. Elle demeure allongée près d'elle, serrant sa main molle dans la sienne, puis elle se lève, ouvre sans bruit la porte bien huilée, descend l'escalier et gagne le cellier. Là, elle sort ses aquarelles, se déshabille et s'installe à la petite table. La bougie, le miroir, le portrait inachevé. Tout est prêt.

À chaque coup de pinceau, à chaque ajout d'ombre ou de lumière sur le papier, elle sent sa gorge se dénouer. Elle pose la main sur son ventre, là où il s'est crispé plus tôt dans la journée, quand les quatre hommes l'ont observée à travers la vitrine – avec quelle impertinence ! Elle se souvient aussi de leur approbation, calme et muette. Elle pense à sa sœur endormie à l'étage, à la peau nue de ses cuisses contre la laine rugueuse du pantalon de son gentleman, à ses fesses bleuies sous la pression de ses doigts.

Sa main froide frôle sa peau nue, danse vers son nombril.

Soudain la porte s'ouvre dans un grincement. Effarée, Iris se penche pour attraper sa chemise de nuit, qu'elle presse contre sa poitrine.

« Je... Je... » Elle bégaie, si confuse qu'elle n'ose pas se retourner. Son cœur bat la chamade. Elle est certaine qu'il s'agit de Mme Salter. Elle va perdre son emploi, elle devra tout raconter à ses parents, elle sera obligée de coudre jour et nuit pour survivre. Quelle déchéance ! Elle aurait dû savoir qu'on la surprendrait, qu'on découvrirait son goût pour les images les plus crues.

« Qu'est-ce que tu... ? Qu'est-ce que... ? » La voix, furieuse, n'est pas celle de Mme Salter.

C'est celle de Rose.

Au soulagement succède un pincement de déception, qu'Iris s'efforce de chasser de son esprit.

Sa sœur se tient devant elle, le dessin à la main. Elle l'approche de la bougie et le fixe de son œil valide. « Que faisais-tu ? Qu'est-ce que c'est que *ça* ? » Le papier tremble entre ses doigts. Ses joues sont marbrées de taches rouges.

« Rends-le-moi. » Iris arrache le portrait des mains de

sa sœur. Elle n'est plus désolée, elle n'a plus honte. « Ça ne te regarde pas.

— C'est… C'est obscène ! Se peindre ainsi, sans chemise… Tu cherches à me narguer, c'est ça ? Quel orgueil ! Et tu prétends que ça ne me regarde pas ? Et si nous étions toutes les deux chassées d'ici sans lettre de recommandation ? Tu sais très bien ce que Mme Salter penserait de tout ça ! poursuit Rose en élevant la voix. Que ferions-nous, alors ? Quelle patronne voudrait de nous ?

— Je n'ai jamais pensé que tu serais chassée en même temps que moi…

— Écoute, plaide Rose en s'emparant du coude d'Iris (elle pose les doigts sur le bleu laissé par Mme Salter plus tôt dans la journée), tu dois me promettre de renoncer à ce… à ce tableau. » Elle marque une pause, avale un sanglot. « Je sais, et maman le sait aussi, qu'il y a quelque chose de vil en toi. »

Iris sent les yeux de Rose errer sur son corps nu. Elle plaque sa chemise de nuit sur ses seins, et sa sœur détourne le regard, mais Iris a eu le temps de lire sur son visage une expression qu'elle connaît bien. Un mélange d'amertume et de jalousie.

« Promets-moi d'y renoncer, insiste Rose. Promets-moi que tu ne peindras plus jamais ! »

Iris reste muette. Dans une main, son autoportrait, ce à quoi Rose ressemblait, elle aussi, avant que son visage et son corps ne soient marqués par la petite vérole. Dans l'autre main, sa chemise de nuit. Elle ne peut rien promettre. Elle ne promettra rien.

« Promets-le-moi, répète Rose, un ton plus haut. J'insiste. Promets-le, ou je le dis à maman. »

Iris ne répond pas, mais son pouls s'accélère. Elle crispe les orteils sur le plancher. Pourquoi sa sœur agit-elle ainsi ? Que leur est-il arrivé ? Autrefois, elles passaient leurs journées ensemble, main dans la main, parfaitement unies l'une à l'autre. Maintenant, la seule présence de Rose la fait suffoquer.

« Si tu refuses…

— Eh bien ? rétorque Iris, et sa voix résonne à ses propres oreilles comme celle d'une enfant capricieuse. Que feras-tu ? Tu le diras à Mme Salter et à maman ? Et alors ? Je les déteste ! Je déteste cette vie pitoyable ! Tu veux juste me retenir ici, me rendre aussi malheureuse que toi. Je ne promettrai rien. Tu te fiches de ce que je désire et tu n'as jamais cherché à le savoir depuis ta maladie…

— Depuis ma maladie ? répète Rose, et sa voix se brise. Tu…

— Je quoi ? Je n'ai rien fait, moi ! Je ne suis pour rien dans ta maladie. Je n'ai pas souhaité que tu attrapes la variole, vraiment pas. Pourtant, tu me punis comme si j'en étais responsable. Et tu me fais la morale, alors que tu… » Elle cherche le mot juste, car, même dans sa colère, elle sait qu'elle ne pourra pas revenir en arrière. « Alors que *tu* as fauté, pas moi ! Tu crois que je ne sais pas ce que tu as fait avec Charles ? »

Iris entend la gifle avant de la sentir. Ses joues rougissent dans un crépitement aigu de douleur. « Comment oses-tu ? crie-t-elle sans penser à Mme Salter. Je te déteste ! » Elle lance sa chemise de nuit par terre en oubliant qu'elle est nue, qu'elle a l'air ridicule.

Rose semble s'effondrer sous ses yeux. Elle éclate en sanglots, comme une gamine. Des pleurs déchirants, désespérés. Sa bouche est ouverte, un fil de salive pend entre ses dents, et son visage est plissé de désespoir.

« Ne… me… quitte pas », supplie-t-elle, mais Iris refuse de l'écouter. Elle ne laissera pas les larmes de sa sœur entamer sa détermination. Le portrait serré contre sa poitrine, elle s'élance dans l'escalier et gravit deux à deux les marches glacées jusqu'à leur mansarde. Elle tourne la clé dans la porte et se rend compte trop tard que sa chemise est restée en bas. Tant pis. Elle n'y retournera pas. C'est au-dessus de ses forces.

Elle s'étend nue sous les couvertures, frémissante de rage.

Les cloches de St George la tirent du sommeil à cinq heures. L'autre côté du matelas est vide. Des fragments de la nuit lui reviennent en mémoire. Elle tire la courtepointe sur sa tête. Elle n'aurait pas dû parler ainsi à sa sœur. Elle n'aurait pas dû perdre son sang-froid. Elle aurait dû la réconforter.

On frappe à la porte. Iris se lève pour l'ouvrir. Rose a dû dormir par terre, dans le cellier.

Iris ne prononce pas un mot. Nulle excuse ne sortira de sa bouche. *Il y a quelque chose de vil en toi.* Elles s'habillent en silence, le visage fermé, ne se tournant l'une vers l'autre que pour s'aider à attacher leurs corsets.

« Iris, je t'en prie… », chuchote Rose en tirant sur les rubans.

Iris ne cède pas. Elle ne promet pas, elle ne promettra pas. Elle ne pourra plus peindre, bien sûr. Car Rose ne la laissera pas en paix : elle la menacera, la cajolera, la suppliera jusqu'à ce que… Une larme perle au coin de sa paupière. Elle se décide enfin à parler. « Je suis désolée. Je t'ai dit des choses affreuses. Je ne le pensais pas. »

La voix de Rose est pareille à de l'eau glacée : « C'est pour le tableau que tu dois t'excuser.

— Je suis désolée qu'il t'ait fait de la peine.

— Là n'est pas la question », réplique Rose, et Iris ne relève pas.

Lorsque Rose se détourne pour utiliser le pot de

chambre, Iris attrape le portrait caché sous les couvertures et se précipite au sous-sol pour ranger le cellier avant le réveil de Mme Salter.

Mais tout est déjà en ordre. Les paniers remplis de bras, de jambes et de têtes de poupée sont alignés dans le buffet, la table a été débarrassée. Une pensée lui vient à l'esprit, et elle glisse la main sous le ballot de cheveux.

Sa sœur se tient sur le seuil. Visage vérolé, œil gauche laiteux et mi-clos.

« Où sont mes pinceaux ? s'exclame Iris. Et mes autres… Mes autres tableaux ? Qu'en as-tu fait ? »

Rose tire une mèche de cheveux, la serre autour de son doigt comme un nœud coulant.

« Ces peintures m'ont pris des mois ! Où sont-elles ? Qu'en as-tu fait ? Si tu les as brûlées… Et mes aquarelles ? Où as-tu mis mes tubes d'aquarelle ?

— Allons ! Quelle importance ? Ce ne sont que des… fournitures, réplique Rose d'une voix tremblante. Essaie de comprendre, je t'en prie ! Je… Je veux ce qu'il y a de mieux pour toi. Si nous étions renvoyées, que deviendrions-nous ? Que…

— Menteuse ! Tu veux que je souffre autant que toi, assène Iris. Ces peintures, ces pinceaux m'appartenaient. Je les ai achetés. J'ai économisé pour ça. Pendant des mois.

— Tu aurais dû donner cet argent à nos parents. Ce n'était pas à toi de le dépenser.

— Salope », murmure Iris, un mot qu'elle n'a jamais prononcé à haute voix auparavant. Il atténue la douleur que Rose lui a causée. « Salope. »

Elles passent la journée assises côte à côte dans un silence rageur. Iris se tient le plus loin possible de sa sœur. Elle confond la peinture bleue avec la peinture verte, barbouille de rouge les lèvres fines des poupées.

Enfin, peu avant 16 heures, Mme Salter lui demande d'aller livrer deux poupées chez une cliente à Berkeley Square. « C'est une commission trop importante pour la confier à ce gamin édenté – comment s'appelle-t-il, déjà ? » marmonne-t-elle.

Iris ne répond pas. Elle s'est levée d'un bond, soulagée d'échapper à l'atmosphère oppressante de la boutique. Elle tasse les poupées dans un panier comme une paire de harengs. « Ne lambinez pas en chemin ! » glapit Mme Salter, mais la jeune femme est déjà dehors. La porte claque derrière elle, la clochette tinte un moment, puis tout retombe dans le silence.

Les rues sont bondées. À cette heure de la journée, l'affluence est à son comble. Tout s'achète, se vend, se négocie : ici, des savons ; là, des babioles ; là-bas, une caresse ou un coup de trique. Un vendeur de chiens de chasse tient une cage au-dessus de sa tête, mais le prix qu'il crie à la cantonade est étouffé par le vacarme ambiant – comme le sont les jappements du terrier enfermé dans la cage. Le brouhaha s'ajoute au fracas des sabots et des charrettes sur les pavés disjoints. Iris lance un regard derrière elle. La devanture du magasin – une tenture verte, de grandes lettres dorées – ravive sa colère. Si elle avait une torche et une bouteille d'alcool, avec quel plaisir elle mettrait le feu à la boutique !

« Mademoiselle ? »

Iris recule d'un bond. On vient de l'agripper par la manche. Elle lève le bras, prête à frapper un gamin aux mains lestes, puis se fige, étonnée. Une dame bien mise se tient devant elle. Jolie, avec un long nez.

« Je suis navrée de vous aborder ainsi... »

Iris fronce les sourcils. Cette dame la confond manifestement avec une autre.

« Je ne crois pas que nous nous soyons déjà rencontrées, reprend l'inconnue. Vous travaillez au magasin de poupées, n'est-ce pas ? Je m'appelle Clarissa Frost. » Iris l'entend à peine : une voiture à cheval passe en cahotant sur les pavés. « Et vous êtes… ?

— Pardon ? marmonne Iris en inclinant la tête.

— Votre nom ?

— Iris.

— Mademoiselle Iris… ? »

Iris rougit, consciente de manquer de savoir-vivre. « Iris Whittle, répond-elle. Que me… ?

— J'espère que vous pardonnerez l'inconvenance de mon approche, mademoiselle Whittle. Fondre ainsi sur vous sans explication… Vous devez me juger bien mal élevée ! »

Iris jette un regard derrière la femme et reconnaît le visage nerveux d'un des hommes qui l'ont observée la veille dans la boutique de Mme Salter. Elle se rembrunit. Ce goujat n'a toujours pas de chapeau.

« Encore vous ! » s'exclame-t-elle. Échauffée par la querelle avec sa sœur, elle ne parvient pas à refréner son mouvement d'humeur.

Clarissa se tourne vers l'homme en fronçant les sourcils. « Je croyais que vous n'aviez pas été présentés ?

— Présentés ? s'emporte Iris. Absolument pas ! Monsieur devrait savoir qu'on ne se poste pas devant une boutique pour reluquer les employées. »

Il rit – fort, sans la moindre gêne.

« Ce n'est pas drôle ! lâche-t-elle en s'empourprant. Je suis une personne, pas un objet dans une vitrine. »

Il ouvre la bouche pour parler, mais la dame le fait taire d'un geste de la main.

« C'est mon frère, dit-elle.

— Votre frère ! » répète Iris, interloquée. L'homme ressemble à un épouvantail dans son pantalon trop court et sa chemise mouchetée de taches blanches. Sa veste élimée, d'un bleu crasseux, se découd par endroits. L'idée qu'il puisse être apparenté à cette jeune élégante drapée dans une robe en soie lui semble risible.

« J'admets volontiers que son style vestimentaire est fort différent du mien, reprend Clarissa en souriant – puis, comme Iris tressaille, bousculée par un passant indélicat, elle ajoute : Nous serions peut-être mieux à l'intérieur pour discuter ? Le bruit des chevaux... C'est insupportable ! »

Elle entraîne Iris vers un élégant salon de thé au plafond voûté. L'argenterie étincelle sur les tables couvertes de nappes blanches repassées avec soin. Iris oublie le panier qu'elle tient à la main et la livraison qu'elle doit faire à Berkeley Square. Son esprit troublé cherche une explication, mais aucune n'est concluante. Pourquoi cette dame montre-t-elle tant d'amabilités à son égard ? Son vieux bonnet en mousseline est désespérément démodé comparé au petit bord* de Mlle Frost. D'ailleurs, le portier de la pâtisserie, qui l'accueille avec un sourire en coin, ne s'y trompe pas. Clarissa ne s'en aperçoit pas, elle s'assied à une table, claque des doigts et commande du thé et un assortiment de sandwichs. « Ne lésinez pas sur le concombre, cette fois ! Et ne diluez pas la crème : je m'en apercevrais à la première gorgée. »

Iris ne l'écoute plus : elle vient de comprendre la situation. Cette femme est une catin, et l'homme un proxénète. Ils ont fondu sur elle, en quête de jeunes filles candides à détourner du droit chemin.

« Je dois partir, dit-elle. Je ne suis pas une oie blanche. Je comprends tout, à présent. Bonne fin de journée.

— Attendez, je vous en prie ! s'exclame Mlle Frost. Mon frère est peintre.

— Peintre ?

— Vous avez peut-être entendu parler de lui ? Il s'appelle Louis Frost. »

L'intéressé lui jette un regard plein d'espoir. Iris secoue la tête.

« Eh bien, dans ce cas, permettez-moi de vous le présenter, reprend Clarissa. Louis fait partie d'une confrérie, un groupe de peintres. La FPR – la Fraternité préraphaélite. Ça vous dit quelque chose ? Holman Hunt, John Millais, Gabriel Rossetti ?

— Je suis désolée. Je… Je n'en ai pas entendu parler.

— Vous allez voir, ils feront parler d'eux, et très bientôt ! » assure-t-elle avec une détermination farouche. Elle désigne une chaise près d'elle, et Iris s'assied. « Louis a suivi les cours de la Royal Academy of Arts. L'année dernière, ses professeurs ont retenu deux de ses tableaux pour leur exposition estivale annuelle. Il est sur le point d'accomplir de grandes choses, j'en suis sûre. » Sa voix faiblit. « Si seulement les critiques acceptaient de reconnaître son talent… »

Royal Academy, exposition, critiques. Iris fait tourner ces mots dans son esprit. Ils lui semblent délicieux, mûrs et sucrés comme des cerises. Aura-t-elle un jour la chance de cueillir ces mots dans l'air, elle aussi, et de formuler de telles phrases au sujet de son propre travail ? Louis Frost a peut-être vu une de ses peintures, et il souhaite qu'elle se joigne à sa confrérie ? Mais accueille-t-on des femmes dans ce genre de groupe ? Sans doute pas. Le nom même de « confrérie » indique qu'il est réservé aux hommes.

« Et moi ? demande-t-elle. En quoi puis-je vous être utile ? » Le jeune peintre la fixe avec insistance. Comme la veille, il ne détourne pas les yeux quand Iris surprend son regard posé sur elle. Ses prunelles sont si sombres qu'elles paraissent noires. Noires avec des paillettes dorées. Si on lui demandait de peindre une poupée avec des yeux pareils, elle ne trouverait pas la bonne couleur.

« Eh bien... notre proposition vous semblera peut-être inconvenante, répond Clarissa, mais je vous assure qu'il n'en est rien. » Elle toussote. « Louis cherche un modèle.

— Un modèle ? » Iris s'efforce de ne pas laisser paraître sa déception. Elle tire un fil sur sa manche. Tout le monde le sait, même elle : poser, c'est se prostituer, ou presque. Si elle acceptait l'offre des Frost, Rose ne le lui pardonnerait jamais. Elle considérerait l'exposition de son corps, de son visage, comme une offense personnelle. Ses parents lui interdiraient de remettre les pieds chez eux. Et elle perdrait son emploi au magasin de poupées.

« Quelque chose ne va pas ? demande Clarissa. Vous semblez troublée. J'admets que cette proposition peut paraître...

— Non. Ce n'est rien, ment-elle.

— Merci, mademoiselle. Mettez-la ici », ordonne Mlle Frost à la serveuse qui leur apporte une assiette dorée remplie de petits sandwichs au concombre. Clarissa se sert, mâche avec application, puis tend la main vers Iris. « Songez que vous seriez immortalisée sur la toile. Et si Louis atteint la renommée qu'il mérite, vous serez encore admirée dans cent ans – deux cents ans, peut-être. Vous vous rendez compte ? » Elle avale une gorgée de thé. Son petit doigt pointe vers l'extérieur. « De plus, vous seriez payée un shilling de l'heure, ce qui, j'imagine, dépasse largement votre salaire actuel.

— Un shilling de l'heure ?

— Oui. »

Iris s'efforce d'avaler un morceau de pain. Impossible de déglutir. Elle pousse le sandwich contre la paroi intérieure de sa joue. « Et je serais… Comment dire ? Je devrais…

— Je vous assure que les séances de pose sont organisées avec la plus grande bienséance », répond vivement Clarissa. Louis hausse les sourcils. De toute évidence, il pense exactement le contraire. « J'ai moi-même posé pour lui, poursuit la jeune femme. Et si vous vouliez amener un chaperon… »

Rose, pense aussitôt Iris. Puis leur querelle lui revient en mémoire : les tubes d'aquarelle volés, les dessins brûlés, la gifle. Elle pince les lèvres.

« Vous ne savez peut-être pas à qui vous adresser ? Si vous souhaitez que je sois présente, je viendrai volontiers.

— Est-ce parce que je… » Iris s'interrompt, porte la main à sa clavicule. « Vous voulez peindre ça ? demande-t-elle d'une voix étranglée.

— Pardon ? » dit Louis, prenant enfin la parole. Il s'exprime avec distinction, d'une voix profonde, enjôleuse. « Absolument pas ! Je veux vous peindre parce que vous m'intéressez. Vous avez une majesté. Votre visage est à la fois beau et déconcertant. Et vos cheveux ! Une forêt d'épingles ne saurait les apprivoiser. Ils sont *extraordinaires.* »

Iris sent un frisson lui raidir la nuque. Elle ne sait pas si elle doit se sentir flattée ou insultée. Elle tente de se concentrer sur les sandwichs.

« Je pense que vous êtes la reine idéale. En fait, vous êtes Regina elle-même ! conclut le peintre.

— Voyez-vous, intervient Clarissa, mon frère travaille actuellement sur un tableau intitulé *L'Emprisonnement de la dame de Guigemar*, d'après un poème de Marie de France. Louis peut se montrer quelque peu obsessionnel : il oublie que nous ne partageons pas tous son enthousiasme pour les lais médiévaux. En bref – Clarissa lève les yeux, et sa voix prend une intonation monocorde, comme si elle répétait un discours cent fois rabâché –, une reine est emprisonnée par son mari jaloux. Un chevalier nommé Guigemar fait naufrage à proximité du château où est détenue la reine, et ils s'éprennent l'un de l'autre. Ils sont évidemment surpris par le roi et contraints de se séparer, mais la reine noue la chemise de Guigemar de telle manière qu'elle seule peut la détacher, et il fait de même avec sa robe. Est-ce exact, Louis ? »

Le jeune homme, qui vient de croquer dans un sandwich, acquiesce sans ouvrir la bouche.

« La reine parvient à échapper à son mari et trouve refuge auprès du roi Mériaduc, qui tente de la séduire. Elle se refuse à lui, puis retrouve Guigemar lors d'un tournoi. Elle prouve alors son identité en dénouant sa chemise. À l'issue du tournoi, Guigemar fait le siège de la forteresse de Mériaduc et sauve sa dame. Eh bien, Louis, que dis-tu de mon résumé ?

— Il fera l'affaire, répond le peintre en tapotant la table du bout des doigts. Vous l'aurez compris, mademoiselle Whittle : nous sommes ici pour vous sauver du roi Mériaduc. »

Iris fronce les sourcils.

« Mériaduc ? Il n'existe pas de Mériaduc dans ma vie, voyons ! »

Il renifle. « Bien sûr que si. Qui est donc cette vieille bique aux cheveux gris qui vous retient prisonnière ? Elle a la bouche pincée comme l'arrière-train d'un chien.

— Oh ! Mme Salter. » Iris fait mine d'être saisie d'une quinte de toux pour dissimuler son fou rire. Puis, reprenant son sérieux, elle lance un coup d'œil à Louis et demande dans un murmure à peine audible : « Pourriez-vous m'apprendre à peindre ?

— Vous voulez apprendre à peindre ? »

L'incrédulité de l'artiste réveille son manque de confiance en elle. « Je dois partir, annonce-t-elle en se levant. J'ai une commission à faire, et je suis déjà en retard. Merci pour le thé.

— Restez encore un peu ! » la supplie-t-il en tendant la main.

Ses doigts se posent sur l'intérieur du poignet d'Iris, à l'endroit où sa manche rencontre son gant. Une telle inconvenance la stupéfie. Elle retire son bras.

« Je suis navré, mais c'est très simple : vous devez être ma reine.

— Je *dois* être votre reine ? »

Il fait mine de n'avoir rien entendu. « Je l'ai su dès que je vous ai vue. »

Elle sent croître son irritation. « Eh bien, moi, j'ai su que vous étiez très impoli dès que je vous ai vu. » Il rit, et elle se souvient des propos de sa sœur. *Il y a quelque chose de vil en toi.* Elle relève le menton. « Je suis navrée que vous jugiez si drôle mon désir d'apprendre à peindre… »

Il cherche son regard. « Pardonnez mon impertinence. Je ne m'y attendais pas, voilà tout. Mlle Siddal, qui pose pour plusieurs d'entre nous, peint également. Très bien, très bien. Je vous donnerai un shilling de l'heure pour les séances de pose et une heure de cours par semaine.

— Je tiens à apprendre vraiment. Pour en faire mon métier, pas un passe-temps. »

Il rit à nouveau. « Vous êtes dure en affaires ! Eh bien, soit. Une demi-heure de cours par jour. Et vous pourrez utiliser mon matériel quand vous ne poserez pas pour moi. » Il lui jette un regard interrogateur, et ajoute : « Allons, mademoiselle Whittle, dites-moi que vous êtes d'accord ! »

Iris se mord la lèvre. Elle pose les mains sur la table pour ne pas trembler. Elle désire plus que tout accepter son offre – et pourtant elle ne sait rien de lui. Elle a entendu tant d'histoires de jeunes filles innocentes attirées par des promesses non tenues ! Ses parents les lui ont contées pour l'avertir des dangers qui la guettent comme le loup dans l'ombre : ces couturières qui se sont vu offrir des rôles bien payés dans des établissements louches, ces servantes engagées par des malfrats, puis soumises à toutes sortes d'horribles traitements… Mais la peinture, les cours, la liberté – et si tout cela était vrai ?

Clarissa lui tapote la main. « Écoutez, mademoiselle. Mon frère est parfois trop enthousiaste. Un vrai chiot. Pourquoi ne pas venir à l'atelier ? Vous verriez ainsi à quoi il ressemble. Il n'y a rien de mal à cela, n'est-ce pas ? Ensuite, vous prendrez votre décision. »

Iris se fige un instant, puis elle pose son bonnet bien droit sur sa tête. Elle ramasse son panier d'une main tremblante.

« Quand puis-je venir ? » demande-t-elle dans un souffle.

Deuxième Partie

« Lizzie, Lizzie, as-tu goûté
Pour moi les fruits défendus ?
Ta lumière va-t-elle comme la mienne s'éclipser,
Ta jeunesse comme la mienne se gâter,
Défaite par ma défaite,
Ruinée par ma ruine,
Assoiffée, rongée, accablée par les lutins ? »

Christina Rossetti,
Marché gobelin (1859)

« Cueillez dès à présent les roses de la vie,
Car le temps jamais ne suspend son vol
Et cette fleur qui aujourd'hui s'épanouit
Dès demain sera flétrie. »

Robert Herrick,
« Aux vierges, pour profiter du temps présent »,
extrait du recueil *Hespérides* (1648)

Mégalosaure

Albie vogue sur un clipper de la Compagnie des Indes orientales. Le trois-mâts gîte et grince sous la brise, ses voiles tambourinent comme un cœur qui bat. Les marins dorment dans des hamacs au fond d'une cale remplie de caisses de marchandises. La sœur d'Albie l'accompagne, elle a pris sa main dans la sienne, et il a de nouvelles dents. En fermant les yeux, il peut sentir la morsure du vent et du sel sur ses joues, courir de la proue à la poupe et étrenner les mots qu'un marin lui a appris : « Hissez les voiles ! Bordez la brigantine ! Virez de bord ! Barre au vent ! » Tout autour, l'horizon s'étire à l'infini, la ligne bleue de l'océan se mêle au ciel qui se fond dans les nuages.

Le navire tangue plus violemment, et sa sœur gémit. Les voiles tambourinent de plus belle, elles *claquent, claquent, claquent, claquent* dans le vent. « Je suis à bord d'un clipper », chuchote-t-il. À bord d'un clipper. Sa sœur serre sa main un peu plus fort.

Le voilà sous le pont, à présent. Couché dans son hamac. Un autre oscille à quelques centimètres au-dessus de sa tête. Le vent forcit encore. Il tempête si fort, à vrai dire, que le lit – non, le *hamac* – accroché au-dessus de lui vient cogner son nez à chaque rafale. *Je suis à bord d'un clipper. Pour de vrai.*

Le vent tournoie, gronde et rugit, puis s'épuise enfin dans un ultime assaut. Sa sœur enfonce ses ongles dans sa peau, et il voudrait tuer ce maudit vent, l'étrangler, lui arracher jusqu'à son dernier souffle.

Encore quelques instants, et la porte claque. L'homme est parti. Albie sort en rampant de sous le lit. Il grimace de douleur. Sa sœur a creusé quatre demi-lunes sur le dos de sa main.

Elle tressaille quand il tend le bras vers son visage. Sans un mot, il rabat doucement ses cheveux pâles derrière son oreille.

« Il n'a pas été violent cette fois, n'est-ce pas ? » chuchote-t-il.

Elle secoue la tête en comptant les pièces poisseuses sur l'oreiller. Elle les mord. Albie compte, lui aussi. Six pence. Elle aura gagné au moins cinq fois plus à la fin de la nuit. Elle ne chômera pas, c'est sûr : elle a fait passer sa grippe pour une phtisie et augmenté ses tarifs d'un penny. Les filles fiévreuses et languissantes sont plus recherchées que les autres. Mourantes, elles valent de l'or. Son cœur se serre à cette pensée. Il se penche vers elle et enfouit son visage dans ses cheveux. « Ça vaut bien mieux que de trimer à l'usine, non ? »

Elle se lève. Il s'assied sur le lit, prend une aiguille et du fil, et se met à chantonner. L'ancienne cave à charbon n'est guère plus grande qu'une tabatière. En écartant les bras, Albie peut toucher les quatre murs. Et s'il s'agenouillait sur l'étroit matelas, il toucherait également le plafond.

La première fois que j'ai rencontré un joueur de cornet,
C'était dans un régiment de dragons.
Je l'ai m'né par le bout du nez
Et lui ai volé ses cuillères en laiton.

Du coin de l'œil, il regarde sa sœur, accroupie au-dessus de la bassine de vinaigre, une ventouse à la main. Ses poils pubiens forment une touffe graisseuse entre ses jambes. Comme il aimerait partir avec elle ! « Viens, dirait-il. Taillons-nous ! Grimpons à bord de ce clipper. Viens, te dis-je ! » mais il ne dit rien. Parce que la vie ne vaudrait pas mieux ailleurs. Où qu'ils se trouvent, ce serait pareil. Ça le met en rogne. Dans ces moments-là, il déteste le monde entier, avec furie, sans réfléchir. Mais il continue d'accepter leur sort, sans jamais envisager leur vie en termes de bonheur ou de malheur. Ce qui compte, c'est de survivre, le plus loin possible des hospices et des cimetières. Il éprouve soudain un besoin urgent de sortir et de courir à toutes jambes en martelant le sol de ses pieds pour faire fuir le danger qui le guette.

« T'es en train de t'étouffer, ou quoi ? lance sa sœur d'un ton moqueur.

— C'est ce qui s'appelle chanter », réplique-t-il sans se démonter. Il brandit son aiguille vers elle. « Méfie-toi, je suis armé. Avec ça, je peux percer les yeux de mes agresseurs comme si c'était des groseilles. »

Il se penche vers son ouvrage. Il brode une rosace comme cadeau de Noël pour Iris, mais il n'ose pas le dire à sa sœur : elle le traiterait de nigaud. Il pense souvent à la pièce de monnaie qu'Iris a pressée dans la paume de sa main, et plus il y pense, plus il en est convaincu : Iris est une reine. Ou une princesse. Elle est si gentille avec lui ! Albie se souvient aussi de la miche de pain qu'elle a glissée dans son sac en toile, et de la toupie qu'elle lui a offerte en précisant qu'elle jouait avec quand elle était enfant.

Sa sœur se glisse sous les couvertures. « Je vais dormir, avant qu'il en arrive d'autres », dit-elle.

À cet instant, une main secoue la grille d'aération qui leur sert de fenêtre.

« Albie ? s'écrie une voix familière. T'es là ? Je viens de voir un chien qui…

— Pas question de rapporter son cadavre puant ici – tu m'entends, Albie ? » s'exclame sa sœur, mais il ne l'écoute pas : il est déjà en haut de l'escalier. Il écarte le rideau qui leur sert de porte, enjambe la dernière marche (plus pourrie que les autres) et jaillit dans la rue, son sac en toile à la main.

« Il est salement amoché, ce chien ? demande-t-il à son ami. Quel âge il a ?

— J'en sais rien. Je viens de le voir passer sous les roues d'une charrette.

— Il est mort ?

— Oh, non. Il hurle tout ce qu'il peut. À réveiller les macchabées de l'église St Anne, je t'assure ! Faut faire vite. »

Le soleil se couche – son pâle disque doré filtre à travers la fumée et la poussière de charbon. Les deux garçons s'élancent telles des catapultes dans les rues étroites de Soho – Old Compton, Frith et Romilly –, guidés par les jappements du chien. Tout en courant, ils négocient : quelle contrepartie pour ce bon tuyau ? Une friandise, des couennes de porc frites ? Albie accepte d'acheter à son ami un sachet de gingembre confit pour le remercier de l'avoir renseigné.

La patte arrière de l'animal est coincée sous la roue d'une charrette. Si mutilée que l'os apparaît sous les chairs arrachées. La chienne se tortille pour se libérer, mais chaque mouvement amplifie sa douleur et ses hurlements se font de plus en plus pitoyables. Le sang coule dans le caniveau.

« Quelle misère ! Faudrait mettre fin à ses tourments, dit un homme. Quelques coups de pied, et on ne l'entendrait plus.

— Laissez-moi faire », dit Albie, et il s'approche de la chienne avec précaution. « Chut… Là, tout doux. »

Il craint de se faire mordre – et, après cela, de devenir dingo, la bave au coin des lèvres. Il se penche vers la blessure. Le passant a raison : la patte de la chienne est à vif, trop abîmée pour être soignée. Elle va mourir, c'est certain. C'est aussi vilain que les coupures que les mendiants exhibent en retroussant leurs manches pour susciter la pitié des passants.

« Tu es une jolie petite bête, pas vrai ? » murmure-t-il, et il lui caresse le dos. La chienne se détend, mais ses yeux restent blancs de peur. « Chut… Du calme, princesse. »

Il fait signe à son ami, qui lui tend un pavé. Albie ferme les yeux. C'est mieux ainsi, mieux que de laisser l'animal mourir à petit feu dans d'atroces souffrances ou être achevé à coups de pied par des morveux. Et puis, il pourra soutirer un autre shilling à Silas, un pas de plus vers ses nouvelles dents. Cela dit, il vaudrait mieux étrangler la chienne : son corps aurait plus de valeur si le crâne était intact. Mais Albie ne supporte pas l'idée de l'effrayer, puis de voir sa panique s'atténuer à mesure que son cœur cesse de battre.

Un coup sec, un craquement, le silence. Albie s'accroupit, le souffle court. Les paupières de la chienne tressaillent, mais il sait qu'elle est morte. Il passe une main sur son museau. Ses doigts tremblent quand il dégage la patte écrasée sous la roue du chariot.

« Je suis désolé, princesse », dit-il, et il le pense.

Mégalosaure, mégalosaure, mégalosaure, mégalosaure.

Albie ne se rappelle plus quand il a entendu ce mot pour la première fois, ni ce qu'il signifie, mais il rythme sa course à travers Soho. Il le répète à mi-voix, tout en se précipitant vers la boutique de Silas, à Covent Garden. Le cadavre de la chienne est encore chaud dans le sac de toile où il l'a fourré. Pauvre bête. Un jour, il finira comme ça, lui aussi : un corps sans vie, promis à la fosse commune ; bon à rien, si ce n'est pour la table de dissection des étudiants en médecine. Il frissonne. Sa sœur lui demande sans cesse de faire plus attention, de ne pas s'élancer entre les voitures arrêtées au milieu de la chaussée, d'éviter de serpenter entre les roues des charrettes, les chevaux et les cochers aux longs fouets argentés. N'est-ce pas dans une rue encombrée qu'il a perdu la plupart de ses dents de lait, renversé à quatre ans par une carriole ? Ses nouvelles dents n'ont jamais poussé. Il fait claquer le bout de sa langue contre son incisive, unique rescapée de l'accident.

Mégalosaure, mégalosaure, mégalosaure, mégalosaure.

Il descend le Strand en se frayant un passage à travers la fourmilière des commis qui se bousculent sur la grande avenue. Arrivé à destination, il respire un grand coup (l'odeur qui règne là-dedans est abominable) avant de s'engager dans l'étroit passage qui abrite la boutique de Silas. Un petit panneau accroché près de la porte invite les visiteurs à frapper et à sonner – Albie ne sait pas lire, mais le taxidermiste le lui a dit –, alors il tire sur le cordon et toque au battant. L'impasse est plongée dans le noir. Pas de bougies aux fenêtres, pas de vagabonds dans le caniveau. Albie entend un chat miauler, puis gratter un mur.

« Ah, c'est toi, dit Silas en ouvrant la porte. Qu'est-ce que tu veux ? » L'homme paraît encore plus décharné que d'habitude. Ses yeux inquiets se posent sur Albie, font le tour de l'impasse, puis reviennent sur le gamin. Un souffle de vent le fait tressaillir.

« Je vous apporte un bijou, répond Albie, même s'il sait que sa prise du jour n'est pas sa meilleure, loin de là. Ou plutôt, j'avais un joyau, mais j'ai dû le jeter à la tête d'un vaurien qui voulait ma peau !

— Un joyau, vraiment ? C'était quoi ? »

Albie se gratte la tête. « Si je me souviens bien, c'était un mégalosaure. Juste un petit, mais j'suppose que vous allez devoir vous en passer, maintenant. » Il hausse les épaules d'un air faussement navré, puis reprend avec conviction : « Mais attendez de voir ça, m'sieur… »

Il s'interrompt. Le taxidermiste ne l'écoute plus. Il semble distrait, ce soir. Va-t-il dédaigner la chienne à la patte brisée ? Albie prend l'animal à deux mains, le sort du sac et lève vers Silas un regard plein d'espoir. Les dents en ivoire valent quatre guinées et, jusqu'à présent, il n'a mis de côté que douze shillings. À ce rythme-là, il restera édenté jusqu'à trente ans.

Silas ne dit rien. Il le fixe d'un air absent, comme s'il regardait à travers lui. Albie poursuit son boniment, mais sa voix se fait moins chantante. « Regardez, m'sieur ! Un spécimen des plus frais, encore chaud – il vient de trépasser sous mes yeux. Vous en tirerez de l'or, c'est sûr ! Le squelette, et puis la peau, que vous pourrez transformer en gants. Et la fourrure, en passementerie ! Les os, vous en ferez des sifflets, des peignes ou des touches de piano ou…

— Dis-moi, le coupe Silas en prenant vivement la main d'Albie. Cette fille, l'autre jour… »

Le chien tombe au sol. Albie le ramasse et caresse distraitement le haut de son crâne.

« Quelle fille ?

— Tu sais bien. Celle qui… »

Silas porte les doigts à sa clavicule pour lui rafraîchir la mémoire. Albie comprend aussitôt, mais feint l'ignorance.

« Je ne sais pas de qui vous parlez, m'sieur.

— Elle travaille chez Mme Salter. Elle s'appelle Iris. »

Albie plisse le nez.

« J'peux pas dire que je connaisse une fille de ce nom-là, m'sieur. Ça non.

— Allons ! Sur le chantier de l'Exposition universelle, samedi dernier. Tu nous as présentés, pour l'amour du ciel !

— Désolé. Votre imagination a dû vous jouer des tours, affirme-t-il en espérant s'appuyer sur le tempérament étrange du taxidermiste – car ce type-là ne pense pas comme le reste du monde, c'est sûr : Pour vrai, m'sieur, je ne vous ai présenté personne. Vous avez dû rêver. Personne de ce nom-là. Vraiment. »

Silas continue de le fixer sans le voir, en mâchonnant ses lèvres déjà mordues.

« Je vous assure, m'sieur. Vous n'avez pas vu de fille. »

Pas de réponse.

Albie sait qu'un tel silence n'augure rien de bon.

Correspondance

LA FABRIQUE, 6, COLVILLE PLACE
Le 2 janvier

À la reine de personne,

Je vous présente mes excuses. Cela fait plus d'un mois que nous nous sommes rencontrés. J'ai été appelé à Édimbourg à deux reprises au cours de cette période et je suis tombé gravement malade. Mais ne craignez rien. Vous pouvez annuler votre commande pour la plume d'autruche noire et la tenue de deuil, car ma chère Guenièvre m'a ramené à la santé. Ma sœur s'est montrée très désobligeante en affirmant que je souffrais d'un simple rhume propre aux gentlemen hypocondriaques. Si vous aviez entendu les quintes de toux qui terrassaient mon pauvre corps, je suis sûr que vous n'auriez pas été aussi cruelle.

Je n'ai qu'un mot à vous dire : fuyez immédiatement le roi Mériaduc, votre ravisseur ! Comme je n'ai jamais été du genre à observer le sabbat (et ce n'est pas le moindre de mes nombreux vices), et si vous-même pouvez vous passer de génuflexions, je vous attendrai à la Fabrique le douzième jour de ce mois.

Apportez un échantillon de vos dessins, je vous donnerai quelques conseils.

Je demanderai à Clarissa d'être présente.

Je reste vôtre, etc.

Louis Frost – FPR

GRAND MAGASIN DE POUPÉES DE MME SALTER,
REGENT STREET
Le 2 janvier

Cher Monsieur Frost,

Je suis heureuse d'apprendre que vous êtes guéri. ~~Qui est Guenièvre ?~~

Je peux vous accorder une heure le dimanche 12 janvier, après l'office, à trois heures de l'après-midi au plus tard. Comme nous en avons discuté lors de notre rencontre, je ne viendrai que par intérêt personnel, etc. Je ne peux pas être votre modèle. Ma patronne et mes parents ne le permettraient pas. Par conséquent, je vous supplie de ne pas vous bercer de faux espoirs.

Avec tout le respect que je vous dois,

Iris Whittle

La Fabrique

La maison est à la fois plus modeste et plus jolie qu'Iris ne l'imaginait : haute, étroite, en brique, elle offre l'apparence d'un râteau monté en graine. Ses fenêtres semblent regarder fixement les passants. L'une d'elles est brisée. Des fougères et des palmes surgissent de chaque ouverture, jaillissent des jardinières, des bacs et des paniers en osier accrochés aux fenêtres, suspendus à la façade ou alignés devant la bâtisse. L'allée couverte de paille est si étroite qu'Iris doit s'accroupir près d'un grand pot en terre cuite pour laisser passer une charrette. La fougère lui chatouille le visage.

Elle attend que la voiture ait disparu au coin de l'allée, puis se redresse et inspecte sa tenue d'un œil critique. Elle a épinglé une petite rosette en soie sur sa poitrine, un cadeau de Noël d'Albie dont elle lisse les bords froissés. Puis elle frotte une petite tache de soupe sur sa manche. C'est sa plus belle tenue, en coton gris pâle. Elle était bleue à l'origine, cintrée à la taille, avec de longues manches qui faisaient paraître ses bras plus fins. Iris a toujours aimé cette robe, mais, aujourd'hui, elle se trouve l'air godiche. Ne dirait-on pas une pauvre tante de province fraîchement débarquée dans la capitale ? Ce qui est sûr, c'est qu'elle n'a rien d'une élégante habituée à croquer dans de petits sandwichs au concombre. Elle grimace au souvenir de la crème qui accompagnait le thé commandé par Clarissa – une crème si riche qu'Iris en a eu mal au ventre jusqu'au soir.

Elle tend la main vers la sonnette, puis aperçoit la petite plaque fixée au-dessous. Elle se penche et lit à voix basse :

La Fabrique. FPR. (Frappez Pour être Reçu.)

Elle sourit, amusée par ce trait d'esprit un peu moqueur et sa manière de tracer une frontière entre ceux qui connaissent le véritable sens des initiales et les non-initiés. *Fraternité préraphaélite.* Elle éprouve soudain une bouffée de fierté à l'idée d'appartenir à ce cercle restreint. Elle sait ce quc signifient les initiales parce que Clarissa le lui a dit. Rose n'a pas ce privilège. Cependant, seuls ceux qui agrémentent leurs propos de termes tels que « critiques », « Académie royale des beaux-arts » et « exposition » peuvent s'en faire une idée précise. Ce qui n'est pas son cas, bien sûr. Dans sa main, le rouleau de papier glissé dans une chute de tissu chipée à Mme Salter ploie sous une brusque rafale de vent.

« Allez-vous enfin faire sonner cette cloche, ou préférez-vous que je vienne vous donner votre cours dans la rue ? »

Iris sursaute, trébuche et se cogne le pied contre un pot de fleurs. La douleur est fulgurante. Elle regarde autour d'elle. Personne.

« Je suis ici, mademoiselle Whittle ! »

Elle lève la tête. Louis la salue depuis la fenêtre du premier étage.

« J'allais justement sonner…

— Après cinq bonnes minutes de réflexion ? J'avoue que j'ai failli trahir ma présence tant j'ai ri quand cette charrette a débouché dans l'allée. On aurait dit que vous broutiez ce pot de fougères !

— Vous m'avez épiée ? » Elle rougit.

« Disons que je vous ai *observée.* C'est une compétence

utile pour un artiste. Attendez un instant. Je vais vous ouvrir. »

Elle prépare son discours. *Je ne suis pas votre modèle ! Vous ne pouvez pas me regarder à la dérobée pendant cinq minutes !* Mais quand la porte s'ouvre sur Louis et son sourire chaleureux, elle sent fondre son indignation. Une puissante odeur de térébenthine, de cire et d'huile de lin envahit ses narines. Les tapis sont élimés, le lustre a perdu la plupart de ses candélabres, mais les murs sont couverts de tableaux, certains finis, d'autres à peine commencés. Le couloir est d'un bleu saisissant. Des plumes de paon sont fixées entre le lambris et le plafond de manière à former une frise chatoyante. Il y a de la peinture dorée partout – sur les plinthes, l'encadrement des portes, la rampe et les barreaux de l'escalier.

Elle voudrait prendre le temps d'observer les lieux, mais Louis l'entraîne vers l'escalier.

« Votre sœur est là, monsieur Frost ?

— Clarissa ? Oh, non. Ma sœur a ses bonnes causes. Elle œuvre pour les femmes déchues à la Marylebone Society. Une pauvre petite avait besoin d'elle. Et je vous en prie, appelez-moi par mon prénom. Faisons fi des bonnes manières ! Je ne supporte pas ces simagrées.

— Mais…

— Je sais, je sais. Je lui avais demandé de vous chaperonner. Mais je vous promets que vous partirez d'ici sans avoir été sacrifiée à Vénus. »

Iris sent sa poitrine se contracter. Comment dire à cet homme, sans l'offenser, qu'il devrait s'abstenir de flirter ainsi ? Elle est venue pour apprendre à peindre, et seulement à peindre. Les autres modèles se comportent peut-être comme des prostituées, mais elle, elle est différente ; elle ne renoncera pas au joyau de sa respectabilité ! Elle se fige. Ses pensées l'ont entraînée plus loin qu'elle n'aurait voulu. Elle envisage la situation comme si elle avait accepté de poser pour Louis. Or elle ne l'a pas fait. Elle ne le fera pas. Ou *peut-être* pas.

« Vos domestiques sont-ils présents ? demande-t-elle.

— Mes domestiques ? » Louis agite la main. « Je ne supporterais pas d'avoir des gens sur le dos en permanence. À notre époque, une femme de ménage hebdomadaire est tout ce dont un gentleman a besoin. » Il désigne l'escalier. « Venez, je vais vous montrer l'atelier. »

Elle n'a jamais rencontré un homme comme lui. C'est à la fois libérateur et intimidant. Elle devine qu'il est habitué à faire ce qu'il veut ; que, pour lui, le scandale est une vertu. Elle éprouve une étrange sensation de joie. Elle ne lui fera pas le plaisir de se montrer indignée – au contraire : elle feindra le calme chaque fois qu'il tentera de la provoquer.

« Je suis ravie de constater que vous n'êtes plus à l'article de la mort, dit-elle.

— Je dois attribuer le mérite de mon prompt rétablissement aux compétences infirmières de Guenièvre.

— Elle semble très efficace », commente Iris, soulagée d'apprendre que Louis est marié. Voilà qui simplifie la situation.

« Elle l'est, mais cela ne suffit pas à en faire une femme parfaite. Figurez-vous qu'elle a dévoré mon pudding de Noël ! Suivez-moi. Je vais vous la présenter.

— Ah oui ? »

Louis la conduit en haut de l'étroit escalier et ouvre une porte. « Voici l'atelier, mademoiselle Whittle. J'ai tout rangé en prévision de votre visite. »

Iris franchit le seuil – et écrase aussitôt une coquille d'huître. Elle blêmit. Quel désordre ! On dirait que Louis a fait tourner la pièce comme un globe terrestre pour éparpiller le contenu de chaque tiroir, de chaque étagère.

Un ourson en peluche gît dans un coin, sous de vieux journaux. Deux grands miroirs convexes ont été poussés contre un mur. La pièce croule sous un bric-à-brac épouvantable.

« Bien sûr, mère et moi n'avons jamais pu nous entendre sur la définition de ce terme. Ran-ger. Quel ennui ! Rien que de le prononcer me donne envie de bâiller. Et quand tout est "rangé" comme il se doit, l'effet produit est médiocre, vous ne trouvez pas ? Je ne crois pas au principe de la classification des objets, mettre des livres par-ci, des couverts par-là, et ainsi de suite. Cette manie témoigne d'un tel manque de goût et d'imagination ! »

Elle ne l'écoute que d'une oreille, submergée par le spectacle des lieux. Elle voudrait tout comprendre, tout intégrer dans son esprit. Elle observe le chevalet strié de couleurs.

« L'esprit qui range est si mécanique, si lugubre ! Un esprit systématique… »

Soudain, Iris perçoit un mouvement dans l'angle de la pièce. Elle pousse un cri strident. « Qu'est-ce que… ? L'ours est vivant ? Seigneur ! »

Louis se met à rire. Les yeux clos, la bouche grande ouverte. Il rit si fort qu'il doit s'agripper à la porte pour ne pas tomber. « Un… Un… Un ours !

— Ce n'est vraiment pas drôle », réplique-t-elle en s'efforçant de maîtriser la panique qui l'étreint. Elle ne veut pas donner prise à la moquerie de son hôte, mais elle craint que l'animal – qui est en train de s'avancer vers eux – ne passe à l'attaque. Louis paraît capable d'acheter, pour s'amuser, une bête féroce qui finirait par le dévorer. Elle recule. « Avez-vous fait arracher ses dents et ses griffes ? »

La question met un terme à l'hilarité du jeune homme. Il se redresse et tamponne ses yeux brillants de larmes.

« Non ! Comment aurais-je pu faire une chose pareille ? Ce serait cruel. Et puis, ce n'est pas un ours : c'est Guenièvre, mon wombat, et elle est en deuil.

— Oh. Je vois, dit Iris. Je croyais que c'était votre… » Elle s'interrompt avant de prononcer le mot « épouse ». Elle répète le nom de l'animal, un terme peu familier. « Un *wombat*, dites-vous ? Et elle est en deuil ? » ajoute-t-elle en apercevant le petit mouchoir noir attaché autour du cou de la bête. Elle porte la main à sa bouche pour dissimuler un sourire.

« Ne riez pas ! lance Louis. Guenièvre a perdu Lancelot à Noël. C'est une grande perte, même s'ils n'étaient pas en bons termes. Monsieur dormait à l'étage, et madame vivait ici. Sa disparition m'a accablé. J'ai eu du mal à m'en remettre.

— Était-il très âgé ?

— Même pas. » Louis baisse les yeux. « Rossetti s'est mis en tête de lui faire fumer le cigare. Il trouvait l'idée réjouissante, mais Lancelot a avalé toute la boîte, plus un morceau de chocolat. Il a rendu l'âme le lendemain. Depuis, nous sommes brouillés, Rossetti et moi.

— Je suis désolée de l'apprendre. » Elle tend prudemment la main vers l'animal pour lui tapoter le dos, mais ne parvient qu'à frôler sa fourrure. Guenièvre ressemble à un boulet de canon brun et poilu. « Est-elle amicale ? »

Pour toute réponse, Louis prend la créature dans ses bras, gémit sous son poids et lui chatouille le menton.

Pendant que Louis caresse son animal de compagnie, Iris explore l'atelier en s'efforçant de graver chaque détail dans sa mémoire. Un chevalet se dresse à l'extrémité de la pièce, un support énorme, éclaboussé de peinture, si différent du petit bureau derrière lequel elle s'assied pour peindre. Elle aimerait voir sur quoi Louis travaille, mais elle craint de paraître indiscrète. Cet homme mesure-t-il la chance qui est la sienne ? Disposer d'une pièce rien qu'à soi, d'un espace pour peindre ! La tête lui tourne à cette pensée. Et si ses parents la voyaient en cet instant, comment réagiraient-ils ? La découvrir en tête à tête avec un artiste célibataire, savoir qu'elle envisage de devenir son modèle… Nul doute qu'ils seraient scandalisés ! Son reflet la suit d'une fenêtre à l'autre, et elle a l'impression d'être observée – ou, pendant une fraction de seconde, d'être venue en compagnie de Rose.

Elle s'avance vers le buffet et les étagères pour observer leur contenu de plus près. Ils regorgent de curiosités de toutes sortes. Quels trésors ! Elle aimerait les toucher, les soupeser, les examiner un à un. Elle admire les coquillages, les crânes, les coquilles d'œufs, avant de découvrir, au fond de l'atelier, un nid d'oiseau, une armure de chevalier, une cotte de mailles, une gargouille en pierre, plusieurs bustes en plâtre. Elle passe son doigt sur l'arête du nez d'un sénateur romain, puis elle saisit une main en marbre.

« Oh ! Je vous en prie, mademoiselle Whittle. N'y touchez pas, intervient Louis en remettant l'objet à sa place.

— Elle est très fragile ?

— Non, mais elle est extrêmement précieuse. Je l'ai empruntée au British Museum.

— J'ignorais que ce fût possible. »

Louis danse d'un pied sur l'autre. « Pour être franc, je ne leur ai pas demandé la permission.

— Vous l'avez *volée* ? Et si vous vous étiez fait prendre ?

— Impossible. Le vol est un art que je maîtrise à la perfection. J'ai demandé à Rossetti de faire diversion. Millais n'aurait jamais accepté, lui. » Il fait de grands gestes en parlant. « De toute façon, ce n'est pas du vol, puisque j'ai l'intention de la rendre.

— Vous êtes d'une logique imparable », ironise-t-elle en prenant une plume de paon aux couleurs magnifiquement préservées. Parmi les bandes bleues, vertes et violettes, les points noirs et dorés lui rappellent les yeux de Louis.

« Je vois que vous désapprouvez ma conduite.

— Moi ? Non, je...

— Vous seriez incapable de voler quoi que ce soit.

— Qu'en savez-vous ? réplique-t-elle, piquée au vif.

— Prouvez-le. »

Il fait un pas vers elle.

« Pourquoi ?

— C'est bien ce que je pensais : vous êtes affreusement collet monté.

— Pas du tout ! »

Elle croise les bras. Il se tient si près qu'elle respire l'odeur de l'huile de lin qui imprègne ses vêtements. Elle frémit – de panique ou d'excitation ? Elle ne saurait le dire.

« Jusqu'à ce que vous parveniez à me prouver le contraire, je m'en tiendrai à l'idée que vous êtes une petite chose délicate, ni voleuse, ni même emprunteuse.

— Une petite chose délicate ? Vous me connaissez à peine.

— Certaines dames y verraient un compliment.

— Je ne suis pas *certaines dames* », dit-elle.

Il incline la tête vers elle. Va-t-il l'embrasser ? Son cœur tambourine dans sa poitrine. Elle se promet de le repousser s'il prenait une telle initiative, mais il se contente de se mordiller la lèvre et se dirige vers la fenêtre.

« Puis-je voir votre travail ? demande-t-il tout en désignant une petite table flanquée de deux chaises. Venez, asseyez-vous.

— Je n'ai apporté qu'un dessin. Il n'est pas très réussi », dit-elle avec hésitation.

Elle sort le papier de sa pochette en tissu et l'aplatit sur la table.

C'est le seul autoportrait qui a survécu à la colère de sa sœur – celui qu'elle avait caché sous le lit après leur querelle. Avant de partir, elle a coupé le papier sous le menton. À présent, elle le regarde d'un œil neuf et s'en trouve satisfaite. Elle espère qu'il sera impressionné.

Elle attend.

« Hum, marmonne-t-il en se penchant vers le dessin. C'est très… primitif.

— Primitif ? » Elle lui arrache la feuille des mains.

« Allons, calmez-vous. Ce n'est pas une insulte. Seulement, admettez qu'il y a là une compréhension limitée de l'anatomie, des proportions, de la perspective, du clair-obscur et de la composition qui… »

Iris ne l'écoute plus. Elle ne sait pas si elle doit crier, pleurer ou le gifler. Mortifiée, elle le coupe : « J'imagine que je ne trouverais pas non plus votre travail à mon goût !

— C'est possible, et vous ne seriez pas la première à déclarer votre aversion pour ma peinture. Dickens lui-même a attiré l'attention du grand public sur mon – il ferme les yeux et adopte le ton d'un enfant récitant un poème – "Roméo crasseux et sa Juliette malodorante, guère plus attirante qu'un cadavre en haillons". C'est joliment formulé, n'est-ce pas ? En tout cas, voilà à quoi je me consacre du matin au soir. Maintenant, si vous voulez des *compliments*, je vous suggère de retourner au magasin de poupées.

— Je n'ai pas quitté le magasin et je n'ai pas l'intention de le faire, affirme-t-elle sans conviction. Dites-moi, Dickens a-t-il vraiment écrit ces horreurs ? Je l'aurais frappé si j'avais été vous !

— Oh ! Je lui ai battu froid, vous pouvez me croire. Mais sa réaction n'a rien d'étonnant : notre confrérie apporte vraiment du nouveau. Nous mettrons du temps à nous imposer. Comme la plupart des critiques d'art, Dickens aime les tenants de la tradition, les peintres ternes, sans imagination, sans passion. »

Il reprend le dessin d'Iris et l'examine avec attention.

« J'ai dit que c'était primitif, et je le pensais. Mais je ne considère pas nécessairement ce terme comme un reproche. En fait, je vois dans votre travail une promesse à laquelle je ne m'attendais pas. J'imaginais des fleurs ou un paysage sans grand relief, pas un autoportrait. Et vous vous êtes représentée avec tant de naturel ! C'est là votre première qualité, me semble-t-il. Votre dessin manque de compétence et de maîtrise technique – ce qui est normal, puisque vous n'avez pas suivi le moindre cours –, mais il est résolument *honnête.* » Il se tourne vers elle, les yeux brillants d'enthousiasme. « Regardez ! Vous avez peint la forme de votre visage tel qu'il est, et non de manière idéalisée, parfaitement rond ou ovale. Certes, votre nez a l'aspect d'une courgette – sur le papier, je veux dire ! – et son contour ne rend guère justice à la beauté de l'original. Mais vos couleurs sont superbes. Vous les employez à bon escient. Tenez, on dirait un manuscrit enluminé, vous ne trouvez pas ? Votre portrait est profondément vivant. »

Iris s'assied sur ses mains pour les empêcher de trembler. Louis tire sur le dossier de sa chaise. « Approchez-vous de cette table, ordonne-t-il. Je sais que vous devez bientôt regagner votre cher magasin de poupées, mais je vous ai promis une petite leçon. » Il saisit l'un des miroirs convexes posés contre le mur et le place devant elle. L'objet reflète dans ses moindres détails le bric-à-brac accumulé dans l'atelier, lequel semble soudain prendre une vie nouvelle. « J'en viens parfois à détester ces miroirs : ils me donnent l'impression que j'ai un double déformé, confie Louis. Mais, quand je peins, ils me permettent de percevoir chaque objet dans toutes ses dimensions. Ils ajoutent aussi de la magie au décor. »

Iris l'écoute avec attention, et d'autant plus de plaisir que sa voix s'est départie de ses inflexions moqueuses. Il fait montre soudain d'une douceur qu'elle n'avait pas soupçonnée chez lui auparavant. « Voyez, sous le nez, ici, dit-il en désignant la lèvre supérieure de son double de papier, vous avez fait la première erreur des peintres amateurs. Vous avez représenté l'ombre portée à l'aide d'un rose plus foncé. » Elle se penche vers son reflet. Leurs yeux se rencontrent dans le miroir. « Regardez. La couleur de votre peau n'est pas uniforme : il y a du rose pâle, bien sûr, mais aussi du bleu, un peu de rouge, un peu de jaune. Et vos yeux… Ils ne sont pas seulement verts. Ils recèlent d'autres nuances, même si celles-ci sont ombragées par vos paupières. » Elle cligne des yeux. « Ça vous fâche si je l'améliore ? »

Elle secoue la tête. Il dilue du bleu pâle dans un godet et le tamponne sous le nez et le menton. Puis il intensifie le vert des prunelles et corrige le renflement du nez en quelques coups de pinceau.

« C'est incroyable ! Comment faites-vous ? » souffle-t-elle. Le visage de papier est soudain plus réel, plus ressemblant ! Comme si Louis avait accompli un tour de magie. Elle a du mal à croire qu'il s'agit du même dessin.

« Rien ne vaut la pratique. Et vous aurez le temps de pratiquer si vous acceptez de poser pour moi. Quand je ne serai pas en train de vous peindre ou de vous dessiner, vous pourrez vous asseoir à cette table et travailler pour vous en vous servant de mes couleurs et de mes toiles. Et je vous donnerai des leçons tous les jours, en fin d'après-midi. »

Elle ne dit rien.

« Je vous apprendrai aussi à utiliser la peinture à l'huile. Si vous progressez rapidement, vous pourriez soumettre une toile l'année prochaine au comité de sélection de l'exposition d'été de la Royal Academy. Rien ne garantit que vous seriez sélectionnée, mais il faudrait tenter votre chance. » Il hausse les épaules. « Je vis pour mon art. Si j'étais dans l'incapacité de peindre, je crois que je deviendrais fou. C'est une passion que l'on éprouve, ou pas. Or je perçois en vous une fougue et une inclination qui me rappellent les miennes et celles de mes camarades – mais peu importe. La décision n'appartient qu'à vous. »

Iris promène un regard autour d'elle pour retarder le moment où elle devra refuser son offre. « Pourriez-vous me parler de vous… et de la FPR ? »

Il hoche la tête, se dirige vers son chevalet et se campe devant le tableau en cours. Elle le suit. La trame de la toile est si fine qu'elle ressemble à une planche poncée avec soin. Louis l'a couverte d'une couche de peinture blanche, avant de peindre certains éléments du décor, en arrière-plan de la scène principale : les feuilles rousses d'une vigne vierge, le jaune d'un mur de pierre. Semblables à de petits dés de couleur rugueuse, ces éléments ont encore besoin d'être travaillés. Seule la tourterelle qui passe devant une fenêtre à peine esquissée est terminée : le bec et les plumes sont peints dans les moindres détails ; son œil brillant, teinté de blanc et de bleu pâle, semble refléter la lumière du ciel. Elle tient dans son bec une branche d'olivier aux feuilles argentées.

Au premier plan, les silhouettes d'une femme et d'un homme sont dessinées à la mine de plomb : la dame se tient debout, tandis que son compagnon, agenouillé devant elle, embrasse sa main. « Millais a accepté de poser pour moi. Il sera mon Guigemar, explique Louis. Le tableau illustrera le moment où il sauve sa dame du roi Mériaduc. »

Le visage d'Iris viendrait compléter le tableau si elle acceptait de poser pour lui, elle aussi.

« Notre technique est très différente de celle qui est enseignée à l'Académie : nous posons des couleurs vives sur un fond blanc encore humide », poursuit-il avant de détailler sa manière de procéder. Il parle longtemps, et Iris l'écoute. Elle n'a jamais écouté un homme avec autant d'attention. Et aucun homme ne lui a jamais parlé aussi franchement, aussi intelligemment. Il parle comme s'il était persuadé d'être compris, non comme s'il s'adressait à un enfant ou à un animal domestique. Elle aimerait qu'il existe un moyen de recueillir et de conserver ses paroles pour qu'elle puisse les réécouter par la suite et réfléchir à leur signification.

Il lui raconte comment leur confrérie cherche à représenter la nature telle qu'elle est ; comment Johnnie Millais, le plus jeune membre de la Royal Academy, subit à présent le mépris de ses pairs, mépris dont il se moque, car il croit en leur mouvement pictural. Il lui parle de l'importance de l'exposition estivale de l'Académie, consacrée aux artistes vivants, et du caractère crucial de l'endroit où la toile retenue par le jury sera accrochée : il est essentiel qu'elle se trouve « sur la ligne », c'est-à-dire dans le champ de vision des visiteurs. Il décrit l'ennui profond dans lequel les ont plongés leurs études à l'Académie et les interminables cours de dessin, consacrés à reproduire sur papier des bustes en plâtre et des sculptures. Il la fait rire en lui racontant comment Millais était raillé par les autres étudiants, jaloux de son talent ; comment quelques-uns d'entre eux se sont amusés à le suspendre à une fenêtre par des bas de soie attachés autour de ses chevilles – et comment Louis, qui passait dans la rue par hasard, l'a libéré et sauvé. Il ouvre un ouvrage consacré aux fresques peintes sur les murs du Campo Santo à Pise et s'extasie sur la beauté des œuvres de cette période, celle qui a précédé l'arrivée de Raphaël et de ce que Louis nomme « l'idéalisme factice » : « La peinture n'est plus qu'un tas de mensonges, maintenant ! À la confrérie, nous voulons peindre Jésus avec les pieds sales, Joseph avec une verrue au menton. En un mot, nous voulons peindre la *réalité*, et non sa représentation terne et insipide sur fond noir. Nous voulons donner vie à nos sujets, vous comprenez ?

— Oui, mais si vous tenez tant à peindre chaque détail de la manière la plus réaliste, la plus exacte possible, pourquoi choisissez-vous des scènes idéalistes ?

— Je ne vous suis pas », répond-il en fronçant les sourcils.

Elle désigne un tableau qui montre un chevalier offrant un bouquet de fleurs à une servante aux pieds nus visiblement enamourée. « Eh bien, croyez-vous qu'un tel chevalier existe ? Ne devriez-vous pas représenter des scènes plus ordinaires, plus vraisemblables, pour servir votre style pictural ? Représenter l'amour tel qu'il est réellement ? Des pauvres filles abandonnées par leurs amants (contre son gré, elle pense à Rose), des enfants affamés dans la rue ? Il me semble qu'il y a assez de *réalité* à Londres, assez de vie et d'honnêteté… »

Elle s'interrompt, embarrassée. Louis l'écoute avec attention, le menton levé. « Je vois ce que vous voulez dire… Mon ami William Hunt, de la Confrérie, travaille dans cette perspective. » Il plante ses yeux dans les siens. « Alors, voulez-vous poser pour moi ? »

Elle se mordille les lèvres, souhaite qu'elles forment

d'elles-mêmes les mots qu'elle désire prononcer, afin que la décision ne lui appartienne plus. Elle imagine Rose et ses parents debout derrière elle, la poussant à dire non. Puis les mots lui échappent, et elle ne cherche pas à les retenir. « Je ne suis pas sûre. J'aimerais bien, mais…

— Êtes-vous certaine de ne pas pouvoir concilier votre travail pour Mme Salter et celui que vous feriez ici ? Lizzie, qui est souvent modèle pour Rossetti, a continué à travailler, et sa famille n'y trouve rien à redire.

— Je sais que Mme Salter ne le permettrait pas. Et ma famille ne me le pardonnerait jamais.

— Bien. » Il aplatit une boucle rebelle sur son front. « De toute façon, vous auriez assez d'argent pour vous louer une chambre. Je connais une pension sur Charlotte Street : réservée aux femmes, tout à fait respectable, pour deux shillings par semaine. Ici, vous gagneriez cette somme en deux heures. Avec le temps, vous pourriez gagner plus en vendant vos propres toiles. Mais cela ne vous intéresse peut-être pas tant que ça ? »

Les pensées d'Iris s'entrechoquent. D'un côté, Rose et les portraits réduits en cendres, l'épagneul de porcelaine, le bruit du jet d'urine de sa sœur dans leur pot de chambre. De l'autre, une petite pièce mansardée, son propre pot de chambre. Un peu d'intimité. Et surtout peindre chaque jour, entourée d'artistes. Soumettre une de ses œuvres à la commission de la Royal Academy. Elle prend une plume sur une étagère et joue avec.

« Je comprends, reprend Louis. Tout le monde ne se soucie pas assez de l'art pour lui faire des sacrifices. Je ne peux pas vous en vouloir. Je trouverai une autre reine, mais je suis navré que vous renonciez à apprendre…

— Non ! » crie-t-elle. Elle ne veut pas qu'il trouve une autre reine. Elle ne veut pas renoncer à apprendre. Tout en elle, absolument tout, aspire à rester dans cette pièce.

Comme si une ancre la retenait sur place et l'invitait à le supplier : *Ne me laissez pas partir ! Ni maintenant, ni jamais ! Permettez-moi de rester ici. Dans cet atelier.*

« Vous posererez pour moi ? »

Jusqu'ici, elle n'a jamais eu la possibilité de diriger sa vie. Elle ignorait même qu'elle fût en droit de le faire. Une vive colère l'envahit à cette pensée. Elle songe aux jeunes livreurs, aux ragoûts du dimanche, à ses mains rouges craquelées par les lessives – et à ce qui s'offre soudain à elle : une autre vie. La peinture. Et Louis.

Elle n'a qu'un mot à dire.

Elle hoche la tête si légèrement que son mouvement est presque imperceptible, puis elle presse ses mains l'une contre l'autre. « Oui, oui, c'est d'accord. Je poserai pour vous. Et vous m'apprendrez à peindre ?

— Je vous le promets. »

Ils discutent des détails pratiques : sa démission, les renseignements que Clarissa ira prendre à la pension de famille, la date de la première séance de pose – Louis voudrait commencer la semaine suivante. Il lui tend son châle et son bonnet, tandis qu'elle boutonne ses gants. Elle tremble si fort qu'elle doit s'y reprendre à trois fois.

Quand elle ouvre la porte qui donne sur la rue, l'air glacé lui coupe le souffle. Elle entend une fenêtre s'ouvrir et lève les yeux.

« Adieu, ma reine ! » crie Louis depuis le premier étage.

Iris éclate de rire. Elle fait quelques pas en s'efforçant de dissimuler son infirmité, mais elle peine à marcher sans courber les épaules – d'autant que la main en marbre qu'elle vient de lui subtiliser pèse lourd au creux de son bras. Au moins, il ne la considérera plus comme une *petite chose délicate*. Elle réprime un sourire.

« À bientôt* ! »

Elle lui fait un signe de la main.

« Oh, pardonnez-moi ! » dit-elle en heurtant une passante.

La joie d'Iris s'éteint.

« Rose ? Que… »

La colère a raidi sa sœur, lui a fait lever le menton qu'elle baisse d'ordinaire. Ses mains blêmes et son nez rougi témoignent du temps qu'elle a passé à attendre en plein vent.

« J'espère que ton *gentleman* t'a bien payée ! » lance-t-elle d'une voix aussi tranchante qu'une lame de couteau.

Deux lettres

32, Belgrave Square, Londres
5 janvier 1851

Cher Monsieur Reed,

Je vous écris au nom de la commission de l'Exposition universelle et du comité de sélection de Londres dont je suis membre, au sujet des courriers que vous avez adressés conjointement à notre comité londonien et au comité de sélection de Stoke-on-Trent les 16 juin, 27 juillet, 18 août, 8 septembre, 29 septembre – etc. Veuillez nous excuser pour cette réponse tardive. Comme vous pouvez aisément l'imaginer, nous avons reçu plusieurs milliers de candidatures, du fait même de l'expansion constante de notre métropole et du renom grandissant de Stoke-on-Trent, désormais établie comme l'une des principales villes manufacturières du pays.

Nous aimerions exposer vos lépidoptères sous verre dans la catégorie n° 19 de l'exposition consacrée aux « Tapisseries, dentelles et broderies », à condition que vous puissiez nous confirmer en être l'inventeur et unique fabricant et que vous soyez disposé à nous prêter votre travail pendant toute la durée de l'exposition. À ces fins, je vous saurai gré d'apporter votre article à mon domicile dans la matinée du 8 de ce mois au 32, Belgrave Square, à Londres. Le caractère urgent de cette requête s'explique par le fait qu'un certain nombre d'inventeurs n'ont pas été en mesure d'achever leurs travaux dans les délais impartis.

En plus d'un échantillon de votre travail, vous veillerez à apporter une brève « déclaration du fabricant » qui résumera les étapes et le temps nécessaire à sa réalisation. À titre d'exemple, l'article 218 est décrit comme suit par son fabricant : « Nappe composée de deux mille morceaux de tissu ornés de vingt-trois personnages historiques et imaginaires. L'exposant a consacré à cette œuvre unique la totalité de ses heures de loisir pendant dix-huit ans. »

Veuillez agréer, Monsieur, l'assurance de mes sentiments respectueux,

Thomas Filigree

Membre du comité de sélection de Londres, rapporteur auprès de la commission de l'Exposition universelle des travaux de l'industrie de toutes les nations.

SEABRIGHT STREET
7 janvier

Chère Iris,

Nous avons été très contrariés par ta visite d'hier et par ta détermination à quitter ton emploi, pourtant satisfaisant, chez Mme Salter. Nous regrettons ce choix et te prions (avec la plus grande fermeté) de reconsidérer ta décision. Il n'est pas trop tard. Nous pensons que tu as été induite en erreur, entraînée sur une voie que tu ne souhaitais pas suivre.

Nous ne changerons pas d'avis. Nous avons fait tout ce que nous pouvions pour toi. Nous t'avons donné une éducation supérieure à celle de ton rang dans la société, nous t'avons soutenue et nous avons financé ton apprentissage sans jamais nous plaindre. Nous vous avons élevées honnêtement, ta sœur et toi, dans le respect absolu des valeurs et de la morale chrétiennes. Enfin, nous t'avons présenté un jeune homme issu d'une profession tout à fait respectable (inutile de préciser que ses avances cesseront quand il apprendra ta démission). Est-ce ainsi que tu nous récompenses de nos bienfaits ? Nous sommes blessés par ton ingratitude.

Quand tu seras déchue, vers qui te tourneras-tu ? Y as-tu seulement songé ? Notre cœur se serre par avance à cette éventualité. Nous la déplorons pour toi, et pour ta sœur, dont les perspectives se verront plus que jamais réduites par ton attitude honteuse. Si tu ne penses pas à ton avenir, prends au moins le sien en considération, elle qui a déjà tant souffert !

Dans le cas où tu reviendrais sur ta décision avant demain, nous te pardonnerons tout, et nous promettons de ne jamais en discuter, de ne jamais te rappeler à quel point tu as failli mettre ta réputation et ton avenir en péril. Mais si tu persistes dans ton choix, tu perdras ta place au sein de notre famille et tu ne la retrouveras peut-être jamais.

Nous te retournons l'acompte reçu de ton nouvel « employeur ». Tu peux garder ces pièces souillées.

« Mon fils était mort, et il est revenu à la vie ; il était perdu, et il est retrouvé. »

Nous prions pour que tu retrouves ton chemin et redeviennes notre fille.

Avec toute notre affection,

Père et mère

Rouge-gorge

« Iris, je t'en prie », gémit Rose. La nuit est tombée, elles sont montées se coucher. Demain matin, Iris partira, et le visage de Rose tremble sous l'effort qu'elle fournit pour ne pas pleurer. Les quelques vêtements d'Iris remplissent un petit sac posé dans le coin de la pièce. Les jeunes filles s'apprêtent à passer leur dernière nuit ensemble.

« Je t'en prie », répète Rose.

À mesure que la détermination de sa sœur s'est endurcie, la suffisance de Rose a fait place aux plaintes et aux suppliques. *Arrête*, voudrait lui dire Iris, et elle appelle de ses vœux une dispute qui faciliterait leur séparation et apaiserait sa culpabilité – si aiguë qu'elle en a perdu l'appétit. Elle remarque les ongles de Rose, rongés jusqu'au sang : celle-ci est en train de fixer le sac comme si elle souhaitait le vider, comme si la seule force de son regard pouvait faire jaillir le jupon de rechange d'Iris, lequel irait se glisser dans la commode, tandis que sa robe grise se draperait sur son crochet près de la porte, à côté de la sienne.

« Je t'achèterai de nouvelles aquarelles si tu… »

Iris ne répond pas. Elle achève de natter ses cheveux pour la nuit, avant de grimper dans le lit à côté de sa jumelle. Le crin de cheval lui gratte la jambe. Elle passe avec irritation ses paumes sur le matelas. « Où est donc ce… ce satané brin de crin ? Il me pique tous les soirs. Où est-il, bon sang ? » et elle bourre le matelas de coups de poing, surprise de se trouver au bord des larmes.

Rose se penche, saisit un brin noir et le tire vers elle d'un coup sec.

« Oh ! Merci », lâche Iris, embarrassée, mais son accès de colère a libéré celle de Rose, qui se sent autorisée à parler – si soudainement, si passionnément, qu'Iris mesure à quel point elle s'est retenue au cours des jours précédents.

« Tu ne comprends pas ! donc rien !

— Qu'est-ce que je ne comprends pas ? » réplique Iris avec la même véhémence que sa sœur. Elle se surprend à savourer cette ultime confrontation, et même à l'aviver.

Rose s'exprime avec virulence, mais son désespoir perce sous chacun de ses mots, et Iris comprend – trop tard – que leur dispute aura l'effet contraire à celui souhaité, qu'elle ne fera qu'amplifier et non diminuer les reproches qu'elle se fait à elle-même. « Tu ne sais pas ce que c'est que d'être déchue, d'avoir sa vie gâchée, de se donner totalement à quelqu'un et de le perdre. De souhaiter, même maintenant, qu'il… » Sa voix se brise. « Je sais que cet homme te détruira, comme…

— Non, l'interrompt vivement Iris. Il n'en fera rien. »

Pourquoi sa sœur ne comprend-elle pas que son désir est tout autre ? « Je veux seulement peindre.

— Si, il le fera. Ensuite, tu deviendras comme moi, et…

— Oh, Rose ! » s'exclame Iris en tendant la main sous les couvertures. Sa sœur l'attrape, la serre et la couvre de baisers brûlants, encore et encore. C'est une manifestation d'affection si abrupte et si fougueuse, si différente de tout ce qu'elle a vécu avec sa sœur depuis des années, qu'Iris frémit à son contact, redoutant presque ces baisers qui lui tombent sur les doigts. Elle retire sa main. « Ce sera différent. Je pars pour la peinture, pas pour lui.

— Tu mens ! lance Rose en se tournant de l'autre côté, dos à elle. Tu mens, comme tu mentais quand tu as prétendu m'avoir perdue dans la foule à l'Exposition universelle : je sais très bien que tu m'as fuie. Je t'ai vue regarder par-dessus ton épaule, essayer de t'éloigner, comme aujourd'hui…

— Je ne mens pas, insiste Iris. J'aimerais que tu comprennes, que tu admettes ce que la proposition de M. Frost signifie pour moi. Tu sais que j'ai toujours voulu peindre. »

Rose frotte ses joues marbrées de rouge. « Pour toi, la peinture compte plus que moi. Là-dessus, tu es très claire.

— Non », répond Iris. Elle s'efforce de formuler ses pensées avec précision, mais elle bafouille. « Ma… Ma décision ne doit rien changer entre nous. On pourra aller se promener ensemble et regarder les vitrines des boutiques chics de Mayfair. Et si on ne se voit pas tous les jours, on s'entendra peut-être comme avant quand on était petites… Oh, Rose, tu te souviens comment c'était ? »

Un bref soupir. Rose porte son pouce à sa bouche et déchiquette la peau avec ses dents. Iris aimerait lui ordonner d'arrêter, lui dire qu'elle ne supporte pas de la voir se blesser ainsi.

« J'y ai pensé. Tu dois faire un choix, Iris. Si tu me quittes, je… je ne te verrai plus jamais.

— Tu ne peux pas dire ça. »

Rose lâche un cri étranglé et ouvre la bouche comme pour parler, puis la referme.

Il n'y a plus rien à ajouter.

Iris fixe le plafond et les moulures en forme de coquille. Le silence s'étire : dix minutes, puis trente. Enfin, elle entend la respiration de Rose devenir plus régulière. Sa sœur s'est endormie. La bougie est toujours allumée, mais Iris ne l'éteint pas. Elle se tourne sur le côté, regarde les paupières fermées de sa jumelle, ses lèvres incurvées vers le bas.

À deux reprises cette nuit-là, elle se lève, prend une plume et commence à écrire une lettre à Louis. *Je suis au regret de vous annoncer que j'ai changé d'avis. J'espère que vous me pardonnerez.* Mais, chaque fois, elle s'arrête en se remémorant l'atelier, l'odeur de peinture à l'huile et de vernis, et les miroirs convexes, tels des hublots vers sa nouvelle vie – et elle froisse le papier.

Alors que le soleil commence à éclaircir la pièce, Iris embrasse la joue de sa sœur. Pas question de la réveiller : son chagrin pourrait la faire changer d'avis. Elle s'habille en silence, à la hâte, tirant maladroitement sur les rubans de son corset, oubliant plusieurs boutons de sa robe. Elle cherche la main en marbre.

Elle jette le sac sur son épaule et s'autorise un dernier regard vers Rose. Laquelle referme vivement les paupières. Elle était donc réveillée ? Iris marque un temps d'arrêt sur le seuil, inhalant pour la dernière fois l'odeur sucrée et écœurante qui émane des deux confiseries rivales, puis elle s'engage dans le couloir et referme la porte derrière elle.

Quand Iris arrive devant le British Museum, elle courbe le dos en grimaçant – la main en marbre pèse si lourd dans son sac ! Elle maudit l'impulsion qui l'a poussée à la dérober à Louis. Ce larcin idiot fait partie d'une vie différente, plus désinvolte. À présent, elle ne sait plus ce qu'il faut en faire. Elle s'imaginait la rendre à un gardien du musée, mais il risque de l'interroger, de supposer que c'est elle qui l'a volée ?

Les grilles du musée sont imposantes, trois fois

plus hautes qu'Iris et dotées de pointes dorées. Elles semblent avoir été érigées afin que Dieu Lui-même ne parvienne pas à les ébranler. Elles signifient aux passants qu'il s'agit d'un lieu d'étude, de savoir, d'argent – un lieu d'hommes. Mais plus encore, elles ressemblent aux barreaux d'une prison.

Iris imagine les cris du gardien : *Au voleur ! Arrêtez cette fille !* Puis les menottes, et une cellule à Newgate. Elle accepterait la prison comme un châtiment mérité au regard de la trahison qu'elle a commise. Elle a désespéré ses parents et abandonné sa sœur.

Honteuse de la tournure dramatique de ses pensées, elle sort la main enveloppée de tissu. Elle la glisse entre les barreaux de la grille et la pousse le plus loin possible dans la cour. Pourvu qu'elle soit ramassée et remise à sa place ! N'aurait-il pas été plus sûr de la rendre à Louis ? Contrairement à elle, l'artiste aurait eu le courage de la restituer aux employés du musée.

Personne ne remarque son geste.

Iris s'éloigne. Une nouvelle fois, elle ouvre la lettre de ses parents, une épreuve qu'elle ne peut s'empêcher de s'infliger. *Déchue, blessés, en péril* : les mots se détachent de la page, se mêlent à la fumée de charbon et aux odeurs de poisson frit. Saisie de colère, elle déchire la lettre, éparpillant les morceaux dans la rue. Elle regarde une calèche rouler sur les fragments maculés de boue et laisse alors échapper un soupir de plaisir. Elle est *libre*, libre d'agir à sa guise ! Sa sœur avait raison : une occasion s'est présentée, et elle s'en est emparée. Iris passe devant une poissonnerie et court en riant vers l'atelier de Louis, vers sa mansarde. Son sac trop lourd rebondit contre son dos à chaque enjambée, mais elle n'y prête aucune attention. Pour la première fois depuis des mois, et même des années, elle se sent légère, débarrassée du poids qui lui comprimait la poitrine.

Un rouge-gorge chante, campé sur un tas d'os de poulet brisés. Elle tend la main vers son plumage graisseux, mais il s'envole à tire-d'aile.

Cercueil

Un majordome vêtu d'une livrée bleu marine ouvre la porte et s'efface devant Silas. Il bombe le torse d'un air arrogant, comme un rouge-gorge.

« Bonne fin de journée », dit-il, puis il marque une pause avant d'ajouter : « monsieur ».

Silas tapote les revers de son manteau, bleu lui aussi, taillé dans un tissu bon marché mais de bonne facture, tout en cherchant une repartie ou un geste approprié aux circonstances. Hélas, rien ne lui vient à l'esprit. Il franchit le seuil sans un mot et s'esquive sous les grands arbres de la place. Ici, tout est frais, propre et bien entretenu : les arbustes, les grilles, les rampes d'escalier, les façades ornées de stuc blanc. On croirait de gigantesques maisons de poupée, pimpantes et immaculées. Silas préfère ce quartier, avec ses successions de squares et de rues en croissant, aux venelles tortueuses de Spitalfields et de Soho, où la nature prospère sans contrainte, où les hommes et les femmes ne sont pas lustrés, pliés et repassés, où le soleil se reflète dans des flaques d'urine, et non sur les cuivres bien astiqués des carillons d'entrée.

Les chiots empaillés et leur squelette assemblé avec soin reposent au creux de son bras, dans un petit coffre en bois. Lors de sa rencontre avec Thomas Filigree, quelques instants auparavant, il a lancé une plaisanterie savamment répétée, prétendant « exhumer la créature de son cercueil », mais son hôte n'a pas ri. Quant à la petite bulle de verre renfermant une aile de papillon, il l'a glissée au fond de sa poche.

Ces travaux – tous les trois ! – figureront dans une galerie de l'Exposition universelle. Le pas de Silas se fait plus dansant comme il se remémore son entretien avec le représentant du comité de sélection des œuvres. C'est sans trop y croire qu'il a apporté les chiots siamois, en plus de la bulle en verre, à M. Filigree. Et contre toute attente, l'homme a admiré son travail ! Penché sur le squelette des siamois, il s'est extasié sur la finesse des os, la complexité arachnéenne des cages thoraciques, des colonnes vertébrales et des pelvis, sur les huit pattes de taille identique. Il a tiré une bouffée de sa pipe et déclaré : « Eh bien, il me semble que ces spécimens compléteront à merveille les travaux exposés dans la section zoologique. Il est question – c'est encore très flou, je tiens à le préciser – de démonter le palais et de le remonter ailleurs, avec tout son contenu, quand l'Exposition prendra fin, six mois après son inauguration. Je peux vous assurer que j'insisterai pour que ce nouveau musée comporte un département de paléontologie. Imaginez l'impression que feraient vos spécimens à côté des iguanodons et des os de ptérodactyles ! »

Silas s'est exhorté au calme : son cœur s'emballait.

Ils ont discuté des « Lépidoptères sous verre », dont le pendentif offre un petit exemple. L'œuvre mesurera soixante centimètres de haut et autant de large. Silas enfermera des ailes de papillons entre deux immenses plaques de verre de manière à créer un beau motif, une sorte de vitrail chatoyant et coloré. Il lui faudra cent cinquante papillons, peut-être plus, de différentes variétés – paons-du-jour, vulcains et grandes tortues. Il devra travailler d'arrache-pied pour terminer l'œuvre début mai, d'autant que les papillons n'apparaissent pas à Londres avant les premiers beaux jours, au mois d'avril. D'ici là, il préparera la vitrine elle-même : il faudra tailler le verre, découper et vernir le cadre en bois. Puis, dès que le temps sera plus clément, il munira Albie d'un filet à papillons et l'enverra chasser dans les parcs de la ville. Silas sourit. Le morveux sera ravi que son aimable patron lui donne plus de travail.

Tout en longeant les larges avenues des beaux quartiers, au côté d'attelages rutilants, de chevaux au poil lustré, de jeunes roués en perruque et de laquais poudrés promenant des chiens ventripotents, Silas songe à un autre de ses succès – le plus ancien d'entre tous, celui qui lui a valu sa première guinée. Ce qui lui plaît par-dessus tout dans l'histoire, c'est le rôle que sa mère y a joué : si cette femme savait qu'elle a contribué à sa fuite, elle qui passait son temps à le battre comme plâtre, elle serait bien fâchée !

Un soir, imbibée de gin, vacillant sur ses jambes, elle avait trouvé la collection de Silas, enfermée dans un sac de lin et cachée derrière la masure qu'ils partageaient avec trois autres familles. Quand elle avait agité le sac sous son nez en lui demandant ce qui n'allait pas bien chez lui – quel genre de « sorcellerie » était-ce donc ? –, Silas avait pris peur. Les crânes s'entrechoquaient dans un bruit de carillon. Il lui avait arraché le sac des mains et s'était enfui. Elle avait couru derrière lui, mais l'alcool avait ralenti sa course et il l'avait distancée sans peine. Il avait alors caché son trésor en lieu sûr. Il était rentré tard, à petits pas, comme un chiot conscient d'avoir désobéi. Il espérait que sa mère serait couchée.

Le lendemain, la joue bleuie par les coups, il était allé s'asseoir près de Flick et l'avait regardée poncer les assiettes brûlantes tout juste sorties du four en brique. Il rêvait de partir avec elle, mais avec quel argent ? De sa voix aussi rauque que celle d'un homme, sa mère avait déjà régalé les ouvriers de la manufacture avec le récit de sa dernière découverte, beuglant que son plus jeune fils collectionnait des crânes et qu'il n'avait pas toute sa tête. Après un mouvement de recul, les hommes avaient éclaté de rire – il faut dire qu'elle avait de la gouaille, sa mère !

« Un sac plein, j'vous dis ! criait-elle. Des crânes tout jaunes et tout sourire. Ah misère ! Mon gosse se prend pour la Faucheuse ! Ça doit être l'influence de son père : j'me rappelle que, le premier été, il l'a fait tomber sur la tête… »

Quand Silas avait senti la main du directeur de la manufacture se poser sur son épaule, il s'était recroquevillé. Jusqu'alors il ne les avait vus que de loin, lui, sa femme aux lèvres pincées et leurs six enfants tapageurs.

« Es-tu le gamin aux crânes ? » avait demandé l'homme, et les yeux de Silas avaient bondi d'un bout à l'autre de la cour, quittant les briques du four pour aller se poser sur les assiettes en terre crue étalées devant lui, puis sur Flick et son panier rempli de pinceaux à vernis.

Que lui arriverait-il s'il répondait par l'affirmative ? Il n'en savait rien. Dans le doute, il avait préféré garder le silence.

« Es-tu le plus jeune fils de Mo Reed ?

— Je…

— Viens avec moi », avait ordonné le directeur en entraînant Silas vers son bureau.

Dans cette pièce encombrée, meublée d'une table en bois à dessus cuir, il lui avait expliqué qu'il avait entendu sa mère parler de sa collection de crânes. « Or mon épouse possède un cabinet de curiosités, vois-tu. Elle a mis toutes sortes de sottises là-dedans : un papillon, un rouge-gorge empaillé, un scarabée – que sais-je encore ! »

Manifestement, le directeur ne comprenait pas l'intérêt de sa femme pour ces objets morbides ni sa soudaine envie de les collectionner : il aurait préféré qu'elle continue à s'adonner à ses travaux d'aiguille, comme autrefois. Était-ce lié à la condition féminine ? s'était-il interrogé à voix haute. Peut-être. En tout cas, ce genre de passe-temps semblait à la mode ces derniers temps. Et les amies de son épouse avaient déjà des collections plus avancées que la sienne : l'une d'elles possédait même une prétendue « sirène » en provenance des colonies ! Selon le directeur, il s'agissait en fait d'un singe cousu sur une queue de poisson séchée, un grossier stratagème dont le premier imbécile venu s'apercevait sans peine. « Mais je divague, n'est-ce pas ? avait-il conclu. Alors, mon petit, envisagerais-tu d'apporter quelques crânes pour les montrer à ma femme ? S'ils lui plaisent, elle te les paiera comptant. »

Silas avait acquiescé. Il montrerait des crânes à son épouse, mais le directeur ne devait le dire à personne. Surtout pas à sa mère.

Le jour où le garçon, âgé de quinze ans, avait vendu son premier crâne s'était révélé à la fois le plus pénible et le plus beau de sa vie. Chaque vente le forçait à se séparer d'un compagnon jauni qu'il avait appris à aimer. Mais avec chaque pièce de monnaie qu'il glissait dans sa poche, l'heure de son départ – avec Flick, si elle le souhaitait – approchait un peu plus. Sa mère ignorait qu'il était le chouchou des salons de Stoke-on-Trent, l'objet de toutes les attentions de ces dames, ses joues noircies essuyées par les domestiques chaque fois qu'il se présentait sur le seuil d'une de leurs belles demeures, en cette période bénie où il faisait un doux commerce de squelettes pour préparer sa fuite.

À présent, tandis qu'un laquais en culotte rouge le bouscule pour le dépasser, Silas tente d'imaginer la réaction d'Iris quand il lui annoncera que son travail a été retenu pour l'Exposition universelle. Il discute souvent avec elle dans le secret de ses pensées. Il imagine son visage se plisser de joie, sa main se poser au creux de son coude. Ce matin, comme d'habitude, elle fait et dit très peu de choses : il orchestre leurs conversations avec une grande précision, mais, qu'elle soit assise ou debout, son expression ne varie guère : elle est – dans son esprit, du moins – perpétuellement émerveillée.

« Répétez-moi ce qu'il vous a dit, demande la voix imaginaire d'Iris au fond de son esprit. Thomas Filigree ! Un homme important, qui vit à Belgrave Square… Décrivez-moi tout dans les moindres détails. Ce sera un peu comme si je vous y avais accompagné. »

Il obtempère et décrit minutieusement la scène. Les yeux d'Iris s'élargissent, elle incline la tête en arrière et rit de sa plaisanterie à propos du cercueil et des chiots siamois, et il aperçoit son palais rose vif entre ses dents blanches. Il lui prend le bras, la guide à travers sa boutique, lui explique l'origine des spécimens. Elle s'arrête devant chacun d'eux, l'examine et le soupèse d'un air pensif.

« Silas, dit-elle, j'ai souvent pensé à vous depuis qu'Albie nous a présentés. À présent, votre amitié (elle tamponne ses yeux brillants de larmes) est ce que j'ai de plus précieux ! J'y tiens plus qu'à ma propre vie (non, songe-t-il, c'est excessif. Il renonce à cette phrase et aux larmes). Vous m'êtes aussi cher qu'un frère (là, c'est mieux). »

Silas cligne des yeux et promène un regard étonné autour de lui : le voici déjà arrivé au carrefour de Piccadilly. Il s'apprête à continuer sa route vers l'est afin de regagner sa boutique, puis il se ravise et descend vers l'ouest et Regent Street. S'il est assez talentueux pour le comité de sélection de l'Exposition universelle, peut-être l'est-il aussi pour Iris ? Oui, plus il y pense, plus il est convaincu qu'elle l'attend, qu'elle se morfond, même, en espérant le voir apparaître sur le seuil du magasin de poupées.

Il va lui parler. Et partager avec elle la grande nouvelle du jour. Ne se sont-ils pas rencontrés sur le chantier de l'Exposition universelle ? Il est donc tout à fait logique que Silas vienne l'informer de la décision du comité de sélection. Vraiment, songe-t-il, il n'y a là rien de fâcheux. Elle a dit elle-même qu'elle souhaitait voir ses créations. Le cœur du taxidermiste tambourine dans sa poitrine. Il lui montrera les chiots siamois et lui offrira la bulle de verre. « Oh, Silas, je me suis si souvent demandé comment faire pour vous retrouver ! » avouera-t-elle en rougissant.

Il s'engage sur le trottoir en croissant qui mène au magasin. Le brouhaha de la rue semble s'atténuer tandis qu'il poursuit en pensée sa conversation avec Iris : « Quelle agréable surprise ! » s'écriera-t-elle, puis elle coincera une mèche rebelle derrière son oreille, avant de lever vers lui un regard admiratif.

Il est passé devant la boutique à plusieurs reprises au cours des dernières semaines, sous les prétextes les plus futiles. Chaque fois, il a résisté au désir de l'observer et gardé les yeux résolument baissés vers le trottoir.

Il entre.

Iris est assise derrière la grande table. Elle coud, penchée sur une petite pièce d'étoffe. Comme elle travaille bien ! Une bobine de dentelle miniature est déroulée devant elle. Il s'approche lentement, guettant l'instant où elle posera les yeux sur lui et le reconnaîtra. Un regard, un sourire…

Lorsque, enfin, elle lève la tête, il doit s'agripper à une

commode pour ne pas tomber. Son visage est horriblement vérolé. Ce n'est pas Iris : comment aurait-elle pu, en si peu de temps, être à ce point défigurée ? Et pourtant, ce sont ses cheveux, sa silhouette… Comment est-ce possible ? Son œil gauche, blanc et vitreux, brille d'un éclat inquiétant ; l'autre est rouge comme si elle avait pleuré. Elle semble en proie à une infinie tristesse.

« Iris, que vous est-il arrivé ? »

La jeune fille pince les lèvres.

« Je ne suis pas Iris, répond-elle d'une voix glaciale. Si vous cherchez ma sœur, elle ne travaille plus ici. Elle est partie ce matin.

— Pardon ? Mais… Où est-elle ?

— Que voulez-vous que ça me fasse ? Et pourquoi voulez-vous le savoir ? »

Silas pose le coffret au sol tout en s'efforçant de ne pas prêter attention aux manières déplaisantes de la jeune fille. Tout le contraire d'Iris, décidément ! « Je dois la voir, dit-il. C'est très important. C'était une bonne amie à moi. »

La couturière lâche un petit rire narquois. « J'aurais dû m'en douter. Il semble qu'elle ait fait un certain nombre de *rencontres* à mon insu. »

Silas ne comprend pas ce qu'elle veut dire. « Avez-vous une adresse ? Où puis-je la trouver ? C'est très important, voyez-vous.

— Pourquoi devrais-je vous répondre ?

— Je ne lui veux pas de mal », argumente-t-il, mais la jeune fille le regarde à présent d'une manière différente : elle affiche une mine dégoûtée, visiblement convaincue que sa sœur et lui étaient amants. Cette pensée le trouble ; il ne la dément pas. « Je la connaissais très bien, assure-t-il. Elle m'a quitté sans un mot d'explication. J'aimerais la revoir.

— Je le savais ! » s'exclame la couturière en tordant la pièce d'étoffe entre ses doigts, et Silas se réjouit d'avoir entretenu le malentendu. « Eh bien, reprend-elle d'un air résolu, vous pouvez interrompre sa fuite, si ça vous chante. Faites-lui une frayeur. Surprenez-la en compagnie de son dernier *inamorato.* »

Silas ignore le sens de ce terme. Il fixe la pile de cheveux de poupée étalés sur la table en priant pour que la sœur d'Iris consente à lui donner les informations dont il a besoin. « Et où… ?

— Colville Place, au numéro six. C'est là que vous la trouverez. »

Silas ramasse le coffret. « Merci… ?

— Rose.

— Merci, Rose. »

Colville Place est une allée étroite, bordée de maisons pressées les unes contre les autres. La plupart d'entre elles, hautes de quatre étages, semblent n'abriter qu'une pièce par niveau. Au rez-de-chaussée, certaines sont aménagées en magasin : Silas aperçoit l'atelier d'un menuisier et une boutique spécialisée dans les fournitures pour bateaux.

Parvenu au numéro six, il envisage de frapper à la porte, puis se ravise. Il suppose qu'Iris travaille là comme employée de maison, surveillée par une veuve âgée, et qu'elle n'a pas le droit de recevoir des visites. « La Fabrique. FPR. Frap-pez-Pour-être-Reçu », déchiffre-t-il péniblement en s'approchant de la petite pancarte fixée près de la porte. Son visage s'éclaire. Voilà donc à quoi correspondent les initiales que les jeunes artistes criaient au Dolphin ! Mais pourquoi beuglaient-ils ces mots aux clients de l'établissement ? Cela n'a aucun sens. À moins que ce ne soit de l'argot, pêché dans les bas quartiers ? Oui, c'est certainement ça, songe-t-il en traversant l'allée.

Il s'assied sur le seuil d'une boutique vide, pose le coffret en bois sur ses genoux et commence à attendre. Il se trouve quasiment en face de la maison où Iris travaille. Il porte la main à son manteau et joue distraitement avec un bouton. Ses yeux se posent sur la vitrine de la boutique, brisée par un jet de pierre. Il inspecte les dégâts tout en répétant à voix basse les mots qu'il dira à Iris lorsqu'elle sortira de la bâtisse. Elle sera impressionnée qu'il ait réussi à la retrouver, et ils en riront ensemble.

Des notes de musique s'échappent d'une fenêtre entrouverte. Un air triste, joué au piano. Silas se glisse parfois dans les églises pour écouter le tonnerre des orgues, le bourdonnement des violons et des chœurs. Il est convaincu qu'Iris apprécie la musique, elle aussi. C'est une âme tendre et féminine, le genre de personne susceptible de s'émouvoir aux larmes à l'écoute d'un requiem. D'ailleurs, c'est peut-être elle qui joue en ce moment ? Il imagine ses longs doigts fins courir sur les touches d'ivoire, son dos osciller au rythme de la mélodie.

Il attend. Il attend longtemps. Il se lève d'un bond chaque fois qu'il entend un bruit de pas dans la rue. En vain : ce n'est jamais Iris. Enfin, alors qu'il songe à aller s'acheter une pomme de terre au four ou un pudding pour se sustenter, elle apparaît au coin de l'allée, plus grande que dans son souvenir – plus robuste aussi : il est surpris par ses larges épaules.

Silas se redresse, tapote le coffret du bout des doigts. Elle passe devant lui sans le voir. Il l'appelle.

« Mademoiselle… Iris ? »

Elle se retourne. Il n'y a pas de sourire sur ses lèvres, pas de lueur de joie dans ses yeux. Il s'humecte les lèvres, déglutit avec peine.

« Oui ? souffle-t-elle sans le regarder (*Silas ! Vous êtes venu, enfin !*). Je suis terriblement navrée. Je ne me rappelle pas… »

Entre toutes les réponses possibles, il n'avait pas imaginé celle-ci. Il était si sûr qu'elle pensait à lui, comme lui pensait pensait à elle ! « Je m'appelle Silas. » Le front d'Iris demeure plissé de perplexité. Elle va bientôt rire, prétendre qu'elle plaisante. Mais il continue, au cas où : « Nous nous sommes rencontrés sur le chantier de l'Exposition universelle. Mon jeune ami Albie… »

Un léger froncement de sourcils. Elle ne plaisantait pas, pense-t-il amèrement en jetant un coup d'œil vers le coffret qui abrite les chiots siamois.

« Oui. Bien sûr que oui, marmonne-t-elle enfin. Maintenant, je m'en souviens. » Elle attend. Il ne dit rien. Elle s'impatiente : « En quoi puis-je vous aider ? Albie est-il tombé malade ?

— Oh non, c'est… Je viens d'être retenu pour l'Exposition universelle. » Il désigne le coffret d'un hochement de tête. « Enfin, ce n'est pas moi qui serai exposé, mais un squelette… Un chiot empaillé et un sous-verre – je veux dire, des papillons sous verre. Les chiots sont là, des siamois. » Il s'éclaircit la gorge. « Dans leur cercueil, comme j'appelle cette boîte. Quand je l'ouvre, c'est comme si je les exhumais. »

Elle semble perplexe.

« Je plaisante. Eh bien, poursuit-il d'une voix ferme, je…

— Je dois y aller, lâche-t-elle en désignant le numéro six de l'allée. Je suis seulement sortie chercher une bougie. Ce fut un plaisir… »

Il l'interrompt, trop vite : « Quand nous nous sommes rencontrés, vous m'avez dit que vous vouliez voir ma collection, et je me demandais quand vous pourriez venir… »

Elle regarde autour d'elle, puis parle lentement. Elle

est polie. Affreusement polie. Maintenant, il comprend qu'elle se souvient à peine de lui. Peut-être ne voudra-t-elle pas venir du tout ? Ou bien elle n'acceptera que pour éviter de le froisser. Que faire alors ? Une pensée lui traverse l'esprit, claire comme du cristal. *Alors*, dit la voix, *il faut la tuer*. Il secoue la tête. Quelle idée absurde !

« Si je passe par là… » Elle porte les doigts à la rosace en soie épinglée sur sa robe.

Il s'agite. « Viendrez-vous demain ?

— Demain ?

— Venez à cinq heures de l'après-midi. » Il plonge la main dans sa poche, sort le pendentif renfermant une aile de papillon et le lui tend. « Tenez. C'est pour vous. »

Elle regarde l'aile bleue et son œil central, d'un joli brun clair. « C'est vous qui l'avez fabriqué ?

— Oui.

— Oh. » Elle ne dit rien d'autre, ne semble pas se soucier du silence qui s'installe entre eux. Elle passe distraitement son pouce sur la bulle de verre. Il distingue la forme de sa clavicule à travers sa robe. Quelle serait la sensation de son os sous sa peau fine ?

« Je peux vous montrer comment je fabrique ce genre de pendentifs, si vous voulez, mais mes autres créations sont bien plus impressionnantes ! Ma boutique s'appelle "Le magasin de curiosités de Silas Reed". Elle se trouve au fond d'un passage qui donne sur le Strand. En arrivant sur l'avenue, demandez à un clerc ou à un commis de vous indiquer la direction à suivre. Ils sauront vous guider. »

Elle acquiesce, toujours aussi distraite. « Et vous êtes monsieur Reed ?

— Appelez-moi par mon prénom. Silas.

— Silas ?

— Oui », dit-il en essayant de ravaler son amertume. Albie les avait présentés, pourtant, et il vient de mentionner de nouveau son prénom dans la conversation. Or, elle paraît l'entendre pour la première fois. « Le magasin de curiosités de Silas Reed, répète-t-il. Demain, à cinq heures.

— Entendu. Merci pour le cadeau.

— Je vous en prie », dit-il, mais elle s'est déjà détournée, et Silas sent le sol trembler sous ses pieds, comme s'il dérivait sur un océan de vagues noires.

Garance et gomme-gutte

« Tâchez de ne pas bouger, demande Louis en tapotant son crayon contre ses dents.

— Je fais tout mon possible », réplique Iris. Elle garde la pose, un bras levé, l'autre replié devant elle, paume vers le haut, comme si elle berçait un enfant. Elle porte une longue robe verte, négligemment ceinturée à la taille. « Si vous preniez une photographie, je suis sûre que l'image serait parfaitement nette. On pourrait même la confondre avec un daguerréotype *memento mori.*

— Cher cadavre, votre menton, s'il vous plaît ? Là, c'est mieux. »

Le chevalet de Louis est posé à deux pas de l'endroit où elle se tient. Il a, sur la pommette, une petite tache de rousseur qu'elle avait d'abord prise pour un éclat de peinture. Ses cils paraissent d'autant plus sombres qu'il a le teint pâle, et ses lèvres sont aussi pulpeuses que celles d'une fille.

Le spectacle de son visage la distrait des courbatures qui l'accablent – dans les bras, surtout. Personne ne lui avait dit que les séances de pose seraient aussi longues, aussi ennuyeuses, aussi inconfortables, aussi *physiques.* Elle a l'impression d'avoir les jambes transpercées par un millier d'épingles. Elle qui s'imaginait étendue sur une méridienne, adossée à des coussins, la voilà qui se retrouve debout pendant des heures jusqu'à en avoir des fourmillements de la tête aux pieds !

Pendant tout ce temps, Louis la regarde. Il la regarde *vraiment*, comme si elle était un sujet à étudier, à choyer, à apprécier. Depuis quelques minutes, crayon à la main, il fixe une petite partie de sa joue gauche. Et il la scrute avec une telle intensité qu'elle croit sentir le bout de ses doigts sur sa peau.

La trouve-t-il jolie ? Juge-t-il avec sévérité la géométrie légèrement asymétrique de son nez ? Et le bouton sur son front ? Ou se contente-t-il de reproduire les contours et les ombres de son visage comme s'il s'agissait d'une figure abstraite ? Il lui a expliqué plus tôt dans la journée qu'un vrai peintre perçoit le monde comme un tableau, une série d'angles et de formes, une succession de mouvements susceptibles d'être capturés et figés sur la toile. Elle a tant d'autres questions à poser ! Elle frémit de curiosité, comme autrefois, lorsqu'elle tirait sur la main de sa mère pour attirer son attention. Pourquoi les pigeons ont-ils des ailes ? demandait-elle d'une voix flûtée. Et comment fabrique-t-on les cônes en sucre ? À chaque fois, sa mère secouait la tête d'un air réprobateur. *Assieds-toi. Tais-toi donc ! Ne bouge pas tant. Parle moins. Tâche de ressembler davantage à Rose.* Toujours les mêmes remontrances, et jamais de réponses.

Attristée par le cours de ses pensées, Iris se hâte de les orienter de nouveau vers Louis. Le jeune peintre observe-t-il tous ses modèles de la même façon, avec cette douceur presque amusée, comme s'il racontait une histoire drôle ? A-t-il déjà plaqué des femmes contre son torse ? A-t-il défait la ceinture de son pantalon, avant de crisper les doigts sur leurs cuisses, la bouche tordue par un cri d'extase, comme le faisait le gentleman de Rose ? Elle imagine Louis embrasser sa main, presser ses lèvres contre sa paume, remonter vers son poignet… Elle cligne des yeux pour chasser cette rêverie de son esprit. Une autre, plus décente, la remplace aussitôt : c'est l'inauguration de l'exposition d'été de la Royal Academy, les critiques d'art sont figés devant ses tableaux, et le mépris de ses parents se mue en fierté : « Une toile de notre Iris a été retenue par la Royal Academy ! Elle l'a vendue pour… » Quel est donc le prix d'un tableau ? Vingt livres ? Elle n'en est pas sûre. Elle se promet de poser la question à Louis plus tard, en espérant qu'il ne la trouvera pas vulgaire.

Elle entend son crayon glisser sur le papier. Elle entend aussi, à l'autre extrémité de l'atelier, le raclement répété du couteau à palette de M. Millais. Car il est là, lui aussi. Du coin de l'œil, elle aperçoit la forme pâle du crâne humain qu'il est en train de peindre. Quand elle a vu ce crâne pour la première fois, elle a pensé au visage qui recouvrait les os jaunis, aux mâchoires qui s'ouvraient pour manger, aux dents qui se découvraient pour éclater de rire. Elle frissonne. À présent, le crâne de cette personne n'est plus qu'un objet à reproduire sur une toile.

Dehors, une calèche dévale Charlotte Street, souillant de boue les bancs de neige à demi fondue. Il en reste un peu sur le rebord des fenêtres. Un homme chante, une femme crie : « Citrons pour un penny ! Citrons pour un penny ! » À l'heure qu'il est, sa sœur est certainement assise dans la boutique, penchée sur une pièce de velours rêche, l'aiguille à la main. Chacun vaque à ses occupations habituelles. Iris, elle, est ici. Employée comme modèle dans cet atelier, en compagnie de deux artistes. Et alors ? Elle ne reviendrait en arrière pour rien au monde.

La veille, après avoir rendu la main en marbre au

British Museum, Iris est allée s'installer dans ses nouveaux quartiers, une modeste pension pour femmes située sur Charlotte Street, à l'angle de Colville Place. La sœur de Louis avait pris soin de lui réserver une chambre sous les toits. La patronne a ouvert la porte de sa mansarde, lui a remis une clé et Iris s'est émerveillée d'avoir, comme elle l'avait rêvé, son propre lit, dans sa propre chambre, avec son propre lavabo et sa propre commode.

Peu après, elle s'est rendue chez Louis pour lui emprunter deux bougies. Clarissa est venue dans la mansarde avec elle, apportant du charbon et du petit bois pour le poêle en fonte. Ensemble, elles ont nettoyé les vitres, passé la serpillière sur le plancher et craché sur un chiffon pour astiquer le cadre de lit en laiton. Clarissa lui a expliqué qu'elle avait l'habitude de ce genre de travaux. Elle a bavardé sans discontinuer, évoquant d'abord Louis et sa carrière artistique, puis leur mère, et enfin ses œuvres caritatives et les femmes perdues auxquelles elle apprend à coudre et à tenir une maison. Après son départ, Iris s'est efforcée de ne pas se regarder comme une femme entretenue ; elle a fait son possible pour ne pas imaginer le mépris dont l'accablerait sa sœur si elle la voyait dans cette petite chambre. *Guère mieux que la mansarde d'une grisette.* Elle a épousseté ses mains sur sa robe et traversé la pièce (un pas et demi suffit) pour s'approcher de la fenêtre. En contrebas, une jeune fille entraînait un homme en redingote dans une ruelle. Qu'est-ce qu'une femme respectable ? La propriétaire de la pension s'était montrée ferme : interdiction absolue de recevoir des visiteurs. Iris ne vivait donc pas dans un bordel, loin de là. Et elle n'avait jamais embrassé un homme.

La colère qu'elle éprouve contre l'hypocrisie de Rose

l'a soulagée de sa culpabilité. Elle s'est étendue sur son lit et s'est endormie, ne se réveillant qu'à la tombée du jour.

« C'est beaucoup mieux, dit Louis en saisissant un petit morceau de charbon de bois. Je n'en suis qu'aux esquisses préparatoires, mais vous étiez parfaitement immobile – je vous félicite !

— Aussi immobile que votre main en marbre ? » demande Iris d'un air faussement innocent.

Il ne répond pas.

« Votre main de marbre est-elle plus grande ou plus petite que la mienne ? »

Toujours pas de réponse.

« Et si je posais ma paume dessus pour les comparer ?

— Bien sûr. Jugez-en par vous-même, suggère Louis, campé derrière sa toile. Elle est là, sur l'étagère. »

Iris se retourne et écarquille les yeux. Effectivement, la main est là, les doigts repliés sur l'étagère comme si elle s'apprêtait à s'enfuir.

« Comment… ?

— Vous m'avez joué un sacré tour, je vous l'accorde, l'interrompt Louis. J'ai commencé par fouiller la maison de fond en comble. Puis j'ai deviné que c'était vous et j'ai bien ri, je vous en remercie. Très rusé de votre part. Mais je me doutais que vous iriez la rendre. Je vous ai donc attendue hier matin près du musée. Je me suis caché en vous voyant arriver. J'ai patienté, le temps que vous glissiez la main de l'autre côté de la grille d'enceinte et jetiez des morceaux de papier dans la rue, puis, j'ai repris mon marbre. »

Iris sent ses joues s'empourprer.

« Vous… », commence-t-elle, mais Louis demeure

caché derrière son chevalet, dissimulant l'expression de son visage.

Vers trois heures de l'après-midi, la lumière du jour commence à décliner. Bientôt, seules les flammes du feu de cheminée dissipent la pénombre qui s'installe dans l'atelier. Louis pose son crayon : il a terminé sa journée de travail. Iris fait rouler ses épaules en grimaçant. Elle se sent raide et courbatue. Millais est appuyé contre un grand coussin orné de motifs en tapisserie, la tête posée en travers de Guenièvre qui lui sert de traversin.

« Êtes-vous prête pour votre leçon de dessin ? » demande Louis à Iris, et il l'entraîne vers l'angle de la pièce, où se dresse une petite table. Il la fait asseoir, pose la main de marbre devant elle, cherche une feuille de papier et un crayon, et lui tend le tout en ordonnant : « Dessinez la main. Dessinez-la telle que vous la voyez. » Puis il s'assied à son tour et s'empare d'une revue, dont il tourne les pages avec application, le dos calé contre le dossier de sa chaise. *Le germe*, lit Iris sur la couverture.

Elle trace quelques lignes sur le papier – un demi-cercle pour le bout du doigt, une ligne pour le tranchant de la paume.

« Millais, ce poème de Christina… »

Iris tourne les yeux vers la fenêtre. La neige s'est transformée en averse de grêle. Elle lâche son crayon et pose son menton au creux de ses mains.

« Qu'y a-t-il ? dit Louis. Pourquoi vous êtes-vous arrêtée ?

— Je pensais que vous alliez me donner des indications.

— Comment le pourrais-je, alors que vous avez à peine tracé deux lignes sur le papier ?

— Vous n'avez même pas regardé ce que j'ai fait.

— Eh bien, que voulez-vous que je vous apprenne ? »

Iris regarde le chevalet, maculé d'une épaisse couche de peinture. « Pouvez-vous me montrer comment utiliser la peinture à huile ?

— Avant de marcher, apprenez d'abord à ramper…

— Voyons, Louis ! lance Millais. C'est exactement ce que nous serinait notre professeur à l'Académie. "Apprenez d'abord à ramper." Cette phrase te mettait en rogne, tu ne t'en souviens pas ? Ce que tu as pu vilipender ce pauvre homme ! Et voilà que tu parles comme lui… Ah ! Si on m'avait dit que Louis Frost finirait par imiter ce cher vieux Perky, j'aurais refusé de le croire ! »

Louis se lève et brosse son pantalon du plat de la main. « Très bien, je m'incline. Je vais vous donner un cours de peinture à l'huile, ne serait-ce que pour faire taire ce monsieur. Mais je vous préviens : demain, vous devrez vous remettre au dessin. »

Millais adresse un signe de tête à Iris, qui lui sourit en retour.

« Quels conspirateurs vous faites ! » commente Louis, puis il s'assied à côté d'elle, face au chevalet, et presse une bourse remplie de peinture à l'huile sur une palette en porcelaine. « Nous avons l'habitude d'apprêter la toile avec du blanc de zinc. C'est une de nos ficelles. Ensuite, nous mélangeons rapidement les couleurs et nous les appliquons en couche légère sur la toile, afin que le fond blanc brille à travers. C'est tellement plus lumineux ainsi ! »

Iris observe les couleurs qui s'offrent à elle : vert émeraude, bleu outremer, garance et gomme-gutte. Elle se sent comme une enfant attablée devant un pudding au caramel après des mois de bouillie au gruau. « Tenez, dit Louis en lui tendant un pinceau en poil de martre. Essayez. »

Iris le trempe dans la peinture rouge vif. « Comment dois-je faire ?

— Comme vous voudrez.

— Mais que dois-je peindre ? »

La voyant hésiter, la main en suspens devant la toile, il suggère doucement : « Lancez-vous sans réfléchir. L'échec est formateur. Dieu sait combien de fois je me suis fourvoyé ! »

Iris fait glisser le pinceau de haut en bas sur la toile. Une strie unique et triomphale. Puis elle dépose la couleur par petites touches, comme le ferait un enfant, avec une énergie pleine d'euphorie. Elle a le droit de tout gâcher ! Elle lance un coup d'œil à Louis, dont les boucles brunes prennent des reflets rougeoyants à la lueur du feu. Il pointe le doigt (plus pâle que la main en marbre) vers la toile. Elle sait qu'elle devrait l'écouter, mais elle n'y parvient pas. Le souvenir de leur première rencontre danse dans son esprit – la façon dont il lui a tenu le poignet ce jour-là, dans le salon de thé au plafond voûté. Émue, elle frotte sa paume contre sa joue.

La sonnette retentit dans le hall d'entrée. Louis se lève pour aller ouvrir. Il revient un instant plus tard, une lettre froissée à la main.

« Qui était-ce ? demande Millais.

— Rien d'important », répond Louis, et il jette la lettre dans la cheminée. Iris regarde les bords du papier se racornir, les mots tracés à la plume se consumer dans les flammes. Une autre missive lui revient en mémoire. *Chère Iris, nous avons été très contrariés par ta visite d'hier…*

« Avez-vous l'intention de commencer un autre autoportrait ? s'enquiert Louis.

— Non. La main en marbre sera mon premier modèle.

— Ah, l'antiquité volée ! Pourquoi ? »

Parce qu'elle lui rappelle le magasin de poupées et la main en plâtre dont Albie se sert pour leurrer les victimes de ses larcins – des souvenirs qui l'emplissent d'une nostalgie douloureuse. Elle ne regrette pas d'être partie, mais elle ne veut rien oublier. Et la main en marbre semble jeter un pont entre ces deux parties de sa vie. Incapable d'expliquer tout cela à Louis, elle se contente de hausser les épaules. « Sans raison particulière », répond-elle.

Elle trace d'autres lignes sur la toile. Les couleurs s'épanouissent et jaillissent vers le plafond. Un doux silence règne dans la pièce, à peine troublé par la caresse du pinceau en martre sur la toile et le crépitement du feu. Louis bâille et s'étire comme un chat. Dehors, la grêle se fait pluie. Le tonnerre gronde. Eux sont bien au chaud à l'intérieur. Trois peintres dans un atelier de Soho. Elle songe brièvement à l'homme qui l'a abordée la veille alors qu'elle sortait de sa mansarde. Il l'a invitée dans sa boutique. Comment s'appelle-t-il déjà ? Elias ? Cecil ? Que cherchait-il à lui vendre ?

Un sifflement suivi d'un long grognement se fait entendre. Millais s'est endormi. Il ronfle, la bouche ouverte, le nez pointé vers le plafond. Louis et Iris se mettent à rire, un rire étouffé, si prolongé qu'ils finissent par oublier ce qui l'a déclenché. Elle ferme les yeux. *Je ne veux pas que ça s'arrête*, pense-t-elle.

Dire que si elle était restée au magasin de poupées, elle aurait passé la journée à peindre des bouches, des bottes et des ongles, ses bras marbrés par les pinçons de Mme Salter.

Rose…

Non.

Dans le coin de la pièce, la vieille horloge à balancier sonne un coup. Il est quatre heures et demie.

Lion

Silas suit du bout des doigts la progression des aiguilles sur le cadran de sa montre. Dans trente minutes, il sera cinq heures. Elle arrivera sur le seuil de la boutique. Il sera, comme maintenant, assis dans le fauteuil, à côté de la vitrine des lépidoptères, occupé à lire un article scientifique d'un air sérieux et concentré. Il lèvera les yeux en entendant la porte s'ouvrir, puis il ajustera son pince-nez, fermera et pliera son exemplaire du *Lancet* comme s'il était interrompu. Il a changé deux ou trois fois de position ; il a peigné ses cheveux pommadés en arrière, lissé son teint pâle avec du savon et des onguents. Son nez, qui lui confère un profil de sénateur romain, est son meilleur atout. Plutôt que des lampes à huile, dont la lumière est trop vive, il a préféré allumer des bougies : c'est dans la pénombre qu'il est le plus à son avantage.

« Iris, dira-t-il, quel plaisir ! J'étais tellement captivé par ma lecture du *Lancet* que je n'ai pas vu l'heure passer. » Elle lui tendra sa main dépourvue de gant (sa peau rose pâle prendra des reflets nacrés sous la flamme des bougies, comme le saumon que mangent les dandys au restaurant) et Silas verrouillera la porte derrière elle pour que personne ne vienne les importuner.

« À présent, je suis tout à vous », reprendra-t-il, et elle rira gentiment, avant de poser un regard brillant d'admiration sur ses trésors. Elle attrapera le crâne du lion (peut-être devra-t-il l'aider, car il est lourd) et frôlera du bout des doigts sa texture inégale.

« Comme c'est étrange ! s'exclamera-t-elle. Tous ces petits picots… J'ai toujours pensé que les os étaient lisses au toucher, mais je n'ai jamais cherché à en avoir le cœur net. C'est trop effrayant pour moi ! »

Elle gloussera en cachant sa bouche derrière sa main, puis elle ajoutera qu'elle a un secret à lui confier. Il lui lancera un regard inquiet. « J'espère que vous n'avez pas d'ennuis de santé ?

— Oh, non ! » répondra-t-elle vivement, avant de lui confesser qu'elle a fait mine, pour plaisanter, de ne pas le reconnaître la veille. « J'étais navrée, je l'avoue, d'être témoin de votre désarroi. Ne voyiez-vous pas, à mes sourcils levés, que je vous jouais un vilain tour ?

— Vous êtes la plus cruelle des amies », soupirera-t-il en agitant le doigt vers elle d'un air sentencieux.

Elle s'installera sur un tabouret près de lui et saisira à l'aide d'une pique en bois une des fraises en conserve qu'il a achetées chez le boulanger du Strand. Elle glissera entre ses lèvres le fruit rouge et humide, qu'elle mâchera lentement. Puis, poussant la fraise contre sa joue, elle le priera de lui expliquer comment il a procédé pour reconstituer le squelette des chiots siamois (« Le pendentif que vous m'avez offert est désormais mon bien le plus cher. Vous êtes si généreux, Silas ! Et quelle bonté d'âme ! J'aimerais avoir assez de talent, moi aussi, pour vous faire un beau cadeau ! ») et il apercevra dans sa bouche le morceau de fraise encore intact. Ses dents, à peine plus grandes que celles d'un chat, auront la blancheur de la porcelaine.

Poursuivant sa rêverie, Silas invente l'histoire de sa vie : il fait d'Iris une enfant choyée par sa sœur jumelle, défigurée dès l'enfance, et par des parents aimants mais trop vite disparus (elle avait huit ans lorsqu'ils sont morts, décide-t-il), les plaçant, sa sœur et elle, sous la responsabilité d'une tante bienveillante.

Elle avouera qu'elle s'est souvent sentie seule, en quête d'un ami. Il lui dira qu'il ne parvient plus à travailler correctement depuis leur rencontre, tant il est troublé par la force de l'amitié qui s'est nouée entre eux dès le premier instant. Il évoquera son enfance, les coups que lui assenait sa mère, la fumée et la chaleur des fours à poterie, ses douleurs aux doigts et au cou, son désespoir à l'idée qu'il ne parviendrait jamais à s'échapper ; sa solitude, aussi – infinie et tentaculaire ; et les autres enfants qui le méprisaient. Il parlera de Flick et de sa mystérieuse disparition, un matin après qu'ils avaient cueilli des mûres ; de sa peur de la découvrir noyée, ses longs cheveux roux dénoués sur ses épaules comme une fourrure de renard ; des soupçons qu'il a toujours nourris envers le père de Flick… Il est persuadé qu'il l'a tuée – même si, bien sûr, rien n'indique qu'elle ait été assassinée. Et pourtant, il *sait* qu'elle est morte, bien qu'il ne puisse dire pourquoi.

L'heure tourne. Cinq heures moins le quart. Il aurait dû demander à Iris de venir plus tôt : elle serait déjà arrivée à l'heure qu'il est. Les secondes s'égrènent au rythme de ses battements de cœur.

Tic. Tac.

Tic. Tac.

Tic. Tac.

Il se lève, s'étire et déplace une bougie d'un côté à l'autre de la vitrine. Il juge de l'effet produit, puis décide de la remettre à sa place d'origine. Il observe son reflet dans le miroir. Le cadre est orné d'arêtes de truite qu'il a collées une à une en éventail, le mois précédent. Il serait incapable de faire montre d'une telle patience et d'une telle précision aujourd'hui : il est bien trop agité ! Même son reflet tremble légèrement dans le miroir. Il passe les doigts dans ses cheveux, puis il essuie la pommade sur sa chemise.

L'aiguille des minutes de l'horloge a à peine bougé.

Cinq heures moins dix.

Il regarde l'aiguille osciller.

Moins cinq.

Il s'assied de nouveau, un genou légèrement replié, l'autre un peu moins, afin de paraître sérieux, mais accessible. Elle va apparaître sur le seuil d'un moment à l'autre.

Il reprend le *Lancet.*

« Double pied bot, murmure-t-il, résultant d'une inaction pro-longée et d'une mau-vaise po-sition des pieds ; téno-tomie et rup-ture... »

Les mots dansent devant ses yeux sans qu'il parvienne à les comprendre. Il jette la revue au sol, puis lance un regard vers la porte pour s'assurer qu'Iris n'est pas arrivée. Toujours pas. Il ramasse la publication et lisse les pages froissées du plat de la main. Il fait semblant de lire. Il sent battre son pouls dans ses oreilles et dans sa gorge.

Cinq heures.

Elle souhaite sans doute le taquiner, le faire attendre un peu. Tout son corps tremble sous l'effort de rester immobile, mais il ne peut s'empêcher de tourner les yeux vers la porte. L'averse a forci ; l'eau ruisselle sur les vitres. Le tonnerre gronde. Iris sera trempée jusqu'aux os. Il va l'essorer comme un linge.

« Quel orage ! s'écriera-t-elle. Mais je suis heureuse de l'avoir affronté pour venir jusqu'à vous. »

Cinq heures cinq.

Elle s'est abritée, attendant que l'averse s'apaise pour se remettre à courir. « Je ne pouvais pas arriver ici trempée comme une soupe ! Vous ne vouliez tout de même pas que j'abîme ma robe ? »

Cinq heures dix.

La pluie s'est arrêtée. Elle ne veut sans doute pas mouiller ses chaussures. Il l'imagine sautant par-dessus les flaques d'eau comme si c'étaient des terriers, secrètement heureuse de savoir qu'il l'attend.

Cinq heures et quart.

Elle a interrompu sa course pour venir au secours d'un être en détresse. Un bambin tombé d'un poney, un chaton apeuré sur le rebord d'une fenêtre, au dernier étage d'une maison. Une mission gentiment héroïque, taillée pour une femme délicate, et susceptible d'expliquer son retard. Elle se dépêche, à présent, soucieuse de ne pas le faire attendre davantage.

Cinq heures et demie.

Il lui est arrivé quelque chose. Elle a été renversée par une charrette. Étendue sur le pavé, ensanglantée, elle demande à un passant d'aller le prévenir afin qu'il vienne la chercher.

Il attend. Il attend, encore et encore, aussi immobile qu'une ombre.

L'horloge sonne six heures, puis sept heures, puis huit heures, et il ne bouge toujours pas. Il demeure assis dans le fauteuil comme saisi par une transe. Elle va venir. Elle est en route ! Elle va lui envoyer un message. À moins qu'elle ne soit morte ? Ou qu'elle ne se joue de lui pour mesurer jusqu'à quel point il tient à elle ?

La nuit est tombée, l'agitation s'est calmée sur le Strand. Silas comprend, bien qu'il refuse de se l'avouer, qu'Iris ne viendra pas, que rien de grave ne lui est arrivé. Elle ne l'a pas reconnu la veille (ce n'était pas une plaisanterie) et elle a oublié leur rendez-vous aujourd'hui. En fait, elle ne s'intéresse pas à lui.

Il plie les doigts, puis se lève. Il se dirige vers le crâne de lion posé en équilibre sur la vitrine et le berce dans ses bras comme un bébé emmailloté dans ses langes.

J'ai toujours pensé que les os étaient lisses au toucher... « Imbécile ! » grince-t-il, furieux contre lui-même, tandis qu'au fond de son esprit la voix d'Iris se mue en rire moqueur, pareil à celui de Gideon.

Il ouvre la porte – le grincement qu'il a attendu toute la journée résonne cruellement à ses oreilles – et sort dans l'allée. Il peine à respirer. De longs bancs de neige sale s'accrochent encore au pied des maisons ; les flammes des bougies restées allumées dans la boutique se reflètent dans les pavés mouillés. Silas surprend le reflet de son visage dans une flaque d'eau, grotesquement déformé. Il lève le crâne au-dessus de sa tête, vacille un instant, et le jette au sol. L'objet se fracasse en trois parties : la mâchoire se détache du crâne, qui se scinde lui-même en deux. Il s'est brisé aussi facilement qu'un vieux pot en terre cuite.

Il ramasse la moitié du crâne et presse la partie tranchante contre son cou. La douleur est cuisante. Il appuie plus fort, sent sa peau se tendre comme un caoutchouc. Son souffle s'apaise. Une pression supplémentaire, et il se serait percé la gorge.

Il lance le crâne sur les pavés, puis s'empare de chaque morceau et les jette au sol – une fois, deux fois, dix fois –, jusqu'à ce qu'il n'en reste que des fragments, à peine plus grands que des rognures d'ongles. Alors seulement, il se redresse, haletant, le dos mouillé de sueur.

Bagatelle

Iris se réveille au son d'un grand fracas – une sorte de craquement venu de Charlotte Street. Il fait froid dans sa mansarde, où le feu s'est éteint depuis longtemps. Elle souffle sur ses mains pour les réchauffer, puis tourne les yeux vers la fenêtre. Un rideau de flocons blancs lui cache le ciel. Dans la rue, la neige a effacé les traces de pas et de roues de charrette avec l'efficacité d'un coup de balai. Du haut de sa petite chambre, le monde semble minuscule. Les chevaux qui trébuchent dans la neige fondue ressemblent à des souris en sucre, et les marchandes des quatre-saisons, à des jouets en fer-blanc. À l'angle de la place, un homme fend du bois. Sa hache paraît à peine plus grosse qu'une allumette.

« Du calme ! Les honnêtes gens essaient de dormir, crie une femme dans la maison d'en face.

— Honnêtes, mon œil ! réplique l'homme. Y a plus de clampins qui te sont passés sur le corps que d'empreintes dans c'te neige fraîche. » Et il abat sa hache sur une autre bûche.

Iris s'habille rapidement, les membres endoloris par les longues séances de pose, mais pressée d'aller retrouver Louis et de reprendre son étude de la main en marbre. Au cours de la semaine écoulée, elle l'a dessinée tous les jours, et chaque nouveau croquis était meilleur que le précédent. Dans sa hâte, elle fait tomber un objet de l'étagère. Elle se penche pour le ramasser. C'est une aile de papillon, plutôt jolie, fixée entre deux disques de verre. Elle se souvient de l'étrange bonhomme qui la lui a donnée, et de l'insistance avec laquelle il l'a pressée dans la paume de sa main.

Un instant plus tard, elle la fait de nouveau tomber en tirant sur les draps froissés. Cette fois, elle ne prend pas la peine de la ramasser. L'objet ne lui déplaît pas, mais il la met mal à l'aise. L'homme le lui a sans doute offert pour l'inciter à venir visiter sa boutique – signe qu'il la croit assez fortunée pour s'offrir ce genre de bagatelle. Elle sourit, amusée. C'est déjà ça.

Le colifichet lui rappelle Flora, la boutique imaginaire dont Rose et elle peuplaient leurs rêves. Sa marquise bleue et sa constellation de lampes à gaz. Le magasin devait surgir du brouillard londonien comme une sorte de caverne magique. Bien sûr, c'est un rêve qui ne se réaliserait jamais ; bien sûr, c'était surtout, pour elles deux, une manière de passer le temps, puisqu'elles n'avaient pas l'argent nécessaire pour quitter Mme Salter et le magasin de poupées. Maintenant qu'Iris gagne mieux sa vie, peut-être pourrait-elle mettre un peu d'argent de côté et le donner à sa sœur (si elle l'accepte) afin qu'elle s'établisse ?

Rose coud du matin au soir, et ses chances de s'échapper s'amenuisent à chaque aiguillée de fil. Chaque jour qui passe la rapproche du moment où elle sera vieille fille, usée, à court d'espoir et à la charge de ses proches. Iris se promet de lui écrire. Une semaine s'est écoulée depuis son départ. Rose s'est peut-être accoutumée à son absence ? La veille au soir, Iris a marché jusqu'à Regent Street. Elle est restée un long moment sur le trottoir, en face du magasin. Une bougie brûlait dans son ancienne mansarde.

Elle frissonne. Inutile de rallumer le feu dans sa petite cheminée : mieux vaut partir pour l'atelier tout de suite. Louis chauffe la pièce sans regarder à la dépense et il se lève tôt.

Mais quand elle sonne à la porte, c'est une femme vêtue d'un vilain tablier qui vient ouvrir.

« M. Frost est là ? demande Iris, tandis que la femme de ménage s'incline avec déférence.

— Qui dois-je annoncer, mademoiselle ?

— Iris Whittle.

— Une parente, peut-être ? Puis-je prendre votre carte ?

— Non. Je suis son modèle et… »

Un sourire méprisant apparaît sur le visage de la bonne. « Allez le chercher vous-même ! » lance-t-elle, avant de se pencher pour tirer un ballot de linge sale, qu'elle jette dans un panier d'osier.

Iris hausse les sourcils. Qu'une domestique ose la snober ainsi et la traiter avec un tel mépris lui paraît inconcevable. Elle se glisse dans le hall sans lui accorder un autre regard et s'engage dans l'escalier qui mène à l'atelier. Elle veille à demeurer très droite, la tête haute. Elle ne dira rien à Louis, ne donnera pas à cette femme la satisfaction de savoir que son coup a fait mouche.

Louis la salue distraitement. « Ah ! Regina. » Campé devant son chevalet, parmi son désordre et ses trésors, il se frotte le visage d'un air pensif. Iris imagine que c'est sa main à elle qui caresse sa joue.

« Que vous arrive-t-il ? Vous semblez préoccupé.

— Ça ne va pas, répond-il. Je n'arrive à rien. Pourquoi ne suis-je pas commis ou avocat ? Ou même croque-mort ! Un de ces métiers où il faut porter un chapeau noir. Pourquoi ai-je donc choisi de me torturer ainsi ?

— Qu'est-ce qui vous torture, cher principicule ?

— Ce n'est pas drôle... » Il sourit, pourtant. « Je n'arrive pas à lui donner l'expression voulue. Mon Guigemar. Il me paraît trop idéalisé... trop... Je ne sais pas. Trop typique ? Ce que vous avez dit sur la *réalité* de la peinture – ça m'a frappé. Je veux que ce soit intéressant, différent. Pour le moment, ce n'est qu'un homme agenouillé aux pieds d'une femme et... »

Elle regarde avec attention les personnages qui occupent la toile ; Guigemar tient d'une main la ceinture dont il vient de défaire le nœud et, de l'autre, il a saisi les doigts fins de sa dame, qu'il porte à ses lèvres.

« Peut-être devriez-vous ne peindre que la reine. Sans Guigemar.

— Comment ? s'exclame Louis. Mais si j'enlève Guigemar, comment saurons-nous qu'il vient de sauver la dame ?

— En quoi est-ce important ? réplique Iris. Vous pouvez montrer sa souffrance, ses espoirs, et l'amour qu'elle nourrit pour Guigemar dans son malheur – n'est-ce pas plus intéressant ? D'autant que la tourterelle (elle montre du doigt l'oiseau qui s'envole à tire-d'aile, une branche d'olivier coincée dans son bec) symbolise la rédemption et l'évasion. N'est-ce pas suffisant ? »

Louis fronce les sourcils.

« Vous pourriez modifier légèrement la position de la dame, reprend Iris. Si elle tendait la main vers l'oiseau, par exemple, ne serait-ce pas plus frappant ? Votre œuvre représenterait alors le moment où la dame est emprisonnée par son mari jaloux, après qu'il a chassé Guigemar, et avant qu'elle ne parvienne à se libérer. Et non pas le sauvetage ultérieur, quand Guigemar la délivre du roi Mériaduc.

— Il faudrait que je recommence tout !

— Vous avez encore le temps. Et vous n'auriez pas à *tout* recommencer – seulement cette partie du tableau, là où Guigemar s'agenouille... » Joignant le geste à la parole, elle tend la main vers la toile.

« Attention ! s'écrie Louis. La peinture n'est pas sèche. »

Iris retire sa main. « Je n'avais pas l'intention de...

— Oui, c'est une bonne idée, la coupe-t-il pensivement. Vous avez raison. Je pourrais peindre un miroir derrière la dame, afin de montrer au public que la porte de sa prison est entrouverte. Elle tend la main vers l'oiseau, symbole de sa libération, et s'apprête à s'enfuir. » Il jette une cape mitée sur ses épaules et lance son manteau à Iris. Elle le suit dans l'escalier. « Venez. Je ne supporte plus d'être enfermé ici. Allons nous promener ! »

Elle rit. « Êtes-vous devenu fou ?

— J'ai toute raison de le craindre. Et je souffre d'une maladie grave.

— Sans espoir de guérison ?

— L'apothicaire m'a assuré, répond-il après avoir croisé le regard hautain de la bonne dans le hall d'entrée, que mon unique chance de rémission réside dans la fréquentation d'une amie attentionnée. »

Dans la rue, il saisit la paume d'Iris et la pose au creux de son coude. La jeune femme sourit. Elle apprécie le contact du bras de Louis et s'émerveille de leur complicité, née en quelques jours à peine. Entre eux, tout est si simple, si naturel ! Cette promenade, par exemple : quel mal y a-t-il à marcher bras dessus bras dessous avec un gentleman ? N'a-t-elle pas souvent glissé son bras sous celui de son père pour se rendre à l'église ? Elle perçoit à peine la chaleur de sa peau sous ses mains gantées et, de temps à autre, le frottement de son pantalon contre ses jupes.

Le quartier tout entier est plongé dans un silence feutré, que seul vient troubler le couinement de leurs pas dans la neige. D'un geste de la main, Louis désigne les bâtiments et les passants qui les entourent. « Vous voyez ces maisons et ces gens comme moi, n'est-ce pas ? Mais les voyez-vous comme un artiste ? Tout dépend du regard que vous posez sur le monde, Iris. Tenez, ces stalactites, agrippées à cette corniche, par exemple. Ne vous contentez pas de les observer : tâchez de réfléchir à la manière dont vous pourriez les représenter, et à ce qu'elles pourraient illustrer. Un péril, peut-être ? Mais vous pourriez aussi vous en servir comme d'un miroir, afin de refléter un élément situé en dehors du cadre de votre tableau. Regardez comme la robe de cette gamine se reflète sur leur surface lisse ! (Il pointe le doigt vers une enfant qui agite de petits flacons remplis de poudre blanche.) Et son coude replié – n'y voyez-vous pas un triangle ? Reproduit sur la toile, il pourrait orienter l'œil du spectateur vers un élément crucial de la composition. »

Iris suit l'enfant des yeux. Ses flacons à la main, la gamine crie à la cantonade : « Mort-aux-rats pour un penny ! Essayez notre recette secrète ! Un penny, la mort-aux-rats. Un penny seulement ! »

« Vous entendez ? reprend Louis. N'est-ce pas le cadeau rêvé pour votre chère Mme Salter ? Un remède de plus pour sa collection de médicaments !

— Oh, quel vilain monsieur vous faites !

— Ah ! Voilà qui est mieux. » Louis arrête un jeune vendeur ambulant à l'entrée de Regent's Park, dont les bras sont chargés de fleurs multicolores. « Combien pour ces primevères bleues ?

— Un shilling la fleur, m'sieur. »

Iris s'apprête à tirer Louis par le bras – un shilling pour une seule fleur ! –, mais il pose déjà la pièce de monnaie dans la paume du vendeur. Elle repense aux économies qu'elle faisait chez Mme Salter, épargnant péniblement deux pence par semaine pour s'acheter des tubes d'aquarelle. Sa gorge se noue. L'extravagance de son compagnon la trouble autant qu'elle la ravit.

« Ce n'est pas un iris, mais ça en a la couleur, dit-il. Puis-je ? »

Elle acquiesce, et il glisse la fleur dans ses cheveux, frôlant son oreille du bout des doigts. C'est trop – trop rapide, trop enchanteur. Elle voudrait ralentir la course des événements. Elle n'a pas le temps de les savourer, encore moins de s'adapter ou de démêler le bien du mal dans leurs gestes, dans leurs propos. Les manières enjouées et galantes de Louis semblent si naturelles ! Est-ce un piège ? Voilà à peine une semaine qu'elle a quitté le magasin de poupées. *Nous pensons que tu as été induite en erreur, entraînée sur une voie que tu ne souhaitais pas suivre.*

Sa gorge se contracte et s'enduit de gras, comme si elle venait d'avaler une cuillerée de graisse de bœuf. Rose et elle en mangeaient tous les jours au déjeuner – de grosses cuillerées de graisse refroidie qu'elles étalaient sur des tranches de pain. La graisse se collait à leur palais, et Iris en sentait le goût jusqu'au soir.

« Vous êtes bien silencieuse, remarque Louis. Quelque chose ne va pas ? » Elle secoue la tête, prétextant une fatigue passagère.

Ils traversent Regent's Park, à présent. Louis se confie avec une franchise qui la surprend, évoquant sa mère, une dame française, récemment décédée (« Elle est restée veuve après la mort de mon père – j'étais tout jeune, alors – et s'en est contentée. Elle n'a jamais souhaité se remarier, et pourquoi l'aurait-elle fait ? Je n'avais pas besoin d'un beau-père »), puis il tente de la faire parler de sa vie à elle – en vain. Iris ne livre rien, non qu'elle souhaite cultiver le mystère, mais son existence lui semble si terne, comparée à celle de Louis ! Lorsqu'elle pense à son enfance, elle imagine un tableau en noir et blanc. Les couleurs ne sont arrivées dans sa vie que depuis qu'elle a quitté la boutique de Mme Salter. Comment pourrait-elle avouer à Louis qu'elle n'avait jusqu'alors rien vu d'autre que la maison de ses parents et l'intérieur de la boutique où elle travaillait ; qu'elle n'avait rien fait d'autre que se lever à cinq heures chaque matin et remplir son office avec des gestes de somnambule ? Louis n'a jamais lessivé un parquet au vinaigre ni tourné la manivelle d'une lessiveuse. Comment pourrait-il comprendre ce qu'elle ressent ? Et dire qu'elle s'estimait chanceuse !

« Parlez-moi de votre mère, insiste-t-il. Comment est-elle ?

— Changeons de sujet, voulez-vous ? » répond-elle vivement. Il lui semble qu'un étau s'est refermé autour de sa gorge. Elle ouvre la bouche et incline la tête en arrière. Un flocon de neige vient se poser doucement sur sa langue. « Voyons si vous parviendrez à attraper celui-là ! » s'écrie-t-elle en désignant un flocon aussi gros qu'une fleur de pissenlit.

Louis s'élance et le saisit d'un geste vif, comme un chien de chasse fondant sur une proie. « Qu'est-ce que je gagne ?

— La gloire éternelle.

— Éternelle, vraiment ? J'ignorais que c'était si simple. »

Ils s'avancent sur les berges du lac gelé et s'arrêtent près des cahutes des gardiens. Iris observe les patineurs. Ils vont aussi vite que ses pensées.

Patineur

Albie s'est lancé dans une longue pirouette. Les pans de son manteau frôlent la surface gelée du lac chaque fois qu'il plie les genoux. Il vient ici tous les matins ou presque, après avoir déposé chez Mme Salter son petit ballot de robes de poupée assemblées pendant la nuit. Aujourd'hui, il y a foule : des enfants bien nourris, dont les vêtements de soie chatoyante s'arrondissent à chacun de leurs mouvements, mais aussi des garçons bouchers et des apprentis boulangers. Les cahutes des gardiens qui se dressent sur les berges du lac sont éclairées par un pâle soleil d'hiver. Striée par le passage incessant des patineurs, la glace s'est couverte d'une fine couche de boue – on dirait de la morve de tuberculeux, songe Albie avec dégoût, avant de rejoindre une longue file de gamins qui « font le train » : à la queue leu leu, ils effectuent ensemble le tour du lac, ponctuant l'air froid de puissants « tchou tchou » entonnés en chœur.

Quand ses pieds mouillés commencent à se raidir de froid, Albie se dirige en vacillant vers la berge, où il dénoue ses patins d'emprunt. Déjà, il pense à ce qu'il va faire ensuite : acheter une portion de porridge à sa sœur. Du porridge bien chaud, agrémenté d'un filet de gin.

« Albie ! » s'écrie une voix familière. Il se retourne et sourit.

« Je savais bien que c'était toi ! s'exclame Iris. Voilà dix minutes que j'agite la main comme une folle. »

Albie bondit entre ses bras tendus.

« Dis-moi, reprend-elle aussitôt, comment allait Rose ce matin ?

— Votre sœur ? Elle ne m'aime guère. Toujours à se boucher le nez devant moi, à croire que je sens mauvais.

— Pourrais-tu lui dire qu'elle me manque ? »

Albie hausse les épaules, puis désigne la rosette en soie qu'elle a fixée sur sa poitrine. « Vous portez le cadeau que je vous ai fait. »

Ce cadeau lui rappelle Silas et la manière insistante dont le taxidermiste s'est renseigné sur Iris lors de leur dernière entrevue. Un jour, Albie l'a aperçu en compagnie d'une femme qu'il avait poussée contre un mur, sa large main plaquée en travers de sa gorge. La femme avait-elle tenté de lui chaparder quelque chose ? Albie avait passé son chemin sans chercher à le savoir, mais il demeurait méfiant. Devrait-il avertir Iris, la mettre en garde contre Silas ? Mais ne serait-ce pas exagéré de sa part ? Après tout, l'homme n'avait rien fait de mal. Iris se moquerait de lui en découvrant qu'il se fait du souci pour si peu !

Elle interrompt ses pensées avant qu'il ait pris sa décision. « Albie, je te présente Louis Frost.

— Bonjour, dit le gentleman en souriant, puis il se penche, l'air interloqué, quand Albie lui retourne son sourire. Mon Dieu, qu'est-il arrivé à tes dents ? »

Albie ferme son poing devant sa bouche. « Les grandes n'ont jamais poussé, m'sieur. J'en veux des fausses.

— Ça va te coûter une petite fortune !

— Quatre guinées le dentier », répond Albie, puis il voit le regard du type se faire plus incisif – à croire qu'il examine une marchandise sur un étal. Albie rentre la tête dans les épaules, comme le fait sa sœur lorsqu'un de ses clients, un homme bouffi au visage vérolé, lui rend visite. Albie l'a surnommé « la Patate », à cause de ses furoncles couverts de croûtes : on dirait les yeux noirs qui restent sur les pommes de terre quand on les a épluchées.

« Bon sang, Regina, il est parfait ! s'exclame Louis.

— Parfait pour quoi ? » réplique Iris.

Albie songe à poser cette même question (et à demander qui est Regina), mais il est occupé à explorer son palais du bout de la langue : il s'est brûlé un moment plus tôt en dévorant une tourte trop chaude.

« Pour mes bergers, explique le gentleman. J'ai l'intention de commencer bientôt. Vous ne trouvez pas qu'il serait parfait ?

— Je suppose, intervient Albie, que je saurais garder les moutons si on me payait pour ça. C'est pas un métier bien compliqué et j'apprends vite. Vous voudriez m'envoyer au marché de Spitalfields, monsieur ? »

La reine

Les semaines passent.

Durant la seconde quinzaine de janvier, Louis termine ses croquis préparatoires, il achève de tracer la silhouette de la reine sur la toile et commence à peindre ses longs cheveux roux.

Iris apprend à demeurer parfaitement immobile (« Je suis devenue une femme modèle », dit-elle à Louis d'un air malicieux), mais aussi à utiliser la peinture à l'huile : elle découvre comment rehausser les couleurs et la profondeur de la matière, comment ajouter (sans laisser de traces sur la toile) des détails de plus en plus précis à une composition avec un pinceau en poil de martre, comment percevoir les lignes géométriques d'un visage ou d'une main. Elle dilue ses peintures avec tant d'huile de lin que ses tableaux acquièrent la transparence de l'aquarelle (« Proche du style de Rossetti », commente Louis, et Iris aimerait savoir si elle possède un peu de son talent, mais elle n'ose poser la question). Elle peint, efface et recommence, et se réjouit du caractère éphémère de ses essais : ils atténuent l'embarras que provoquent ses erreurs de débutante. Ses croquis s'accumulent, eux aussi : elle en réalise un par jour, mais elle ne consent à les montrer qu'à Louis. Elle préfère les cacher à Millais et à Holman Hunt, qui viennent souvent travailler à l'atelier. La main en marbre demeure son sujet de prédilection : à force d'observation, elle sait maintenant reproduire à la perfection l'inclinaison des doigts et le petit éclat dans le creux de la paume.

Le soir, elle coud pour les « femmes réformées » dont s'occupe Clarissa, taillant des patrons de jupes dans un épais coton bleu marine, assemblant des robes que les jeunes filles pourront boutonner elles-mêmes, sans l'aide d'une femme de chambre, des emmanchures assez larges pour leur permettre d'astiquer les sols ou de faire la lessive. Elle songe souvent à ce qui les réunit : ces filles ne sont-elles pas, comme elle, à un tournant de leur vie ? N'ont-elles pas la chance de pouvoir tout recommencer, elles aussi ? Après la déchéance, la renaissance. Bien sûr, dans le cas d'Iris, la bonne société estimerait sans doute qu'elle a effectué le chemin inverse en devenant modèle. Est-ce vrai ? A-t-elle choisi la déchéance ?

Hunt et Louis ont une dispute, brève, mais virulente, quand Hunt déclare que la cellule de la reine dans *L'Emprisonnement de la dame de Guigemar* lui rappelle étrangement celle d'Isabella, dans *Claudio et Isabella*, le tableau qu'il vient d'achever ; en outre, ajoute-t-il, le thème du chevalier venant au secours de sa dame reprend celui dc son *Valentin sauvant Sylvia de Protée.* À quoi Louis rétorque posément que Hunt pourrait tout aussi bien accuser Millais de plagiat, puisque sa Mariana attend également son amant dans une chambre bien gardée. Hunt en convient et, pour sceller leur réconciliation, Louis s'empresse d'aller acheter une boîte de berlingots afin de les offrir à son ami qui en raffole. Touché, Hunt sourit et reconnaît que l'emprisonnement, l'attente et la délivrance étant manifestement des thèmes partagés par les peintres de leur petit groupe, il serait peut-être judicieux de les adopter comme motifs officiels de la FPR pour l'exposition de 1851.

Chaque soir, Louis raccompagne Iris jusqu'à la porte de sa pension, où il prend congé jusqu'au lendemain, calmement, sans effusion. Parfois, lorsque la jeune femme peine à trouver le sommeil, elle suit du bout des doigts le motif du papier peint de sa mansarde en pensant : « Je suis vivante ! Ma vraie vie vient tout juste de commencer. » Elle a l'impression d'avoir du sang neuf dans les veines – un sang gorgé d'une aptitude inédite à l'amour, au bonheur et à la joie. Elle redoute la mort pour la première fois de sa vie. Elle observe ses mains, incapable d'admettre que son esprit les abandonnera un jour, qu'elles cesseront un jour de se mouvoir. Seul son visage peint lui survivra, préservé des attaques du temps.

La joie qui brûle en elle semble inextinguible.

En février, le mépris de la femme de ménage à son égard est plus vif que jamais, et ses parents refusent de la recevoir. Iris s'en soucie moins qu'aux premiers temps, mais elle souffre beaucoup du silence de sa sœur, qui ne répond pas à ses lettres. Elle se souvient du matin où Rose avait admiré le dessin qu'elle avait fait de la tabatière de leur père. Elles avaient treize ans, alors. Fascinée, Rose s'était exclamée : « C'est vraiment toi qui l'as dessinée ? Tu ne mens pas ? », puis elle avait insisté pour l'emmener à la National Gallery, où elle avait désigné les toiles des grands maîtres en affirmant qu'un jour celles d'Iris les surpasseraient toutes. « Quand nous aurons notre boutique, tu pourras être à la fois marchande de fleurs et artiste, avait-elle poursuivi. Et si tu as du succès, ça fera marcher le commerce, tu ne crois pas ? » À ce souvenir d'enfance s'en ajoute un autre plus récent, plus accablant : celui de leur dispute dans le cellier de Mme Salter. L'expression désespérée de Rose cette nuit-là s'est gravée dans sa mémoire – et anéantit Iris de chagrin chaque fois qu'elle resurgit à son esprit.

Elle pense à sa sœur à tout instant – quand elle presse un tube d'aquarelle dans une soucoupe en porcelaine, quand son crayon touche le papier. Puis ces pensées s'éloignent, remplacées par la joie profonde qu'elle éprouve à mêler les couleurs, à reproduire des formes, et elle travaille des heures durant, heureuse et concentrée. Elle dessine la main sous tous les angles, elle esquisse les contours dont elle se servira lorsqu'elle se sentira prête à la peindre. Elle s'achète une petite toile finement tissée chez Brown, en haut de Holborn Street. Elle ne se lasse pas de l'admirer. On dirait un panneau d'acajou verni. Louis lui offre un pinceau si fin qu'elle doit le tendre vers la lumière pour voir briller les poils de martre.

Elle s'entraîne à peindre sur des surfaces minuscules, de la taille d'un timbre-poste. Louis l'autorise à réaliser quelques détails situés en arrière-plan de son tableau : deux briques de la cellule, cinq feuilles de lierre qui se rejoignent au travers de la fenêtre à barreaux, deux rubis sertis dans la couronne royale. Pendant ce temps, il remplit le plateau d'argent posé aux pieds de la dame : il fait d'abord surgir des prunes très mûres dont se gorge une guêpe (« Pour montrer que sa beauté se fane dans l'attente de Guigemar », explique Millais), une miche de pain, un verre de vin. Louis utilise de la résine de copal pour rehausser les surfaces brillantes, faisant presque scintiller la robe verte de la reine, garnie de fourrure. « Je ne serais pas fâchée d'être emprisonnée dans de telles conditions », déclare Iris en croquant un grain de raisin. Pourtant,

Louis n'est pas complètement satisfait : le visage de la reine lui paraît trop faible, trop simpliste. Il n'a pas réussi à lui conférer l'expression voulue. Il décide de laisser passer quelques semaines avant de se confronter de nouveau au problème.

Et puis, ils parlent. Avec franchise et simplicité. Ils parlent de poésie et d'ambition, de Millais, du printemps, de leur famille. Iris a parfois l'impression d'être une sœur pour Louis, plus qu'une amie. Elle est surprise par sa gentillesse : si elle mentionne une couleur qui lui plaît, elle la trouve sur sa table le lendemain matin ; si elle raconte avoir senti les effluves d'un pudding en allant se promener au parc, Louis revient d'une réunion de la FPR avec un gâteau à la mélasse enveloppé dans du papier. Il balaie ses remerciements d'un geste de la main, affirmant qu'il ne fait rien de plus pour elle que ce qu'il ferait pour Clarissa. Iris acquiert la certitude que, s'il la désirait, il aurait tenté de la séduire depuis longtemps. Elle aurait été contrainte de le repousser, bien sûr. Mais tout de même – elle aurait aimé qu'il le fasse.

Au cours de ce même mois de février, elle entend parler de la relation amoureuse qui s'est nouée entre Ford Madox Brown et Emma Hill, son modèle, et de leur fille illégitime ; elle écoute Millais (qu'elle n'appelle plus « Monsieur Millais ») évoquer l'attirance qu'il a décelée entre Gabriel Rossetti et Lizzie Siddal, une attirance que Rossetti persiste à nier. Enhardie par ces confidences, Iris tente d'interroger Millais à propos de Louis, mais elle le fait si discrètement qu'il ne comprend pas où elle veut en venir. « Oui, assure-t-il avec un froncement de sourcils, bien sûr que Louis a travaillé avec d'autres modèles. » Iris n'ose se montrer plus allusive et renonce à ses questions.

Un après-midi, vers la fin du mois, Louis demande à

Iris s'il peut montrer ses croquis à Millais. Elle accepte et va s'asseoir près de Guenièvre, au fond de l'atelier. Elle caresse la tête de l'animal endormi en tendant l'oreille pour suivre la conversation des deux hommes. « Eh bien, voilà un joli secret bien gardé ! commente Millais en se penchant vers les dessins. Quelle simplicité ! Et quelle dignité, ma foi !

— Tu vois ce que je voulais dire, à présent ? »

Iris comprend que Louis a déjà évoqué son travail avec Millais. Elle aimerait savoir ce qu'il a dit à leur propos – ses compliments sont si parcimonieux ! Il lui explique à grand renfort de détails comment progresser, mais jamais il ne la félicite.

« Je pensais qu'elle griffonnait de gentils croquis de petite fille ! Et je me demandais pourquoi tu perdais ton temps à lui donner des cours particuliers. »

Louis acquiesce. « Regarde comme elle a dessiné les doigts sur celui-ci. Bien sûr, ce n'est pas magistral, mais c'est prometteur, tu ne trouves pas ? »

Millais passe à la feuille suivante. « Tout à fait. Elle nous devancera bientôt si on n'y prend pas garde. »

Iris retient un cri de joie. Elle doit s'interdire de prendre Guenièvre dans ses bras et de l'entraîner à travers l'atelier dans une valse endiablée.

En mars, Iris et Louis font de longues promenades. Souvent, elle court pour demeurer à sa hauteur : ses enjambées sont immenses. Il cueille et lui offre un bouquet de jacinthes, qu'elle ne peut se résoudre à jeter lorsqu'il se flétrit quelques jours plus tard. Elle commence à voir le monde comme un tableau : les doigts vifs d'une poissonnière ambulante, occupée à éviscérer des harengs sur un étal, feraient un joli croquis. Il faudrait capturer le reflet du feu allumé dans le petit brasero dressé derrière elle sur la lame émoussée de son couteau. Pour ce faire, une touche de garance mélangée à de la gomme-gutte suffirait-elle ? Peut-être. Et un soupçon d'outremer pour reproduire la couleur du métal argenté et celle de ses ongles pâles, tels cinq miroirs éraflés. Iris la représenterait en plein labeur, le bras tendu, les cheveux soulevés par la brise, pour donner au tableau l'illusion du mouvement. Pourtant, elle redoute de peindre un sujet aussi *réel*, aussi vivant. Alors elle revient à la main de marbre, encore et toujours.

Ils se promènent à Regent's Park ou à Green Park, et se rendent parfois au cimetière de Highgate, où ils s'asseyent côte à côte pour dessiner un archange en pierre. Sans devenir l'égale de Louis (comment le pourrait-elle ?), Iris a le sentiment d'échapper, chaque jour davantage, à son rôle de modèle et d'élève, pour se rapprocher de celui que jouerait un ami, un camarade. Elle chérit chacun de ses contacts – quand il pose sa main sur la sienne pour guider son crayon, quand leurs doigts se frôlent par accident au cimetière ou au parc.

Elle porte un corset moins serré et des robes plus simples ; elle a cessé de natter ses longs cheveux roux et accueille la moue désapprobatrice de certains passants avec une froide nonchalance. Une fois, elle fume la pipe de Louis.

« Mon Dieu, dit-il un matin en surprenant le regard courroucé qu'elle lance à un gentleman alors qu'ils descendent la colline escarpée de Highgate, vous venez de foudroyer ce malotru sur place ! J'espère ne jamais être victime d'un tel assaut de votre part : je ne m'en relèverais pas. Vous êtes vraiment tout le contraire d'une petite chose délicate. »

Il l'aide à préparer la toile qu'elle souhaite utiliser

pour peindre la main en marbre. Elle esquisse d'abord la composition à l'aide d'un crayon en graphite, puis elle pose une première couche de blanc mêlée d'un soupçon d'émeraude et d'outremer, faisant apparaître les lignes de la paume. Elle y travaille jusque tard dans la nuit, y pense le lendemain pendant ses longues séances de pose : elle réfléchit aux ajustements auxquels elle procédera, aux contours qu'elle va préciser, aux ombres qu'elle va étendre. Sur la toile figure uniquement la main reposant sur une surface en bois, devant un fond lisse d'un beau rose foncé.

Une fois terminé, le tableau est loin d'être parfait, mais Iris en est fière – si fière qu'elle songe à le soumettre au comité de sélection de l'exposition d'été de la Royal Academy. Louis n'est pas du même avis : il est peu probable que sa candidature soit retenue, estime-t-il, avant de l'exhorter à attendre un an de plus. « Pensez aux progrès que vous ferez pendant cette période ! Vous avez toute la vie devant vous. » Mais elle brûle de connaître le succès.

Ils se rendent sur le chantier de l'Exposition universelle et observent le ballet des charrettes remplies de panneaux de verre, qui vont et viennent sur le terrain boueux. Déjà, des centaines de vitres ont été fixées sur la charpente métallique.

Et pendant tout ce temps, qu'ils soient dehors ou dans l'atelier, ils parlent. Louis raconte ses voyages : Ostende et Paris, et Venise, où un gros gondolier a failli faire chavirer leur embarcation, où ils sont allés au bal et ont dansé toute la nuit, où la splendeur de l'architecture gothique l'a laissé sans voix. Il lui parle de l'énergie et de l'inspiration qu'il a puisées dans cette ville, de sa lecture des *Pierres de Venise* de John Ruskin, de l'admiration qu'il voue à cet éminent critique dont les valeurs sont proches de celles de la FPR (« Liberté et vérité artistiques », résume Louis), et de son espoir de lui faire connaître son travail.

Il lui parle aussi des places georgiennes d'Édimbourg, où Clarissa va s'installer pendant six mois pour soigner une amie malade. Quelques jours plus tard, il prend le bateau avec sa sœur pour l'accompagner en Écosse, où il demeure jusqu'à la semaine suivante.

En son absence, Iris lui emprunte quelques pinceaux et quelques couleurs, qu'elle emporte dans sa mansarde. Les deux premiers jours, elle savoure le plaisir de travailler seule dans la petite pièce, où elle peut se consacrer entièrement à la peinture et au dessin du matin au soir – rien ni personne d'autre qu'elle et son travail ! Jamais elle n'a connu une telle paix intérieure. Le troisième jour, elle commence à désirer un peu de compagnie, quelqu'un à qui parler de sa peinture, et qui la ferait sourire en lui racontant une anecdote. Le quatrième jour, elle écrit à sa sœur et guette sa réponse avec une nervosité inhabituelle – en vain : Rose ne répond toujours pas. Sa solitude lui apparaît alors sous un jour nouveau, et elle s'inquiète d'être si dépendante de Louis. Il est tout ce qu'elle a. Elle pense constamment à lui, à leurs conversations, aux moments où sa main effleure la sienne. Ce n'est pas sain. Elle doit le chasser de son esprit, se répète-t-elle. Mais plus elle tente de s'en détourner, plus il assiège ses pensées.

Lorsqu'il revient d'Édimbourg, elle se sent étrangement mal à l'aise en sa présence. Elle est silencieuse, lui aussi. Le naturel qui caractérisait leurs échanges semble avoir disparu.

Il la fait poser pour *La Bergère*. Elle est assise, les jambes repliées sous elle – une posture si inconfortable qu'elle en a des fourmillements de la tête aux pieds. Il lui demande si elle est bien installée, et elle prétend que oui. Le soir, quand il lui donne sa leçon, il se montre distant et réservé, et elle se demande s'il s'est passé quelque chose à Édimbourg qui l'a éloigné d'elle. Il ne s'entretient plus que de peinture avec elle et semble éviter soigneusement de parler de Clarissa, de leur famille ou de leurs sentiments.

« Non, dit-il en tapotant son croquis. Votre dessin désobéit aux principes fondamentaux de la perspective. Dessinez l'objet tel que vous le voyez. Je sais que vous pouvez faire mieux. »

Vexée, Iris lui prend le papier des mains et répond à ses questions par monosyllabes. Il n'essaie pas de la tirer de sa bouderie.

Les premiers jours d'avril arrivent vite, et avec eux, la date limite au-delà de laquelle les candidatures à l'exposition d'été ne seront plus acceptées. *L'Emprisonnement de la dame de Guigemar* est calé sur le chevalet, la peinture est sèche, hormis le visage de la reine, que Louis tente encore de parfaire.

« Est-ce vraiment nécessaire, Regina ? demande Louis tandis qu'Iris porte la main à sa bouche pour dissimuler un bâillement. Là, ne bougez plus – je vous en supplie. »

Elle reprend la pose, heureuse d'avoir vu briller dans les yeux de Louis la première lueur d'affection depuis son retour d'Édimbourg. La nuit est tombée depuis longtemps, un fiacre attend devant la porte pour emporter le tableau fini. Iris entend les hennissements du cheval, le raclement de ses sabots sur les pavés.

« Toujours à la dernière minute, bougonne Johnnie Millais. Ne pouvais-tu terminer en temps et en heure ?

— Je te remercie de ton soutien, réplique Louis. Je suis sûr que tu as envoyé tes toiles depuis des semaines et que tu les as vernies, en plus ! On ne peut pas tous travailler à la même vitesse que toi.

— Je te rappelle que j'ai été sélectionné d'extrême justesse l'année dernière.

— Si *Mariana* est rejetée, j'irai brûler la Royal Academy pour te venger. » Louis fronce les sourcils. « Ou je mangerai Guenièvre. Par pitié, cessez de me distraire ! »

Iris sent un autre bâillement monter dans sa gorge. L'horloge sonne onze heures. Louis se mordille les lèvres, passe la main dans ses cheveux ébouriffés, scrute son tableau puis arpente l'atelier de long en large, levant la main pour faire taire Millais, qui tente maladroitement de l'encourager.

« Es-tu certain que c'est une bonne idée de faire des retouches maintenant ? La peinture n'aura pas le temps de sécher et pourrait s'abîmer… »

Louis émet un sifflement pour toute réponse.

Lorsqu'il se remet au travail, campé derrière le chevalet, tantôt souriant, tantôt dépité – « C'est affreux ! Ils ne le prendront jamais ! » –, Iris pense à son propre tableau, à la petite main en marbre, au garance un peu rosé qu'elle a utilisé comme fond. Elle sait qu'elle pourrait l'améliorer, qu'elle a peu de chances d'être sélectionnée – le pouce est disproportionné, c'est vrai. Et puis, la commission n'est pas tendre envers les artistes femmes. Si peu d'entre elles ont été retenues au cours des années précédentes ! Pourtant, Mary Thornycroft a exposé plusieurs fois. Iris ne pourrait-elle tenter sa chance, malgré tout ? Elle décide d'attendre le dernier moment pour ajouter ou non son tableau à celui de Louis dans le fiacre qui partira vers l'Académie. Guenièvre vient se frotter doucement contre sa jambe, et elle résiste au désir de tendre la main pour la caresser.

Quand Louis pose enfin son pinceau (« J'ai fini », lâche-t-il dans un souffle), elle contourne le chevalet pour découvrir le résultat final. « Qu'en pensez-vous ? demande-t-il en tapotant le couteau à palette contre son poignet. N'est-ce pas trop cru ? » Il a peint en vert émeraude la cavité de son palais, visible entre ses lèvres entrouvertes. « Ou trop banal, trop… Oh, je ne sais plus. Je doute qu'ils l'acceptent. »

Iris avait l'intention de lui offrir un commentaire moqueur (« Au moins, c'est prometteur », ou une pirouette du même genre), mais elle garde le silence.

Elle est heureuse pour lui. Et terriblement jalouse.

Les coups de pinceau de Louis sont invisibles, si précis qu'elle perçoit l'humidité qui imprègne les murs de la prison et croit toucher la nervure d'une feuille de lierre ou la soie qui enveloppe la proie de l'araignée. La reine se tient debout, presque aussi réelle qu'Iris, tendant la main vers une tourterelle qui passe devant la fenêtre à barreaux, une branche d'olivier dans son bec. Un ruban de soie est noué autour de sa taille, le plateau d'argent rempli de fruits mûrs brille à ses pieds. Son visage est peint de profil, mais incliné vers l'observateur, un demi-sourire aux lèvres, un soupçon de rose aux joues. Le peintre a saisi l'instant précis où elle s'apprête à fuir. Où sa vie, qu'elle croyait perdue, s'ouvre à nouveau devant elle.

Le tableau se voulant un écho de la *Mariana* de Millais, Louis a inscrit la même citation sous la composition : *Ma vie est morne / Il ne vient point*, ainsi que trois lignes du *Lai de Guigemar* en vieux français.

« Eh bien ? insiste Louis. Qu'en pensez-vous ?

— C'est tout à fait… C'est parfait, souffle-t-elle.

— Remarquable, renchérit Millais. Bon sang, si ce n'est pas accroché en bonne place à l'exposition d'été, rien ne le sera.

— Merci », dit Louis, puis il ôte la toile du chevalet, l'emballe et la place dans une caisse en bois, barrée de l'inscription PEINTURE FRAÎCHE, et FRAGILE.

En le voyant faire, Iris prend sa décision : elle participera à l'exposition d'été. La commission rejettera peut-être sa candidature, mais elle aura tenté sa chance, au moins.

« Où est mon tableau ?

— Descendez avec moi, répond Louis. Je mets la caisse dans le fiacre et je vous raccompagne chez vous.

— Mais où est mon tableau ? Vous m'aviez dit que vous le feriez encadrer. »

Louis regarde Millais. Les deux hommes se figent sur le seuil de l'atelier, les mains crispées sur la caisse comme s'ils portaient un cercueil.

« Iris…, commence Louis.

— Quoi ? Vous pensez que je ne devrais pas le soumettre à l'Académie ? » Elle se mord la lèvre. « Je sais que mon travail n'est pas aussi bon que le vôtre, que je peux m'améliorer, mais… »

Louis regarde à nouveau Millais.

« Allons ! Ce n'est pas à moi de le lui dire ! s'impatiente ce dernier.

— J'aurais dû vous en parler… », reprend Louis.

La gorge d'Iris se contracte. « Vous pensez que je n'ai aucun talent, c'est ça ?

— Oh, Iris, dit Louis. Ne soyez pas si dure envers vous-même… Ce n'est pas ça du tout. » Il évite son regard. « C'est entièrement ma faute. J'ai laissé votre tableau sur le buffet du salon. Hunt est passé me voir hier et je voulais le lui montrer. Seulement, je n'avais pas remarqué que Guenièvre était dans la pièce – j'aurais dû vérifier, je sais – et elle s'en est emparée. Vous savez à quel point ses griffes sont acérées et elle… Eh bien, elle l'a terriblement abîmé. »

Taudis

Silas a oublié Iris. Voilà ce qu'il se dit chaque matin en se réveillant. Deux mois et demi se sont écoulés depuis l'après-midi où il l'a attendue en vain dans sa boutique. Il sait qu'elle est toujours en vie, puisqu'il s'est rendu dès le lendemain à Colville Place, où, dissimulé sous une porte cochère, il a attendu qu'elle surgisse à l'angle de la rue. Elle n'a pas envoyé de lettre expliquant son absence et elle n'est pas venue le lendemain à cinq heures, ni le surlendemain, comme il l'espérait.

Alors, il l'a oubliée.

S'il la croisait dans la rue, elle porterait la main à son visage d'un air embarrassé. Elle s'excuserait d'avoir manqué leur rendez-vous. Lui l'observerait d'un air perplexe, sans la reconnaître. « Oh, dirait-il enfin, vous êtes la personne qui devait venir me voir ! Je crains de ne pas me souvenir de votre prénom. » Et lorsqu'elle le supplierait de lui accorder un autre rendez-vous, il se ferait une joie de refuser.

Il se peut aussi qu'il la rencontre à l'Exposition universelle, en train de contempler ses oeuvres. Il apercevrait une silhouette vaguement familière, figée devant ses lépidoptères sous verre. L'apercevant à son tour, Iris s'élancerait vers lui, faisant claquer ses talons sur le sol carrelé, les doigts crispés sur le pendentif qu'il lui a offert. « Si seulement j'étais venue vous voir ! dirait-elle. Mais je ne vous connaissais pas et j'avais un peu peur. » Ou encore : « J'avais oublié votre adresse. » À quoi il répondrait : « Oh, Isobel, c'est bien cela ? N'y pensez plus, cela n'a aucune importance. De toute façon, je suis bien trop occupé pour vous montrer mon petit musée. »

Silas travaille sans relâche sur les pièces qu'il confiera au comité de l'Exposition universelle. Sitôt prêts, les chiots siamois ont été emballés dans des caisses capitonnées (marquées « *TRAIT FRAJIL* ») et livrées en main propre chez M. Filigree. La vitrine des lépidoptères est presque achevée. Albie a capturé plus de soixante papillons, qu'il a apportés à Silas dans des flacons en terre cuite, encore vivants parce que le gamin a le cœur si tendre qu'il ne peut se résoudre à « tuer d'aussi belles choses » – ce sont ses propres mots. Ce morveux s'est-il toujours montré aussi sentimental ? Silas n'en est pas certain. Mais qu'ils soient nouveaux ou pas, ces atermoiements le fatiguent.

Silas prend les flacons, donne à Albie un sou ou un demi-penny selon le nombre de papillons qu'il a attrapés, et les emporte à la cave. Le premier jour, il a perdu une ou deux bestioles, qui se sont envolées avant qu'il puisse les attraper. À présent, il est plus prudent. Une fois, il a arraché une aile à un papillon jaune, qui s'est ensuite mis à tourner sur lui-même de manière pathétique, incapable de soulever son petit corps en forme de cigare. D'abord amusé, Silas l'a observé un moment, puis il s'est lassé et l'a écrasé avec son pince-nez.

Silas classe les ailes de papillon par couleurs. On dirait des feuilles d'automne éparpillées sur le sol de la cave : ailes de papillons bleus, de piérides du chou, de grandes tortues. Il les colle ensuite sur des carreaux de verre de manière à former des motifs symétriques. Une fois assemblée, la vitrine comptera neuf carreaux de taille identique. Lorsqu'il a rempli un carré, il s'attaque au suivant. Ce travail lui procure un apaisement inattendu, et il y prend grand plaisir.

Mais les semaines filent et Silas comprend qu'il n'aura pas assez de papillons pour terminer l'œuvre à temps. Il se résout à remplir les espaces vides avec des papillons de nuit. Il les attrape lui-même dès la tombée du jour : il lui suffit d'allumer une lampe dans sa boutique et d'ouvrir la porte. Aussitôt, les insectes affluent, grisés par la lumière, se cognant contre les meubles et le plafond. Silas les capture à l'aide d'un filet, qu'il manie avec soin pour ne pas les abîmer : leurs ailes s'effritent et tombent en poussière au moindre choc.

Un après-midi, après avoir assemblé les ailes de six fritillaires de façon à former un arc tacheté d'orange, Silas se redresse, épuisé. Il fait rouler ses épaules endolories par la longue station assise. Une pause au Dolphin lui fera le plus grand bien.

« Un whisky au beurre, comme d'habitude ? » demande la patronne en le voyant arriver. Elle essuie une trace de rouge à lèvres sur le bord d'un verre.

« Deux », répond Silas en faisant glisser les pièces sur le comptoir. La taverne est calme pour un jeudi après-midi. C'est l'une des premières journées vraiment ensoleillées de l'année : les ivrognes doivent encombrer les parcs de la ville.

« Vous avez de la compagnie, monsieur ?

— Non.

— Très bien. Donc deux whiskies pour vous tout seul, monsieur. Faites-vous plaisir, c'est ce que je dis toujours. Gâtez-vous comme si vous aviez été élevé au gingembre confit et à la soupe de tortue dès votre petite enfance ! »

Elle rit, mais Silas l'a déjà entendue user de cette formule. Agacé, il se contente d'une sorte de grimace.

Il prend ses deux boissons chaudes et verse l'une dans

l'autre afin de n'avoir qu'une chope à porter jusqu'à sa table. Il boit. L'alcool lui brûle l'estomac. Il se raidit, mais ça fait du bien. Il a travaillé dur ces derniers temps. Pris de frénésie, il a oublié de manger, penché sur les papillons du matin au soir. À présent, ses vêtements pendent sur ses membres émaciés, et, la nuit, il sent ses côtes sous ses doigts lorsqu'il passe les mains le long de son torse. Il a besoin d'une présence féminine. Peut-être pourra-t-il s'offrir les services d'une femme de chambre s'il se fait connaître à l'Exposition universelle et s'il se voit proposer, ensuite, d'ouvrir un *vrai* musée ? Il imagine une jeune servante tirant sur son col de chemise, versant du bouillon de bœuf dans son assiette et lui faisant avaler des montagnes de pudding fumant. Elle l'écouterait, s'émerveillerait de son ingéniosité et de son talent, et l'appellerait « Le Plus Grand Esprit de sa génération ».

Silas lance un regard vers la table où Bluebell caresse le torse d'un vieil avocat. Elle joue un moment avec sa montre de gousset, puis elle enroule la chaînette autour de son doigt et tire dessus pour faire basculer son client plus près d'elle, comme s'il était un poisson pris au bout d'une ligne. L'avocat au visage ridé, rouge de baisers, ferme à demi les yeux d'un air béat. La plume d'autruche rose fichée dans le chapeau de Bluebell tremble sous la chaleur du feu.

L'homme se lève, et Bluebell s'écrie : « Madame, apportez donc un seau à ce monsieur pour qu'il pisse dedans ! »

Demeurée seule dans son box, la jeune femme se penche vers Silas. Il rougit, frémissant de plaisir anticipé. Si elle le prend dans ses bras, il va pleurer, c'est sûr.

Elle susurre quelques mots à son intention.

« Pardon ? dit-il.

— Je vous ai demandé de remettre votre langue dans

votre bouche. La laissez pas pendre comme ça ! On dirait une chienne en chaleur. Ça me donne la nausée.

— Moi ?

— Oui, vous. C'est pas pour rien qu'on vous surnomme le Voyeur !

— Le Voyeur ?

— Retournez dans votre trou à rat, vous voulez bien ? »

Piqué au vif, Silas fixe l'alcool qui tournoie dans sa chope et lui renvoie le reflet de son visage grimaçant. Un flot de sang afflue à son cou, et le monde entier se met à danser autour de lui tandis qu'il vide la chope d'un trait. Il la repose bruyamment sur la table, puis se lève. « Tu ferais mieux d'apprendre les bonnes manières, lance-t-il à Bluebell. Je serai bientôt un gentilhomme, et tu regretteras de m'avoir parlé sur ce ton ! »

Elle hausse les épaules et sort un miroir de poche encadré de laiton pour se remettre du rouge à lèvres.

Silas s'avance en chancelant vers le bar. Les contours de la pièce sont devenus flous. Il faudrait vraiment qu'il mange quelque chose. « Cette catin, dit-il en pointant le doigt vers Bluebell, vous devriez lui apprendre la politesse ! »

La patronne se penche vers lui, les coudes posés sur le comptoir. « Lui apprendre la politesse ? répète-t-elle. Après ce que vous lui avez fait subir ? Je ne suis pas surprise de…

— Après ce que *je* lui ai fait ? Je n'ai jamais parlé à cette souillon de ma vie.

— Mais bien sûr. Aussi innocent qu'un nouveau-né », rétorque la patronne, avant de se détourner pour servir un client.

Silas avance d'un pas vif. Il n'esquive pas les marchands ambulants, ne cède pas le passage aux enfants, aux dames bien mises ou aux hommes chaussés de bottes en cuir verni. C'est à *eux* de le respecter, pour une fois. Il marche en regardant droit devant lui, imperturbable, sans jamais dévier de sa trajectoire.

À Oxford Circus, il s'arrête pour observer les chevaux qui martèlent les pavés dans un grand fracas sonore, certains bridés d'argent, d'autres décharnés, les mâchoires écumantes. L'espace d'un instant, Silas imagine sa fin : il est précipité sous leurs sabots, écrasé par la roue d'une calèche. Une disparition totale. Son corps ne serait plus qu'une carcasse fendue en deux.

Il oscille d'avant en arrière sur ses talons, les yeux mi-clos, son esprit livré aux images et aux sons qui surgissent de sa mémoire. *Voyeur*, *démarche asymétrique*, le cri de Bluebell lorsqu'il l'a tirée par les cheveux, la béance qui s'est ouverte entre les lèvres de Flick, et Iris – Iris qui n'est pas venue. Il ferme les yeux, oscille un peu plus vers l'avant, un peu plus près des voitures et des chevaux.

Il sursaute et recule d'un pas. Non. Il ne leur donnera pas cette satisfaction. Il connaîtra le succès. Le grand succès. N'a-t-il pas quasiment obtenu ce dont il a toujours rêvé ? Encore quelques semaines, et il sera au faîte de sa gloire. Il essaie d'imaginer ses lépidoptères sous verre, le squelette des chiots siamois à côté de leur corps empaillé, tout cela exposé dans une galerie de l'Exposition universelle. Le plus grand événement de l'époque, et il en fera partie. Les organisateurs estiment qu'au moins cinq millions de personnes visiteront les galeries au cours des six mois que durera l'Exposition. Cinq millions de personnes qui poseront les yeux sur ses œuvres et admireront son talent.

Mais tout ce qu'il voit, lui, c'est le visage d'Iris.

Il tire sur la peau de ses joues, puis se remet en marche – vers le quartier (et les taudis) de St Giles, cette fois. Et quand une fille aux cheveux pâles lui prend la main (il n'est qu'à quelques pas de Colville Place), il s'autorise à la suivre.

« C'est loin d'ici ? demande-t-il, mais elle élude la question en le noyant sous son babillage.

— Notre établissement est très correct », assure-t-elle en s'engageant dans une impasse sordide, jonchée d'ordures dévorées par les rats, et d'où s'échappe une atroce puanteur, pire encore que celle des tanneries installées sur la rive sud de la Tamise. « Ne vous fiez pas à cette vilaine rue (Silas fait un pas de côté pour éviter un tas de crottin de cheval), je vous promets que nous sommes toutes innocentes comme des colombes. » Elle s'arrête devant un taudis chancelant, dont la façade soutenue par une grosse poutre ressemble à un membre atteint de la goutte. « On ne vous coûtera pas bien cher, monsieur, mais nous sommes jeunes et honnêtes – attention à la marche ! »

Silas plisse les yeux, voit une femme jeter le contenu d'un seau métallique par une fenêtre, et pénètre dans la bâtisse.

La fille l'emmène à l'entresol, dans une petite pièce si basse de plafond qu'il peut à peine s'y tenir debout. Une forte odeur de vinaigre, de sueur et de semence imprègne les lieux. Le plafond gonflé d'humidité est taché de fumée comme un poumon noir. Les murs sont tout aussi sombres – une ancienne cave à charbon, comprend Silas en promenant un regard autour de lui.

La jeune fille soulève sa chemise de nuit crasseuse pour révéler des mamelles à peine plus grosses que des piqûres de puce. Il la regarde en face pour la première fois. Elle semble si jeune ! Si…

« Non, lâche-t-il d'une voix étouffée. C'est une rousse que je veux.

— Oh, monsieur, restez avec moi. Je suis sûre que je

serai votre type de fille – et peut-être que vous serez mon type, à moi ? » Elle glousse, et il fixe ses dents noircies. Pas ses yeux. Il ne veut pas croiser son regard. Il aperçoit une casquette dans le coin de la pièce et la reconnaît immédiatement. Albie.

« Non, dit-il, et il fait un pas vers la porte.

— Attendez…

— Y a-t-il une rousse ici ? »

La fille baisse les yeux – elle ne flirte plus, elle a compris qu'il ne resterait pas – et répond d'une voix morne : « Molly. La chambre au-dessus de celle-ci. »

Silas s'engouffre dans l'escalier et monte les marches deux à deux. Il sent son pantalon se tendre, ses mains picoter d'excitation. Il entre sans frapper.

Une rousse est assise sur un lit à une place. Sa chemise de nuit est moins délavée, ses yeux moins enfantins, son buste plus qu'approprié. La pièce est plus haute, aussi, et dotée d'une petite fenêtre (même si la vitre du bas est cassée) et d'une cheminée où rougeoient quelques braises. L'odeur y est moins répugnante : un mélange de parfum bon marché et d'alcool masque les senteurs plus aigres qui s'échappent du lit.

« Ah ! s'exclame Silas, c'est beaucoup mieux. » Il désigne les draps jaunis. « Quand ont-ils été lavés pour la dernière fois ?

— Pour ça, faudrait payer plus cher, réplique la femme d'une voix rauque. Si vous voulez une *grande horizontale**, allez donc à Haymarket dépenser vos guinées. Ici, ce sera six pence, pas plus – à condition de vous en tenir à l'ordinaire. » Elle tapote le renflement de son pantalon. « Je vois que mon humble environnement ne vous dégoûte pas, m'sieur.

— En effet, murmure-t-il. Vos cheveux… Ils sont si roux ! »

Elle commence à lui frotter l'entrejambe, et il ferme les yeux en lui remettant les pièces. Il s'assied sur le lit à côté d'elle. Les ressorts grincent. Même à la lueur des bougies, il distingue des taches de sang sur les draps, ainsi que le creux en forme de larve où la fille doit se blottir chaque nuit. Il se voit à travers ses yeux : la bienveillance qu'il lui témoigne, la promesse d'un échange plus agréable que ce qu'elle endure avec les ouvriers miteux qui lui rendent visite. Il a même pris la peine de se laver deux jours plus tôt.

« Vous aimez les femmes coquines, m'sieur, dit-elle. Je le devine bien. » Il aimerait la faire taire, plaquer sa main sur sa bouche pour lui intimer le silence. Il déteste sa voix rauque et ses intonations chantantes, faussement enjouées. Quant à ses cheveux roux, ils ne sont pas trop vilains, c'est déjà ça.

Elle se gratte le coude, faisant voler de petites peaux mortes qui dansent sous la flamme des bougies. Il s'efforce de ne pas penser qu'il a le nez plaqué sur cette fille, qu'il respire sa peau crasseuse et malsaine, puis, lorsqu'elle défait son pantalon et le prend dans sa main (« En voilà un beau bâton, m'sieur ! Vous savez gâter les vilaines filles comme nous »), il n'a plus qu'un désir : s'offrir tout entier aux ténèbres qui le submergent. Se jeter sur cette femme, posséder chaque partie de son corps jusqu'à ce qu'il ne ressente plus rien, jusqu'à ce que sa honte et sa tristesse, sa colère et sa solitude ne soient plus que du vide. Jusqu'à ce que le nom même d'Iris ait disparu. *Iris.*

Il repousse sa main et la saisit par les cheveux pour la plaquer contre le matelas. Elle pousse un cri qu'il entend à peine. Il déchire sa chemise d'un geste vif, laissant une éraflure en travers de sa gorge. « Tu vas payer pour ça », proteste-t-elle, mais il tord ses cheveux entre ses doigts serrés, lui arrachant un cri plus aigu. Il se redresse, une main plaquée sur sa gorge, l'autre sur ses bras maigres. Il baisse les yeux vers son corps dénudé, sa peau piquée par les puces et ses poils pubiens. D'un noir de jais.

« Tu… Menteuse ! » s'écrie-t-il en relâchant son emprise. Son désir s'est évanoui. Cette femme a les cheveux teints. Il ne l'avait pas remarqué, mais, à présent, sa tromperie lui saute aux yeux. Même l'oreiller est rouge de pigments ! Son ventre et son bas-ventre sont douloureux, et il peine à reboutonner son pantalon. Tout à son besoin de s'éloigner de cette femme, d'être de nouveau seul avec lui-même, il s'élance hors de la pièce et descend l'escalier en courant, sourd aux gémissements qui résonnent derrière chaque porte. Des pleurs de bébé se font entendre au rez-de-chaussée. Il court plus vite. Le voici dans la rue, enfin. Cet endroit… Tant de vices en un seul lieu – c'est répugnant !

Il porte la main à sa bouche et revient sur ses pas, toujours en courant, vers Soho, vers le Dolphin, près duquel il s'assied et attend, attend, attend, jusqu'à ce qu'enfin ses mains cessent de trembler et qu'un grand calme s'abatte sur lui.

Ivoire de lamantin

Les étagères sont garnies de bocaux en verre remplis de dents jaunies comme de vieilles perles. On en voit aussi dans les vitrines, assemblées de manière à former de beaux dentiers articulés par des ressorts dorés. Albie se demande à qui appartenaient toutes ces dents. Il se souvient d'une gamine morte de consomption dans leur taudis : on lui avait arraché ses quenottes le jour même de sa mort. C'est aussi le traitement qu'on réserve aux soldats tombés sur le champ de bataille. Il y a même une expression pour ça, Albie la connaît bien : les « dents de Waterloo », voilà comment on les appelle !

Il les imagine nichées dans sa propre bouche – les sourires qu'il offrirait aux passants, les morceaux de cartilage qu'il pourrait mastiquer. Pour l'heure, il se nourrit de bouillies et de purées : patates très cuites, ragoûts d'oreilles de cochon, graisse de bœuf. Avec ces dents-là, il pourrait casser des noix entre ses molaires, croquer des pommes et des oignons comme sa sœur.

Le dentiste et son apprenti ne l'ont pas encore vu. Albie s'est approché du comptoir quand ils avaient le dos tourné. Accroupi devant les dentiers, il passe un doigt sale sur la vitre. Dans la pièce attenante à la boutique, l'apprenti brandit une grande pince devant un enfant sanglé sur un fauteuil. Le gamin se met à couiner comme un cochon qu'on égorge. Albie, lui, voudrait être à sa place. La douleur ne lui fait pas peur : il serait prêt à arracher lui-même la seule dent qui lui reste s'il était certain d'obtenir un dentier en échange. Ce petit goret ne connaît pas sa chance. Il va souffrir un peu – certes –, mais il aura ensuite des dents toutes neuves, payées par sa chère maman !

Debout derrière le comptoir, le dentiste donne des explications à un vieux dandy vêtu avec élégance. « Nos appareils dentaires en ivoire de lamantin sont à quatre guinées. Ils se décolorent moins que les dents de Waterloo – ces braves soldats faisaient rudement attention à leurs perles, n'est-ce pas ? Et seulement trois guinées pour la porcelaine, mais je vous conseille de dépenser un peu plus : la porcelaine est fragile, hélas, et les dents peuvent se fissurer. »

Quatre guinées ! Le fait d'entendre ces deux mots prononcés à voix haute ravive la distance qui sépare Albie de la réalisation de son rêve. C'est certain, il restera édenté toute sa vie, avec sa dent unique plantée au milieu de la gencive comme un pauvre lapin. Sa sœur dit souvent qu'ils ont des problèmes bien plus importants à régler, mais il y pense sans cesse. Un vrai gandin !

Il envisage un instant de briser la vitrine pour s'emparer d'un dentier, ou de fouiller discrètement les poches du vieux dandy pour lui dérober ses pépètes – il pourrait aussi faire fortune en détroussant les valises des voyageurs, déguisé en bagagiste dans une des gares de la capitale, et acheter une douzaine de dentiers s'il le souhaitait, mais il sait qu'il n'en fera rien. Il ne commettra rien de plus audacieux que ses petits larcins habituels – mouchoirs en soie et en dentelle. Il ne supporterait pas d'être séparé de sa sœur s'il était arrêté, ni de la laisser endurer seule leur vie de misère.

Il en est là de ses réflexions lorsque le dentiste l'aperçoit, accroupi derrière le comptoir. « Encore toi ! Je t'ai déjà dit de ne pas traîner par ici. Déguerpis, et plus vite que ça ! »

L'homme se penche pour saisir le revers de sa veste, mais Albie lui échappe d'un bond. « Bas les pattes, vieux barbon ! » s'écrie-t-il en sortant de la boutique à toutes jambes. Quelques mètres seulement le séparent du magasin de poupées de Mme Salter. Il s'y engouffre en courant.

Rose l'attend derrière la grande table. Son mauvais œil, tout blanc, roule dans son orbite. Sait-elle qu'elle pourrait s'offrir un œil de verre pour une livre à peine – et que nul ne verrait la différence ?

Albie lui tend le sac en toile. Elle sort les minuscules corsages et les jupes de velours en les comptant à voix haute.

« Trois corsages, quatre jupes, quatre corsages, cinq jupes… »

Albie se mordille les ongles.

« Iris m'a dit…

— Tais-toi, je t'en prie, l'interrompt Rose.

— Elle m'a dit de…

— Je t'en prie, répète-t-elle d'une voix tremblante en promenant un regard résigné autour d'elle. Je t'ai déjà demandé de ne plus m'en parler.

— Elle vous manque ?

— Ce ne sont pas tes affaires !

— Elle m'a dit de vous dire que vous lui manquez.

— Cesse donc de…

— Elle dit que vous êtes sa sœur et qu'elle ne voulait pas vous quitter, mademoiselle, poursuit Albie. Elle veut que vous sachiez qu'elle est heureuse, pour de vrai, et que vous pourriez vous échapper d'ici, vous aussi ! »

Il s'attend à recevoir une pichenette au creux du coude

(une des spécialités de Mme Salter), ou à l'entendre siffler entre ses dents : « Je t'ai dit de la fermer ! »

Mais Rose reste muette. Une telle tristesse se peint sur son visage violacé que le garçon détourne les yeux, la gorge nouée.

Albie traîne la patte comme une locomotive qui s'essouffle. Il n'a pas envie d'aller jouer ou de patiner aujourd'hui. Il rentre chez lui, désireux de retrouver sa sœur, de la faire rire et de s'endormir auprès d'elle.

Il arrive devant la porte quand Silas passe devant lui sans le voir et traverse l'allée en courant. Albie est troublé : les taudis de St Giles ne sont pas très loin de la boutique du taxidermiste, mais ils constituent un monde à part. Hormis leurs habitants, nul n'y entre sans raison valable. Silas serait-il venu le chercher ? Tournant les yeux vers lui, il remarque son pantalon à demi boutonné et son expression horrifiée – sa main plaquée sur sa bouche, ses yeux écarquillés. Que s'est-il passé ? Albie laisse tomber son sac de toile et s'engouffre dans la bâtisse, faisant ployer les marches pourries sous son poids. *Non*, pense-t-il. *Non, non, non, non, je vous en prie !*

Il bouscule plusieurs femmes dans l'entrée (« En voilà un qui avait le feu aux fesses, ma parole ! »), avant de croiser Molly, en larmes, sur le palier du rez-de-chaussée. Nancy se tient près d'elle, la main fermement posée sur la sienne (« Il n'y a pas de mal, ma douce. Ce type t'a fait une frayeur – ça nous arrive à toutes »). Albie poursuit sa course et manque de tomber dans l'escalier qui mène à l'entresol. Il écarte le vieux rideau taché et trouve sa sœur assise sur le lit, les yeux tournés vers le mur. Une bougie en suif se noie dans sa propre graisse.

« Tu es là ! s'écrie-t-il. J'ai cru que… » Il s'assied près

d'elle et lui prend la main. « Il y a un homme, un homme vraiment méchant, dont tu dois te méfier. S'il vient ici, tu dois refuser. Et tant pis si Nancy trouve à y redire, c'est…

— De quoi tu parles ? l'interrompt sa sœur en lui passant une main dans les cheveux. Qui est méchant ? »

Albie reprend son souffle. « Un type que j'ai croisé dans l'allée. Il a les cheveux noirs, une drôle d'odeur et… Je t'assure, tu ne dois pas le voir, pas du tout. J'ai un mauvais pressentiment à son sujet.

— Il est venu, lâche sa sœur d'une voix lasse. Je l'ai vu.

— Tu n'as pas… »

Elle secoue la tête. « Il a dit que je n'étais pas à son goût. Qu'il voulait une rousse. Nancy n'est pas contente. Elle dit qu'elle en a sa claque et que ma dette ne cesse d'augmenter, à force que les types me trouvent pas à leur goût. Je lui dois deux livres, maintenant ! Mais l'Exposition universelle fera marcher le commerce, tu ne crois pas ? » Elle esquisse un sourire triste. « Tu sais, Alb, quand ils ne veulent pas de moi, c'est parfois pire que quand ils me veulent. »

La complainte du wombat

La Fabrique
Le 9 avril

Chère Regina,

Je vous remercie de nous avoir rendu une brève visite hier, et je ne vois aucun inconvénient à ce que vous ne veniez pas aujourd'hui. Je suis heureux que vous ayez confirmé votre présence au dîner de ce soir. Encore une fois, je suis profondément navré de ce qui est arrivé à votre tableau. Vous avez été assez aimable pour ne pas me reprocher ce désastre, mais je sais que j'ai été négligent, et je ferai de mon mieux pour me racheter – sans parler des efforts que notre vilaine amie devra déployer pour se faire pardonner.

C'est d'ailleurs la raison pour laquelle je vous écris. J'ai trouvé ce poème ce matin, orné sur sa première page d'une empreinte de patte tachée d'encre qui ressemble fort à celle de notre Guenièvre penaude et repentante. Se peut-il qu'elle soit l'auteur de ces lignes ? Son style est assez indigent, je vous l'accorde, mais pouvait-on s'attendre à mieux de la part d'un gros quadrupède qui préfère le sommeil à toute forme d'activité intellectuelle ? Je vous invite donc, chère Regina, à l'indulgence. N'en voulez pas trop à la pauvre bête !

Sincèrement vôtre,

Louis

La complainte du wombat

Chant I

Ah, pauvre de moi ! Un incident tragique a divisé
Une muse et son wombat. Puisse ce pauvre poème aider
À la réconciliation de deux âmes tendres.
Ô, déesse, vers moi orientez vos prières
Et donnez-moi l'inspiration nécessaire !
Pour connaître l'origine de cette sombre affaire.
Tournez-vous vers Colville Place : une jeune fille se tient
dans l'allée, pâle comme le lait.
Osera-t-elle entrer, honorer de sa présence
La basse demeure de ce poète
Ou fuira-t-elle, pour retourner à la vie telle qu'elle la connaît ?

Chant II

Quand le soleil semblait à peine se lever,
Trois mois déjà se sont écoulés, soupire notre déesse.
Nul n'aurait pu connaître plus grand bonheur
Que nos trois compères : le pauvre artiste, le wombat
et sa chère maîtresse.
Chaque matin, le soleil dardait ses tendres rayons
Sur ses jolies mèches, dont les nuages eux-mêmes
N'osaient obscurcir la rousseur.
Et le wombat Guenièvre, votre dévoué serviteur,
Pensait chaque jour un peu moins à son cher Lancelot

Trop tôt rappelé par le Très-Haut.
Mais un grand malheur se préparait – et quelle tempête !
Parce qu'un matin la faim tarauda la vilaine bête.

CHANT III

Laissé le ventre vide, le wombat, défaillant presque,
Se saisit d'une friandise – Seigneur ! C'était un tableau.
Il se lécha les babines, ignorant de la querelle
Qui se préparait à éclore : il ne pensait pas à mal.
Mais sa chère Iris, douce fleur, jolie fleur bleue,
S'est mise à pleurer, à crier, à hurler :
« Va-t'en, vilain wombat ! »
Maudissant et l'artiste et l'animal,
Elle pleura, cria, hurla.
Et le wombat, me direz-vous ? Ma foi,
Nulle créature ne soupira davantage.

CHANT IV

Le pauvre wombat dans l'atelier a tant trimé
Que son visage s'est ridé
Et sa fourrure couverte de poussière.
L'ombre de sa faute sur sa vie planait sans répit
« C'est moi, Iris ! » répétait le spectre d'une voix stridente.
Mais la bête trima, trima et bâtit un palais
Pour montrer à sa maîtresse l'étendue de ses regrets.
Jamais temple plus beau ne vit le jour
Que celui du wombat, si durement chassé de sa cour.

CHANT V

De ses actes si vils sera-t-il pardonné ?
Nous laissons ici notre histoire – la brouille reste intacte.

Clair de lune

« Iris ! » s'exclame Louis en ouvrant la porte. Il esquisse un sourire qu'elle ne lui retourne pas. Au cours de la journée, elle s'est rendue sur le chantier du Crystal Palace, elle est allée voir son tableau préféré, *Les Époux Arnolfini*, à la National Gallery, et elle a pris un secret plaisir à manquer la visite de Louis, qui désirait l'inviter à l'accompagner chez Brown pour choisir une nouvelle toile.

Elle pense à son tableau, à la façon dont elle a dilué les huiles pour que le fond blanc resplendisse derrière la main en marbre. Quand Louis le lui a montré après avoir posé sa propre toile dans le fiacre, Iris a dû lutter pour ne pas pleurer. Les fils de la toile étaient déchirés, la peinture écaillée et éraflée – elle a tout de suite compris qu'il serait impossible de réparer les dégâts. Elle l'a jetée dans la cheminée avant que Louis ne puisse l'arrêter. Les flammes sont devenues noires, dégageant une épaisse fumée. Louis a dû envelopper le tisonnier dans une couverture pour briser les restes de la toile et éteindre le feu.

Il passe une main sur son visage. « Entrez, entrez. Écoutez, Iris, je suis désolé… »

Un bruit de pas résonne derrière eux : Guenièvre s'aventure dans le hall.

« *Vade retro*, maudite créature ! » s'écrie Louis en battant des mains. Le wombat le regarde d'un air triste et se dandine vers l'escalier. « Tu n'es pas la bienvenue ici, reprend Louis. Si tu restes, Regina risque de te provoquer en duel, et que pourront tes douces griffes contre son esprit aiguisé ?

— Vous vous croyez drôle, Louis ? » lance Iris en le suivant dans le salon. Elle a emprunté une robe de soie bleue à l'une des locataires de la pension pour se rendre au dîner organisé par Millais, mais le corsage est trop ajusté, et c'est à peine si elle parvient à respirer. L'inconfort augmente son irritation. « Vous auriez trouvé l'incident moins amusant s'il s'était agi de votre tableau, j'en suis persuadée. Et si vous aviez plus de considération pour mon travail, vous n'auriez pas abandonné ma toile sur une table basse. Je l'avais laissée sur le chevalet, hors de portée de Guenièvre. Je sais bien que vous n'en faisiez pas grand cas…

— C'est faux. Je voulais la montrer à Hunt, au contraire !

— Pourquoi riez-vous de l'incident, alors ? »

Louis cherche son regard. « Je suis désolé, Iris. Vraiment. Je fais mine de prendre les choses à la légère parce que je ne sais pas quoi dire. » Il coince une boucle de cheveux derrière son oreille. « Je suis vraiment désolé. »

Ils se tiennent si près l'un de l'autre qu'elle perçoit l'odeur de thé à la menthe et de fumée de cigare qui imprègne son haleine. Elle sent sa colère s'estomper.

« Me pardonnerez-vous un jour ?

— Oh, je ne pense pas. Vous vous repentirez encore dans un demi-siècle.

— Je demanderai aux pompes funèbres de graver des excuses sur ma tombe.

— "Mort de remords." » Elle le regarde à nouveau, plus attentivement cette fois. Il porte un gilet à fleurs cintré à la taille, une montre de gousset. Et ses cheveux sont pommadés de manière à former des vagues sur le haut de son crâne. « Qu'est-ce que c'est que cet accoutrement ?

— Millais m'a donné des vêtements dont il ne veut plus, comme si j'étais son majordome. » Louis tire sur sa manche. « Bien. Guenièvre… Vous avez reçu son poème, j'espère ?

— Tout à fait. C'était gentil de sa part.

— Vous ne souhaitez pas voir le palais qu'elle a bâti pour vous ?

— De quoi parlez-vous ?

— Vous n'avez pas lu le poème ? Quand je pense aux efforts qu'elle a faits pour exprimer ses regrets ! Vous l'imaginez, en train d'enrouler sa grosse patte autour d'une plume d'oie ? Franchement, ça n'a pas dû être facile pour elle. Et vous n'y avez pas prêté la moindre attention !

— Vous divaguez. Êtes-vous pris de fièvre ?

— Venez. Je pense que nous devrions enquêter », dit-il, et il se pince deux fois le lobe de l'oreille, comme souvent lorsqu'il est nerveux.

Elle le suit dans l'escalier, aussi raide qu'une poupée dans sa tenue d'emprunt.

« Dis-moi, vile créature », entonne Louis en s'approchant de Guenièvre. Il se penche vers le museau du wombat, qui dort sur un traversin. La fourrure de l'animal est grasse, fortement imprégnée d'huile de Macassar. « Où est ce palais promis ? Où l'as-tu bâti ?

— Pourvu que ce ne soit pas l'un de ses tas de boue favoris… Notre amitié n'y survivrait pas ! »

Louis lève la patte de Guenièvre et la pointe vers l'escalier. Il hausse les épaules. « Je suppose que nous devons suivre cette direction. »

Iris ne sait que penser. Louis lui a-t-il acheté quelque présent susceptible de faire oublier le saccage de son tableau ? Une maison en allumettes ou une boule à neige ?

Elle le suit le long d'un couloir où doit se trouver sa chambre, puis dans un second escalier, jusqu'au grenier. Elle n'est jamais allée aussi loin dans la maison.

« Ça n'a rien d'un palais, murmure Louis, et il lui offre un sourire poignant de sincérité. J'espère que vous ne serez pas déçue. »

Fixé sur la porte, un panneau indique : *Attention : artiste au travail.*

« De quoi s'agit-il, à la fin ? » lâche Iris.

Il pousse la porte. Elle se fige sur le seuil, émerveillée.

La mansarde a été transformée en atelier : une toile toute neuve est posée sur un chevalet dressé dans le coin, près d'une étagère garnie de bocaux remplis de peintures et de pinceaux. À travers la petite lucarne orientée vers l'ouest, on voit le soleil se coucher sur les cent clochers de Londres. Les lieux évoquent une boîte à biscuits : tout est impeccable et charmant. Dans la lumière du soir, le visage de Louis est doré quand il se tourne vers elle.

« Guenièvre semble penser que c'est pour vous. Comment s'est-elle procuré l'argent pour les peintures, nul ne le sait. Peut-être a-t-elle proposé ses services à un ramoneur en manque de brosse ? » Louis rit, mais il paraît embarrassé. Il ne la quitte pas des yeux.

« C'est pour moi ? » demande-t-elle. Elle traverse la pièce et saisit un bocal en verre. Louis y a collé une étiquette sur laquelle on peut lire : *Pinceaux d'Iris*. Elle la frôle du bout des doigts.

« Ça vous plaît ? Êtes-vous contente ? Je sais que c'est peu de chose, mais j'étais si désespéré pour votre tableau…

— Si ça me plaît ? » répète-t-elle d'une voix tremblante.

Il lui montre un crochet en laiton. « Vous accrocherez votre premier tableau ici, n'est-ce pas ? Vous pourrez venir travailler dans cette pièce quand vous voudrez. Je ne vous dérangerai pas, c'est promis ! Comme ça, vous n'aurez plus à vous asseoir à la petite table pour dessiner, ni à tolérer mon incessant bavardage. » Il la regarde, mais l'expression de la jeune femme demeure indéchiffrable. « Je suis désolé pour le tableau, Iris. Je le suis vraiment. Vous soumettez votre candidature l'année prochaine. Pensez au triomphe que vous ferez alors ! Les critiques seront à court d'encre. À force de louanges », ajoute-t-il à la hâte.

Il se tient à un mètre à peine. Elle pourrait l'attirer à elle, sentir son poids contre sa poitrine. Elle sent fléchir sa colère et lance d'un ton léger : « Oh, Guenièvre. Quelle vilaine fille d'avoir arrangé tout cela !

— Êtes-vous contente, alors ?

— Je le suis », assure-t-elle, et elle l'est plus encore quand il ferme la porte et la laisse seule. Elle s'approche de la fenêtre, les mains jointes, et se met à rire. Elle tourne en rond, prenant possession de l'espace, et si elle ne lève pas les bras en l'air, c'est juste parce que sa robe est trop serrée pour ça. Cet atelier, ces couleurs, ces pinceaux – c'est à elle ! C'est pour elle ! Son bonheur est si grand qu'elle martèle l'air de ses poings fermés en tourbillonnant sur le parquet. Que va-t-elle peindre ? La toile paraît immense comparée à la petite peinture sur laquelle elle travaillait auparavant – elle mesure presque un mètre de haut. Elle saisit le cadre et appuie sur la toile jusqu'à ce qu'elle se tende sous sa main. Elle doit se retenir pour ne pas la déchirer et lancer les bocaux contre le mur, tant sa joie est sauvage.

Louis frappe à la porte. « Il est temps de partir, dit-il. Ne faisons pas attendre ce cher Millais. Il compte sur nous pour le délivrer de l'insupportable M. Rossetti. »

Iris lisse ses cheveux du plat de la main, résistant à l'envie d'éclater de rire. Elle ne veut pas aller dîner. Elle n'a plus qu'un désir : rester seule dans son atelier. « J'ai hâte de le rencontrer, assure-t-elle cependant.

— Je suis sûr que sa hâte est encore plus grande que la vôtre.

— Que voulez-vous dire ? »

Louis hausse les épaules et s'engage dans l'escalier.

« De toute façon, Millais et Hunt l'apprécient », reprend Iris en s'efforçant de suivre le fil de leur conversation, bien que son esprit rétif revienne en boucle vers l'atelier, le chevalet et les pinceaux.

« C'est parce que Rossetti n'a pas empoisonné *leur* animal de compagnie avec une boîte de cigares. Pauvre, cher Lancelot !

— Hier encore, j'aurais aimé qu'il empoisonne Guenièvre de cette manière. J'étais tellement furieuse que je l'aurais volontiers étranglée pour tendre sa peau sur votre chevalet et m'en faire une toile.

— Vous ne pensez pas vraiment ce que vous dites », réplique-t-il, et il s'approche du wombat, qui fait ses griffes sur le tapis de l'entrée. Ses ongles sont ronds comme des amandes. Louis la soulève dans ses bras et se met à chanter d'une voix mélancolique, caché derrière la masse de poils :

Vous qui savez ce qu'est l'amour,
Voi che sapete che cosa è amor
Donne, vedete s'io l'ho nel cor,
Donne, vedete s'io l'ho nel cor !
Quello ch'io provo vi ridirò,
È per me nuovo, capir nol so. Sento
Un affetto pien de desir,
Ch'ora è diletto,
Ch'ora è martir.

Que chante-t-il ? Et dans quelle langue ? Iris n'en a pas la moindre idée.

« Mozart, dit-il. *Le Nozze di Figaro.*

— Je sais, ment-elle.

— Êtes-vous déjà allée à l'opéra ?

— Je...

— Alors, je vous y emmènerai. »

Elle aimerait par moments pouvoir l'impressionner par sa connaissance des pays étrangers, de la poésie, de l'art et de l'architecture, mais, faute d'argent et de privilèges, les seuls domaines qu'elle connaît mieux que lui sont les tissus et le petit commerce : la différence entre la dentelle aux fuseaux et la broderie, ou l'importance du présentoir dans une vitrine. Elle a l'impression de n'avoir rien vu d'autre que le parcours trop familier qui relie Bethnal Green à Regent Street, les dorures écaillées de la boutique de poupées, les murs délabrés de sa mansarde et du cellier. Auparavant, elle vivait dans une prison ; à présent, sa liberté la terrifie. Parfois, elle en vient même à regretter la sécurité et l'étroitesse de sa vie d'avant, parce que cette liberté sans fin semble vouloir l'engloutir. Que doit-elle faire de tout cela ? Deux mansardes à elle, l'une pour dormir, l'autre pour peindre. Est-ce mal de sa part de les chérir, de savourer chaque instant passé entre leurs murs ? Est-ce mal d'être ivre de bonheur quand sa sœur souffre dans la sombre petite boutique de Mme Salter ?

Elle époussette les poils de wombat accrochés à sa robe. « Venez, Louis. Allons-y. »

« Honnêtement, je ne sais pas pourquoi vous perdez votre temps avec la Royal Academy », déclare Rossetti en portant un morceau de caille rôtie à sa bouche. C'est un bel homme aux cheveux soignés et peignés en arrière qui retombent librement sur ses épaules. Il est plus petit qu'elle ne l'imaginait. Quand ils ont été présentés, Iris a dû s'incliner légèrement pour rencontrer son regard : le haut de son crâne lui arrive à la hauteur des yeux. « Les critiques d'art se sont montrés extrêmement clairs à notre égard, non ? Si ces vieux barbons de l'Académie ne veulent pas de nous, je m'en fiche comme d'une guigne. D'ailleurs, je n'ai pas soumis de toile cette année.

— Ne crois-tu pas que nous devrions attaquer l'institution de l'intérieur ? suggère Millais.

— Allons donc ! Tu te prends pour un cheval de Troie, alors que tu n'es qu'un cheval à bascule dont se gaussent les critiques. »

Hunt proteste, et Louis lance un regard à Iris. *Je vous l'avais bien dit !* semble-t-il vouloir chuchoter, mais elle peine à partager leur agacement : la franchise de Rossetti lui paraît presque charmante.

Elle promène son regard sur l'élégante salle à manger, dont les hautes fenêtres donnent sur Gower Street. Ses yeux se posent sur la rose en plâtre qui orne le plafond, sur les moulures des corniches, puis sur la cheminée, où brûle un bon feu. Comme souvent en avril, les températures restent fraîches une fois la nuit tombée.

Ils sont six convives, installés autour de la table vernie : William Holman Hunt, Johnnie Millais, Gabriel Rossetti, Lizzie Siddal, Iris et Louis. Les autres membres de la FPR – William Rossetti, Thomas Woolner et Frederick Stephens – étaient pris. « Ils nous évitent, a décrété Rossetti, sauf mon frère. Il doit faire bouillir la marmite et travaille tard ces temps-ci. »

Assise en face d'Iris, Lizzie est d'une beauté stupéfiante, fidèle à l'image qu'elle s'est faite d'elle : un visage de poupée, une peau lisse, fine et parfaite, et de longs cheveux auburn, lâchés sur ses épaules. Elle semble si calme, si concentrée, qu'Iris la devine – comme elle – occupée à tout écouter, tout observer. Difficile de l'imaginer dans une mercerie de Cranbourne Alley ! C'est pourtant là-bas qu'elle travaillait avant de poser pour M. Rossetti et ses amis de la FPR. Iris se souvient de Mme Salter vitupérant « les filles perdues de Cranbourne Alley », qui « braillent à longueur de journée pour vendre leur camelote ». Soudain, Iris ne sait plus très bien pourquoi elles ont toutes deux été invitées à participer à ce dîner. Les hommes de la confrérie mangent généralement entre eux. Iris a d'abord pensé que Millais les avait conviées parce qu'elles souhaitent peindre, elles aussi. Mais quand Rossetti a évoqué dans un grand éclat de rire les préoccupations de son propriétaire (« Il m'a engagé à traiter mes modèles avec la plus grande réserve, car certains artistes, d'après lui, sacrifient la dignité de l'art à l'ignominie de la passion »), Iris s'est demandé si ces gentlemen ne prenaient pas plaisir à parader avec elles deux parce qu'elles sont plus respectables que leurs modèles habituels, recrutés dans les bouges de la capitale.

D'ailleurs, Lizzie se montre d'une dignité irréprochable ; quasiment muette, elle mange à peine. Elle n'a fait que remuer sa cuillère dans son potage, elle a boudé le poisson et se contente maintenant de grignoter un morceau de caille rôtie. Son attitude rappelle à Iris les instructions de sa mère (« En bonne compagnie, mangez peu et avec délicatesse »), mais elle s'en fiche : les mets sont si délicieux qu'elle les savoure jusqu'à la dernière bouchée, grattant consciencieusement la carcasse de caille et empilant des montagnes de purée de pommes de terre sur sa fourchette. Si elle pouvait lécher son assiette, elle le ferait.

« Quel travail ! maugrée Rossetti à propos de la volaille qu'il décortique péniblement. J'ai envie de tout avaler. » Il arrache une aile, la glisse dans sa bouche et croque les os en grimaçant.

« Méfie-toi. Demain, tu vas souffrir le martyre en les évacuant, l'avertit Hunt.

— Messieurs, intervient Millais d'un ton réprobateur, nous ne sommes pas seuls ! »

Iris croise le regard de Lizzie, laquelle réprime un sourire.

« C'est vrai, admet Rossetti. Le beau sexe est de la partie ce soir. Veuillez m'excuser. »

Il tend le bras vers Lizzie et lui prend la main sous la table. Gênée, Iris détourne les yeux. Ils chuchotent, penchés l'un vers l'autre. Et Rossetti prétend qu'il ne courtise pas son modèle ! Elle surprend certains de ses mots doux : *mon philosophe en jupon, ma tendre Liz.* À côté d'eux, Louis fait des efforts manifestes pour se concentrer sur son assiette.

« Eh bien, mes amis, à quoi travaillerez-vous ensuite ? » s'enquiert-il en reposant bruyamment ses couverts sur la table.

Hunt évoque une série de dessins pastoraux, puis un tableau qu'il a décidé d'appeler *La Lumière du monde* et auquel il réfléchit depuis un certain temps ; Millais parle de ses projets pour *Ophélie*, de l'expression mélancolique qu'il veut peindre sur le visage de la jeune noyée, de la profusion des fleurs qui l'entoureront – myosotis, pavots et couronnes impériales. « Il me faudra une créature d'une beauté époustouflante, conclut-il.

— Dans ce cas, faites poser Lizzie, dit Rossetti.

— Ce serait avec plaisir, acquiesce-t-elle. De toutes les pièces de Shakespeare, *Hamlet* est ma préférée.

— Ah ! Je savais que mon enseignement porterait ses fruits. Nous nous attaquerons bientôt aux pièces historiques du grand William, confie Rossetti, et Hunt approuve d'un signe de tête.

— Très bien, renchérit Millais. Il faudra que vous vous

allongiez dans une baignoire, mais je vous promets de chauffer l'eau avec des lampes à huile.

— J'y compte bien, réplique Lizzie. Je ne suis pas encore prête à périr de froid pour l'amour de l'art !

— Quant à moi, dit Rossetti en allumant un gros havane à la flamme d'une bougie, je ne sais quel sera mon prochain sujet. Peut-être Dante et Béatrice… C'est un thème qui m'attire depuis longtemps. J'aimerais montrer Dante un an après la mort de Béatrice, encore endeuillé, consolé par un ami. »

Louis hausse les épaules. « Je n'aime pas trop cette histoire. Comment Dante peut-il aimer une femme toute sa vie, et même négliger son épouse pour elle, alors qu'il ne l'a vue que deux fois ? L'amour courtois me fatigue. » Il se tourne vers le majordome qui vient de prendre son assiette : « Merci, Smith.

— Comment peux-tu t'en lasser ? s'écrie Millais. N'est-ce pas le sentiment le plus pur, le plus réel, le plus sincère ? Ignorant les conventions sociales, il exprime la passion, l'héroïsme, l'éveil spirituel…

— Au contraire, l'interrompt Louis, ces sentiments sont tout sauf réels. Iris a attiré mon attention sur ce point il y a quelque temps, et je n'ai cessé d'y repenser depuis. Toutes ces histoires font de l'amour une description idéalisée. L'amour véritable n'a rien à voir avec ces affabulations. »

Iris se penche vers lui. « Quel est-il, alors ? » demande-t-elle, prête à ajouter « d'après vous », mais ses propos sont balayés par un grognement de Rossetti, lequel écarte l'opinion de Louis d'un geste de la main.

« Comme vous, je veux croire en l'amour que nous peignons, reprend Louis. Mais ces derniers mois, j'ai commencé à me demander si l'amour n'est pas un sentiment tout à fait différent de celui que nous mettons en scène. J'ai parfois l'impression que nous confondons un engouement presque insensé – Dante entrevoit Béatrice deux fois, je viens de le dire – avec la vérité de l'amour, qui consiste à connaître vraiment quelqu'un, et à lui vouer un amour qui résiste au temps.

— Tu n'es pas sérieux ! proteste Rossetti en exhalant la fumée de son cigare vers le plafond. Ton dernier tableau – Johnnie m'en a parlé – illustre un des thèmes majeurs de l'amour courtois. Guigemar est bien un chevalier venant au secours d'une dame en péril, n'est-ce pas ?

— En effet, mais ce n'est plus le sujet de mon tableau. J'ai préféré montrer la dame au moment où elle s'évade, après que Guigemar a été chassé du royaume. Et n'oublie pas que Guigemar et Regina ont été amants pendant un an et demi. Ils ne se sont pas contentés d'échanger un simple regard, comme Béatrice et Dante.

— La vérité, insiste Rossetti, c'est que Guigemar a sauvé sa dame plus tard, et c'est là toute la question. Ne voulons-nous pas venir au secours des dames en péril, et ces dames ne souhaitent-elles pas être secourues ? Nous avons sauvé Mlle Siddal et Mlle Whittle, après tout. » Il désigne les deux dames présentes d'un geste de la main, et Iris repense au mépris qu'affiche la femme de ménage de Louis à son égard, à la lettre de ses parents, à la colère de sa sœur. Tous estiment sans doute qu'elle a été séduite, et non sauvée.

Rossetti reprend : « Je n'ai pas oublié tes diatribes contre le mariage, Louis, et contre le caractère "étouffant" de l'amour, qui ne cause que des "tracas" – ce sont tes propres mots, je te le rappelle –, et j'ai tenu compte de tes avertissements. » Les deux hommes échangent un regard lourd de sous-entendus : Rossetti en sait trop, Louis paraît le mettre en garde.

« Qui serait assez fou pour se fatiguer à conquérir, puis

à conserver une vieille épouse, quand il peut connaître le frisson, les joies d'un jeune et tendre amour ? » poursuit Rossetti, et il embrasse ses doigts à tour de rôle, comme s'il s'agissait de jeunes dames rougissantes.

Iris n'ose pas tourner les yeux vers Louis. Elle inspecte les dents de sa fourchette et intervient d'une voix trop rauque, qui trahit sa nervosité. « Vous êtes opposé au mariage, monsieur Frost ?

— Je... En effet. J'ai toutes raisons de penser que le mariage est une situation étouffante, répond Louis avec un autre froncement de sourcils à l'adresse de Rossetti. Pourquoi faut-il établir un document juridique stipulant que deux personnes s'aiment, et le signer devant témoins, qui plus est ? N'est-il pas suffisant de s'aimer, tout simplement ? Pourquoi en faire étalage, pourquoi s'empêtrer dans des contrats et des engagements ? Et si vous vous trompez ? En outre, je suis athée : l'union de la chair sous patronage divin ne signifie rien pour moi. »

Iris le regarde fixement.

« Je m'incline devant ta connaissance supérieure de la situation matrimoniale, ironise Rossetti. Pas de mariage, pas d'amour passionné non plus. Pauvre Sylvia, ton premier objet d'amour courtois ! Mais ta toute dernière *conquête* n'a-t-elle pas contribué à te redonner foi en l'amour ?

— Surveille ton langage, rétorque Louis d'un ton sec. Insulte-moi si tu veux, mais je ne tolérerai pas que tu manques de respect à Mlle Whittle. »

Rossetti jette son cigare dans son assiette. « Dieu du ciel ! Ces maudits havanes sont trop humides. Pas moyen de les allumer. » Il trempe ses doigts dans une soucoupe remplie d'eau parfumée à la rose. « Entendu. Restons-en là. »

La conversation s'oriente alors vers Joshua Reynolds,

contre lequel les hommes se déchaînent avec un plaisir manifeste.

Iris n'écoute plus. Elle peine à faire le tri dans ses pensées. Est-elle considérée comme la dernière conquête de Louis ? Qui est Sylvia ? Elle-même a-t-elle tort de nourrir des sentiments pour le jeune peintre ? Il ne l'épousera jamais, non seulement parce qu'il ne croit pas au mariage, mais aussi parce qu'elle n'est que son modèle et qu'il n'a jamais cherché à la séduire. Il ne lui a pas écrit de billets doux, n'a jamais pris sa main et ne lui a fait aucune promesse, se contentant de lui régler les séances de pose et de lui donner des cours de peinture. Sa générosité est née de l'amitié, d'un sens fraternel du devoir. Elle suit la conversation d'une oreille distraite : sir Sloshua, Chaucer, Eastlake, Shakespeare – autant de noms qu'elle a entendus ces derniers mois dans l'atelier, sans en apprendre davantage.

Quand le majordome apporte un pudding à la mélasse, piqué de fils de caramel comme un gros hérisson, Iris est prise d'un haut-le-cœur. La voilà de retour dans la mansarde de Mme Salter. Tout lui revient en mémoire : le lit étroit, la cuisse tiède de Rose contre la sienne, les odeurs de sucre brûlé s'infiltrant par le conduit de cheminée. Sa sœur est là-bas, et elle est ici, montrée, exposée, la *toute dernière conquête* de Louis dont il n'est même pas amoureux et qu'il n'a aucune intention d'épouser. Elle pousse sa part de gâteau contre le bord de son assiette et baisse les yeux pour ne pas croiser le regard de Louis.

« Je vous avais dit qu'il était insupportable ! s'emporte Louis. Sa manière de chercher à nous humilier, ses sous-entendus narquois… Je ne le comprends pas. Pourquoi agit-il ainsi ? Il s'amuse comme un chaton jouant avec une souris. J'aurais dû répliquer plus vertement, lui montrer que j'ai des griffes et des dents, moi aussi ! »

Lorsqu'ils tournent dans Colville Place, Iris accélère le pas. Elle est pressée de regagner la pension de famille de Charlotte Street, un espace qui lui appartient et où elle pourra réfléchir posément à la soirée écoulée.

« Regina, vous marchez plus vite que l'éclair...

— Je m'appelle Iris ! » s'exclame-t-elle, plus fort qu'elle ne l'aurait souhaité. Le vin lui a donné la migraine et la tête lui tourne. Elle se ressaisit en regardant le ciel, qui bâille à l'horizon. La face joufflue de la lune surgit à travers les volutes de fumée.

« Eh bien, soit. Iris, alors », répond Louis, et il se poste devant elle, l'empêchant d'aller plus loin.

Il fait sombre. Hormis un vagabond qui passe en courbant les épaules, la rue est déserte.

« Vous êtes bouleversée, reprend le peintre. Tâchez d'ignorer...

— Je ne suis pas bouleversée.

— Allons ! Quand une femme coupe brusquement la parole de son interlocuteur, c'est que quelque chose ne va pas, je le sais bien. Rossetti vous a fâchée, n'est-ce pas ? Il a gâché...

— Je ne suis peut-être pas comme les autres. Toutes ces dames que vous semblez si bien... » Elle s'interrompt, soudain embarrassée, malgré l'alcool qui lui délie la langue. Jusqu'ici, elle n'avait jamais rien bu d'autre qu'un verre de bière légère ou une gorgée de vin de messe, et l'ivresse lui procure des sensations inédites. Elle se demande encore qui est Sylvia.

« Toutes ces dames que je semble si bien quoi ?

— Rien, élude-t-elle. Rien du tout. »

Il joue avec la chaîne en argent de sa montre de gousset. Cette élégance un peu affectée ne lui ressemble pas.

« J'ai envie de marcher, dit-elle.

— Marcher ? Pour aller où ?

— Je ne le sais pas encore. »

Ils s'engagent sur Charlotte Street, laissant la pension derrière eux. Les pas de Louis résonnent sur les pavés. « Eh bien, moi aussi, je suis indécis quant à ma destination. Mais ne vous souciez pas de moi : je resterai docilement derrière vous comme un chien derrière son maître. »

— Si vous y tenez », acquiesce Iris en souriant malgré elle.

Ils remontent la rue, d'abord l'un derrière l'autre, puis côte à côte, les pas de Louis se calant sur les siens, et elle oublie peu à peu ce qui l'a fâchée pendant le dîner. Ils marchent à vive allure, traversant les places, les rues et les avenues sans se concerter. Iris éprouve encore une légère amertume, mêlée d'un sentiment nouveau – l'impression d'enfreindre les convenances, peut-être – qui fait battre son cœur un peu plus vite. Que diraient ses parents s'ils la voyaient en cet instant ? Non mariée, pas même fiancée, déambulant après minuit dans les rues de Londres en compagnie d'un homme qui n'est pas de sa famille, un homme qui n'a rien d'innocent ? Elle aperçoit ses boucles brunes du coin de l'œil, aussi souples que les copeaux de bois peints par Millais dans l'atelier de menuiserie de Joseph. Son souffle s'élève dans l'air froid en même temps que le sien.

« J'ai toujours trouvé Londres assez romantique après la tombée de la nuit », dit-il soudain, rompant le silence. Iris sent son pouls s'accélérer. « Malgré les voleurs et les sollicitations… En fait, je suis sensible à ce qui *pourrait* arriver.

— Que voulez-vous dire ? »

Il désigne un recoin sombre derrière une cage d'escalier. « N'est-il pas excitant de penser qu'un homme peut se cacher là, un couteau à la main, prêt à bondir sur nous ? Ou là-bas, derrière cette rampe ? » Il lui lance un regard soucieux. « Je ne vous fais pas peur, j'espère ? »

Elle hausse les épaules. « Je suis plus solide que ça. Je ne m'évanouis pas au moindre bruit comme certaines !

— Comment ? Dois-je comprendre que vous êtes sortie sans emporter vos sels ? Vraiment, mademoiselle Whittle, vous n'êtes pas raisonnable. » Elle sourit. « Eh bien, poursuit-il sur le même ton, c'est dommage. Je n'aurai pas l'occasion de vous prouver ma bravoure. Si nous étions attaqués par un brigand, je vous protégerais au péril de ma vie, je vous assure ! » Il hausse les épaules. « Je parle comme Rossetti, à présent ! » Il regarde autour de lui. « Où sommes-nous ?

— Aucune idée. Je vous suivais.

— Et moi, je *vous* suivais. Nous voilà bien avancés ! » Il se dresse sur la pointe des pieds pour lire le nom de la rue sur un panneau. « Nous avons marché droit devant nous sans réfléchir, et chacun de nous supposait que l'autre savait où il allait… Nous formons un très mauvais couple, vous et moi. » Il désigne les ténèbres qui s'étendent devant eux, épaisses, d'un noir d'encre. Il n'y a pas le moindre lampadaire à l'horizon. « C'est Regent's Park, je suppose. Nous avons traversé Fitzrovia et Marylebone sans nous en rendre compte !

— Moi qui croyais que les artistes remarquaient le moindre détail ! »

Ils traversent la rue et s'approchent des grilles d'enceinte du parc. Louis passe son doigt sur la pointe acérée d'un poteau métallique. « J'ai connu un homme qui est tombé d'une fenêtre et s'est empalé sur l'un de ces poteaux. L'opium l'avait rendu fou. Il ressemblait à un poisson échoué sur le pont d'un bateau, s'agitant vainement, la bouche ouverte. C'était épouvantable.

— Quelle horreur !

— C'était horrible, en effet. » Il fait si sombre qu'elle voit à peine son visage. « Parfois, reprend-il, j'ai du mal à croire que nous allons mourir. Et que, après ma mort, le monde continuera de tourner comme il l'a toujours fait. Seuls mes tableaux témoigneront de mon passage sur cette terre. Quand ma mère est morte – c'est stupide, je le sais –, je me rappelle avoir été surpris de voir le soleil se lever quelques heures plus tard. Il m'aurait semblé plus naturel que tout s'arrête, que le soleil cesse de briller, puisqu'elle n'était plus là pour le voir. Mais je divague, n'est-ce pas ? »

Iris secoue la tête. Elle repense à sa propre main, plaquée sur le papier peint de sa mansarde. L'entrelacs de ses veines bleues courant sous sa peau fine ne cesse de l'émerveiller. « Vous manque-t-elle beaucoup ?

— À chaque instant, répond Louis. Elle était extraordinaire.

— Ah oui ?

— Elle aurait été heureuse de vous connaître, je crois. Elle appréciait les gens qui ont de l'esprit. Tout l'intéressait, qu'il s'agisse de nous donner des cours de français, de regarder un de mes dessins ou d'admirer la floraison des cerisiers au printemps. » Il baisse la tête. « Elle me manque terriblement.

— Je ne pense pas que ma mère me manquerait si elle mourait.

— Vous n'en savez rien, objecte Louis, mais Iris secoue la tête.

— Elle ne m'a jamais aimée. Quoi que je fasse, elle n'était jamais contente. Même quand j'étais toute petite. Il semble que ma naissance ait occasionné des… des douleurs persistantes, et l'incapacité d'avoir d'autres enfants, ce qui l'a mise en colère contre moi. L'accouchement a été difficile, ma clavicule s'est brisée quand je suis née, et n'a jamais guéri correctement. Et puis, je n'étais pas une enfant sage. Toujours à faire des bêtises, d'après elle.

— Je ne peux pas m'imaginer en colère contre vous, commente Louis. Cela me paraît aussi impossible que de vieillir.

— Un jour, vous serez aussi ridé qu'une vieille pomme », assure-t-elle tout en pénétrant dans le parc enténébré. Elle tend les mains devant elle. Le vin la réchauffe, à présent, et la migraine a cessé.

« Iris, où allez-vous ? Le parc est dangereux à cette heure-ci !

— Je croyais que vous vouliez affronter les brigands ?

— Peut-être, mais… Il se peut qu'il y en ait *vraiment* par ici. »

Iris éclate de rire et se met à courir. Elle court vers les ténèbres dans la fraîcheur de la nuit d'avril. L'herbe chuchote sous ses souliers. Elle court plus vite, trop serrée dans sa robe de soie bleue qui lui comprime la poitrine, mais vive comme un lièvre. Elle n'a jamais rien fait d'aussi libérateur de toute sa vie. Si sa sœur la voyait ! À Regent's Park, au milieu de la nuit, courant près de Louis qui tente de l'arrêter… Et alors ? Où est le mal ? Elle peut agir à sa guise, à présent. Elle trébuche sur un terrier. L'obscurité n'est pas complète : elle distingue les silhouettes des arbres, les allées de gravier et le lac.

Elle s'arrête au bord de l'eau, haletante, les mains sur les hanches. Louis est déjà là. Il l'a devancée, et lui offre un grand sourire.

« Oh, Iris ! C'est magnifique. »

Ils contemplent le spectacle qui s'offre à eux – le disque argenté de la lune, son reflet dans les eaux du lac, les volutes de brume qui s'élèvent vers le ciel étoilé. On dirait un cadeau. Comme si le monde avait été assemblé pour eux.

« J'aimerais tout peindre. Pour ne rien oublier. C'est absolument… parfait.

— Oui. Parfait », répète-t-elle.

Il fait un pas vers la rive, tirant sur les lacets de ses bottes. « Je vais me baigner.

— Ne soyez pas ridicule, voyons ! » Une image vient danser devant ses yeux : Louis, pâle et nu au clair de lune. Elle fronce les sourcils, puis ajoute : « Très bien. Mais entrez dans l'eau avant moi, afin que je puisse vous secourir si nécessaire.

— Me secourir ? C'est moi qui devrais voler à votre secours, au contraire ! »

Une partie d'elle se trouve flattée par le ton enjôleur, presque séducteur, qu'il a adopté, mais elle éprouve aussi une légère déception. Elle s'attendait à plus d'imagination de sa part, à des formules moins éculées.

« Les dames d'abord », reprend-il, et il passe un bras autour de sa taille, faisant mine de vouloir la pousser dans l'eau. Elle vacille, trébuche, s'agrippe à lui pour ne pas tomber. L'eau vient lécher ses souliers.

Louis ne retire pas sa main, elle non plus.

Ils demeurent côte à côte, presque enlacés, les pieds dans la vase glacée. Elle n'ose tourner les yeux vers lui. Elle craint qu'il ne l'embrasse si elle croise son regard – et s'il l'embrasse, que se passera-t-il ensuite ?

Elle sent chacun de ses doigts posés sur sa taille. Il la serre plus fort – elle croit mourir. Sa main à elle repose sur sa hanche. Il est fort et mince. Elle sent un frisson le parcourir. Il lui semble que toute son énergie est concentrée sur les endroits où ils se touchent. Elle veut que ça cesse, elle veut que ça continue.

La main de Louis est posée sur sa taille. La main de Louis est posée sur sa taille. Cet instant ne durera pas, mais, pour l'heure, elle veut rester ici, dans la brume et les ténèbres, avec lui. Pour l'heure, elle est à lui.

Âme sœur

Silas est posté devant la pension d'Iris, sur Charlotte Street. Il a tant marché qu'il a des ampoules aux pieds. Il lève les yeux vers un lampadaire et les orbes à gaz qui scintillent et clignotent ; il n'est même pas ébloui.

Tel un opiomane qui, après plusieurs semaines d'abstinence, sent ses pas le ramener vers les bouges sordides de Shadwell pour respirer les vapeurs de pavot, Silas savait qu'il ne pourrait résister à l'envie de la retrouver. Iris. Sa créature.

Il se souvient peu de la soirée qui vient de s'écouler, mais il aspire à se libérer de la lie des souvenirs qui subsistent encore à sa mémoire : sa longue errance après qu'il s'est attardé sur le seuil du Dolphin, les femmes vêtues de soie, de haillons ou de robes en coton sur lesquelles glissait son regard hébété, puis son arrivée à Colville Place, où il s'est assis pour attendre, attendre, attendre, convaincu qu'elle travaillait comme servante dans cette demeure et, enfin, le choc de la découverte, du premier regard posé sur lui – un choc déjà rude, mais plus terrible encore par la suite, près du lac…

C'était pire même que le jour où il a vu Flick se tortiller en riant sous les baisers que plantait dans son cou le fils du directeur de la manufacture.

Le réverbère crachote, suffoque, et brille à nouveau.

En lui se mêlent agitation, colère brûlante, désir féroce

et foudroyant. Mais il n'en montre rien. Il s'est figé, la bouche entrouverte, les yeux levés vers la lumière vacillante. Il a des picotements dans les mains et dans les pieds à force de rester immobile, mais il ne bouge pas, au contraire : il aime se rappeler qu'il est vivant, qu'il respire. Il se concentre sur ce qu'il sent et sur ce qu'il voit. Sur ses ongles, qui dessinent des faucilles dans sa paume ; sur le parfum bon marché de Bluebell. Elle a dû en imprégner ses vêtements en se penchant vers lui à la taverne.

La lumière tressaute et s'éteint. Silas cligne des yeux. Un instant plus tard, le réverbère voisin connaît le même sort. Il se retourne lentement, les membres raidis par l'attente, et voit l'aube se répandre comme un hématome à l'horizon. L'envie de dormir entrave ses mouvements, et il se sent amoindri par la tristesse de sa nuit.

Il tourne à l'angle de Colville Place en grimaçant et va s'asseoir sur la même marche que tout à l'heure, le dos appuyé contre la porte en bois du magasin vide. Il pose sa tête sur la peinture qui s'écaille.

Une idée lui vient à l'esprit, et il tente de pousser la porte. Elle grince sur ses gonds. Le magasin est manifestement désert. S'il parvenait à entrer, il serait à l'abri, bien caché, et il pourrait dormir aussi longtemps qu'il le voudrait. Il jette un regard autour de lui et aperçoit une fille avec un seau de lait sur le trottoir d'en face. Il attend qu'elle parte, puis il enfonce son épaule dans le panneau en bois. Quelques coups suffisent pour faire céder le verrou rouillé. La porte s'ouvre brusquement et Silas trébuche dans la boutique.

Il fait sombre, mais ses yeux s'adaptent rapidement à l'obscurité. Le plâtre sur les murs est craquelé, le sol de pierre est poussiéreux. Il roule son manteau pour en faire un oreiller et s'endort presque aussitôt.

Quand il se réveille, il ne sait pas où il est. Il tâte le sol autour de lui, cherchant son étagère remplie de souris empaillées, sa pile de revues. Rien. Puis il se souvient – et se rappelle aussi la main de Louis sur la taille d'Iris. Il porte la main à son visage pour se cacher.

Il se dirige vers la vitrine de la boutique. De là où il se trouve, il voit l'intérieur de la pièce du rez-de-chaussée, où Louis marche, mange, dort et guette sa proie – le diable en personne ! Il revoit Louis au Dolphin, enlaçant une nuée de femmes, les attirant sur ses genoux ; et comment Silas pourrait-il oublier le jour où il lui a servi Iris sur un plateau, en lui donnant son nom et son adresse ?

Il attend. Elle viendra bientôt, avec ses manières de renarde. Elle était *à lui*, et elle l'a trahi.

Il n'attend guère, cette fois (quelques coups de cloche marquant la demi-heure), avant de la voir arriver, martelant le pavé de son pas familier. Il ressent une secousse à sa vue, une vague de nostalgie au plus profond de son être. Elle possède un magnétisme indéniable, un fil qui relie son cœur au sien. Il prend conscience du pouvoir qu'elle exerce sur lui, de la rapidité désarmante avec laquelle il lui pardonne ses errements. Elle a mis sa robe préférée – celle qu'elle portait lors de leur première rencontre –, dévoilant sa clavicule dans toute sa splendeur. La peau pâle, la manière dont l'os s'incline vers l'extérieur. Si seulement il pouvait l'oublier, si seulement elle ne l'avait pas ensorcelé !

Elle s'arrête devant la boutique et il tend la main pour lui faire signe de le rejoindre : Si vous regardez à l'intérieur, je comprendrai que vous êtes mienne. Je comprendrai votre message, je saurai que cet homme ne signifie rien pour vous, que vous souhaitez que je veille sur vous.

Il n'ose pas respirer. Il plaque ses doigts sur sa gorge, là où son pouls palpite sous sa peau. Ce geste le calme un peu. Il l'effraie aussi : il s'inquiète du pouvoir qu'Iris exerce sur son corps, de l'intensité des réactions qu'elle suscite en lui.

Elle s'approche, essuie la vitre avec sa manche pour enlever la poussière, puis – il a du mal à le croire – elle pose ses mains autour de son visage et regarde à l'intérieur.

Silas ne bouge pas, le dos pressé contre le mur, tandis que le souffle d'Iris dépose un cercle de buée sur la vitrine.

Un instant plus tard, elle se tourne vers la maison d'en face. Un soleil radieux s'engouffre dans l'allée, dardant ses rayons à travers la fumée qui jaillit des cheminées et des entresols, estompant les contours des demeures.

Iris frappe à la porte de Louis. Elle arrange sa coiffure en l'attendant. Ah, les vilenies qu'un esprit plus cruel que le sien imaginerait ! Mais il ne la soupçonne même pas d'une telle bassesse – pas depuis qu'elle lui a adressé un signe aussi clair.

Quand il observait la maison de Flick, tout Stoke dormait, sauf les hommes qui enfouissaient du charbon dans la bouche chaude des fours pendant la nuit. Il savait où se cacher pour ne pas être vu. Il l'avait apprise par cœur : sa silhouette, le bruit de ses pas, la façon qu'elle avait de marcher avec une légère flexion du pied. Il l'aimait – oh, comme il l'aimait ! Il savait que le fils du directeur ne faisait que l'exploiter, se servir d'elle avant de se mesurer aux dames bien nées qu'il rencontrerait le moment venu. Alors que Silas a nourri son amour pendant des années. Ses cheveux roux semblaient incendier la campagne tandis qu'elle courait à son côté. Il lui a montré l'endroit où il cueillait des mûres, et elle les a entassées dans sa bouche avec avidité ; il a vu les fruits briller entre ses dents.

Et quand il l'a couchée dans l'herbe, elle était si menue qu'il a deviné son squelette sous sa peau, et chacune de ses côtes.

Fleurs de printemps

Iris remet de l'ordre dans sa coiffure en attendant que Louis réponde à son coup de sonnette. Elle sent sa peau se hérisser dans la fraîcheur matinale. Ce qu'ils ont fait la veille lui paraît à la fois choquant et important. Ce n'était rien, pourtant ! Mais elle a chéri chaque seconde de leur échappée au bord du lac. Et maintenant, que vont-ils se dire ? Leur relation sera-t-elle différente ? Elle se remémore de la première fois où elle s'est présentée devant cette porte. Elle était nerveuse, tout comme aujourd'hui. Elle tend la main, troublée. L'espace d'un instant, elle a cru voir son ombre, le reflet de son ancien moi, se refléter dans la vitre.

Elle sursaute. Louis est devant elle, cheveux emmêlés, sourcils légèrement froncés. Il esquisse un sourire et l'invite à entrer. Iris aperçoit une lettre déchirée sur le buffet.

Elle se demande qui, de lui ou d'elle, parlera en premier.

Elle le suit à l'étage. La maison tout entière semble prendre une profonde inspiration. Les toiles sont de travers.

« Je réfléchis à mon prochain tableau », dit-il enfin, lorsqu'ils entrent dans l'atelier. Il s'approche de la fenêtre et appuie son front contre la vitre.

« Ah oui ? Et qu'allez-vous peindre ?

— Une bergère. Nous avons quelques croquis préparatoires, vous vous en souvenez ? J'aimerais qu'il soit assez grand – un mètre de haut sur soixante centimètres de large. Il se peut même que je le commence aujourd'hui, si je parviens à retrouver ce gamin édenté.

— Albie ? » Elle s'approche à son tour de la fenêtre. Un homme est assis sur le seuil de la boutique d'en face. C'est curieux, songe-t-elle. Il n'était pas là un instant auparavant, quand elle a regardé à travers la vitrine. « Voulez-vous que nous le fassions venir ?

— Pourquoi pas ? J'ai besoin de me changer les idées. » Il se frotte le cou. « Je n'aurais pas dû boire autant de vin hier soir. »

Elle baisse les yeux. Regrette-t-il de s'être un peu enivré ? « Moi non plus, je n'aurais pas dû, murmure-t-elle.

— Nous ne sommes pas de grands buveurs, vous et moi ! Cela dit, je me suis bien amusé.

— Je... Moi aussi. » Elle tourne la tête vers lui. Il croise son regard, puis tous deux détournent les yeux.

« Pensez-vous que je serais mort de froid si je m'étais baigné ? »

Elle rit, parce qu'il est prompt à s'apitoyer sur lui-même, mais aussi parce qu'elle est soulagée de l'entendre évoquer les événements de la nuit précédente – c'est donc qu'ils ont bel et bien existé. « Non, jc nc pense pas, Louis.

— J'aurais été considéré comme un suicidé. Pas d'iris pour moi. Pas de pierre tombale. » Il joue avec un trou dans sa chemise, enroulant le fil autour de son doigt. Elle retient un sourire. Il est nerveux, comme elle ! Cependant, un sentiment indéchiffrable assombrit son regard – la culpabilité, la gêne, peut-être ? Mais de quoi pourrait-il avoir honte ? Il n'a fait aucune promesse, aucun aveu, il ne l'a pas embrassée. Iris se rappelle alors que Louis a eu une liaison, assez sérieuse pour que Rossetti la mentionne, avec une certaine Sylvia. La jeune femme se raidit. La jalousie lui noue la gorge.

Elle tente de se soustraire à ses pensées en regardant de nouveau la boutique déserte. Tout à l'heure, elle s'est approchée de la vitrine pour regarder à l'intérieur. Ne serait-ce pas l'endroit rêvé pour que Rose y installe un magasin de fleurs ? Elle n'a pas vu grand-chose – il faisait sombre et la vitrine était couverte de poussière –, mais le local lui a semblé assez vaste pour accueillir deux tables et trois grandes étagères sur chaque mur. Oui, ce serait parfait pour Flora. Une fois nettoyées, les vitres poussiéreuses seraient polies comme des miroirs. Fermant les yeux, Iris imagine les étagères remplies de flacons de parfum, de coussins brodés, de savons aux pétales de rose.

« Nous ferions bien de nous mettre au travail, déclare Louis. J'aimerais installer le chevalet dans le jardin – si Guenièvre nous admet sur son territoire, bien sûr. »

Ils envoient un message à Albie par l'intermédiaire d'un livreur qui le connaît bien, puis ils s'installent dans le jardin noyé sous la végétation. Le wombat l'a transformé en champ de mines. Louis doit s'armer d'un bâton pour dégager un passage à travers les orties et atteindre la gargouille et la fontaine couverte de mousse. Iris s'assied sur le parapet, au bord de l'eau.

Louis installe un tabouret et un chevalet à côté d'elle, et commence à la dessiner. Il travaille vite, à grands traits.

Un coup d'œil vers elle, un trait de crayon sur le papier. Un coup d'œil, un trait…

Iris s'efforce d'oublier les fourmillements qui s'emparent de ses jambes. Rester assise sans bouger lui semble plus pénible encore que d'ordinaire. Elle brûle d'envie de bondir sur ses pieds pour laisser libre cours à son excitation et à sa nervosité.

Louis pose son crayon et lui fait signe d'approcher.

Elle s'étire et sent craquer son épaule courbatue.

« Regardez, Regina, dit-il en lui montrant le croquis (Iris note que les lignes sont hésitantes). Je n'ai pas dessiné votre silhouette d'un seul trait de crayon. Je sais que Rossetti et les autres préfèrent cette méthode, mais j'ai voulu m'en détacher en travaillant la manière dont l'ombre et la lumière sculptent les contours. Ici, par exemple, dit-il en indiquant l'endroit où il a représenté sa gorge.

— Je vois, oui.

— Maintenant, lance-il en lui donnant une feuille de papier, à vous de jouer !

— Que dois-je dessiner ?

— Ce qui vous plaira. »

Il ne se propose pas comme modèle, alors elle s'assied sur le tabouret qu'il vient de quitter et entreprend de croquer la gargouille sous son regard attentif. Elle est heureuse d'avoir échappé aux quatre murs de l'atelier, et ravie de pouvoir étudier la manière dont la brise tamise le soleil qui filtre à travers les arbres.

Son trait est plus sûr et plus précis qu'il y a quelques mois, moins linéaire, plus subtil. Elle couche le crayon sur le côté pour hachurer une partie plus sombre, tandis que, du coin de l'œil, elle voit un oiseau se poser sur une branche. Elle a commencé par peindre une main en marbre ; maintenant, elle s'attaque à une statue en pierre. Jusqu'ici, elle n'a fait que reproduire des formes avec acharnement ; copier, répliquer la réalité sans jamais atteindre la perfection d'un daguerréotype. Elle se réjouit – pour la première fois – que sa main en marbre n'ait pu être envoyée à l'académie pour marquer ses débuts. Car elle peut faire mieux, elle le sait. Mais, contrairement à ceux de Louis, ses dessins ne s'inscrivent pas encore dans un récit : ils n'illustrent pas un moment arrêté dans le temps, une vie qui continuerait en dehors de la toile. Brusquement fatiguée par le caractère figé, presque statufié, de son dessin, elle tourne les yeux vers le merle. Ne serait-il pas plus intéressant de transmettre l'énergie qui parcourt son plumage et la pointe acérée de son bec, plutôt que les mimiques exagérées de cette gargouille ? Millais et Louis ne peignent pas à partir d'animaux vivants : ils les achètent empaillés. N'est-ce pas une forme de tromperie de leur part ?

Elle reprend son crayon, trace une courbe malhabile, soupire. « J'aimerais dessiner les ailes de ce merle, la façon dont elles battent l'air quand il se lisse les plumes.

— Dans ce cas, je crains que votre bataille ne soit perdue d'avance. L'art consiste à *arrêter* le mouvement. »

Elle regarde son croquis. « Je n'ai pas de talent.

— Vous le pensez vraiment ?

— J'en suis convaincue. »

Il ne répond jamais à ses demandes d'encouragement, et elle s'en trouve de plus en plus vexée.

« Je devrais cesser de peindre, lâche-t-elle, espérant qu'il la contredira. Je ne suis vraiment pas douée. »

Mais Louis se contente de secouer une branche d'arbre couverte de fleurs, faisant voler les pétales dans l'air printanier comme une pluie de confettis mouillés.

Berger

Étendu sur de grands coussins dans l'atelier de Louis, Albie porte un gilet en peau de mouton. Il a toujours imaginé le paradis comme un nid dans les nuages. Or cette peau de mouton lui semble aussi douce qu'un nuage… Comme il aimerait sauter à pieds joints d'un nuage à l'autre ! Il caresse le bord pelucheux de la veste lorsqu'il entend un grognement sur sa droite. Il se rappelle qu'il n'est pas censé bouger, et repose sa main sur sa hanche.

« Quand est-ce que j'aurai mon règlement, m'sieur ? » lance-t-il. Puis, comme il est un vrai travailleur, à présent, il annonce d'un ton brusque (celui que sa sœur emploie avec ses clients) : « Vous allez payer deux shillings, mon cher, et pas question de ficher le camp quand vous aurez terminé votre petite affaire !

— Qu'est-ce que tu racontes ? bougonne Louis. Je n'ai pas l'intention de ficher le camp : je suis ici chez moi. Cesse de bouger.

— Pardon, m'sieur », marmonne Albie, mais son nez le démange et avant qu'il ne s'en rende compte, sa main a volé vers son visage.

Le peintre grogne.

« Je ne suis pas idiot, m'sieur, ça non ! Si vous me donnez pas une belle pièce d'argent, j'vous donnerai pas mon minou.

— Pardon ? Dieu du ciel, de quoi parles-tu ? » Louis

fait claquer son crayon sur le chevalet. « Tu auras de la chance si je te paie quoi que ce soit. Bon sang, vas-tu rester tranquille ? »

La menace de ne pas être payé suffit à calmer l'agitation d'Albie pendant au moins une minute et demie. Louis a promis de le payer deux shillings par jour. Avec ça, Albie sera presque aussi riche que les dandys du quartier. S'il savait faire les additions, il pourrait calculer combien de jours il devra travailler pour pouvoir s'offrir des dents.

« Y a-t-il des puces dans ce canapé ?

— Désolé, m'sieur », réplique Albie, et il fait de son mieux pour rester sage.

Il repense à Silas, endormi sous son manteau sur le perron du magasin vide, et il sent un frisson le parcourir. Il l'a aperçu en arrivant chez Louis, et l'a d'abord pris pour un vagabond. Puis une odeur d'apothicaire lui a chatouillé les narines, et il a compris que c'était le taxidermiste. Que faisait-il là ? A-t-il découvert où habite Iris ? S'est-il mis à rôder près de chez elle ?

Il suçote sa dent et se demande s'il ne devrait pas dire à Louis : Je pense qu'un homme s'est amouraché d'Iris. Mais il craint que le peintre ne se moque de lui. Il n'est pas sûr que ce soit un sujet d'inquiétude, après tout. Il pourrait aussi en parler à Iris, mais elle est dans le jardin, occupée à dessiner des oiseaux près d'une vieille fontaine moisie, et il ne veut pas lui faire peur. Il se souvient des marques rouges qu'il a vues sur le cou de Molly. Ne ferait-il pas mieux d'avertir Iris, afin qu'elle se tienne sur ses gardes ?

« Il y a un homme dehors… », commence-t-il.

Louis fronce les sourcils, l'air de dire : Ferme-la ! mais Albie est lancé. Tel un cheval au galop, il ne s'arrête pas facilement.

« Je l'ai vu, m'sieur. Il peut se montrer très méchant. Vous devriez garder l'œil sur lui.

— Pour l'amour de Dieu, mon garçon, cesse de bouger.

— Mais, m'sieur, je crois qu'il tourne autour d'Iris. »

Louis suspend son geste. « Qui tourne autour d'Iris ?

— L'homme dont j'vous parle, m'sieur. Il était dehors tout à l'heure, sur le perron d'en face. Il a rencontré Iris sur le chantier de l'Exposition universelle et il m'a posé un tas de questions sur elle et... »

Louis s'approche de la fenêtre. « Il n'y a personne. Viens en juger par toi-même – attends, non, ne bouge pas...

— Il était là tout à l'heure, j'vous jure ! Il s'appelle Silas. Il tient une boutique remplie de trucs bizarres.

— Ah ! dit Louis en riant. Silas. Je vois très bien de qui tu parles. Un pauvre idiot. Il ne ferait pas de mal à une mouche ! Je parie que c'est moi qu'il cherchait, et non Iris. Où as-tu pêché cette idée ? Voilà plusieurs jours qu'il guette Millais sur Gower Street pour le convaincre de venir à sa boutique. Il a dû se procurer mon adresse par la même occasion... Il veut sans doute me vendre une colombe ou un épagneul empaillé. »

Albie rougit. Il regrette d'avoir parlé, à présent. C'était idiot de sa part. Mais alors, pourquoi n'est-il pas convaincu ? Il revoit la femme plaquée contre le mur, la main de Silas en travers de sa gorge. Et cette manière étrange qu'avait le taxidermiste de lui poser ces questions sur Iris... Il s'efforce de refouler ses peurs, mais elles ne le quittent pas, plus terrifiantes que jamais.

Un enfant

Deux semaines se sont écoulées depuis l'escapade nocturne d'Iris et Louis à Regent's Park, et ils n'en ont pas reparlé. Est-ce parce que Louis a des regrets ou parce qu'il n'y pense plus, tout simplement ? Iris s'interroge sans cesse. Et chaque soir, lorsqu'elle se déshabille, elle se remémore la pression des mains de Louis sur ses hanches. Le souvenir est si vif qu'il lui coupe le souffle. Elle se plie en deux, les cuisses pressées l'une contre l'autre, vibrantes de désir contenu. Puis elle se redresse, troublée, incapable de nommer ce qui lui arrive. Tout juste sait-elle qu'elle meurt d'envie de sentir le corps de Louis contre le sien, et ses mains à cet *endroit-là* – apaisant ou attisant son désir, elle ne saurait dire. Parfois, elle surprend son regard posé sur elle. Alors, très vite, il regarde ailleurs.

Vers midi ce jour-là, on apporte le courrier. Elle voit Louis retourner une enveloppe, sur laquelle se pose un rayon de soleil. Le timbre de la Royal Academy figure au verso : une effigie métallique frappée dans la cire chaude.

« Allons, ouvrez-la ! » s'exclame-t-elle.

Il suit le contour de l'enveloppe du bout de l'index, se mord les lèvres, la pose sur le buffet, puis la reprend. Tous deux la fixent en silence.

« Je suis certaine que vous avez été accepté, dit Iris.

— Pas après ce qui s'est passé l'année dernière avec

les critiques ? Le seul fait que j'ai signé "FPR" aura suffi à les agacer !

— Si vous ne l'ouvrez pas, je m'en charge, déclare Iris, et elle saisit l'enveloppe.

— Vous ouvrez mon courrier, à présent ? proteste Louis, mais il ne fait rien pour l'en empêcher. Entendu. Mettez fin à mes tourments. Alors, qu'ont-ils à me dire ? »

Iris fend l'enveloppe avec un coupe-papier. « Cher Monsieur Frost, lit-elle d'une voix mal assurée.

— Oh, pour l'amour du ciel, donnez-moi ça ! » s'écrie Louis en lui arrachant la lettre des mains. Ses yeux bondissent d'une ligne à l'autre.

« Eh bien ?

— Je suis admis.

— Alors pourquoi cet air souffrant ?

— Je ne sais pas. Tant de choses dépendent encore de l'endroit où la toile sera accrochée. Et les critiques…

— Je croyais que vous vous en souciiez comme d'une guigne.

— Je dois avouer que ce n'est pas tout à fait exact. Connaissez-vous un seul artiste qui se fiche de ce que l'on dit sur son travail ? » Il commence à sourire. « Bon. Je suppose que c'est une bonne nouvelle.

— Vous le *supposez* ? Rendez-vous compte : votre tableau va être exposé à la Royal Academy !

— Et vous aussi. Vous allez devenir célèbre bientôt, vous me délaisserez pour le nouveau Turner.

— Naturellement. » Elle reprend la lettre. « C'est donc vrai ? Je vais être sur les murs de la Royal Academy. Mon Dieu, j'en frémis d'avance… Tous ces gens qui vont me rendre visite dans ma cellule ! » Le tableau sera peut-être encore exposé dans plusieurs siècles, quand elle sera morte depuis longtemps. Et dans un an, elle fera son entrée à l'Académie en tant qu'artiste, cette fois, et non comme muse. Il ne lui reste qu'à trouver un thème, et elle se mettra au travail.

On frappe à la porte, et Louis s'élance vers l'entrée. « Millais ! As-tu reçu la lettre, toi aussi ? »

La commission a accepté les trois tableaux que Johnnie leur a soumis : *La Fille du bûcheron*, *Le Retour de la colombe à l'Arche* et *Mariana*. Louis l'étreint chaleureusement. « J'ai le sentiment que tout va changer cette année... Les critiques et le public vont enfin reconnaître notre travail, tu verras ! Et ce vieux Dickens n'aura plus qu'à ravaler sa bile. Le jour de gloire est arrivé !* Ruskin lui-même va nous encenser, qui sait ? »

Louis les invite à le suivre au salon. Il sort une bouteille de chartreuse et trois cigares joufflus du buffet. Millais tente de décliner son offre, mais Louis insiste et remplit trois verres. « À notre jour de gloire ! » lance-t-il en entrechoquant le sien contre celui d'Iris.

Elle porte le liquide vert à ses lèvres et toussote, surprise de le trouver si sucré. L'alcool lui rappelle la dernière fois qu'elle a bu avec Louis. Il ne faut pas grand-chose pour faire resurgir cette nuit-là à sa mémoire – la vue de ses mains, de sa taille suffit.

« Nous devons fêter ça au Dolphin, décrète Louis.

— Je t'offre un bock de pale-ale, dit Millais.

— Allons ! C'est moi qui vais t'en offrir un. » Il se tourne vers Iris. « Venez avec nous.

— Impossible.

— Pourquoi ? réplique Louis en prenant ses gants et son chapeau. Avez-vous mieux à faire ? Une soirée, un concert à l'opéra ? »

Iris le regarde fixement. Qu'il doit être facile d'être un homme, de ne pas avoir à se préoccuper des convenances. « Je ne peux pas entrer dans une taverne avec deux célibataires.

— C'est absurde. Nous serons vos chaperons.

— Vous ? » Elle se demande toutefois si elle fait encore partie des femmes qui s'inquiètent de ce genre de choses. Une vendeuse devenue modèle. N'a-t-elle pas déjà terni sa réputation ? Que reste-t-il à sauver ?

« Je ne pensais pas que vous vous souciiez de l'opinion des puritains.

— Je suis heureux qu'elle en fasse grand cas, au contraire, objecte Millais.

— Merci », dit Iris, et elle serre si fort le verre entre ses doigts qu'elle craint de le briser. Puis, désireuse de conserver la respectabilité qui semble lui échapper de jour en jour, elle ajoute : « Monsieur Millais. »

Louis fronce les sourcils. « Allez-vous aussi me donner du "monsieur Frost", à présent ?

— Allons, partez sans moi, Louis.

— Je n'en ferai rien, proteste-t-il. Je n'aurais pas dû insister. Je suis ravi de rester ici, les yeux fixés au plafond. »

On frappe de nouveau à la porte. « Ce doit être Hunt, dit Louis. Je suis sûr que *Valentin sauvant Sylvia de Proteus* a été accepté. Nous serons trois sur la ligne, Millais ! »

Iris se tourne vers la porte. « Je vais jouer au majordome. »

Le bruit de leurs voix se glisse sous la porte du salon tandis qu'elle traverse le hall et déverrouille le loquet de la porte d'entrée.

Ce n'est pas Hunt qui se tient sur le seuil, mais un enfant, haut comme trois pommes, les cheveux blonds, les yeux ronds comme des prunes. Il porte un costume de marin froissé et l'observe avec la gravité d'un adulte, une expression qu'elle a déjà remarquée chez les enfants de bonne famille. Elle en rit presque – ce bambin a l'air sérieux comme un pape.

« Bonjour, dit-elle en se penchant pour se mettre à sa hauteur. En quoi puis-je t'aider, jeune homme ?

— Là où le bateau est arrivé, commence-t-il, puis il se reprend en fronçant les sourcils : sur les docks, je veux dire, ils m'ont promis d'envoyer ma malle ici. Est-ce que mon père est là ? Maman est malade. Elle m'a mis sur un bateau avec tante Jane et je n'ai pas aimé ça du tout. Nous avons pris un fiacre qui nous a déposés au coin de la rue, mais ma tante marche horriblement lentement et…

— Ton père ? répète Iris, interloquée.

— Oui », dit-il, et elle entend la porte du salon s'ouvrir derrière elle.

« Papa ! » s'écrie l'enfant. Une joie pure, enfantine, éclaire son visage tandis qu'il court se jeter dans les bras de Louis.

Requêtes

7, Gower Street
Le 12 avril

Cher Monsieur Reed,

J'ai tenté de vous rendre visite à plusieurs reprises aux heures habituelles d'ouverture de votre boutique, mais j'ai trouvé porte close.

Il me faudrait un petit chien empaillé pour un de mes tableaux – vous m'aviez fourni deux lévriers pour Isabella, *vous en souvenez-vous ? Cette fois, l'idéal serait un blenheim ou un yorkshire. Auriez-vous ce type de spécimens en magasin, ou pourriez-vous m'en procurer un dans le courant du mois ? Deux guinées suffiront-elles ?*

Répondez-moi dès que possible.

Vôtre,

J. E. Millais

LA FABRIQUE
Le 17 avril

Iris,

Je regrette infiniment que vous soyez partie si vite. Je vous serais reconnaissant de me permettre de vous expliquer ma situation, etc.

Votre dévoué,

L.

La Fabrique,
Le 18 avril

Iris,

J'espère que vous avez reçu ma dernière missive et que vous vous portez bien. Je dois avouer que votre silence m'inquiète, tout comme votre absence à l'atelier ce matin. Viendrez-vous poser pour moi demain, comme prévu ? J'aimerais discuter d'une affaire importante avec vous. Je voudrais également m'excuser si je vous ai causé du tort de quelque manière que ce soit.

Votre dévoué,

L.

Brièvement –

Votre logeuse affirme que vous êtes sortie vous promener, mais je vois brûler une bougie dans votre chambre. Je ne voudrais pas accuser cette brave femme de malhonnêteté, aussi ai-je décidé de lui accorder le bénéfice du doute. Je tiens cependant à vous mettre en garde contre le danger que causent des bougies allumées laissées sans surveillance, etc., etc.

Vous nous avez manqué à l'atelier aujourd'hui. Guenièvre n'a plus rien à grignoter maintenant que vous n'êtes plus là pour lui donner sa ration quotidienne de dessins froissés.

L.

6, Colville Place
Le 19 avril

Iris,

Votre silence m'inquiète.

Je vous serais reconnaissant de m'accorder un entretien : je dois vous parler d'une question urgente.

J'espère que vous apprécierez le sachet de truffes au caramel, vos préférées, que je joins à ce courrier.

Votre dévoué,

L.

Claude

Silas a appris à connaître Iris. Il sait tout de ses habitudes : la manière dont elle suçote la pointe de ses cheveux, sa façon de lisser la rose en soie tout effilochée qui orne son corsage. Elle loge dans une pension pour femmes, où elle occupe la mansarde située à l'extrême gauche de la bâtisse. Chaque soir, il voit s'allumer une bougie derrière les vitres de cette pièce quelques instants après qu'Iris a regagné la pension à la nuit tombée.

Il sait aussi qu'elle aime les truffes au caramel, qu'elle achète à un vendeur ambulant sur Tottenham Court Road. Silas en mange pour se sentir plus proche d'elle, bien qu'il les juge trop sucrées et que le caramel lui colle aux dents. Elle passe toutes ses journées à Colville Place, et il s'efforce de ne pas s'appesantir sur ce qu'elle y fait. De temps à autre, une image se fraie un chemin dans son esprit : il imagine Louis se jetant sur son corps pâle, le carillon de son rire, le halètement de son souffle brûlant. Il chasse ces pensées inopportunes. Mensonges ! Elle sera à lui, il le sait. Elle est à lui.

Il se souvient de l'époque où il nourrissait les mêmes désirs pour Flick ; avec le recul, il comprend que sa jeune amie n'était qu'une facétie, une plaisante distraction avant sa rencontre avec la vraie beauté, bien des années plus tard. Il s'est montré si gentil envers cette fille, et elle, si ingrate ! Dire qu'il avait mis de côté les billets d'une livre que lui donnaient les rombières de Stoke en échange de ses crânes ; à chaque fois qu'il se séparait d'un compagnon, c'était pour elle. Pour qu'ils puissent s'enfuir ensemble, échapper à la manufacture de porcelaine, aller s'installer à Londres. Il lui a même pardonné son amourette avec le fils du directeur. Mais elle l'a traité avec dédain et l'a insulté quand il lui a montré sa collection.

Avec Iris, il saura mieux se contrôler. Parfois, il lui arrive encore de perdre pied, de penser que son amour est une folie, qu'Iris ne l'aime pas, pas vraiment. Mais une émotion aussi vive que celle qu'il ressent ne peut être que réciproque. Il doit juste attendre, en cachette, qu'elle soit prête à le rejoindre. Il n'a pas encore de plan, mais ça ne l'inquiète pas : celui qu'il a élaboré pour Flick avait surgi de manière si naturelle qu'il en sera certainement de même pour Iris.

Ces derniers temps, Silas a été fort occupé à veiller sur Iris et a délaissé sa boutique. Voilà plus de deux semaines qu'il n'est pas descendu dans la cave ! Ses travaux lui semblent creux et vides de sens : à quoi bon fabriquer un sous-verre rempli de lépidoptères ? Les papillons ne l'ont jamais passionné. Pourquoi devrait-il s'y intéresser maintenant ? Il a tout jeté, et les ailes multicolores qu'Albie a collectées sont tombées en poussière. Quelques mois plus tôt, lorsque Silas s'absentait de sa boutique, le gamin lui laissait de petits signes de son passage, pour lui dire qu'il était venu, qu'il avait un trésor à lui montrer. Il ne vient plus, à présent. S'est-il lassé de son travail, lui aussi ?

Le seul message qu'il a reçu provient de Millais, une lettre que Silas a déchiffrée lentement, décortiquant chaque mot à voix haute, puis froissée et jetée dans la cheminée. Il a ri de la naïveté du peintre – comme s'il avait la patience de lui fabriquer des babioles pour son tableau dans un moment comme celui-là !

Et puis, enfin ! Un autre signe d'Iris.

Elle est à Regent's Park, où quelques jonquilles flétries parsèment encore les pelouses. Silas l'aperçoit de loin, assise au bord du lac. Il sourit, satisfait. Il la préfère assise : elle paraît plus fragile, moins grande. Il n'a qu'un regret : la robe qu'elle porte dissimule entièrement sa clavicule.

Pour la première fois, elle n'a pas rendu visite à Louis ce matin et il devine, à ses épaules voûtées, qu'elle en est attristée. Il souffre de la voir effeuiller les fleurs d'une branche tombée d'un arbre, éparpillant les pétales roses autour d'elle. Elle reste assise là pendant plus d'une heure, la tête baissée. Il meurt d'envie de s'approcher d'elle, de lui tapoter le dos et de la réconforter, de goûter les petites larmes qui roulent sur son beau menton.

« Vous veillerez sur moi, n'est-ce pas ? Vous qui êtes si attentionné », dira-t-elle.

Le vent déloge une mèche de cheveux de sous son bonnet. Elle lève la main pour la remettre en place, mais quelques instants plus tard, la mèche rebelle se libère de nouveau. Iris ne regarde pas autour d'elle. Elle est pâle, et ses yeux sont dépourvus de leur vivacité coutumière. Silas se demande ce qui l'attriste ainsi. Rose est peut-être tombée malade ? Il devrait passer devant la boutique de poupées pour savoir ce qu'il en est.

Un épagneul nain s'approche de la jeune femme. Silas déteste les petits chiens de compagnie. Il a entendu parler de la façon dont ces bestioles sont dorlotées : repas de foie bouilli, bains enrichis aux jaunes d'œufs, paniers doublés de satin, mitaines en velours pour protéger leurs pattes. Leurs propriétaires ont plus de compassion pour ces bêtes que pour l'homme de la rue. Silas lui-même n'a-t-il pas été élevé à coups de poing et nourri de pain sec pendant que les filles du directeur de la manufacture costumaient leurs chiens et les promenaient dans la cour en poussette ?

Il chasse ces pensées en voyant s'éclairer le regard d'Iris. Elle tend la main vers le chien, elle sourit. Le chien la lèche et renifle son poignet ; amusée, elle chatouille son ventre blanc.

Le message est dépourvu d'ambiguïté, aussi clair que si elle lui avait parlé à l'oreille. *Ne négligez pas votre travail !* dit-elle en caressant le pelage de l'animal. *C'est le chien que vous a demandé Millais.*

Silas est touché par l'attention qu'elle porte à son travail – preuve supplémentaire du lien invisible qui les unit. La gentillesse va de pair avec la gentillesse.

Vous êtes sûre ? lui demande-t-il en son for intérieur. *Vous êtes sûre que c'est celui-là ?*

Et elle répond en riant pendant que le chien danse sur ses pattes arrière.

De retour chez lui, Silas se penche sur plusieurs coupures extraites du *Lancet* afin de s'informer sur l'utilisation du chloroforme. Il a trouvé l'occasion idéale d'essayer le produit par lui-même. Au cours des cinq dernières années, il a découpé dans la revue chaque article mentionnant ce sédatif à l'aide de petits ciseaux argentés, et il les a mis de côté en prévision du moment où il en aurait besoin. Il ouvre le tiroir, sort la pile de papiers découpés et les étudie attentivement. Il relève la mèche de sa bougie.

Volume 51, 1848 : « Chloroforme : ses bé-né-fi-ces et ses dan-gers. »

Deux ans auparavant, quand Silas avait voulu acheter un flacon de chloroforme pour l'essayer, il était très difficile de s'en procurer : les apothicaires ignoraient encore l'existence de ce nouveau produit et ne le proposaient pas à leurs clients. Aujourd'hui, il a meilleur espoir. Il décide de se rendre chez un apothicaire qu'il n'a jamais consulté auparavant, et grimpe pour cela à bord d'un omnibus pour Farringdon. D'ordinaire, Silas s'attarde volontiers dans ces établissements, où il éprouve un sentiment de sécurité. Il aime contempler les pots en porcelaine remplis de pilules, les tiroirs garnis de poudres que l'on mesure à l'aide de petites pelles métalliques, les squelettes en bois et, derrière le comptoir, les rangées de boîtes et de bouteilles. Aujourd'hui, il regarde à peine autour de lui et s'exprime d'un ton brusque, en homme qui connaît son affaire.

« Je viens chercher une bouteille de chloroforme, dit-il à l'apothicaire. C'est mon médecin qui m'envoie. Ma femme sera bientôt prête à accoucher.

— Fort bien, monsieur. C'est un anesthésique de plus en plus employé – on raconte que même la reine souhaiterait y recourir pour son prochain enfantement. Et Mme Dickens ne tarit pas d'éloges à son sujet. Vous espérez un fils, je suppose, monsieur ?

— Pardon ? » Silas cligne des yeux. « Oh, non. Une fille. »

L'apothicaire se retourne, longeant une étagère du bout des doigts. Silas tapote sur le comptoir – un battement rapide et plein d'impatience. « Nous y voilà, monsieur. Vous n'aurez besoin que d'une bouteille, j'imagine ?

— Non. J'en prendrai deux. »

L'homme lui lance un regard alarmé. « Soyez prudent, monsieur. La méthode n'est pas sans danger. Je ne voudrais pas que votre femme subisse des désagréments.

— Je n'en doute pas. Je serai prudent. Mais il peut y

avoir des complications après l'accouchement... Je suis sûr que vous comprenez.

— Tout à fait, monsieur. Malgré le progrès, il peut toujours y avoir des complications », répond l'apothicaire, et il donne à Silas deux petites bouteilles en verre, fermées par des bouchons de liège.

La suite ne présente aucune difficulté. Il suffit d'observer et d'attendre. Silas se rend à Regent's Park, où il guette l'arrivée du chien. L'épagneul se roule dans la même flaque tous les matins, couvrant de boue ses flancs et son collier rose, au grand désespoir de la domestique chargée de le promener. Il s'appelle Claude. Il vit au numéro 160 de Gloucester Place ; il est blanc, à l'exception de rayures grises sur les pattes et d'une tache orangée sur le dos. Son museau retroussé évoque vaguement celui d'un goret. Il aboie à la vue des araignées. La bonne le promène à l'aube, attaché à un ruban de velours. Elle bâille bruyamment, bavarde avec d'autres domestiques et ne ramasse pas les déjections de la créature, préférant les laisser aux collecteurs de purin.

Après trois jours d'observation, Silas se sent prêt à passer à l'action. La bonne marche d'un pas nonchalant à côté du chien, qui trottine gaiement. Silas guette leur arrivée, caché dans un bosquet. Il a apporté des restes de viande en guise d'appât supplémentaire.

Le soleil est levé et les gouttes de rosée scintillent dans l'herbe comme des yeux de souris. Les promeneurs n'ont pas encore investi le parc ; seuls des domestiques y déambulent par petits groupes, les yeux rougis de fatigue, en surveillant distraitement les chiens de leurs maîtres.

La servante détache le ruban et l'épagneul s'élance sur la pelouse, puis ralentit et furète, la truffe au sol. Il renifle le derrière d'un lévrier – Silas rit en pensant à sa riche maîtresse posant un baiser sur son museau sans savoir où il l'a fourré – avant de courir vers le lac. Il s'approche de la berge, trempe une patte dans l'eau, puis revient en courant sur ses traces. Il se faufile entre les arbres, aboie sans raison, puis trottine vers le sous-bois. Silas le trouve accroupi à côté d'un tas de déjections fumant dans l'air matinal.

« Par ici, mon trésor », chuchote-t-il en lui tendant les restes de viande.

Le chien remue le museau. Il est jeune – il plaira à Millais. Iris l'a vraiment bien choisi. Il s'attaque à la viande en agitant la queue de gauche à droite comme un pendule.

C'est l'œuvre d'un instant. Silas sort la fiole de sa poche, verse quelques gouttes de liquide sur son mouchoir et le plaque sur la gueule du chien. Il ajoute du chloroforme, une goutte toutes les cinq secondes. Le processus prend plus de temps qu'il ne l'a imaginé – quelques minutes, peut-être. Silas s'en inquiète, puis se rassure en voyant l'animal fermer les yeux, gagné par la torpeur.

Une fois anesthésié, le chien ne réagit plus. Silas l'étouffe sans difficulté. Seul le ralentissement de son pouls et de son souffle, qui s'échappe de son museau retroussé, indique sa fin imminente. Encore quelques secondes et l'objectif est atteint.

Silas glisse la petite bête sous son manteau et quitte le parc. Il l'a fait pour Iris. Il espère qu'elle sera contente.

Tache

LA FABRIQUE
Le 20 avril

Iris,

Je vous prie de m'accorder un peu de votre temps. Je sais que l'arrivée de mon fils vous a surprise, voire effrayée. Je suis profondément navré que vous ayez découvert la situation de cette manière. C'est pour moi une question si intime, si délicate, que je n'ai jamais songé à vous en faire part. Je ne pensais pas non plus que cela pût avoir une quelconque importance sur notre relation. J'ai eu tort.

Je tiens maintenant à m'expliquer auprès de vous, même imparfaitement. Soyez assurée que ma situation familiale n'affecte notre relation en aucune manière : vous demeurez mon modèle et mon « apprenti », si je puis m'exprimer ainsi. Je n'ai de mari que le titre : Sylvia et moi sommes séparés depuis plusieurs années. Mon nom n'est pas entaché : personne ici (hormis les membres de la FPR) ne connaît ma situation de famille. Je ne suis rien d'autre, aux yeux de la société londonienne, qu'un célibataire assez calamiteux. Je comprendrai qu'après avoir entendu mes explications vous décidiez de quitter votre emploi (bien que le monde de l'art risque de s'en trouver appauvri à partir de 1852 et pour les siècles à venir. Quant à Guenièvre, je crains qu'elle ne retrouve jamais ses esprits), mais je vous supplie de ne pas prendre de décision avant d'avoir eu l'occasion d'en discuter avec moi.

Votre dévoué,

L.

6, Colville Place
Le 20 avril

Chère Iris,

Je viens de parler à votre logeuse. Elle m'a annoncé que vous aviez sollicité un emploi dans une boutique de Covent Garden.

De manière désintéressée, je vous prie de reconsidérer la question. Vous êtes douée pour la peinture et je suis persuadé que vous commettriez une grave erreur en abandonnant cet art si vite, alors qu'une carrière prometteuse est à votre portée.

De manière parfaitement égoïste, j'ajoute que vous nous manquez.

J'irai me promener à Regent's Park cet après-midi. Je vous prie instamment de me rejoindre près de l'entrée sud à quatre heures – je vous expliquerai tout.

Votre dévoué,

L.

6, COLVILLE PLACE
Le 20 avril

Chère Iris,

J'ai été déçu de ne pas vous trouver au parc cet après-midi. J'espérais me promener en votre compagnie et pouvoir m'expliquer devant vous.

Je vais donc vous exposer ma situation par écrit, parce qu'il est important pour moi que vous connaissiez la vérité des faits. Seulement, je ne sais par où commencer. Je préférerais m'adresser à vous de vive voix, et non par le truchement de ces lignes. Je suis un piètre épistolier : les lettres me paraissent si pauvres, comparées au plaisir d'un véritable entretien !

Peut-être aurais-je plus de facilité à vous écrire si je ne vous imaginais pas devant moi ; et si je vous confiais mon histoire comme s'il s'agissait de celle d'un autre.

Tout a commencé, je suppose, parce que mon père et celui de Sylvia étaient de proches amis. Ils s'étaient rencontrés à l'école et s'étaient retrouvés à Oxford. Clarissa et Sylvia ont exactement le même âge. Elles étaient inséparables. Enfants, nous passions nos étés ensemble.

Les parents de Sylvia ont toujours pensé qu'elle m'était destinée ; Sylvia m'a raconté plus tard que sa mère l'abreuvait d'anecdotes sur mon compte. Elle avait dix ans à peine que sa mère lui achetait un nouveau ruban pour sa robe ou la faisait asseoir des heures durant pour lui boucler les cheveux au fer chaud si nous devions nous croiser dans la journée. L'été de mes quinze ans, de retour chez moi après l'année scolaire, j'ai revu Sylvia – ou plutôt, je l'ai regardée comme si c'était la première fois. Je me suis cru victime des flèches de Cupidon : instantanément et profondément amoureux.

Ses parents nous ont invités, Clarissa et moi, à passer une partie de l'été chez eux, dans les Trossachs. J'ai pris mon carnet de croquis et des blocs d'aquarelle et je suis parti pour l'Écosse. Sylvia et moi avons bénéficié de la liberté que l'on accorde habituellement aux enfants : nous avons fait de longues promenades en tête à tête au bord des lacs et le long des cours d'eau endigués – mais je m'écarte du sujet. Le fait est que nous nous sommes entichés l'un de l'autre. C'était un amour assez idéalisé et parfaitement naïf. Je le nourrissais de poésie, de musique, d'art, tel un feu de joie dont les vapeurs m'intoxiquaient. Tout cela était abominable, mais je ne connaissais rien d'autre à l'amour. J'étais fort jeune, ne l'oubliez pas. J'étais convaincu que l'amour devait me consumer, triompher de toute ma personne. Je l'imaginais comme un monstre prêt à me dévorer, auquel je devais me soumettre entièrement et pour mon plus grand malheur.

Les sentiments de Sylvia reflétaient les miens : nous échangions de terribles poèmes, nous nous écrivions des lettres vibrantes d'émotion jusque tard dans la nuit, lettres que nous nous offrions le lendemain matin en rougissant. Nous nous prenions pour les personnages d'un tableau, étudiant chacun de nos gestes, pesant chacune de nos paroles.

Bien sûr, nos parents estimaient qu'il s'agissait là d'une passion enfantine qui s'estomperait avec le temps – ou du moins, qui se muerait en un sentiment plus substantiel et plus durable. Ma mère, en particulier, m'a demandé de différer nos fiançailles de quelques années : elle souhaitait que je voyage à travers l'Europe et que je m'établisse dans une situation qui me garantirait une source de revenus indépendante. Nous sommes restés sourds à ces mises en garde. Après tout, que pouvaient nous enseigner les parents de Sylvia, dont la tendresse mutuelle nous horripilait, et ma mère, qui se réjouissait secrètement de son veuvage ? Et que pouvaient-ils comprendre à notre amour, dont l'intensité nous semblait plus vive que tout ce qui avait été ressenti depuis des siècles ?

Nous avons décidé de nous enfuir – un plan égoïste et puéril. Nous nous sommes mariés secrètement, en pleine nuit, et ce, alors même que nos parents nous auraient sans doute donné leur consentement s'ils avaient été consultés. C'était parfaitement ridicule. Nous voulions nous persuader que nous vivions un amour interdit et éternel, alors que nous l'avions fabriqué de toutes pièces.

Nous nous sommes querellés presque immédiatement. Nos idéaux se sont effondrés face à la dure réalité de la vie commune – manque d'argent et promiscuité permanente. Sylvia n'était pas telle que je l'avais rêvée : je l'avais construite dans mon esprit, et elle avait fait de même avec moi. Nous étions déçus – que peuvent la chair et le sang face aux idéaux romantiques ? Avec le recul, je sais que je me suis montré désagréable. Tout sauf le compagnon idyllique qu'elle espérait. J'avais à peine dix-sept ans, et tant de projets ! Je voulais passer mon temps à peindre, à lire, à voyager, non à me plier à ses caprices. Quelques mois nous ont suffi pour découvrir que nous avions peu en commun. Une fois dissipé l'engouement des premiers temps, il ne restait rien de notre grand amour.

La déception de Sylvia fut telle qu'elle est tombée malade, une mélancolie de l'esprit qui s'est propagée à son corps.

Elle passait ses journées au lit. Le moindre incident l'irritait. Elle se mettait à crier si je lisais le journal, convaincue que ses pages recelaient toutes sortes d'infections. Les odeurs, plaisantes ou non, lui donnaient la nausée. Elle préférait brûler des serviettes humides plutôt que de les déplacer, et elle aurait voulu que je demeure à son chevet du matin au soir pour la réconforter et la bercer.

J'ai dépensé des fortunes en médecins ; nous sommes allés à Venise, dans les Alpes. Mais partout, ma présence lui est devenue insupportable. Nous n'avions plus rien à nous dire. J'ai relu ses premières lettres, et je ne m'y suis reconnu nulle part. Je n'étais pas réel. Finalement, elle m'a annoncé qu'elle ne souhaitait pas vivre dans la même maison que moi. J'ai accueilli cette décision avec soulagement. Deux ans après notre mariage, elle est retournée vivre chez ses parents à Édimbourg, emmenant notre fils. Je n'ai jamais ressenti le désir de divorcer : en plus d'entacher nos deux noms, une telle procédure l'aurait désignée publiquement comme l'unique responsable de nos égarements. Je n'y consentirai jamais. Aujourd'hui, il semble que sa maladie soit bien réelle – c'est du moins ce qu'affirment les médecins. Elle souffre d'un renflement sous la poitrine. Un cancer, dit-on. Clarissa s'est installée à Édimbourg pour la soigner. Sylvia m'écrit sans cesse, réclamant ma présence, annonçant sa fin prochaine. Mais chaque fois que je lui rends visite, je la trouve d'humeur grincheuse, le dos calé contre une montagne d'oreillers, réclamant du bouillon et de la viande blanche. Et me couvrant d'imprécations propres à me faire fuir.

Que dire d'autre ? Les faits vous sont connus, à présent : j'ai une épouse, dont je suis séparé depuis cinq ans. Petit scandale dont personne n'a entendu parler, mais que je regrette infiniment.

Et pourquoi vous raconter tout cela ? Parce que j'espère

que vous reviendrez, en tant que modèle et en tant que peintre. J'espère que nous continuerons à nous promener dans le parc, à nous moquer des sermons moralisateurs de Millais et que nous exposerons nos tableaux côte à côte. J'espère aussi que vous accepterez le caractère imparfait de ma situation personnelle. Bien que délicate, elle n'affecte en rien votre réputation et ne devrait pas modifier la nature de nos relations. Notre amitié est basée sur la vérité et doit le rester.

Je vous conjure de me rendre visite demain.

Sincèrement,

Louis Frost

CHARLOTTE STREET
Le 21 avril

Cher Monsieur Frost,

Je viendrai vous voir demain matin. Je vous remercie de m'avoir exposé votre situation en détail et vous suis reconnaissante de m'avoir donné le temps de réfléchir à ma position. Toutefois, je vous demanderai de me fournir une lettre de références.

Sincèrement,
Iris Whittle

Sylvia

Louis a rangé le salon, et pas seulement selon sa propre définition du terme : les bûches sont empilées dans le panier, le charbon est entassé dans le seau métallique, les livres et les revues sont soigneusement alignés sur les étagères.

Il est assis en face d'elle dans un fauteuil. Moins d'une semaine s'est écoulée depuis que son fils a sonné à la porte, mais il a beaucoup changé : il s'est amaigri (on le prendrait presque pour Millais), ses yeux sont cernés et sa peau paraît plus blanche que la porcelaine. Il n'occupe pas l'espace avec son rire et ses grands gestes : il est sagement assis, les mains sur les genoux, raide comme une allumette dans sa boîte.

« J'ai acheté vos caramels préférés. Je vais les chercher dans l'arrière-cuisine », annonce-t-il en se levant. Son regard passe alors du plafond à la porte sans se poser sur Iris.

Même fatigué, même amaigri, elle le trouve beau et désirable – ses boucles emmêlées, ses avant-bras puissants, sa force tranquille. Il est si près d'elle ! Ne pourrait-elle l'enlacer ? Où s'arrête son désir de peindre, où commence son désir pour Louis ?

Elle refuse son offre d'un geste de la main. Il reprend place dans le fauteuil.

« Comment allez-vous ? demande-t-il.

— Très bien, merci », répond-elle en s'adressant à la cheminée. Elle se sent soudain très seule. Rose lui manque, admet-elle brusquement. Elle lui manque tant qu'elle doit lutter pour ne pas pleurer.

Elle a écrit à sa sœur, une lettre demeurée sans réponse, comme les précédentes. Elle se souvient du jour où elles ont fabriqué de petits drapeaux avec des bandes de papier peint qu'elles sont allées agiter parmi la foule rassemblée à St James dans l'espoir d'apercevoir la jeune reine Victoria le jour de son mariage avec Albert. Lui reviennent aussi en mémoire les heures délicieuses qu'elles passaient à se confier l'une à l'autre en suçotant les truffes au caramel offertes par le gentleman de Rose. Et comme elles riaient de ses déclarations passionnées !

Nous pensons que tu as été induite en erreur, entraînée sur une voie que tu ne souhaitais pas suivre.

« Vous avez lu ma lettre ? » s'enquiert Louis. Du coin de l'œil, elle le voit se pencher vers elle. Si elle a lu sa lettre ? Ce simple rappel des faits l'emplit de colère envers Louis, envers Sylvia, envers elle-même. N'a-t-elle pas été assez stupide pour nourrir de folles espérances ? « Me permettrez-vous d'en dire plus ? poursuit-il.

— Vraiment, je n'en vois pas l'utilité. Vous ne me devez rien, hormis mes dessins et une lettre de recommandation. C'est pour ça que je suis venue. »

Il s'esclaffe. « Vous n'êtes pas sérieuse !

— Bien sûr que si, réplique-t-elle d'un ton sec. Les avez-vous ?

— Eh bien, moi aussi, je suis très sérieux. Je tiens vraiment à m'expliquer devant vous. »

L'air est épais. Fumée de bois et laine humide.

« J'ai postulé à un emploi chez un modiste de Covent Garden.

— Autant travailler à l'usine !

— Qui êtes-vous pour me dire…

— Ce sera terrible. Vous détesterez la monotonie, l'absence de liberté, de créativité. Vous ne serez rien de plus qu'un rouage dans la machine.

— Qu'en savez-vous ? réplique-t-elle en haussant le ton. Je suis venue chercher une lettre de références. Si vous refusez de me la donner, je m'en vais…

— En effet, je refuse.

— Vous ne me donnerez pas de lettre de recommandation ? » Elle est consternée.

« Si mon refus vous oblige à rester, alors non, je ne vous en donnerai pas.

— Vous ne pouvez pas faire ça ! » s'écrie-t-elle – trop vivement. Elle doit ravaler sa colère, ne pas céder à l'amertume. Le contrarier, mais en restant calme.

« Rien ne vous oblige à quitter votre emploi ici. Strictement rien. Je ne vois pas pourquoi…

— Il le faut.

— Mais pourquoi ?

— Parce que… » Elle s'interrompt, gardant pour elle la fin de la phrase : Parce que vous êtes marié et que j'ai peur.

« Vous avez peur, dit-il.

— Pourquoi aurais-je peur ? » Elle tente de maîtriser l'intonation de sa voix, mais sa colère menace d'éclater à tout instant. « Et j'aimerais que vous cessiez de me dire ce que je ressens. Vous ne savez rien de moi.

— Vous avez raison, acquiesce-t-il avec une véhémence soudaine. Vous donnez si peu, vous êtes si secrète, si difficile à comprendre… »

Elle se hérisse. Les mots lui échappent, avec une hargne qui la surprend elle-même. « Moi, secrète ? Et vous donc ! Vous qui flirtez avec vos modèles pendant que votre épouse – car vous avez une *épouse* – se morfond à Édimbourg ! Vous parlez d'honnêteté et de véracité en peinture, mais vous êtes une imposture, un hypocrite et… – elle se remémore les remarques sarcastiques de Rossetti sur la connaissance qu'a Louis de la *situation matrimoniale* – et un menteur ! Vous vous servez de moi comme d'un jouet. » Il tente de saisir son poignet. « Non, Louis ! Ne m'insultez pas avec vos attentions, vos avances…

— Mes avances ? Mais j'ai fait de mon mieux pour cacher mes sentiments. J'aurais pu vous séduire…

— Me séduire ? » répète-t-elle, furieuse. Elle voudrait briser le joli vase rempli de fleurs posé sur la table. « Comment osez-vous ? Je ne me soucie pas de vous et, je vous l'ai déjà dit, je ne suis pas comme vos autres *filles*.

— Je sais que vous êtes différente. Ces filles ne signifiaient rien pour moi, elles sont retournées à leurs taudis…

— Comment pouvez-vous parler d'elles de cette façon ? Elles ont une âme, un cœur, comme vous et moi !

— Croyez-vous vraiment que leur cœur battait pour moi ? Allons donc ! Au moins maintenant, je sais ce qu'il en est du vôtre. » Du coin de l'œil, elle le voit tendre ses mains tremblantes devant lui. « Vous ne vous souciez pas de moi. Très bien, c'est entendu. Je suis désolé de vous apprécier et d'avoir été assez stupide pour croire que j'avais une petite chance – mais non ! Vous ne vous souciez pas de moi ! »

Elle le regarde fixement et sent ses membres se liquéfier. Il se frotte les yeux, ses cheveux sont ébouriffés. Elle entend ses propos résonner dans son esprit. *Une petite chance…*

Il lui a tourné le dos. Elle n'aurait qu'un pas à faire pour le prendre dans ses bras et le serrer contre elle si elle ne le détestait pas tant.

Elle enroule son châle sur ses épaules, se préparant à partir, mais il risque un regard sur elle. Ses résolutions soudain s'envolent. Elle ne peut pas renoncer à lui. C'est plus fort qu'elle : elle doit l'avoir tout entier ou le perdre entièrement. Or elle ne supporte pas de le perdre, et, avec lui, tout ce qu'ils ont partagé : sa main sur la sienne, guidant son crayon sur le papier ; un trait de peinture rouge vif sur une toile, une fraise peinte, parfaitement mûre, dont la couronne de feuilles brille au soleil.

Elle fait un pas vers lui, pose ses lèvres sur les siennes. Elle goûte le parfum de sa bouche, encore imprégnée par la fumée de sa pipe. Son désir jaillit, impatient, coupable. Elle s'est toujours dit qu'elle lui résisterait, qu'elle secouerait la tête en évoquant sa réputation, son honneur. Pourtant, quand Louis dépose un baiser, puis un autre, dans son cou, elle glisse une main sous son gilet et cartographie la douce chaleur de son torse – c'est plus fort qu'elle.

« Iris », murmure-t-il. Elle le fait taire d'un baiser et l'attire vers le sofa. Un délicieux frisson la saisit quand il soulève sa jupe et ses jupons, puis glisse sa main entre ses jambes. Elle crie et le caresse en retour. Le fauteuil lui râpe les cuisses. Elle veut tout de lui. Elle veut être aussi près de lui que possible, faire partie de lui, s'offrir à cette exquise disgrâce.

Papillon

32, Belgrave Square, Londres
23 avril 1851

Cher Monsieur Reed,

J'espère que vous êtes en bonne santé.

J'ai tenté de correspondre avec vous à plusieurs reprises et j'ai également envoyé un valet de pied à votre résidence. Par conséquent, nous vous serions reconnaissants de bien vouloir accuser réception de ce courrier.

Nous n'avons pas encore reçu vos « Lépidoptères sous verre », article 297, catégorie XIX. La date de réception est passée, mais nous accepterons volontiers de la repousser jusqu'au 25 de ce mois. Comme vous pouvez le comprendre, nous avons beaucoup à faire pour rassembler et accrocher les œuvres le 1er mai, date de l'inauguration de l'exposition. Si quoi que ce soit empêche l'achèvement de vos travaux dans les délais impartis, il est important que nous en soyons informés. Nous pouvons aider à l'assemblage ou au transport de l'œuvre.

Nous avons reçu l'article 106, catégorie XXX (chiens siamois, articulés et empaillés).

Je vous prie instamment de m'écrire dès que possible.

Vôtre,

T. Filigree

Membre du comité de sélection de Londres, rapporteur auprès de la commission de l'Exposition universelle des travaux de l'industrie de toutes les nations.

Os

Iris est couchée sur le sol de la cave, et Silas lui tend la main. Elle tire sur le col de sa robe et lui sourit légèrement, de façon à ne pas montrer ses dents. La voilà, telle qu'il l'a vue le jour où ils se sont rencontrés sur le chantier de l'Exposition universelle. Une torsion de la peau sur l'os de la clavicule. Iris acquiesce d'un signe de tête pour l'inviter à la toucher. Il tend la main et saisit sa clavicule. Elle se détache comme une pièce de boucher, et il la garde dans sa main. Elle pose ses doigts sur les siens.

« Vous lui avez échappé, dit-il.

— Merci, répond-elle. Si seulement je pouvais voir votre travail au Crystal Palace, je pense que je serais parfaitement heureuse. La fine fleur de l'esprit... » Elle s'interrompt. On frappe à la porte. Des coups sourds et répétés. Iris jette un regard autour d'elle, étonnée.

« Ne partez pas ! » supplie Silas, mais il ne parvient pas à la retenir. Déjà, elle se dissout sous ses yeux, et l'os qu'il tenait en main commence à disparaître. On frappe à nouveau. Tout s'évanouit.

Silas ferme les yeux pour savourer la splendeur de sa vision. C'était si vivant, si puissant, qu'il a vraiment cru avoir Iris devant lui. Ses propos sur l'Exposition universelle lui donnent une idée : il va lui faire porter un billet pour l'inauguration.

Les coups continuent à pleuvoir sur la porte du magasin, et des cris s'ensuivent, mais il enfouit sa tête sous son oreiller en tentant de se remémorer la texture de l'os.

« Silas ! Je sais que tu es là. Viens donc ouvrir, sale lâche ! »

Il reconnaît la voix de la patronne du Dolphin et le ton qu'elle emploie pour jeter les ivrognes hors de sa taverne après minuit.

Silas fronce les sourcils, ferme les yeux et tente d'imaginer la suite du rêve. La main d'Iris sur la sienne – c'est là qu'il en était. Que fera-t-elle ensuite ? Elle se penche vers lui et dit…

« Ouvre cette fichue porte, fumier ! »

Silas ne prête aucune attention à la bistrotière.

Ces derniers temps, de nombreux clients ont frappé au battant. Avec la belle saison et l'Exposition universelle, les visiteurs ont afflué vers la capitale… Mais ils finissent par se décourager devant la porte close. Ils tournent les talons et redescendent l'allée en se pinçant le nez. L'épagneul est en train de pourrir au fond de l'impasse. Silas ne s'y intéresse plus.

Un coup de pied contre la porte puis un autre font trembler la maison. Cette femme a-t-elle perdu la tête ? Que peut-elle donc vouloir de si important ? De toute façon, il n'ouvrira la boutique ni pour elle ni pour personne. Il ne s'inquiète même plus du loyer, impayé depuis des semaines. Il sourit. Iris pense que…

« Qu'est-ce que tu lui as fait ? crie la cabaretière. Je sais que tu as trempé dans l'affaire. N'essaie pas de jouer au plus fin avec moi ! Morte dans un fossé le soir de votre querelle – une glissade sur les pavés, mon œil ! Tu ne t'en tireras pas comme ça. Bluebell était comme une fille pour moi… »

Après un cri d'animal et un dernier coup de botte

contre la porte, la femme renonce enfin à ses imprécations. Silas l'entend s'éloigner dans l'allée.

Il ne comprend pas de quoi elle parle. Elle doit être pas mal imbibée de gin. Si Bluebell a cassé sa pipe, comme le prétend cette mégère, eh bien, Silas ne la pleurera pas. Si jeune et déjà mauvaise langue – elle n'a eu que ce qu'elle méritait. Il se gratte la poitrine et descend du lit.

Il s'approche de l'étagère où sont alignées ses souris empaillées, figées dans leurs mouvements. La composition ressemble à un daguerréotype : il a arrêté le temps, immobilisé chaque créature pour toujours. Ces petites bêtes ne moisiront pas. Elles survivront.

Les souris ont été une de ses premières obsessions. Il les habillait et leur fabriquait ou leur achetait des accessoires dans les magasins de poupées. Il en possède une douzaine, toutes costumées de façon différente : une meunière en jupe de coton, une vendeuse de bonbons coiffée d'un bonnet et munie d'un sucre candi qu'elle brandit comme un bâton, une prostituée en robe de soie… Toutes prennent la poussière sur l'étagère.

Il ne les a pas regardées depuis un moment. À l'extrémité de l'étagère, se dresse la petite Flick, celle qui tient une minuscule assiette en porcelaine. Silas a coupé des touffes de poils d'un chat roux et les a collées sur sa tête de souris.

Il se souvient des cals sous les doigts de Flick, endurcis par la chaleur des fours à poterie. De leur amitié, aussi – n'est-ce pas ainsi que ça s'est passé, même s'ils ne s'adressaient jamais la parole ? Puis d'autres souvenirs lui remontent en mémoire : les bleus qui fleurissaient sur son visage et ses jambes, avant de virer au jaune, au violet et au noir. La façon dont son père la saisissait par le bras, comme si elle n'était qu'une poupée de son, les cris qui sortaient de leur masure… Comme Silas tremblait pour elle, alors ! Ils subissaient le même sort, Flick et lui, comme beaucoup d'autres enfants, mais pour lui, c'était important. Ils se ressemblaient. Ils étaient liés. Silas et sa mère ; Flick et son père. Tout dans son corps d'enfant triste et brisée lui disait : *Sauve-moi. Ma vie ne vaut pas un clou.*

Alors il l'a sauvée. Il lui a facilité la tâche. Il l'a aidée à s'enfuir.

Gentleman

Albie a fui le taudis de St Giles avant que Nancy lui mette la main dessus pour laver les draps. Elle l'a enrôlé comme blanchisseuse, l'obligeant à frotter les draps pleins de cette sorte de bave d'escargot séchée que les clients laissent derrière eux. Albie n'aime pas ça du tout. Le vinaigre et les brosses lui brûlent la peau. En plus, ce n'est pas à lui de faire ce genre de boulot. La veille, il a dit à cette vieille truie qu'il travaillait comme *modèle* maintenant, et qu'il ne voulait plus abîmer ses mimines, mais elle s'est contentée de rire en lui tendant une brosse.

Il porte ce matin une paire de culottes bleues en peau de chamois, fraîchement tombée d'une brouette sur Petticoat Lane. Le colporteur l'a ramassée et la lui a offerte en échange de ses bons services : Albie a le chic pour attirer le chaland en faisant des acrobaties et des sauts périlleux à l'entrée de l'allée. Le pantalon est joliment rapiécé aux genoux et se ferme à l'aide de petits boutons en corne à la hauteur des mollets – en un mot, il convient parfaitement à sa nouvelle situation. Ravi, le garçon se pavane comme un gentilhomme et fait mine de snober un marchand des quatre-saisons installé sur le trottoir.

« J'vous avais pas dit que j'deviendrais gentleman ? » lance-t-il en soulevant son chapeau avec une morgue feinte.

Le vendeur de citrons s'esclaffe bruyamment. « Le plus

près que tu puisses être d'un gentleman, c'est en mendiant à la sortie des grands hôtels ! » réplique-t-il, mais Albie ne l'écoute pas : il claque les talons et saute en l'air. « Inutile de te donner de grands airs, édenté comme tu es !

— Justement, j'aurai bientôt un beau dentier. Tu seras le premier surpris, mon gars. » Il consulte sa montre de gousset (un rond en carton accroché au bout d'une ficelle) et annonce : « La ponctualité est essentielle pour un gentleman. Faut pas être en avance ni en retard. J'vas donc prendre congé, espèce de vieux barbon vérolé. »

Le marchand ambulant rentre le cou dans les épaules et lui fait signe de passer son chemin.

Albie s'élance vers Colville Place en sautillant, les bras écartés comme les ailes d'un oiseau. Il occupe tant de place sur le trottoir qu'il gêne les passants. Un homme le frappe au poignet du bout de sa canne argentée. « Attention, morveux », grommelle-t-il, et Albie lui tire la langue. Rien ne peut gâter sa belle humeur, pas même le sifflement du vent qui s'immisce dans les trous de sa veste, ni le fait que le chat pouilleux qu'il a embauché pour trottiner à son côté – comme un épagneul des beaux quartiers – lui a faussé compagnie sur Oxford Street. La pauvre bête devait en avoir assez d'être tirée au moyen d'une ficelle crasseuse. Pour sa sœur aussi, les perspectives sont bonnes : les visiteurs de l'Exposition universelle arrivent des campagnes, désireux de s'offrir du bon temps dans la capitale.

Albie est en avance. Or un gentleman est toujours ponctuel. Arriver trop tôt est aussi impoli que d'arriver trop tard. La dernière fois, il a supplié Louis d'énumérer les principales qualités d'un gentilhomme, et il a retenu celle-ci. Bien sûr, comme il ne connaissait pas le sens de ce terme, il l'a demandé au peintre. Maintenant, il le sait : « ponctuel » signifie « à l'heure ».

« Ponc-tu-el, ponctuel, ponctuel », répète-t-il dans un murmure. La cloche de l'église se met à sonner, et il compte les coups sur ses doigts. « Dix heures, Dieu du ciel ! chuchote-t-il. Et j'suis pas invité à paraître avant la demie. »

Il jette un regard vers le perron de la boutique déserte, là où il a trouvé Silas endormi quelques jours auparavant, et décide d'aller s'y asseoir jusqu'au prochain son de cloche. Il s'installe sur la marche, croise les jambes comme un laquais et relève le menton.

Il se sent étrangement mal à l'aise, comme si les vitres poussiéreuses l'observaient. Il se retourne. L'intérieur de la boutique est plongé dans la pénombre : il ne distingue pas grand-chose, hormis quelques meubles poussiéreux et couverts de toiles d'araignée. Il croise son reflet dans la vitrine et sourit, puis il se souvient de ses gencives nues et cache vivement sa bouche derrière sa main. Il renifle. Cette odeur d'apothicaire… Il la reconnaît.

Il se lève et plaque son visage contre la vitre. À l'intérieur, une paire d'yeux lui retourne son regard. Un rictus fend le visage de l'homme. Il l'a reconnu, lui aussi.

Albie pousse la porte, qui s'ouvre sans difficulté. Il entre dans la boutique abandonnée. Fixés aux murs, les porte-bougies sont vides.

« M'sieur Silas ? » lance Albie. L'homme tressaille. Il est accroupi près de la fenêtre. D'ordinaire, il est propre et bien mis ; mais aujourd'hui, ses joues sont hérissées de barbe, et son manteau bleu, déchiré par endroits, paraît crasseux.

Albie jette un regard prudent autour de lui. « Qu'est-ce que vous faites là, m'sieur ? Vous êtes venu pour vendre des animaux empaillés à M. Frost, c'est ça ? » demande-t-il dans l'espoir que la réponse de Silas donne raison à Louis et apaise ses craintes.

Le taxidermiste se tait. Il se contente de taper à trois reprises sur sa clavicule. Déplaisant, le bruit se répercute à travers la boutique déserte. Albie frissonne et resserre les pans de sa veste sur son torse.

« Ça va pas, m'sieur ? Vous avez bu ?

— Fiche le camp, grogne Silas. Si elle vient... »

Albie déglutit. Il avait vu juste : Silas tourne autour d'Iris. Il aurait dû insister, l'autre jour, et convaincre Louis du bien-fondé de ses craintes. « Laissez-la tranquille.

— Laisser quoi ?

— Elle », répond Albie, et le *tap-tap-tap-tap* recommence. Le bruit résonne dans sa tête comme si le taxidermiste battait la mesure sur son propre crâne. « Iris. Je sais ce que vous manigancez, m'sieur... »

Silas l'interrompt d'un geste impatient de la main. Albie suit son regard qui se lève vers l'atelier de Louis. « Tu ne sais rien du tout, imbécile ! Tu ne sais rien de la souffrance qu'elle endure.

— S'il vous plaît, m'sieur. Laissez-la tranquille. Elle ne veut rien de tout ça. Vous devez partir, maintenant. » Il bombe le torse pour paraître plus robuste qu'il ne l'est, puis il se souvient des mains de Silas sur le cou de cette femme et du patchwork d'ecchymoses sur la peau pâle de Molly. Une vive colère l'envahit. Il veut – il doit – protéger Iris. N'est-ce pas sa faute si le taxidermiste rôde autour d'elle ? C'est lui qui les a présentés, non ? Sur le chantier de l'Exposition universelle. Maintenant, il doit régler l'affaire et la mettre en garde. Il se redresse et rejette les épaules en arrière. « Je vous dis de la laisser tranquille ! » Il est si près de son interlocuteur que son odeur nauséabonde envahit ses narines. Sous les effluves médicinaux, il en perçoit d'autres, plus âcres, plus animaux.

Silas soutient son regard. Puis, levant la main, il le frappe d'un coup sec, comme pour chasser une mouche importune. Il est plus fort qu'Albie ne l'imaginait. Surpris, le gamin bascule en arrière, atterrissant avec un bruit sourd sur le sol dallé de pierre. Son nouveau pantalon est couvert de poussière. Une vague de haine pure le submerge, si intense qu'elle le fait trembler. Il se relève et tire brutalement Silas par la manche.

« Faut arrêter, vous entendez ? Faut l'oublier ! »

Silas pince les lèvres.

« Je vous en prie, m'sieur. Pas elle. Laissez-la donc ! »

Plus Silas l'ignore, plus Albie insiste. Il le tire, il le bouscule – sans résultat. Alors il s'enhardit et plaque une gifle sur sa mâchoire.

Silas le foudroie du regard et l'attrape par le col de sa veste. Le tissu élimé se déchire dans un craquement sonore. Albie frémit sous son haleine tiède. L'homme sent mauvais et sa poigne lui fait mal.

Albie tente de le frapper, de lui griffer le dos, mais il n'a pas assez d'élan et aucune prise. Silas a enroulé son bras autour de lui et le soulève d'une main de fer. Un coup puis un autre font rebondir la tête d'Albie contre le mur. Une vive douleur l'envahit. Sa gorge s'enflamme, ses os craquent. Et son nez coule sans s'arrêter. Il halète, des bulles de sang plein la bouche.

« Si tu t'en mêles, dit Silas, balayant le visage d'Albie de son souffle brûlant, si tu fais quoi que ce soit, au moindre mot de ta part, j'irai trouver ta vermine de sœur. J'ai compris que c'était elle, l'autre jour, dans cette cave à charbon. Je sais exactement où la trouver maintenant ! »

Albie gémit. Il tente de rassembler de quoi lui cracher au visage, mais il n'a plus rien – ni force ni salive.

L'homme relâche son emprise et Albie s'effondre au sol. Il tousse et crache quelque chose de dur dans sa main – sa dernière dent. Le sang coule comme de l'eau dans sa paume en coupe. Il tente de remettre la dent dans sa gencive, mais rien n'y fait.

Quand il relève les yeux, Silas est parti.

Albie se redresse. Il ne se laissera pas intimider. Pas question. Il protégera Iris. L'âme la plus douce, la plus généreuse qui soit.

Il sort de la boutique et frappe à la porte de Louis avec vingt minutes d'avance. *Ponctuel*, pense-t-il, vacillant sur ses jambes.

Personne ne répond. Albie sait qu'ils sont là, pourtant.

Il se sent détaché de lui-même, léger et vibrant dans son corps liquéfié. Mais sa tête lui fait un mal de chien, et son nez… Il le touche d'un doigt tremblant, là où il l'a entendu craquer. Il pousse un cri et retire vivement sa main.

Il frappe au battant, encore et encore, et la douleur s'intensifie. « Je vous en prie », crie-t-il, mais il peut à peine parler sans sa dernière dent. *Che fous en plie.*

Ses nouvelles culottes sont tachées de sang. D'autres gouttes cramoisies tombent de son menton, maculent sa chemise et roulent dans la poussière. Il repense à la bave d'escargot séchée sur les draps qu'il a frottés la veille, au sourire ébréché de sa sœur, à sa main dans la sienne quand le lit grinçait au-dessus de sa tête. Il sait que Silas mettra sa menace à exécution.

Ses jambes tremblent moins, sa panique s'estompe, mais la douleur s'intensifie dans sa bouche. Il imagine sa sœur battue, couverte de bleus et jetée dans la rue comme un chiffon sale. Une catin de plus dans le caniveau. Personne ne s'en soucierait ; personne ne l'écouterait.

Une douleur aiguë lui vrille le côté droit. Il se fige, puis recule et s'éloigne dans l'allée. Il ne peut pas mettre sa sœur en danger. Pas question.

Il n'est bon à rien – ni à être modèle ni à protéger Iris.

Il n'est qu'un chien des rues, vil et querelleur, un lâche. Une grosse larme roule le long de sa joue et s'arrête sur ses lèvres enflées. Il ne l'essuie pas, la lèche du bout de la langue. Sel et fer.

Contemplation

Ils ne prêtent pas attention aux coups répétés frappés contre la porte. Personne ne viendra troubler leur petit monde parfait. Du bout du pied, Iris agite paresseusement les lourdes tentures de chintz qui encadrent le lit, puis elle jette un coup d'œil à Louis. Il a fermé les yeux.

Elle pourrait rester là pour toujours, faire l'amour encore et encore et encore. Elle sent sa semence contre son ventre, là où elle a séché et s'est craquelée comme du blanc d'œuf. Il lui a expliqué qu'il ne doit rien laisser en elle. Elle pose sa joue sur son torse, tout près de son épaule, et écoute les battements de son cœur.

« Il y a juste la place qu'il faut pour ma tête, remarque-t-elle. Comme si le creux de ton épaule avait été fait spécialement pour moi.

— C'est peut-être le cas, répond-il, et il pianote du bout des doigts sur sa colonne vertébrale. Es-tu contente ?

— Oh, oui ! » dit-elle en fermant les yeux à son tour.

Elle chasse les peurs qui hantent son esprit et se concentre sur ce qui se passe dans cette chambre en cet instant précis. Je suis ici, maintenant, pense-t-elle, et Louis est ici, maintenant. Tout est parfait. Ou parfaitement imparfait. Elle est parfaitement perdue. Le torse glabre de Louis est d'une infinie douceur. Elle fait courir sa main le long de sa hanche. Elle se sent à la fois légère et courbatue, le ventre et la poitrine un peu douloureux.

Leurs baisers n'avaient rien d'enfantin : ils étaient assoiffés, pressants ; à deux reprises, il a agrippé sa lèvre entre ses dents et l'a mordillée.

Elle avait toujours associé les « questions vénériennes » – comme les appelait sa mère en portant la main à sa bouche – à une forme de souffrance. Un jour, enfant, elle a vu un homme en haillons plaquer la tête d'une vendeuse ambulante entre ses jambes. Il était à peine onze heures du matin. Iris se rappelle encore la main crasseuse du vagabond dans les cheveux emmêlés de la femme. Celle-ci suffoquait comme un chat pris de vomissements. Même sa sœur et son gentleman paraissaient souffrir : Iris frémissait au spectacle des mains de cet homme empoignant les cuisses de Rose de ses bras puissants, des bleus qu'il laissait sur sa peau pâle. Iris en avait à la fois envie et peur pour elle-même. Elle avait appris à regarder ses propres *parties* avec embarras, comme un secret honteux à dissimuler aux yeux du monde. À présent, elle a le sentiment d'avoir été victime d'une conspiration : personne ne lui avait dit que le piège dont elle se croyait menacée serait si attrayant. La première fois, Louis a longuement contemplé son corps nu, riant de la voir se tortiller sous son regard, et il l'a embrassée, *là*. Il lui a dit que c'était beau. Elle a d'abord été horrifiée, puis…

« Si tu continues, murmure-t-il, je vais devoir rompre ma parole de gentleman et te sacrifier une fois de plus à Vénus.

— Ce que j'aimerais savoir, répond-elle en embrassant le lobe de son oreille, c'est s'il valait la peine de sacrifier la dignité de l'art à l'ignominie de la passion.

— Oh, certainement pas !

— C'est l'artiste qui parle en toi. D'ailleurs, tu ne fais que continuer à me donner des leçons. D'anatomie, cette fois.

— Il me paraît crucial d'étudier ta silhouette avec la plus grande attention. » Il soulève le bras d'Iris et dépose un chapelet de baisers de son poignet à son coude. « Je dois observer chaque jointure, chaque articulation, et chercher en elles le ressort de l'émotion esthétique. » Il frôle son épaule, puis trace la courbe de son sein du bout de l'index. « J'aspire à recréer sur la toile les sensations les plus pures. Pour cela, je dois te contempler pendant des jours entiers jusqu'à t'apprendre par cœur. »

Elle se serre plus fort contre lui. Elle perçoit un mouvement sous les draps et sent son… Comment l'appeler ? Quand elle l'a vu pour la première fois, elle a lutté contre la crainte et la déception que lui inspirait sa laideur. Elle ignorait totalement que les hommes dissimulaient sous leur pantalon ces parties raidies d'eux-mêmes – leurs « non-nommables » comme disait sa mère.

Elle laisse vagabonder son esprit vers la toile vierge qu'elle a posée sur le chevalet dans son atelier. Puis elle regarde Louis, ses traits chéris, ses cheveux ébouriffés… Quel plaisir elle aurait à les peindre ! Un frisson d'excitation l'envahit tandis que la vision se précise : ce sera un tableau vibrant d'énergie, de détails et de couleurs. Louis et Albie figureront au centre – elle aussi, pourquoi pas ? Loin de s'inspirer d'une pièce de Shakespeare ou d'une romance médiévale, elle tentera d'imiter la simplicité de Van Eyck, son peintre préféré. Déjà, elle imagine le triangle formé par leurs corps – Louis et elle main dans la main, Albie assis à une table, équeutant des fraises. La lame argentée du couteau reflétera un rayon de soleil, le visage de l'enfant sera plissé de concentration, le fruit mûr, sans être sur.

Tous trois paraîtront détendus, et non solennels : ils n'auront pas cette raideur de poupées en porcelaine qui est devenue la marque de fabrique des peintres de la FPR.

Ce sera une scène saisie au vol, comme si le spectateur avait regardé par une fenêtre. Leurs expressions seront dépourvues d'aigreur et de passivité, Louis sera sur le point d'éclater de rire. Son tableau célébrera la vie dans toute sa joie et sa simplicité. Si seulement elle pouvait convaincre sa sœur de poser pour elle ! Rose n'acceptera pas, bien sûr – mais une rose dans un vase pourrait peut-être évoquer sa présence ?

Iris a gardé en mémoire un poème que Louis affectionne. Elle en citera un extrait sous la composition : « Un objet de beauté est une joie éternelle. »

« Les farfadets t'ont-ils enlevée ? demande Louis, et elle cligne des yeux.

— Je me disais que j'aimerais faire un portrait de toi.

— Ah oui ? Et comment ? »

Son idée est fragile. Le moindre choc pourrait la briser.

« Ce n'est pas encore très clair dans mon esprit. Mais je veux qu'on me prenne au sérieux en tant que peintre. Crois-tu qu'une femme puisse l'être ?

— Eh bien, tu as toutes les chances de ton côté, car tu as du talent. Et un modèle rien qu'à toi ! ajoute-t-il malicieusement. Un modèle généreux qui te permet d'accéder à son corps, mais seulement à des fins de perspective. »

Elle s'appuie sur le traversin. « Du talent ? Vraiment ?

— Tu le sais bien.

— Tu ne me l'as jamais dit. Tout juste as-tu consenti un jour à marmonner un “prometteur” d'un air dégoûté, comme si tu avais une odeur désagréable sous le nez.

— Vraiment ? Je ne te l'ai jamais dit ? » Il passe la main dans ses cheveux et enroule une boucle autour de son doigt. « On pourrait prétendre que tu es un homme. Tes tableaux se vendraient beaucoup mieux. D'autres femmes l'ont fait et elles ont trompé tout le monde. »

Iris secoue la tête. « Je n'aurais pas l'impression que les toiles sont de moi si je les signais Ivan ou… Isaac.

— Mlle Whittle, la célèbre peintre ! Preuve vivante que les femmes peuvent créer de véritables œuvres d'art, qu'elles ne sont pas cantonnées dans les tapisseries et les bouquets de fleurs. » Il tourne les yeux vers un petit portrait de femme fixé au mur. « Ma mère aurait été heureuse de te connaître, tu sais.

— Tu crois ? Elle n'aurait pas été gênée d'apprendre que je suis une petite main de magasin de poupées ?

— Elle l'aurait oublié aussi vite que moi. Tu as la stature d'une reine.

— Oh, Guigemar. » Elle caresse l'endroit qu'elle préfère chez lui, une tache de peau rugueuse sur sa hanche.

« Je t'avais prévenue ! » lance-t-il en saisissant son menton, et elle l'embrasse et l'embrasse et l'embrasse jusqu'à ce que le plaisir la submerge.

Billet

Je vous envoi un billet pour l'inoguration de l'Expozission universel comme vous l'avez demandé.

Crystal Palace

Tout n'est que vacarme, foule et confusion. Une immense fontaine crache des jets d'eau scintillants vers le ciel, et une nuée de femmes se pressent vers les tourniquets, s'étreignent avec des cris extatiques et empilent manteaux et sacs sur les bras de leurs chaperons masculins. Les couleurs sont aussi éclatantes que dans un bordel de haut vol : nids de plumes enchevêtrées, marée de chapeaux boursouflés, d'ombrelles déployées et de robes à crinoline. Des lustres de cristal brillent entre des ormes, des sculptures et des palmiers en pot. Le spectacle est un kaléidoscope permanent, impossible à définir, impossible à contenir. Silas tente de se calmer en imaginant les lieux à la nuit tombée, après le départ des visiteurs : le silence, les rangées d'artefacts plongées dans l'obscurité. *Ce ne sera pas toujours ainsi.*

« Aussi insupportable que les réceptions à la cour.

— Regardez la robe de lady Charlemont ! Ce tissu doré – a-t-elle perdu la tête ?

— Quant aux dames d'honneur… »

Une voix plus grossière : « Il paraît que les latrines sont équipées de chasses d'eau. Je serai le premier à les baptiser ! »

Silas sursaute : une dame vient de lui donner un coup d'éventail ; les joues rouges, il desserre son col de chemise. Il a l'impression d'être un fruit dans une serre. Il cherche Iris du regard, imaginant sa robe de coton perdue au milieu de ces soies et de ces satins multicolores. Il savait que le palais de Cristal serait grand – il a suivi toutes les étapes de sa construction, après tout –, mais son immensité le frappe aujourd'hui comme s'il le voyait pour la première fois. Le plafond de verre bombé semble aussi lointain que le dôme du ciel. S'il voulait tout voir, Silas devrait parcourir les allées et les galeries pendant des semaines. Il songe à son propre petit palais, dont il est si fier : ses recoins obscurs, l'impression de chaleur et de sécurité que lui procure l'espace confiné de la boutique avec ses étagères bien garnies ; sa petite chambre mansardée au dessus, et les murs épais de la cave en dessous. Le Crystal Palace pourrait abriter des centaines, voire des milliers de boutiques comme la sienne entre ses parois de verre. Et combien d'œuvres semblables aux siennes ? Comment pourrait-il, en l'espace d'une seule vie humaine, fabriquer assez d'objets pour rivaliser avec un tel musée ?

Iris le rassurera. Lui rappellera qu'il est un homme de grande valeur. Sa présence compensera les déceptions de sa vie. Elle sera sa plus belle réalisation, son joyau, la plus charmante de ses créatures. Il ne lui vient pas à l'esprit qu'elle puisse avoir du mal à le trouver parmi la foule : il sait qu'elle le rejoindra dans la galerie où sont exposés les chiens siamois.

Quand l'organiste entame les premières notes d'un long crescendo et que la reine commence à descendre la nef, Silas est si fatigué par la cohue qu'il rêve de voir un boulet de canon écraser cette foule tapageuse, les laissant seuls au monde, Iris et lui.

Il parcourt les allées où sont exposées des presses à vapeur vrombissantes. Il est fasciné par les mouvements réguliers de leurs mâchoires, le claquement des enclumes, semblables à celles des machines noires de la manufacture de porcelaine. Enfant, il aurait voulu leur enfoncer un bâton dans la bouche. Pourquoi de tels mécanismes occupent-ils une si grande place dans l'exposition ? Ils témoignent des progrès de l'industrialisation, certes – mais peut-on parler de progrès quand ils ne produisent que des tombereaux de journaux identiques, de porcelaine frappée des mêmes blasons, de bobines de coton rigoureusement semblables, aussi nets et symétriques soient-ils ? Si c'est là l'ère moderne dont on leur rebat les oreilles, Silas refuse d'y participer. Au moins, se rassure-t-il, une machine ne maîtrisera jamais les ficelles de son métier : comment un bras articulé pourrait-il éviscérer, coudre, articuler ou empailler un animal ?

Il arpente les galeries à la hâte, pressé de découvrir ses chiots siamois. Peintes dans des couleurs criardes (poutrelles bleues, jaunes et vertes), les allées sont bondées et remplies de vitrines donnant à voir toutes sortes de créatures : des élans empaillés, un orang-outan endormi, une paire de faisans impeyan baptisée *parade nuptiale*. Il a envie de les montrer à Iris, de lui demander à quel couple ils lui font penser ; elle rirait, lui toucherait le bras et le traiterait de méchant garçon.

Il scrute les vitrines de haut en bas, craignant que ses compagnons n'aient été perdus, endommagés, oubliés – puis il les aperçoit. Les voilà : minuscules, délicats, *parfaits*. Une vive fierté l'envahit. Il se souvient du coup de sonnette annonçant la visite d'Albie des mois auparavant, du sac en toile dont il a extrait les siamois, de son désir de les voir exposés dans un musée – et maintenant ils sont là, comme il les a imaginés, fourrure et squelette exposés côte à côte dans des vitrines en verre juchées sur des socles en pierre. C'est lui qui les a fabriqués. Il a assemblé chaque os carpien, chaque vertèbre. Il les a empaillés avec un soin infini, veillant sur eux comme sur des nourrissons. Son rêve le plus cher s'est réalisé : des centaines, des milliers de personnes admirent son talent. Il ne bouge plus, il regarde les visiteurs ralentir, s'arrêter, puis contempler son travail. Il doit se retenir pour ne pas leur donner des coups de coude et leur dire qu'il est le grand architecte de ces merveilles.

« C'est remarquable, déclare un homme en queue-de-pie à sa compagne. Tout à fait remarquable. Ce monsieur pourrait peut-être fabriquer un petit quelque chose pour ton cabinet de curiosités ? »

Silas aimerait tant qu'Iris soit là. Sans son approbation, son succès lui semble irréel. Il se dresse sur la pointe des pieds pour observer la foule des visiteurs, espérant la voir bientôt apparaître et se frayer un chemin jusqu'à lui. Elle sera un peu lasse, mais quand elle le verra, elle sourira, fera peut-être une révérence (ou est-ce un usage réservé aux dames de la haute société ? Il faudra qu'il étudie la question de plus près). Afin de lui montrer sa bonne éducation, il lui lira avec aisance le texte imprimé sur la carte qui figure sous ses spécimens :

> CHIOTS ARTICULÉS ET EMPAILLÉS. LA CONCEPTION ET L'EXÉCUTION SONT L'ŒUVRE UNIQUE DE L'EXPOSANT, M. SILAS REED, ET FONT PARTIE D'UNE VASTE COLLECTION DE CURIOSITÉS DÉVELOPPÉE PAR M. REED SUR UNE PÉRIODE DE VINGT-TROIS ANS.

Mais à mesure que la journée progresse, que la matinée se mue en après-midi et que l'atmosphère devient de plus en plus étouffante, les doutes de Silas s'intensifient. Il aurait dû retenir la leçon après leur premier rendez-vous manqué : Iris ne viendra pas, même si elle fait mine d'être intéressée. Ses créations, aussi splendides soient-elles, ne lui suffisent pas. Il ne l'impressionne pas. Elle demeure froide et le tient à distance. Voilà plus de cinq heures qu'il l'attend.

Elle ne viendra pas.

Il respire lentement en s'efforçant de rester calme. Il attache ses mains derrière son dos pour ne pas briser la vitrine qui contient les chiots siamois, pour ne pas déchirer la fourrure, pour ne pas écraser le petit squelette. Ces animaux ne signifient rien. Ce ne sont que des bibelots sans intérêt. Indignes d'elle. Tout de même, elle aurait pu avoir la courtoisie de répondre à son courrier, de lui retourner le billet qui lui a coûté si cher. Cette femme n'est qu'une menteuse. Une menteuse et une ingrate. Une garce !

C'était sa dernière chance, et elle n'est pas venue.

Rose

« J'ai reçu hier une lettre des plus étranges », annonce Iris à Louis. Elle est obligée de crier pour se faire entendre dans le vacarme de la circulation. L'Exposition universelle vient d'ouvrir ses portes et l'agitation est à son comble. Des files d'attelages sont à l'arrêt, les roues grincent, les chevaux hennissent, les cochers bâillent et font claquer leurs fouets. Un peu plus bas sur Regent's Street, deux hommes semblent prêts à en venir aux mains : ils ont retroussé leurs manches et s'insultent copieusement. Louis entraîne la jeune femme un peu plus loin, sur le trottoir d'en face. Posant la main au creux de son coude, elle se penche vers lui. « Elle est arrivée quand tu étais chez Millais. J'ai oublié de te le dire.

— Oublié quoi ?

— Cette lettre. » Elle soupire. « Parfois, j'aimerais parler d'autre chose que de l'Académie, tu sais ! » Louis est très anxieux : le vernissage de l'exposition d'été de la Royal Academy est prévu pour le lendemain. Tous deux découvriront alors où sa toile est accrochée et Louis entendra les premières réactions des critiques d'art.

« Désolé, marmonne-t-il, et il pose une main sur celle d'Iris. De qui était cette lettre ?

— Difficile à dire : elle n'est pas signée ! Il y avait un billet à l'intérieur.

— Un billet ? Pour quoi faire ?

— Pour l'inauguration de l'Exposition universelle. » Elle hausse les épaules. « Ça a dû coûter cher. Et mon mystérieux correspondant prétend que je lui ai demandé ce billet, alors que je n'ai rien fait de tel. Ne t'inquiète pas, ajoute-t-elle en croisant le regard perplexe de son compagnon. Il s'agit certainement d'une erreur.

— Est-ce ta façon de m'annoncer que j'ai un rival ? Dois-je aller chercher mon pistolet pour le provoquer en duel ?

— Oh, certainement... Cet homme parle beaucoup moins de l'Académie, j'en suis sûre. »

Il n'en faut pas davantage à Louis pour revenir à son sujet de prédilection. « Je serais surpris que ma toile soit accrochée sur la ligne. J'espère au moins qu'elle sera juste au-dessus, ou en dessous. Et dans une des premières salles, si possible... »

Iris ne l'écoute que d'une oreille. Ils ne sont plus qu'à quelques mètres de la boutique de Mme Salter. Encore quelques pas, et la devanture s'offre à leurs regards. Iris sent sa gorge se nouer à la vue des poupées exposées derrière la vitre : elle a peint la plupart d'entre elles. C'est là qu'elle a passé plusieurs années de sa vie, enfermée, comme une araignée prise au piège dans un bloc d'ambre. Son existence a tellement changé en l'espace de quelques mois qu'Iris est presque étonnée de trouver la boutique identique à elle-même. La peinture verte est peut-être un peu plus écaillée, une ou deux poupées neuves ont fait leur apparition sur les étagères – le reste n'a pas bougé d'un iota.

Elle aperçoit la silhouette voûtée de sa sœur dans la pénombre de la boutique. Rose est penchée sur son ouvrage, une mèche de cheveux auburn dissimulant son visage.

« Pardonne-moi, Louis… Je vais entrer. Je dois lui parler.

— Tu es sûre ? Après tout, elle n'a jamais répondu à tes lettres et…

— Attends-moi ici, tu veux bien ? Elle risque de se fâcher si tu viens avec moi. » Iris tend son ombrelle à Louis, puis se fige, soudain consciente du caractère négligé de son apparence : elle ne porte pas de corset et ses cheveux tombent en cascade sur ses épaules. Elle pousse la porte, malgré tout. La clochette émet son carillon habituel. Mme Salter n'est pas là.

Iris se tient dans l'entrée de la boutique, éclairée à contre-jour par le soleil qui inonde Regent's Street. Elle voit danser les grains de poussière dans l'air et ne se rend pas compte que sa sœur, aveuglée par le flot de lumière, ne l'a pas reconnue.

« Puis-je vous aider, madame ? s'enquiert-elle poliment.

— Je… C'est moi, Rose, dit Iris, et elle voit s'assombrir le visage de sa jumelle.

— Que viens-tu faire ici ?

— Je suis venue te voir. » Elle s'approche de la grande table dorée. Sous ses pieds, le tapis est aussi élimé que dans son souvenir.

« Me voir ? Me tourmenter, plutôt ! Eh bien, tu peux rire tout ton saoul – je m'en fiche.

— Pardon ? Rire de toi ? Oh non, ce n'est vraiment pas mon intention.

— Pourquoi ne me laisses-tu pas tranquille, alors ?

— Tu me manques. » Elle s'assied à son ancienne place, près de Rose. Sa robe s'accroche sur un éclat de bois, comme auparavant, et le dossier de la chaise paraît avoir été moulé pour elle. Le temps s'arrête. Elle croit sentir les filaments d'une gigantesque toile d'araignée se resserrer autour d'elle. Elle s'efforce de rester calme.

« Qu'est-ce que tu couds ? C'est pour une morte ou une vivante ? »

Sa sœur ne répond pas, mais Iris voit ses doigts trembler sur l'aiguille.

« Où est Mme Salter ?

— Sortie faire une course. Elle cherche une nouvelle apprentie. Celle qui est venue après toi n'est pas restée.

— Je… Je pense très souvent à toi, Rose. »

Sa sœur laisse passer un silence, puis explose : « Comment as-tu pu faire ça ?

— Faire quoi ? »

Rose pose son ouvrage sur la table. « Comment as-tu pu nous faire ça ? répète-t-elle. À nos parents et à moi ?

— Tu sais bien que je ne l'ai pas fait pour vous quitter…

— Ah oui ? Et pour quelle raison, alors ? De toute façon, je devrais avoir l'habitude d'être abandonnée, maintenant. C'est dans l'ordre des choses. » Elle émet un rire sans joie. « Et cet artiste, ce… cet homme. Vous forniquez, j'imagine ?

— Rose ! » s'écrie Iris, choquée. Jamais elle n'aurait imaginé que sa sœur puisse employer un terme aussi vulgaire – ni même qu'elle en connaissait l'usage.

« Eh bien ? insiste Rose. Est-ce le cas ? »

Iris baisse les yeux. « Arrête, je t'en prie. »

Rose rit. « Je le savais ! Il te laissera tomber dès qu'il en aura assez…

— Pas du tout. Il a des sentiments pour moi – vraiment ! »

Elles demeurent silencieuses. Iris caresse du bout des doigts un nœud dans le bois de la table, puis elle reprend : « Je veux que tu saches que je ne suis pas partie pour te faire du mal. Je t'aime.

— Ne sois pas ridicule.

— Tu ne me crois pas ? Comment peux-tu en douter ? Tu es ma sœur. Je pense à toi tout le temps.

— Enfermée ici.

— Oui, enfermée ici, renchérit Iris. Pourtant, rien ne t'y oblige, crois-moi. Tu pourrais partir. Cet emploi n'est pas le seul que…

— Tu voudrais que je me déshonore, peut-être ? Et quel *monsieur* voudrait de moi ? Je suis bien trop vérolée pour ça !

— Qui te parle de déshonneur ? Je dis juste que tu pourrais trouver un autre emploi, honnête et moins terrible que celui-ci, affirme Iris, qui meurt d'envie de prendre sa sœur dans ses bras. Je pourrais t'aider, si tu voulais.

— Garde ta charité pour toi », réplique Rose d'un ton sec. C'est alors qu'Iris reconnaît l'odeur aigre qui flotte dans la pièce, mêlée aux effluves de sucre et de papier peint moisi : l'amertume. Mme Salter se gave de pilules et de potions pour tenter de surmonter sa propre misère. Quant à Rose, sa rancœur est immense et perce sous chacun de ses propos. En perdant sa beauté et son gentleman, elle a perdu l'homme qu'elle aimait, mais aussi la vie dont elle avait rêvé et leurs projets d'avenir. Et tout cela arraché en un instant, avec une méchante lettre ! Ensuite, elle a dû endurer chaque jour la présence d'Iris, le spectacle de son visage intact tel le miroir de la Rose qu'elle avait été, ou aurait pu être. À cette pensée, Iris éprouve une telle tendresse pour sa sœur qu'elle doit s'agripper au rebord de la table pour ne pas vaciller.

« Je sais que tu m'en veux d'être partie… Mais je ne t'ai pas quittée, Rose : j'ai quitté cette vie. Ce travail éreintant et répétitif, ces corvées, cette méchante femme. Et toute cette noirceur, je l'ai quittée pour pouvoir peindre. Tu te rappelles à quel point je voulais être une artiste, à quel point tu le voulais pour moi, toi aussi ? Te souviens-tu du jour où nous avons visité la National Gallery ? »

Les longs cheveux de Rose masquent son visage de telle sorte qu'Iris ne peut lire son expression. Elle entend le son de sa propre voix, insistante, larmoyante, mais ne peut retenir les questions qui fusent entre ses lèvres, des questions qu'elle retient depuis des années. « Pourquoi tout a brusquement changé entre nous ? Qu'ai-je fait de mal ? Je sais que tu es tombée malade et que tu as été… blessée, mais ce n'était pas ma faute. J'étais prête à t'aider, à veiller sur toi et à te réconforter ! »

Rose se tourne vers elle. Son œil valide brille de colère. « Oh, c'est merveilleux, Iris. Très bien joué. »

Iris la regarde fixement. « Que veux-tu dire ?

— Tu as toujours été jalouse. Il fallait toujours que tu te compares à moi.

— Pas du tout ! Je…

— Et quand tu n'étais pas jalouse, tu me regardais comme une créature pathétique et pitoyable.

— Ce n'est pas vrai, insiste Iris, bien qu'elle se sente très mal à l'aise.

— Et maintenant, tu prétends que ce n'était pas ta faute ? Alors que tu as tout gâché ?

— Comment ? Je ne vois pas de quoi tu…

— Cesse de mentir.

— Vraiment, Rose, je ne comprends…

— C'est toi qui lui as écrit !

— Écrit à qui ?

— À Charles. »

Il faut un moment à Iris pour se rappeler que le gentleman de sa sœur se prénommait Charles. « Que veux-tu dire ? Quand ? »

Rose désigne son visage ravagé. « Quand je suis tombée malade. Tu lui as écrit pour le lui dire. Par jalousie, encore une fois. Ne mens pas : je le sais ! Tu t'es immiscée entre nous, tu as gagné son amitié et tu lui as écrit. Par quel autre moyen l'aurait-il appris ? C'est toi qui lui as parlé de ma maladie. Et tu as même eu le culot de m'apporter sa réponse ! Tu as saccagé ma seule chance de bonheur. Si seulement j'avais pu le lui annoncer moi-même, peut-être qu'il aurait…

— Je ne lui ai jamais écrit, l'interrompt Iris. Je te le jure ! Quand il a apporté sa lettre, je croyais que c'était un billet doux. J'étais loin d'imaginer…

— Ah oui ? Et qui le lui a dit, si ce n'est pas toi ?

— Je… Je n'en sais rien. » Elle se penche vers Rose. « Vraiment, je t'assure : je n'en sais rien. Tu dois me croire ! » Elle fronce les sourcils. « Depuis combien de temps t'es-tu mis cette idée en tête ? Pourquoi ne m'en as-tu jamais parlé ? »

Rose ne dit rien.

« Je te le jure sur tout ce que j'ai de plus précieux, reprend Iris. Comment peux-tu me croire capable d'une telle horreur ? J'ai pleuré, moi aussi. Quand tu es tombée malade et quand il t'a quittée. Tu ne t'en souviens pas ? »

Rose fixe obstinément le petit corset de satin qu'elle a entrepris d'assembler. « J'ai toujours pensé…

— Non. » Iris secoue la tête. « Si quelqu'un lui a écrit, ce n'est pas moi. Je suis allée ouvrir la porte, Charles m'a tendu la lettre et il est parti. Je lui ai dit que tu avais un mauvais rhume, rien de plus.

— Je… aïe ! » Rose vient de se piquer tant ses doigts sont agités de tremblements. Elle repose le petit corset sur la table. « Laisse-moi un peu de temps. J'ai besoin de réfléchir.

— Je comprends, mais j'aimerais tant t'aider ! Je pourrais passer la journée ici, Mme Salter n'y verrait pas d'inconvénient. Qu'en dis-tu ? Oh, Rose ! Te souviens-tu des rêves que nous faisions pour notre boutique ? L'auvent bleu, les centaines de lampes, les broches que je dessinais – t'en souviens-tu ? »

Rose a baissé la tête. Iris aimerait lui caresser les cheveux – ses longs cheveux roux qu'elle brossait chaque matin en veillant à défaire doucement les nœuds qui s'étaient formés pendant la nuit.

« Nous avions prévu de diriger la boutique ensemble. Rien que toi et moi. On s'était promis de ne pas avoir d'épouvantables maris. Tu te rappelles ? »

Iris essuie la larme de Rose qui vient de tomber sur la table. « Nous avions tant de projets ! poursuit-elle.

— Je suis désolée.

— Moi aussi. Tu veux bien que je reste avec toi aujourd'hui ? »

Rose secoue la tête. « Pas maintenant. »

Iris se dirige vers la porte. Le silence qui s'étire entre elles l'insupporte, et elle se remet à parler – à babiller, même. « Je m'en vais, mais avant cela, sache que je mets de l'argent de côté pour la boutique et que je peux t'aider. Je me doute que tu ne voudras pas de *son* argent, mais j'économiserai sur les sommes que j'obtiendrai en vendant mes propres tableaux. Nous pourrons ouvrir et décorer la boutique ensemble, puis tu la dirigeras, et je me contenterai de t'assister. Je dessine de mieux en mieux, tu sais ! Je peindrai toutes sortes de petits portraits à l'huile… » Elle pose la main sur la poignée de la porte et jette un regard derrière elle. Le regard désespéré que lui lance Rose lui fait l'effet d'un coup de poing en plein cœur. Elle blêmit et entend à peine les mots que murmure sa sœur.

« Pardon ?

— Tu reviendras me voir ? » répète Rose.

Iris acquiesce et quitte la boutique.

Couteau

Les hommes coiffés d'un haut-de-forme se saluent d'un signe de tête, sans ôter leurs chapeaux. Pour une fois, Albie ne se promet pas de les imiter un jour. Il a l'habitude d'être malmené, mais il a toujours été convaincu de sa capacité à résister aux événements qui le tirent vers le bas, tel un morceau de bois qui flotte à la surface, quoi qu'il arrive. Depuis quelques jours, ce n'est plus le cas : il a l'impression de couler. Il court moins. Il chante moins. Il est fatigué en permanence.

Il arbore deux yeux au beurre noir, son nez tuméfié s'est décoloré comme s'il avait la jaunisse, et il dort mal depuis que le visage grimaçant de Silas a surgi derrière la grille de l'entresol qu'Albie partage avec sa sœur. L'homme a frappé deux fois contre le métal rouillé, puis il est parti. Un simple avertissement, donc. Pour faire comprendre à Albie que sa menace n'était pas une plaisanterie. Son geste a suffi pour étouffer les scrupules du gamin : que pèse son désir de protéger Iris, si grand soit-il, contre la vision de sa sœur étranglée dans un fossé ? Il la revoit, nue sur son lit, comptant l'argent récolté après une nuit de labeur ; son sourire ébréché, la façon dont elle plaque ses jambes contre les siennes quand elle a fini de travailler et qu'ils peuvent enfin dormir l'un contre l'autre.

Pas question de la mettre en danger. Mais Albie sait comment s'y prendre pour déjouer les menaces de Silas :

il a décidé de le suivre comme son ombre. Il suit un homme qui suit une femme – c'en est presque comique, comme si la ville entière était plongée dans une histoire d'espionnage. C'est très sérieux, pourtant : si le taxidermiste tente de s'en prendre à Iris au cours de la journée, il trouvera Albie sur son chemin. Et cette fois, il sera prêt à l'affronter : échaudé par l'issue calamiteuse de leurs derniers échanges, Albie a puisé dans ses économies pour acheter un couteau. Il l'a emmailloté dans un rectangle de coton comme un doigt bandé, et l'a glissé dans sa poche.

« C'est l'exposition la plus réussie de l'Académie ! » s'enthousiasme un visiteur devant lui, mais Albie n'a aucune idée de ce que renferme le grand bâtiment en pierre qui se dresse devant eux – et franchement, il s'en fiche. Les rues et les constructions de la capitale ne sont pour lui qu'une succession de dangers à éviter, de masses à contourner : trous dans la chaussée, chutes de gravats, chevaux, fouets des cochers.

Il suit Silas à travers la foule tandis que le taxidermiste joue des coudes pour s'approcher de l'entrée du bâtiment, un morceau de papier à la main. Albie passe sa langue sur ses gencives lisses. Ce geste familier apaise la peur qui étreint sa poitrine et lui noue la gorge.

Il sait que le morceau de papier signifie la même chose que la veille, à l'inauguration de l'Exposition universelle : il ne pourra pas aller plus loin. On ne veut pas de lui dans ce genre d'endroits. Et avec ses yeux au beurre noir et son nez jaune, il aurait vite fait de se faire repérer s'il se glissait parmi la foule. Il tente de refouler ses craintes : si Iris vient voir cette exposition, elle sera en bonne compagnie. Avec tout ce beau linge autour d'elle, Silas ne pourra pas lui faire de mal.

Le souci, c'est qu'il va sûrement passer des heures dans ce bâtiment, comme la veille, au Crystal Palace : Albie a fait le pied de grue devant l'entrée toute la journée, et quand le taxidermiste est enfin ressorti, il a failli le perdre de vue dans la foule. Il se frotte le front. N'est-ce pas là l'occasion de mettre à exécution le plan qu'il n'a pas osé accomplir la veille ? Oui, il aura le temps. Et s'il découvre quoi que ce soit dans la boutique de Silas, le moindre signe indiquant que ce dingo a l'intention de s'en prendre à Iris, alors il pourra alerter la police. Il conduira un agent sur les lieux, et Silas sera pendu. Sa sœur sera en sécurité, Iris aussi. Plus il y pense, plus il est convaincu que Silas a des secrets, d'horribles secrets à cacher. Il n'en montrait rien jusqu'à présent, mais au cours des deux dernières semaines, l'homme a cédé à une folie grandissante et laissé paraître ses mauvaises intentions.

Sa décision prise, Albie détale en courant, laissant derrière lui les colonnes de Trafalgar Square. Sa jambe gauche est restée douloureuse après que Silas l'a fait tomber au sol : il court un peu de travers, la cheville vers l'extérieur, comme un jouet mécanique endommagé.

Académie, Académie, Académie, Académie ! chantonne-t-il en échappant de justesse à un omnibus rempli de jeunes commis. Le cocher l'invective à grands cris, mais il a déjà filé.

Académie, Académie, Académie, Académie.

Il jette un coup d'œil à gauche puis à droite, et se faufile dans l'allée de Silas. Les immeubles sont aussi hauts que des paquebots, la plupart de leurs fenêtres sont brisées, et des volutes de fumée s'échappent de l'un d'eux. L'impasse est jonchée de cendres et de poussière, formant une sorte de pâte boueuse qui colle aux semelles. La boutique du taxidermiste se trouve au bout de l'allée : deux étages empilés de guingois, aussi chancelants qu'un vieil ivrogne.

Albie ralentit, pris à la gorge par une odeur atroce.

Contre le mur du fond, il aperçoit une créature en décomposition, abandonnée aux guêpes et aux asticots. La mâchoire (ou ce qu'il en reste) ressemble à celle d'un renard. Albie porte à la main à sa bouche. Vite, songe-t-il, il lui faut entrer dans la boutique, échapper à cette puanteur. Et inspecter les lieux avant le retour de Silas.

Il tente d'ouvrir la porte – verrouillée, bien sûr. Il lève les yeux et remarque que la fenêtre de la chambre est entrebâillée. L'ouverture est à peine plus large d'un tuyau de cheminée, mais Albie a l'habitude d'escalader les murs et de se faufiler dans les interstices les plus étroits pour s'amuser ou pour prendre des raccourcis. Il grimpe plus agilement qu'un chat, même lorsqu'il a mal aux jambes, comme aujourd'hui. Sa sœur se moque gentiment de lui en disant que ses os sont aussi plats que des cartes à jouer et qu'il serait le meilleur cambrioleur de la capitale s'il était moins honnête.

Il jette un regard autour de lui, se frotte les mains l'une contre l'autre et entreprend d'escalader la façade du bâtiment.

Le vernissage

Les hommes en redingote noire se détournent, un sourire railleur aux lèvres. Silas craignait qu'ils ne le laissent pas entrer, même muni d'un billet en bonne et due forme (pour lequel il a déboursé une somme exorbitante), mais ils ont fini par céder.

Les années précédentes, il se postait devant l'entrée du musée avec plusieurs de ses spécimens afin de les montrer aux peintres en quête d'animaux empaillés. C'était un bon moyen d'attirer la clientèle. Il ne doute pas que Louis viendra aujourd'hui – aucun artiste londonien ne manquerait l'ouverture de cette exposition – et il est sûr qu'il voudra montrer son travail à Iris.

Il traverse les salles caverneuses. La multitude de tableaux accrochés aux murs crée une impression de désordre et de confusion. Il aimerait que les toiles soient bien alignées, de même taille et encadrées de manière identique – au lieu de quoi elles forment une sorte de papier peint monstrueux, trop richement orné. Par chance, le plafond offre d'élégantes moulures parfaitement symétriques. Le contempler apaise le tournoiement de son esprit. Ce faisant, il bouscule un moustachu qui le foudroie d'un regard méprisant. Sa morgue lui rappelle celle de Gideon. Qu'es-tu venu faire ici ? Ce n'est pas ta place, semble-t-il sur le point de crier. Silas n'a jamais été accepté à Stoke – même sa mère le détestait – et ici, la société à laquelle il aspire le traite comme un chien errant ou un bouffon. Il tente de se concentrer sur la pensée qu'Iris sera bientôt là, qu'il lira sur son visage une expression de reconnaissance : la confirmation qu'il fait partie de l'establishment, qu'il peut, lui aussi, obtenir des billets pour un tel vernissage.

Quelle surprise ce sera pour elle, de le voir parmi ces belles dames et ces messieurs importants ! Silas erre parmi les nuages de tabac, regardant à peine les tableaux. Il se demande ce qu'il lui dira s'il ose l'approcher. Devrait-il lui reprocher de ne pas être venue à la boutique l'autre jour, ni à l'Exposition universelle la veille ? C'était injuste de sa part, ingrat même. « Je suis désolée, dira-t-elle en inclinant la tête, je ne pouvais pas venir sans chaperon. »

Il jette un coup d'œil dans la pièce, et puis – il a du mal à le croire – il l'aperçoit, là-bas, sur le mur ! Il se fraie un passage à travers la foule, poussant du coude un homme qui se retourne d'un bond et grogne : « Excusez-vous, monsieur ! », mais Silas ne s'arrête pas.

C'est Iris. Vivante, parfaite, sereine. L'exactitude des détails l'étonne. Il a l'impression qu'il pourrait la rejoindre dans le tableau, il sent le pouls qui palpite au creux de sa gorge, la fraîcheur de sa main sur sa poitrine. Son regard effrayé mais plein d'espoir ne semble s'adresser qu'à lui. Elle porte une couronne dorée dans les cheveux. Une reine, donc, comme Louis l'avait annoncé il y a plusieurs mois au Dolphin. Silas remarque un groupe d'hommes admirant le tableau. De quel droit ? Il est hors de question que ces imposteurs s'approprient la courbe de ses lèvres, la torsion de sa clavicule, l'écart qui sépare ses yeux. Elle est *sa* reine.

Enfin, ces messieurs partent, et il observe le tableau de plus près. Il remarque les barreaux de la cellule, son expression de désir. Et l'oiseau qui passe devant la fenêtre grillagée – n'est-ce pas *sa* tourterelle ? Chaque plume est si parfaitement rendue que Silas s'attend presque à la voir quitter la toile à tire-d'aile pour surgir dans la salle.

Il lit l'inscription peinte sous la composition. « Ma vie est morne, il ne vient point. » En dessous figurent d'autres mots, sans doute dans une langue étrangère, qu'il tente en vain de déchiffrer.

Tous ses projets et ses rêves se cristallisent. Il découvre avec fièvre, avec gratitude, ce qu'il doit faire. Comment il va mériter ce regard, comment il l'aura pour lui seul. Comment il va l'enchanter et effacer sa tristesse.

Une joie profonde le saisit, un frisson dont il ne peut pas définir la nature, mais qu'il mettrait en bouteille s'il le pouvait. C'est encore plus puissant que de courir à travers les prairies du Staffordshire, de découvrir le crâne d'un bélier, d'avoir enfin Flick tout à lui, sa bouche pour lui seul.

Elle sera à lui.

Sur la ligne

« Allons, mon ami ! s'exclame Iris en tirant Louis par le bras. Que t'arrive-t-il ? Tu marches plus lentement que Guenièvre. Nous avons fort à faire, pourtant. Entre autres, découvrir si je suis sur la ligne.

— Tu as raison. Allons-y, et prends ton air le plus digne : tu es une reine, après tout ! » Il rit et fait un petit bond en l'air. « De toute façon, je suis sûr que mon tableau ne sera pas sur la ligne. Ils l'auront caché dans un coin comme le *Rienzi* de Hunt l'année dernière. »

La Royal Academy surgit devant eux, immense édifice de pierre noircie par la poussière de charbon. Des hommes en haut-de-forme discutent devant l'entrée ; les fumées de leurs pipes s'emmêlent dans la brise. Ils sont fièrement campés dans le sol, aussi solides et sûrs d'eux-mêmes que le bâtiment et ses piliers. Un tremblement de terre ne parviendrait pas à l'ébranler. Même ses fenêtres demeureraient intactes, estime Iris, avant de penser à sa première toile, celle que Guenièvre a mâchouillée. Aujourd'hui, elle est contente qu'elle ne soit pas exposée. Elle soumettra l'an prochain un nouveau tableau au comité de sélection. Une toile irréprochable et ambitieuse – un mètre cinquante de haut, pour le moins. Elle ne craindra pas d'occuper l'espace.

Un portier ouvre le battant, puis s'efface pour les laisser entrer ; il a reconnu Louis et leur fait signe d'ignorer la file d'attente. Louis saisit Iris par le bras et l'entraîne vers le grand escalier en marbre. Il est tendu, presque brusque. Elle perçoit son agitation et son anxiété sous son calme apparent. Une image vient danser dans son esprit : sa bouche à elle sur son sexe dressé, le corps alangui de Louis, ses lèvres entrouvertes tandis qu'elle le chevauche – elle rougit et réprime un fou rire.

Il soulève son chapeau (ou plus exactement, celui de Millais) et s'incline devant plusieurs visiteurs. Elle aperçoit avec amusement une tache de peinture bleue dans ses cheveux noirs. Il se penche vers elle pour lui indiquer le nom des personnes qu'ils viennent de croiser : « C'était Brown, il paraît que son *Chaucer* est splendide. Oh, voici Eastlake ! Et lady Eastlake est avec lui. Plus loin, là-bas, c'est Reynolds. Et Leighton, juste derrière. »

En haut des marches, devant l'entrée des salles d'exposition, le brouhaha s'accentue et un épais rideau de fumée s'élève vers le plafond. Louis sort sa pipe de sa poche et la coince entre ses lèvres, mais il se contente de la mâchonner sans l'allumer. Ils entrent dans la première salle. Louis cherche sa *Dame de Guigemar*, passant d'abord en revue les toiles accrochées à hauteur des yeux, puis celles qui se trouvent au-dessus et en dessous. Iris s'efforce de l'imiter, mais elle a vite le tournis. Impossible de fixer son regard : il y a tant à voir ! Elle attend cette inauguration depuis des semaines, imaginant la foule, les jolies robes, les conversations et les toiles sagement alignées sur les murs. Elle s'est trompée. L'accrochage n'a rien de sage : il est confus et chaotique – mais quelle splendeur ! Un patchwork de cadres dorés du sol au plafond. À eux tous, ces tableaux représentent des dizaines, voire des centaines d'années de travail et de création artistique. Elle s'efforce de concentrer son attention sur une œuvre montrant un ruisseau en Écosse : combien de pigments ont-ils été nécessaires ?

Combien de coups de pinceau le peintre a-t-il donnés ? Tout comme une horloge dissimule ses rouages complexes derrière un simple cadran, cette salle dissimule l'abîme de réflexions auquel se sont livrés ces artistes pour parvenir à bout de leur travail.

« Elle n'est pas là », déclare Louis en l'entraînant vers la salle suivante. Les jupes d'Iris balaient le parquet, tandis qu'ils se fraient un passage parmi la foule. Certains regardent fixement les toiles, d'autres les pointent du doigt en s'esclaffant. Tout Londres semble s'être rassemblé dans ce bâtiment pour bavarder.

« D'après toi, combien de tableaux sont accrochés ici ? demande-t-elle à Louis.

— Pardon ? » marmonne-t-il, et elle répète sa question. « Oh, plus de mille, au moins. Mais où est-elle ? »

Iris le tire par la manche. « Là ! Regarde ! »

La toile de Louis est sur la ligne. Parfaitement, précisément sur la ligne, au centre de la salle ouest. Accrochée près de tableaux plus sombres, aux couleurs brunes, elle irradie de vie et de lumière.

Tandis que Louis se dirige à grands pas vers son œuvre, Iris demeure en retrait, les yeux rivés sur son double en deux dimensions. La voilà exposée aux yeux du monde entier. Le peintre l'a figée, enfermée entre les quatre montants du cadre doré. Elle se dresse à présent devant les visiteurs, grandeur nature, comme si Louis avait capturé pour l'éternité un instant fugace de son existence.

Il l'a magnifiquement restituée.

Cela faisait un mois qu'Iris n'avait pas vu le tableau. La reine – *moi*, songe-t-elle, incrédule – se tient debout, le visage à demi tourné vers la fenêtre, un bras le long du corps, l'autre tendu vers la tourterelle qui passe devant les barreaux de sa prison.

Comment a-t-elle pu douter de l'amour de Louis ? Elle

perçoit maintenant la tendresse avec laquelle il l'a peinte, l'affection qu'il a insufflée dans chaque coup de pinceau. C'est une déclaration d'amour.

« J'aurais dû ajouter plus de lierre », marmonne-t-il en fronçant les sourcils. Il recule d'un pas.

« Elle est sur la ligne », chuchote Iris. Autour d'eux, les visiteurs observent un silence respectueux. Elle voudrait retenir cet instant de triomphe et le partager avec lui.

« Oui, admet-il. Oui, c'est vrai. Et regarde… » Il tend le doigt. « *Le Retour de la colombe à l'Arche* est aussi sur la ligne, et *Mariana*, un peu plus bas. »

Elle imagine sa propre toile accrochée dans cette même salle, à côté de celle de Louis, lors de la prochaine exposition. Elle vient tout juste de la commencer : après avoir préparé le fond, elle a tracé les contours de l'ombre et de la lumière, puis la courbe d'un bol de fraises, et un vase gorgé de fleurs. Cet après-midi, elle posera les premières touches de peinture. Elle a hâte de regagner son atelier.

« Monsieur Frost », dit un homme en lui tapotant l'épaule. Louis se retourne et s'incline, puis il présente Iris.

« Quelle créature majestueuse ! s'exclame l'inconnu avec un petit rire. Comme elle est grande ! Je l'aurais reconnue entre mille, mais est-elle à vendre, elle aussi ? » Louis ne sourit pas. Les deux hommes bavardent un moment. Ils évoquent la visite de Ruskin, qui a déjà fait le tour des salles plus tôt dans la journée, et l'agitation qui règne à Londres, où deux expositions majeures ont été inaugurées en l'espace de deux jours.

« Bien que la nôtre soit plus prestigieuse, l'inauguration de l'Exposition universelle nous a chipé la plus grande partie de nos visiteurs habituels », reconnaît l'homme d'un air dépité.

Louis hausse les épaules. « Vraiment ? J'ai peine à vous

croire. Cette Exposition universelle n'est-elle pas terriblement narcissique ? Chaque exposant n'est préoccupé que de soi-même, et tout est montré dans le plus grand désordre, m'a-t-on dit. Il paraît qu'il n'y a pas de place dévolue aux beaux-arts, hormis pour illustrer l'amélioration des teintes et des coloris proposés par les marchands de couleurs. Il ne s'agit donc pas de démontrer un quelconque talent artistique, mais simplement d'utiliser les préparations à bon escient. C'est absurde, vous ne trouvez pas ? »

Iris a déjà entendu à de nombreuses reprises l'opinion – et les récriminations – de Louis sur ce sujet. Aussi cesse-t-elle d'écouter la conversation, se contentant de suivre le mouvement de leurs lèvres. L'homme a une cicatrice en forme d'asticot sur la joue : elle se rétracte quand il parle. Il tapote le coude de Louis, l'invitant à se tourner vers le visiteur qui vient à leur rencontre : « Puis-je vous présenter M. Boddington, qui a exprimé le désir d'acquérir votre *Emprisonnement de la dame de Guigemar* ? »

Les hommes s'inclinent et Iris fait un pas de côté pour prendre congé, pressée de poursuivre sa visite. « Excusez-moi », dit-elle, mais personne ne lui prête attention.

Elle observe à nouveau la toile de Louis, s'attardant sur la profonde mélancolie qu'exprime son visage grave. Elle sent sa gorge se serrer. L'euphorie qu'elle éprouvait un moment auparavant s'est dissipée, remplacée par une angoisse diffuse. Elle ne perçoit plus le tableau comme une célébration de sa beauté, mais comme un piège qui se serait soudain refermé sur elle. La dame de Guigemar est devenue sa jumelle : intimement semblable et profondément différente. Elle est parvenue à l'éclipser, à brouiller la frontière entre le réel et sa représentation : à force de l'observer, Iris ne sait plus très bien où elle finit et où commence son double. C'est comme si une moitié d'elle-même lui avait échappé pour devenir une autre.

Et puis, il y a cette discussion troublante sur l'achat du tableau… Pourquoi ne lui est-il pas venu à l'esprit que la *Dame de Guigemar* serait à vendre ? Elle s'était imaginé que Louis voudrait la garder. Le tableau n'est-il pas trop chargé de souvenirs pour qu'il accepte de s'en séparer ? « Ce n'est pas moi », se rappelle-t-elle, et pourtant si, c'est elle.

« Je sais que votre tableau n'est pas au goût de tout le monde. Il paraît que certains critiques se sont déjà acharnés à le dénigrer. Mais je l'admire intensément, et je me demandais à quel prix… »

Du coin de l'œil, elle voit Louis sourire, hocher la tête et répondre : « Je suis un piètre commerçant, vous savez ! Mais je ne m'en séparerai pas pour moins de quatre cents livres. »

Quatre cents livres ! Telle est donc sa valeur marchande ? Iris regarde la toile, puis les portraits d'autres femmes qui l'entourent : leurs visages aussi seront conservés pendant des centaines d'années, exposés aux regards critiques ou appréciateurs de tout un chacun ; et toutes ont un prix. La Royal Academy n'est rien de plus qu'une boutique fastueuse abritant des dizaines de femmes peintes, le regard triste et l'air mélancolique. Toutes à vendre.

Tandis qu'elle s'éloigne, Iris entend un visiteur français se moquer de la *Mariana* de Millais. Elle ne parvient pas à s'en offusquer. De toute façon, Mariana est à vendre, elle aussi. Elle s'efforce de se contrôler, de considérer que Louis est un artiste, que l'art est un marché, et qu'il doit bien gagner sa vie. Qu'il fixe le prix des séances de pose comme il fixe celui de ses toiles. Rien n'y fait : l'amertume persiste. Louis a tant discuté avec elle de son travail sur un plan esthétique qu'elle en a oublié son aspect commercial. Elle se souvient des propos de Millais : « Il me faudra une créature d'une beauté époustouflante. » Et de ceux du gentleman, un instant plus tôt : « Quelle créature majestueuse ! »

Elle sent une main se poser sur son bras, et sursaute. C'est une poigne dure : les doigts s'enfoncent dans sa chair comme ceux de Mme Salter à la boutique. Une odeur aigre, nauséabonde, lui emplit les narines. Elle recule, pressée d'échapper au contact de ce visiteur déplaisant.

« Je comprends tout », dit celui-ci.

Elle le regarde avec stupeur. Son haleine est putride, ses lèvres violettes et scintillantes. Son intrusion est si violente, si inattendue, qu'elle demeure tétanisée. En cet instant, il pourrait l'entraîner vers la sortie sans qu'elle lui oppose la moindre résistance, comme une enfant suivant sa mère. Elle tourne les yeux vers les visiteurs : ils lui semblent flous, comme si elle les distinguait à travers un voile. Elle ouvre la bouche : aucun son n'en sort. Elle se fait l'effet d'une mouche prise dans les rets d'une araignée.

« Vous devez être ma reine », ajoute-t-il sans sourire.

Alors seulement elle le reconnaît : c'est l'homme qui l'a interpellée un soir, à Colville Place. Celui qui lui a donné cette babiole… Comment s'appelle-t-il ? Elias ? Cecil ? Silas ? Oui, c'est cela. Silas. Elle essaie de plier le bras pour lui échapper, mais il refuse de la lâcher. Pire encore : il resserre son emprise sur son coude. Elle sent son souffle se bloquer dans sa gorge. Les doigts moites et froids de cet homme l'insupportent, son odeur la révulse.

Il enfonce ses ongles dans sa peau. La douleur, très vive, l'incite à lui faire mal, elle aussi. « Lâchez-moi », ordonne-t-elle, et elle se dégage d'un geste si brusque que les gentlemen situés derrière eux s'écartent en poussant des cris indignés. Iris rougit. Elle a troublé les eaux lisses de l'exposition.

Lorsqu'elle s'éloigne à grands pas vers la salle suivante, elle s'attend à ce que l'homme la suive, à ce qu'il tente de la rattraper. Mais il demeure immobile dans la cohue, le visage tordu de douleur, comme si la résistance d'Iris l'avait brûlé vif.

Souris

La pièce est plongée dans la pénombre, et Albie cligne des yeux pour chasser les formes floues qui dansent dans son champ de vision. Il porte la main à son genou en grimaçant : il s'est cogné contre le rebord en se glissant par la fenêtre entrouverte.

Il jette un regard autour de lui. Un lit au cadre métallique est poussé contre le mur du fond ; les draps sont étonnamment propres. Fixée au-dessus du lit, une étagère abrite une collection de… petites boules de coton ? Intrigué, Albie s'approche.

Ce qu'il a pris pour des boules de tissu sont en fait des souris empaillées, certaines blanches, d'autres brunes. Elles sont presque toutes vêtues de jupes, de corsets et de bonnets. Elles lui rappellent les poupées au regard impassible, parées de robes à froufrous, exposées dans les vitrines de Mme Salter. Il saisit la plus petite des souris, placée à l'extrémité de la rangée. Elle porte une robe qui lui arrive au genou et tient une minuscule assiette en porcelaine entre ses pattes. Une touffe de fourrure rouge est collée sur le haut de son crâne.

Albie sent un frisson d'appréhension lui parcourir l'échine. Ces souris lui fichent la frousse. S'il les avait découvertes ailleurs, il aurait volontiers joué avec, imaginant une scène de rue et de petits dialogues entre elles. Mais ici… Une pendule sonne au rez-de-chaussée. Il sursaute, effaré, puis se sermonne. Il ne lui arrivera rien – mais il doit faire vite. Il traverse la pièce et s'engage dans l'étroit escalier qui mène à la boutique.

Un profond silence règne sur les lieux. Seul un léger brouhaha rappelle que le Strand et toute son agitation sont au bout de l'allée. Albie s'avance dans la pièce sous le regard fixe des créatures empaillées. Les crânes montrent les dents. Il se fige. Qu'est-il venu chercher, au juste ? Une preuve, mais de quoi ? Autour de lui, les spécimens semblent éclater de rire. Pensait-il trouver le cadavre d'une pauvre femme assassinée ? Ou des croquis détaillant un projet d'attaque contre Iris ? C'était ridicule de sa part. Il frôle du bout des doigts un os jauni par les années, puis il observe un moineau figé en plein vol, le bec entrouvert. On dirait que la roue du temps s'est arrêtée, interrompant l'existence paisible de toutes ces créatures, chacune demeurant statufiée à l'instant précis où Silas l'a capturée.

Le tic-tac de la pendule rappelle Albie à ses obligations : il fouille avec empressement dans les tiroirs de la commode, sans rien trouver d'autre que des tessons de poterie et des papiers froissés. De toute façon, même s'il avait trouvé des documents accusateurs, il aurait été incapable de les déchiffrer : les caractères tracés à l'encre sur une feuille de papier ne signifient rien pour lui.

Il se redresse. Tout est si calme, si... lugubre ! Il remarque un tapis en peau de cerf étalé sur le sol, au fond de la boutique. Silas a conservé le museau, plat et brillant. Il se demande où le taxidermiste fabrique ses spécimens. La boutique est bien trop exiguë pour ça. Et Albie n'aperçoit aucun outil de travail. Il n'y avait rien de tel dans la chambre non plus. Il cherche des yeux une autre pièce, mais la fenêtre du fond ouvre sur une courette, et il n'y a pas d'autre porte que celle qui donne sur la rue.

Il tousse. Trop de poussière. Et l'odeur chimique lui fait mal à la tête. Il devrait partir. Silas serait furieux s'il le trouvait là ! Cette pensée ravive son appréhension, et il plonge la main dans sa poche. Le couteau y est toujours. Heureusement ! Albie n'est pas près d'oublier son altercation avec le taxidermiste : la force surprenante de sa poigne, la violence de ses coups… Il y a laissé sa dernière dent et sa tête lui a fait un mal de chien pendant plus d'une journée. Alors, à quoi joue-t-il ? Que fait-il encore ici ? Ce type est complètement dingo – il pourrait le tuer, cette fois ! Il s'élance vers la porte, mais elle est verrouillée. Il remonte l'escalier à toutes jambes, le dos soudain trempé de sueur. Il ne restera pas ici une minute de plus.

Comme il traverse la chambre en courant, faisant grincer les lamelles du plancher (on dirait les cris d'un chaton qui souffre), il aperçoit une grande plume rose sous le lit de Silas. Sans réfléchir, il se penche pour la ramasser. Il la dépoussière en la faisant glisser le long de son index. Il se raidit, comme s'il avait senti les ongles du taxidermiste courir sur sa colonne vertébrale. Pourtant, cette plume n'a rien d'inquiétant. Il y a un tel bric-à-brac chez Silas ! Et des objets autrement plus inquiétants…

Il fronce les sourcils. En fait, cette plume lui rappelle quelqu'un – une femme qui occupait autrefois la chambre voisine de celle de sa sœur, dans leur taudis de St Giles. Cette fille était connue dans tout le quartier pour ses trilles de satisfaction : ses clients adoraient ça. Puis elle a pris du galon et s'en est allée vendre ses charmes dans les rues et les tavernes moins sordides de Soho. Elle s'appelait Bluebell. Albie l'aimait bien. Elle achetait ses plumes à une gamine au visage crasseux qui les vendait à la criée dans les ruelles de St Giles. Est-ce auprès de cette marchande que Silas s'est procuré la sienne, lui aussi ?

Aucune importance. La vision de sa sœur, assise en tailleur sur leur lit, occupée à compter les pièces graisseuses récoltées après sa nuit de labeur, envahit son esprit. Il repousse la plume sous le lit. Assez lambiné ! Il s'élance vers la fenêtre et se glisse sous le battant. Il est si pressé de partir qu'il saute trop vite et atterrit sur son pied meurtri. Tant pis. Même la puanteur que dégage l'animal en décomposition au fond de l'impasse lui procure un soulagement infini.

Sur les toits

« Répète-moi encore ce qu'il t'a dit. » Louis tend la main vers la carafe remplie de porto. Ils sont allongés sur le toit de la maison, dans un creux formé par les tuiles. Ils sont sortis par la fenêtre du grenier en faisant tomber quelques tuiles dans la ruelle, trois étages plus bas. Louis a insisté pour prendre son porto, ce qui ne lui laissait qu'une main libre pour s'accrocher au parapet. Depuis leur poste d'observation, ils ne voient strictement rien de Londres, hormis le sommet des clochers dissimulés dans le brouillard et les fumées.

« Je ne m'en souviens pas précisément », répond Iris, et elle baisse les yeux sur son bras. Quatre marques rouges, là où les doigts de son agresseur se sont enfoncés. « Il a marmonné qu'il avait compris je ne sais quoi et que je devais devenir sa reine… C'était vraiment étrange.

— Et il t'a saisie par le bras ? » Louis prend une gorgée de vin dans sa bouche et se penche vers Iris pour l'embrasser, transvasant une partie du liquide entre ses lèvres. « Il m'a tout l'air d'un fou. A-t-il approché quelqu'un d'autre ?

— Pas que je sache… » L'incident paraît anodin. Pourtant, il l'a profondément troublée. Elle s'est sentie si vulnérable ! « Mais je l'ai reconnu, ajoute-t-elle. Il m'a accostée il y a un certain temps, alors que je me rendais chez toi. Il m'a proposé de visiter sa boutique. » Une pensée lui vient à l'esprit. « C'est peut-être lui qui m'a envoyé le billet ?

— Quel billet ? »

Iris soupire. « Tu ne m'écoutes pas…

— Ah, le billet pour l'Exposition universelle ? Bien sûr que je t'écoute », affirme Louis. Il suit du bout des doigts les marques rouges sur le bras d'Iris. « Je crois plutôt que ce type t'a suivie dans les salles de l'Académie parce qu'il t'a reconnue comme le modèle de mon tableau. Ça lui a tourné la tête… Tu es si captivante !

— Non, dit Iris. Ce n'est pas ça. » Comment expliquer ce qu'elle a éprouvé ? À quel point elle s'est sentie faible et terrifiée ? Comme si cet homme l'avait brusquement dénudée. Elle qui a veillé toute sa vie à ne pas encourager la gent masculine. En fait, les hommes l'ont toujours un peu effrayée. Parce qu'ils la perçoivent comme un joli objet à regarder, voire comme un objet à toucher à loisir : certains d'entre eux se sentent autorisés à glisser un bras autour de sa taille, un murmure au creux de son oreille ou un baiser sur sa joue, prétendant qu'il s'agit là de gestes amicaux dont elle devrait être reconnaissante. Sa mère l'a incitée à apprécier les attentions des messieurs tout en leur opposant une résistance farouche, afin qu'ils ne doutent jamais de sa pureté ni de sa bonne éducation. Seigneur, songe-t-elle avec lassitude, comme elle est fatiguée de tout cela ! « Je sais que ça semble insignifiant, reprend-elle. Oublions cet incident, veux-tu ?

— Absolument pas, réplique Louis. Regarde ton bras : les bleus qu'il t'a infligés ! Si je savais qui c'était, je t'assure que…

— Et s'il s'était… » Elle hésite. « S'il s'était entiché de moi ? » L'adjectif lui semble arrogant. « Je… J'ai l'impression qu'il m'a *choisie*, poursuit-elle. Et je ne peux pas m'empêcher de craindre qu'il ne me retrouve. Ou qu'il ne me suive dans la rue. Ça me rend… mal à l'aise, tu comprends ? »

Louis acquiesce. « Que sais-tu de lui ?

— Je sais comment il s'appelle : Silas. Il m'a donné une babiole un jour. Avec une aile de papillon…

— Le Cadavre ? s'écrie Louis en se redressant. Quelle sale bête !

— Tu le connais ?

— Bien sûr que je le connais. Il fabrique des animaux empaillés pour nos tableaux. Il est assez étrange, je te l'accorde, mais sois tranquille : à mon avis, il est inoffensif. » Il fronce les sourcils. « Attends. Quelqu'un m'a dit que… C'était Albie, je crois. Oui, Albie m'a dit qu'il avait aperçu Silas en bas d'ici, dans la rue, et que… Mais peu importe.

— Non, c'est important. Qu'a dit Albie, exactement ?

— Je m'en souviens à peine. J'étais absorbé par mon croquis et je ne prêtais pas vraiment attention à ses bavardages. Je me rappelle seulement qu'il avait peur de Silas. » Il marque une pause. « Mais franchement, je crois qu'il n'y a pas lieu de t'en faire. Si tu connaissais le Cadavre comme moi, tu saurais que c'est un pauvre homme, rien de plus. Il avait l'habitude de flâner sur Gower Street pour essayer de nous vendre ses spécimens, à Millais et à moi. Il est connu pour ça. Il fait le pied de grue devant les boutiques et les tavernes fréquentées par les artistes afin de s'attirer leurs bonnes grâces. C'est aussi pour ça qu'il est venu à l'Académie, j'en suis sûr ! » Louis affiche un sourire triomphant, comme s'il avait résolu une énigme. « Oui, c'est très clair, à présent. Silas est inoffensif, je t'assure. Et nettement moins talentueux qu'il semble le penser. Il s'illusionne, si tu veux mon opinion. » Louis hausse les épaules. « Je peux aller à sa boutique, si tu veux. Je lui parlerai. Je lui demanderai ce qui lui a pris de te causer une telle frayeur. »

Iris réfléchit un moment. Elle imagine la scène : Louis jouant les redresseurs de torts, entrant vivement dans la boutique, élevant la voix, proférant des menaces, faisant reculer Silas jusqu'au fond de la pièce. Mais elle veut oublier cet homme, et non lui accorder plus d'importance qu'il n'en a. Or si Louis l'accable de reproches, ne risque-t-il pas de prolonger l'incident, et même de l'amplifier ? Cet affreux personnage pèse déjà sur leur discussion, sur leurs échanges amoureux. Elle secoue la tête. « Non. Tu dois avoir raison. Ce n'est qu'un imbécile. Et il est tombé sur moi par hasard en venant à l'inauguration. »

Louis s'allonge près d'elle. « Bien. Mais s'il t'ennuie encore, tu dois me le dire. »

Ils portent tour à tour la carafe à leurs lèvres, puis Louis glisse sa main dans la sienne. Elle suit le contour d'une tuile du bout de son soulier. Leur amour est si vif et si paisible à la fois ! C'est ce dont elle a toujours rêvé. Elle pose sa joue sur l'épaule de Louis. Il lui caresse les cheveux. Que peut Silas face à un tel bonheur ? Déjà, il s'efface de son esprit, se réduit à une créature absurde et insignifiante. Les propos de Louis l'ont rassurée. Elle est certaine, à présent, que le taxidermiste n'avait pas prémédité leur rencontre. Il lui a serré le bras un peu fort, voilà tout.

« J'ai reçu une offre d'achat pour mon tableau, tu sais.

— J'ai entendu. Pour un bon prix, m'a-t-il semblé.

— En effet, mais j'ai décidé de ne pas le vendre.

— Pourquoi ?

— Parce que… Oh, tu vas me trouver trop sentimental !

— Certainement pas.

— Si, je suis sûr que tu vas te moquer de moi, minaude-t-il, et il commence à la chatouiller.

— Arrête ! ordonne-t-elle en riant. Je me rends ! Tu as raison : je vais me moquer de toi. Eh bien, pourquoi ne pas vendre la *Dame de Guigemar* ? »

Il mordille ses lèvres rougies par le porto. « J'aurais l'impression de... C'est comme si le tableau, c'était toi. N'est-ce pas étrange de ma part ?

— Pas vraiment... mais je te rassure : je suis une femme en chair et en os !

— Ne me le rappelle pas, murmure-t-il en déposant un baiser au creux de son cou. En tout cas, mon tableau n'est pas à vendre. Pas même si Ruskin lui-même me le demandait ! J'ai proposé à M. Boddington d'acheter *La Bergère* quand je l'aurai terminée. Il la prend pour trois cents livres.

— Trois cents livres ! » Elle songe à sa sœur, penchée sur son ouvrage, chez Mme Salter. Il faudra quinze ans à Rose pour gagner une somme pareille – des milliers de poupées aux lèvres roses. Et lorsqu'elle aura enfin réuni une telle fortune, elle sera flétrie, usée jusqu'à la corde.

« Je t'en donnerai cinquante, reprend Louis.

— Quoi ? Non, certainement pas.

— Et pourquoi donc ?

— Parce que je n'ai fait que me tenir debout devant toi.

— Allons ! Je ne te paie pas pour *ça*, s'amuse Louis. Mais pour la prairie, le ciel et ces satanés boutons-d'or que tu as peins. Des douzaines de boutons-d'or – les as-tu oubliés ? Un travail de commande, et tu as parfaitement rempli ta mission. Il est hors de question que tu ne sois pas payée.

— Je ne peux pas accepter », insiste-t-elle, mais quand il lève la main pour la faire taire, elle renonce à protester.

Elle imagine Rose dans une jolie boutique bien à elle, environnée de tissus colorés empilés comme des boîtes de friandises. Pourquoi Iris n'accepterait-elle pas les cinquante livres de Louis pour sa sœur ? Et pour Albie ? Si elle donnait trois livres au gamin – une somme absurdement généreuse, elle le sait –, il pourrait enfin s'offrir le dentier de ses rêves ! Elle porte la main à la rose en soie épinglée sur sa robe. Avec Louis, Albie a été son seul ami ces derniers mois, et elle souffre de le voir souffrir, même s'il ne se plaint jamais de sa situation. Il est allé parler à Rose, il a essayé de l'amadouer, il a transmis les lettres d'Iris sans rien lui demander en échange. Donc, résume-t-elle : trois livres pour Albie et trente-cinq livres pour Rose. Elle gardera pour elle les douze livres restantes.

Louis pose un baiser sur son front. « Je ne veux pas être séparé de toi – jamais.

— Te voilà bien sentimental ! réplique-t-elle d'un ton moqueur, bien qu'elle se sente chavirer d'émotion. Qu'as-tu mis dans ce porto ? J'ai peur de devoir bientôt t'emmener à l'asile.

— Au lit, tu veux dire ? J'en serais ravi. Tu peux m'y emmener tout de suite, si ça te chante. »

Ses mots sont aussi chauds que le vin. Elle porte la carafe à ses lèvres, prend une gorgée de porto et se penche vers Louis pour l'embrasser. Elle verse un peu d'alcool dans sa bouche. Surpris, il s'étrangle et proteste, mais elle devine son excitation. Sa bouche sent la cannelle et le tabac. Ne sont-ils pas aussi heureux qu'un couple de jeunes mariés ? Elle fait courir ses doigts sur son torse.

« Veux-tu retourner à l'intérieur ? chuchote-t-il.

— Est-ce vraiment nécessaire ? » réplique-t-elle en souriant. Hormis les mouettes et les pigeons, personne ne peut les voir. Elle défait un à un les boutons de sa chemise. Plus rien ne l'inquiète – et surtout pas Silas.

Plus tard dans l'après-midi, Louis et Iris montent travailler dans son atelier. Le soleil entame sa course descendante et Louis se régale d'un bol de poires pelées nappées de chocolat.

« Un peu de gomme-gutte, s'il te plaît, demande Iris tandis qu'il savoure la dernière goutte de sirop.

— Il te faut aussi de l'outremer, pour les ombres. » Il attrape deux vessies remplies de peinture à l'huile et les presse sur sa palette.

Sur la toile, derrière la silhouette esquissée de l'homme et de la femme bras dessus bras dessous, la jeune femme a représenté un vase rempli d'iris et de roses. Elle a dessiné chaque pétale, chaque tige. Maintenant, elle doit ajouter les couleurs, insuffler la vie à tout cela. Le bouquet d'iris que Louis lui a acheté brunit rapidement, les pétales s'effritent, mais ils feront l'affaire. Elle suçote la pointe de son pinceau en poil de martre, le trempe dans l'outremer et pose un point de couleur sur la toile en veillant à laisser vierge l'endroit où le pétale laiteux reflète la lumière. Louis dit qu'elle va trop vite, qu'elle devrait faire plus de croquis préparatoires avant de commencer à peindre, mais elle fait mine de ne pas l'entendre.

Tout en travaillant, elle énonce ses exigences d'une voix flûtée, comme une cliente pompeuse. « Plus de bleu. Un peu d'émeraude. Non, davantage. Bien. Une touche d'huile de lin, maintenant. » Il nettoie les pinceaux dont elle ne se sert plus et souffle doucement dessus pour les faire sécher.

« Iris ? dit-il soudain, interrompant ses pensées.

— Oui ?

— Ça t'ennuie que nous ne puissions pas nous marier ? »

Elle s'essuie les mains sur le chiffon de térébenthine. La

question la met mal à l'aise. Elle sait que Louis aimerait être rassuré, mais elle ne parvient pas à lui mentir. Parce que, oui, ça l'ennuie qu'ils ne puissent pas se marier, même si cela vaut mieux que rien du tout.

« Je t'aime, Iris, insiste-t-il.

— Louis ! J'essaie de peindre.

— Ma reine sans cœur. » Il se tourne vers la porte. « On a sonné, non ? Je vais répondre. Continue de travailler ! Ton chef-d'œuvre est la seule priorité. »

Quand la porte se referme derrière lui, Iris jette un œil par la fenêtre. Sous le ciel immense, la ville semble aussi petite qu'un tableau, conquise, à portée de main, comme si elle pouvait soulever le toit des maisons et jouer avec les figurines qui se trouvent à l'intérieur. Albie et sa grande sœur, Rose au magasin de poupées, ses parents assis dans la salle à manger, leur bible à la main.

« Qui était-ce ? demande-t-elle quand Louis reparaît quelques minutes plus tard.

— Tu ferais mieux de descendre, répond-il en haussant les sourcils. C'est ta sœur. »

Iris se lève d'un bond, faisant tomber la palette. « Et dire que c'est toi qui es allé ouvrir la porte ! »

Elle se précipite dans l'escalier et croise son reflet sur le miroir du palier. Ses cheveux, lâchés sur ses épaules, sont en désordre, la robe qu'elle porte pour peindre est froissée et tachée de peinture, ses ongles sont mouchetés de couleurs vives.

« Rose ! lance-t-elle en arrivant au rez-de-chaussée. Je ne t'attendais pas. Je suis désolée de…

— Non, c'est moi… C'est impoli de ma part de venir sans m'annoncer. Mais Mme Salter m'a envoyée faire une course, et je n'ai pas pu m'empêcher de venir jusqu'ici… »

Sa sœur se dresse dans l'entrée, coiffée de son habituel bonnet à large bord qui dissimule son visage et ses cicatrices. Elle lui tend un iris. « Il est encore en bouton », dit-elle.

Iris sent ses joues s'enflammer de plaisir.

« Comme c'est gentil, Rose. Toi qui n'as jamais été favorable à de telles extravagances… Sais-tu, je suis en train de peindre un iris, justement, mais il est à moitié mort. Celui-ci arrive à point nommé, vraiment ! Ah, nous n'avons pas de thé et plus le moindre biscuit. Guenièvre, notre wombat, est parvenue à ouvrir la boîte… »

Elle arrête, de parler trop vite, de façon incohérente. Elle invite sa sœur à la suivre au salon et se tient sur le seuil pour la laisser entrer. Elle grimace. La pièce est en désordre. Elle s'empresse de ramasser le peigne en écaille de tortue (celui de Guenièvre) et le verre sale abandonnés sur le canapé, puis elle tapote le dossier, et Rose s'assied.

« Comme tu parais changée ! Mais tu as toujours été la moins sage de nous deux, remarque Rose en souriant.

— Ah oui ? marmonne Iris, qui tente d'oublier son image dans le miroir. Quand je peins, je ne fais guère attention à ma toilette. J'ai l'air dépenaillée, n'est-ce pas ? »

Rose lève les yeux vers elle. « Je… Tu m'as manqué, avoue-t-elle dans un souffle. J'étais tellement… tellement jalouse.

— Oh, je me suis montrée désagréable, moi aussi. » Elle se remémore le jour où elle a fui sa sœur sur le chantier de l'Exposition universelle, la laissant seule et paniquée dans la foule. Rose ouvre la bouche comme pour se confondre en excuses, mais Iris l'arrête d'un geste. Elles sont aussi coupables l'une que l'autre. Pour des raisons différentes, bien sûr. « Tu me regardais comme une créature pitoyable, pathétique », lui avait reproché Rose lors de leur dispute au magasin, et elle avait raison.

« Je suis tellement…

— Tais-toi, je t'en prie ! l'interrompt brusquement Iris, et elle s'assied sur le canapé près de sa sœur. Inutile de t'excuser. Je ne t'en veux pas. »

Elle tend la main vers Rose et noue ses doigts aux siens. Elle éprouve un sentiment familier – l'impression de serrer sa propre main. Elle fixe les petits cratères qui déforment les articulations de Rose. « Mme Salter est-elle toujours aussi folle ?

— Ses crises dues au laudanum ne font qu'empirer. Ce matin, elle m'a accusée d'entretenir une liaison avec une poupée en porcelaine ! »

Bien que ce ne soit pas drôle, Iris ne peut s'empêcher de rire, puis elle imagine son ancienne patronne tordant le coude de sa sœur dans un accès de colère. « Et si… Si tu ouvrais ta propre boutique, Rose ?

— Après avoir trouvé une marmite remplie d'or au pied d'un arc-en-ciel ?

— Non… Si je te prêtais l'argent nécessaire, quitterais-tu enfin ton travail chez Mme Salter ?

— L'argent nécessaire ? répète Rose en secouant la tête. Tu n'y penses pas ! Avec le loyer, l'achat des marchandises… Il me faudrait… Je ne sais pas, moi… une cinquantaine de livres !

— Avec trente-cinq livres de capital, tu pourrais emprunter la somme requise pour constituer ton stock de marchandises.

— Mais je ne les ai pas, voyons !

— Moi, je les ai. »

Rose la regarde fixement. « Comment ? Comment diable…

— En peignant.

— Trente-cinq livres ? Tu as gagné trente-cinq livres en peignant ?

— Oui. J'ai peint l'arrière-plan du tableau de Louis.

Il a déjà trouvé un acheteur. Et il tient absolument à me verser une partie des gains.

— Pour combien l'a-t-il vendu ?

— Oh, je ne sais pas, ment Iris. Il ne me l'a pas dit.

— Peu importe. Je ne pourrais pas accepter, de toute façon. C'est *ton* argent.

— On peut appeler ça un prêt, si tu préfères. »

Iris regrette soudain de s'être montrée trop impulsive, trop extravagante. Rose va penser qu'elle se vante, qu'elle exhibe devant elle son aisance financière et sa liberté toute neuve. À peine a-t-elle retrouvé sa sœur qu'elle la blesse ! Elle jette un regard dans la pièce. Comme elle était impressionnée par l'opulence des lieux, dans les premiers temps ! Les peintures dorées, l'épaisseur du papier peint bleu, les plumes de paon, les périodiques et les romans entassés sur les étagères, les volutes orientales des corniches… Sa sœur doit être intimidée, elle aussi.

« Qu'est-ce que tu peins, en ce moment ? demande-t-elle.

— Je viens de commencer une nouvelle toile. Mais il n'y a presque rien : à peine quelques contours.

— Je peux la voir ?

— Eh bien, je suppose que oui, mais…

— Louis est en haut, c'est ça ?

— Oui.

— Eh bien, lâche Rose en baissant ses manches pour cacher les bleus qui ombrent ses bras, nous nous sommes rencontrés il y a un instant, sur le seuil de la porte. Nous pouvons bien nous croiser de nouveau, non ? S'il n'y voit pas d'inconvénient, bien sûr.

— Viens », acquiesce Iris, et Rose glisse son bras sous le sien avant de la suivre dans l'escalier qui mène au petit atelier installé sous les toits.

La cave

Silas vient de déchirer sa manche de chemise. Il ne s'est pas rendu compte que le vêtement s'était accroché sur un meuble et il n'a interrompu son geste du bras qu'en entendant le tissu se rompre. Il soupire. Il ne reconnaît pas l'homme qu'il est devenu : agité, désordonné, incapable de savourer les plaisirs simples qui l'amusaient autrefois. Voilà ce qu'*elle* a fait de lui ! Voilà à quoi les ruses de cette femme l'ont réduit ! Il songe au tableau exposé à la Royal Academy, au regard d'adoration peint sur son visage d'ange, et il se demande pourquoi elle refuse de l'aimer. Comment peut-elle résister à son amour et demeurer aveugle à ses attentions, à l'intérêt qu'il lui porte ? Il lui a tant donné ! Il ne compte plus l'argent et le temps qu'il a consacrés à leur amitié. Et que fait-elle en retour ? Elle le blesse avec tant d'insouciance qu'il en demeure meurtri des journées entières. Ce qui n'est pour elle qu'une égratignure sans conséquence le laisse exsangue, la poitrine ravagée par le chagrin.

Mais sa colère répondra à la sienne. Elle le déteste ? Il la déteste plus encore. Quand elle s'est arrachée à son emprise l'autre jour, Silas s'est senti gagné par une rage si vive, si intense, qu'il en est resté un moment étourdi. Il a dû se retenir pour ne pas se jeter sur elle et l'étrangler, lui fracasser le crâne contre un cadre doré, la frapper encore et encore. C'est tout ce qu'elle mérite ! Elle l'a méprisé, elle l'a repoussé, jour après jour. Pourtant, Dieu sait qu'il lui a laissé l'opportunité de se racheter ! À chaque fois, ravalant son humiliation, il a tendu la main vers elle. Et chaque fois, elle l'a rejeté avec une grossièreté croissante.

Il s'effondre sur le sol couvert de poussière. Recroquevillé sur lui-même, il donne libre cours à sa détresse, à sa colère, à sa solitude, à la jalousie aussi – à tous ces sentiments qu'il ne peut nommer. Puis il se frotte les joues, et son visage se plisse de contrariété. C'en est trop. Il doit réagir. Tenir bon. Et lui faire entendre raison. Il y parviendra. Il la tiendra à sa merci. Il s'est montré trop impulsif, trop vulnérable, voilà tout.

Il se redresse et descend à la cave, où les murs de pierre sont si épais qu'ils étouffent le moindre son. Là, au rythme du sang qui bat à ses tempes, il se met à l'ouvrage. Il sait ce qu'il doit faire.

Au cours des deux semaines suivantes, il travaille dur, plus dur encore que pour empailler les chiots siamois. Il recoud et reprise ses vêtements, il se lave et s'asperge de parfum. Lentement, avec précaution, il déplace ses spécimens depuis la cave jusqu'au magasin, vidant le liquide des plus grosses jarres pichet par pichet, et transportant ensuite les créatures humides. Ces allers et retours le fatiguent, mais il prend plaisir à exécuter ces tâches avec précision, à tout régler dans les moindres détails. Chaque bocal, chaque récipient exhumé de ses réserves lui procure un délicieux frisson d'anticipation. Bientôt, tout sera prêt. Il passe la main sur les étagères qu'il a vidées, fier du travail accompli. Aucun jeune marié ne serait plus scrupuleux pour sa bien-aimée, aucun amant plus attentionné. Il a pensé à tout.

Ce sont là des préparatifs très différents de ceux qu'il

a réalisés des années plus tôt à la campagne, près de la manufacture de porcelaine. Il se rappelle l'herbe verte sous ses pieds, le ciel au-dessus de sa tête comme une perle bleue. Et ces buissons gorgés de mûres ! « Viens avec moi, avait-il chuchoté à Flick. J'ai trouvé un coin splendide. Elles sont grosses comme le poing. » Elle avait paru surprise. Sa lèvre supérieure s'était retroussée avec dédain, comme souvent lorsque Silas s'adressait aux gens, et elle avait jeté un coup d'œil par-dessus son épaule pour s'assurer que personne ne les voyait ensemble. Elle savait que ses amies se moqueraient d'elle si elles la surprenaient avec lui. Il avait insisté. « Je t'assure, il y a tant de mûres là-bas que le sol en est couvert ! Des fraises des bois aussi, et des pruniers, et des pommes si abondantes qu'elles éclatent sous mes pas. » Il savait qu'elle ne mangeait pas à sa faim : il devinait la forme de ses os sous ses vêtements. Elle avait coincé une mèche de cheveux roux derrière son oreille et l'avait regardé en secouant la tête. Elle doutait encore de sa parole.

Le lendemain, il avait puisé dans l'argent qu'il mettait de côté pour financer leur départ à Londres, et il s'était rendu au marché de Stoke pour y acheter de beaux fruits frais. Il les lui avait offerts en prétendant les avoir cueillis dans un bosquet, près de la manufacture. « Viens avec moi, je te montrerai où c'est ! » Elle lui avait pris les fraises et les mûres des mains en toute hâte. Ses poignets étaient aussi minces que des brindilles. Tandis qu'elle dévorait les fruits comme si nul ne l'avait jamais nourrie auparavant, il avait jeté un œil vers la soucoupe abandonnée à ses pieds : deux morceaux de pain rassis trempés dans de l'eau constituaient son déjeuner.

Silas regarde autour de lui. Une fois vidée de son contenu, la cave ressemble à une caverne. Un nid. Silas aimerait rendre la pièce plus accueillante : accrocher des peintures, troquer l'unique chaise en bois contre un fauteuil, disposer au sol des bols emplis de friandises comme dans le tableau exposé à la Royal Academy. Mais pour cela, il faudra d'abord qu'il lui fasse confiance.

Il s'assied et se demande comment lui-même ferait pour s'échapper s'il était enfermé là. Il lève les yeux vers les murs de pierre humides qui s'inclinent vers lui comme le palais d'une bouche géante. Il tend la main. La roche est mouillée, mais elle ne s'effrite pas. Le sol est en terre battue, polie et compactée par ses incessants passages au fil des années. L'unique lumière provient de la bougie qu'il a posée au sol : toutes les appliques fixées aux murs ont disparu, et il a ôté tous les chandeliers. Hors de question de laisser un objet contondant dans cette pièce. Rien qui puisse servir d'arme, en tout cas. Il a même enlevé les étagères ! Quant aux fils métalliques qui relient la cave à la sonnette de la porte d'entrée au rez-de-chaussée, il a failli les démonter, eux aussi, puis il s'est ravisé. Ainsi, il pourra entendre arriver ses clients lorsqu'il sera en sa compagnie.

Il tente d'arracher une pierre du plafond voûté : impossible. Il a beau tirer de toutes ses forces, il ne parvient qu'à s'égratigner les doigts et à se casser un ongle. Parfait. Ici, elle sera en sécurité. Il la laissera retourner à l'air libre quand elle lui aura prouvé son amour. Et elle le prouvera, il n'en doute pas.

Il a découpé de longues bandes de tissu dans une toile épaisse, impossible à déchirer. Il lui attachera les mains avec soin, comme s'il lui bandait les poignets après une foulure. Il a aussi prévu un bâillon, un mouchoir et des fioles de chloroforme – il a arpenté la capitale en tous sens pour s'en procurer un grand nombre auprès de différents apothicaires. Il les compte en posant le doigt sur chacune d'elles. Vingt-huit. Vingt-huit fioles de chloroforme ! Il repense au petit épagneul, à ses yeux brillants, au battement de tambour de plus en plus assourdi de son cœur tandis que la drogue faisait son effet.

À présent, il n'a plus qu'à attendre le moment où elle sera seule, où nul ne remarquera son absence. Voilà une semaine que sa boutique est prête à l'accueillir. Il peut attendre encore. Il a le temps. C'est comme s'il avait été prêt toute sa vie.

Dentier

Albie a l'impression que l'odeur d'apothicaire de Silas se glisse partout – dans l'entresol qu'il partage avec sa sœur, sous ses vêtements, et même dans les plis crasseux de ses paumes. Il s'est approché de la pension d'Iris à plusieurs reprises, avec l'intention de l'avertir du danger qui la menace, mais, chaque fois, il a imaginé sa sœur la gorge tranchée, et, lui, seul au monde, en deuil pour le restant de son existence. Alors il a rebroussé chemin.

Il n'a pas renoncé à suivre Silas pour autant. Et son inquiétude ne fait que croître : depuis quelques jours, le taxidermiste observe Iris avec une attention plus soutenue, comme s'il avait changé d'humeur ou de stratégie. Il surveille ses allées et venues de onze heures du matin à quatre heures de l'après-midi, après quoi il se hâte de regagner sa boutique. Il prend soin de fermer la fenêtre de sa chambre, empêchant toute intrusion. De toute façon, même s'il la laissait ouverte, Albie se garderait bien d'y retourner. Il pense souvent à la plume d'autruche teinte en rose abandonnée sous le lit de Silas. Lorsqu'il a cherché à avoir des nouvelles de Bluebell, on lui a appris qu'elle était morte quelques semaines auparavant : une mauvaise chute l'avait précipitée dans un caniveau, au fond d'une allée. Choqué, Albie a étouffé un sanglot.

Sa sœur le taquine gentiment, étonnée de le voir si anxieux, incapable de se concentrer, sursautant au moindre bruit. « Qu'est-ce qui t'arrive, mon bouton-d'or ? lui demande-t-elle un après-midi. Je n'ai plus droit à mes chansonnettes ? Ne te fais pas de bile, voyons ! On te donnera aux messieurs, si c'est ça qui te tracasse. Le frère de Molly récoltait plus de sous que moi, c'est sûr ! Je t'enverrai à l'école des loqueteux pour te donner une bonne édu-ca-tion, veux-tu ? » Albie échappe à son étreinte et reste silencieux.

L'église voisine sonne cinq heures. Le garçon pousse un soupir. Silas ne quittera pas sa boutique avant le lendemain matin. Il peut donc se détendre et s'offrir quelques précieuses heures de sommeil avant que sa sœur le mette à la porte pour entamer sa nuit de labeur.

Elle s'est endormie. Il regarde ses cheveux pâles étalés sur l'oreiller, sa bouche entrouverte. Elle repose immobile, ses membres formant un angle si bizarre qu'il est saisi un instant par l'angoisse qu'elle soit morte. Il lui touche la joue et sent la tiédeur de son haleine sur sa main.

Un coup frappé sur la grille d'aération le fait sursauter. Est-ce encore Silas ?

« Alb ? appelle une voix flûtée. T'es là ? »

Ouf. C'est son ami qui l'aide à trouver des chiens, des chats ou des pigeons morts.

« Moins fort ! chuchote Albie. Ma sœur dort.

— J'entends rien, Alb. Je t'attends dehors. »

Albie repousse la couverture grisâtre et monte l'escalier.

« Y a encore cette dame qui te cherche, lui explique le gamin en haut des marches. Elle m'a donné un penny pour que j'te retrouve. »

Albie secoue la tête. « Dis-lui que tu m'as pas trouvé. »

Il hausse les épaules. « Ça va être dur. Elle m'a suivi jusqu'ici. »

Albie se retourne. Iris est là, en effet. Elle lui fait signe depuis le trottoir d'en face. Ses cheveux roux sont ébouriffés et elle se fraie maladroitement un passage à travers les ruisseaux d'urine et de vinaigre, les tas de crottin et d'ordures qui jonchent l'allée. Il lève la main.

« Non, mademoiselle – attendez ! C'est pas un endroit convenable pour une dame comme vous. »

Elle désigne le bâtiment vermoulu qui se dresse derrière lui. « C'est ici que tu habites ?

— Oui, mademoiselle, avoue-t-il sans la regarder.

— J'ai quelque chose pour toi. » Elle ouvre les bras pour l'embrasser, mais il demeure rivé sur le seuil de la bâtisse. « Tu es plus difficile à traquer qu'un fantôme, dis-moi ! Viens, je t'ai préparé à manger et une surprise… »

Il la suit à travers les rues de Soho avec l'enthousiasme d'un petit chien traîné par une maîtresse capricieuse. Elle le conduit chez Louis, où elle l'invite à entrer.

Albie secoue la tête. « J'ai pas le temps, mademoiselle.

— Je t'ai préparé de la crème aux œufs, dit-elle. C'est facile à manger avec ta dent.

— J'ai pas faim, prétend-il alors que son estomac émet un gargouillis révélateur. J'suis malade », ajoute-t-il en baissant sa lèvre supérieure sur sa gencive nue – Iris n'a pas remarqué qu'il a perdu sa dernière dent, et il préfère le lui cacher.

« Tu ne veux vraiment pas entrer ?

— J'ai une course à faire. » Il s'exprime d'un ton revêche, pour décourager les manifestations de tendresse d'Iris.

Et puis, il ne la regarde pas. Ah, ça non ! Pas question de la regarder. Il perçoit tout de même la surprise, la déception dans sa voix.

Lâche. Espèce de sale lâche.

« Viens au moins chercher ta surprise », insiste-t-elle, et il n'a pas d'autre choix que de lui obéir.

Il garde les yeux obstinément baissés et voit ses souliers se tourner vers lui. Ils sont tout crottés. Le bas de ses jupes aussi. Elle n'aurait pas dû venir le chercher dans les taudis de St Giles.

« Eh bien, puisque tu n'as pas beaucoup de temps… » Elle s'éclaircit la gorge. « Louis a vendu *La Bergère*, le tableau pour lequel tu as posé, et il m'a donné une partie du prix. »

Albie l'écoute à peine. Il fixe le tapis à motifs en pensant aux marches pourries qui mènent à son entresol. Il pense à sa sœur, qui dort paisiblement.

« J'aimerais te donner trois livres pour que tu t'achètes de nouvelles dents.

— Quoi ? » Il relève la tête et commet l'erreur de la regarder. Son doux visage, ses yeux bienveillants. Vite, il se remet à scruter les motifs du tapis.

« Oui, pour que tu t'achètes de nouvelles dents. Je sais que c'est une somme importante, et que certains vont penser que c'est stupide de ma part, mais tu es comme un frère pour moi. » Elle laisse passer un silence. « Je ne savais pas que… Tu vis vraiment dans ce taudis ? Est-ce que ta sœur… ? »

Albie ne répond pas.

Préviens-la, sale poltron ! Misérable égoïste, ordure !

Il commence à se gratter le bras. De petites bulles de sang se forment sous sa peau, aussi brillantes que de faux rubis, mais il continue.

Il voit Iris plonger la main dans sa poche, il se raidit. Il préférerait qu'elle renonce à lui faire ce cadeau, qu'elle le laisse tranquille. Il ne mérite rien.

Dis-lui, espèce d'imbécile !

Iris se penche vers lui. Alors, sans réfléchir, il lui arrache les billets des mains, fait volte-face et s'enfuit en courant.

« Albie ! » crie-t-elle d'une voix tremblante. Elle paraît choquée, blessée par ses mauvaises manières.

Parfait, pense-t-il. De toute façon, ce n'est pas lui qui a réclamé l'argent ; c'est elle qui le lui a donné. Pourtant, il est si mortifié qu'il voudrait se jeter sous les roues d'une voiture.

Mégalosaure, mégalosaure, mégalosaure, mégalosaure.

Il tente de se concentrer sur sa chansonnette, mais les mots se déforment dans sa bouche.

Mégalosiris, mégalosiris, Iris, Iris, Iris, Iris, Iris, Iris.

Il ne court pas bien longtemps : sa poitrine lui fait mal et son nez est tout bouché.

Quand Albie arrive chez le dentiste, sur Regent's Street, sa lèvre supérieure est couverte de morve et le blanc de ses yeux a rosi comme un sorbet. Il se frotte la joue d'une main, l'autre demeurant crispée sur les billets de banque. Il n'ose desserrer les doigts – pas même une seconde.

« Sors d'ici ! glapit le dentiste en le voyant entrer dans sa boutique.

— Eh ! J'ai l'argent, c'te fois-ci », réplique Albie, mais il se garde de lui agiter les billets sous le nez. Un jour, il a vu un marchand des quatre-saisons se faire poignarder pour deux guinées, et il a retenu la leçon.

« Ah oui ? Montre-moi ça.

— J'vous montrerai rien tant que vous m'aurez pas fait essayer un de vos beaux dentiers.

— Comment t'es-tu débrouillé pour obtenir une somme pareille ? Tu l'as volée, c'est ça ?

— Qu'est-ce que ça peut vous fiche ? Ça vous regarde pas où je l'ai eue, même que c'était de façon honnête. »

L'homme soupire et consent à le laisser approcher du

comptoir. Mais il le tient à l'œil et plaque sa large main sur ses épaules pour l'empêcher de fuir, au cas où.

Les dentiers sont exposés derrière la vitrine. Splendeur nacrée, gencives roses, dents blanches et lisses. Aussi précieux que des médaillons d'argent chez un bijoutier.

« J'ai trois livres, m'sieur ! Ça suffira pour le dentier en ivoire de lamantin ? Je sais qu'il manque encore trois shillings, mais c'est vraiment celui-là que j'veux, m'sieur. Il ne craquera pas comme les dents en porcelaine et ne jaunira pas comme celles de Waterloo… »

Tout en parlant, il coule un regard vers les billets serrés dans sa main. Et s'aperçoit avec horreur qu'il tient cinq billets d'une livre entre ses doigts, et non trois.

Est-ce l'aspect misérable de son taudis qui a incité Iris à lui donner davantage que ce qu'elle avait prévu ? A-t-elle compris de quoi vit sa sœur ?

Tu es comme un frère pour moi.

« Ce n'est pas suffisant, mon gars, déclare le dentiste. Il me faut trois livres et trois shillings, pas un sou de moins.

— J'ai ce qu'il faut, en fait, réplique Albie. Me suis trompé.

— Bon. Mais n'essaie pas de t'enfuir une fois que tu l'auras fourré dans ta sale bouche, ou je te l'enfoncerai si loin dans la gorge qu'il te collera à l'estomac. » L'homme déverrouille l'armoire vitrée et tend le dentier à Albie.

La charnière dorée est splendide. On dirait une mèche de cheveux blonds enroulés sur eux-mêmes. Quant aux dents – bon Dieu, il n'a jamais rien vu d'aussi beau. Il tremble un peu en les plaçant dans sa bouche.

Elles lui semblent énormes, presque obscènes. Il tente de parler, mais ne produit qu'un gargouillis ridicule. *Ghrggghghhhh.*

« Il faut du temps pour s'y habituer », assure le dentiste en lui tendant un miroir.

Albie sourit et serre les mâchoires. Elles sont magnifiques. *Il* est magnifique. C'est ce qu'il a toujours voulu. Son rêve le plus cher enfin réalisé. Son visage avec un sourire normal. Deux rangées de dents lisses et droites. Il fait claquer le bout de sa langue contre les incisives. Elles sont plus jolies que celles de sa sœur, ma parole !

Sa sœur, endormie dans leur lit. Sa sœur qui se vendra dans deux heures à son premier client de la nuit. Les cinq livres lui seraient bien utiles, non ? Avec ça, elle pourrait rembourser ses dettes et échapper à la maquerelle qui les loge. Que fait-il là, prêt à gaspiller cette fortune inespérée pour s'offrir un dentier ? Quelle vanité ! Il devrait avoir honte.

Il arrache l'appareil de sa bouche, se libère brusquement de la poigne du type et s'enfuit en abandonnant le dentier en ivoire de lamantin sur le comptoir.

Une critique et sa réponse

Extrait de l'article intitulé « Exposition de l'Académie royale des beaux-arts, second compte rendu », publié dans *The Times of London* du 7 mai 1851

Il nous est impossible, à l'heure actuelle, de censurer aussi amplement ou aussi vivement que nous le désirons cet étrange désordre de l'esprit ou des yeux qui continue de faire rage avec une absurdité persistante au sein d'un groupe de jeunes artistes réunis sous l'appellation « FPR » – trois lettres qui désignent une sorte de camaraderie fidèle au style antérieur à celui de Raphaël. Ces jeunes gens professent un mépris absolu de la perspective et des principes qui régissent la représentation de l'ombre et de la lumière, une aversion pour la beauté sous toutes ses formes et une étrange dévotion à l'égard des défauts de leurs modèles, y compris ceux qui témoignent d'une difformité excessive. [...]

Ces jeunes artistes sont malheureusement devenus célèbres en s'adonnant à un style archaïque et à une simplicité affectée qui sont à l'art authentique ce que les ballades médiévales et les dessins des caricaturistes de *Punch* sont à Chaucer et à Giotto. Bien qu'accoutumés à nous plier avec empressement aux caprices du monde de l'art dès lors qu'ils portent le sceau de l'originalité et du génie, nous ne pouvons tolérer cette imitation servile du style étriqué, de la fausse perspective et des couleurs frustes de la lointaine Antiquité. Nous ne voulons pas voir ce que Fuseli a qualifié de draperies « cassées au lieu d'être pliées ». Nous n'avons aucun plaisir à contempler ces visages au bord de la crise d'apoplexie, ces corps squelettiques, ces couleurs empruntées aux bocaux d'un pharmacien, ni ces expressions poussées jusqu'à la caricature. [...]

Cet engouement morbide, qui sacrifie la vérité, la beauté et le sentiment authentique à l'excentricité pure et simple, ne mérite pas d'être exposé aux yeux du public.

Extrait de la lettre de John Ruskin au directeur de la rédaction, publiée dans le *Times of London* du 12 mai 1851.

Monsieur,

Votre libéralité coutumière vous incitera, je l'espère, à accorder une place dans vos colonnes à l'expression de mon regret envers la critique aussi méprisante que sévère parue dans le Times *de mercredi dernier à propos des œuvres de M. Millais, [M. Frost] et M. Hunt, actuellement exposées à la Royal Academy.*

Je regrette le ton de cette critique, d'une part parce que la somme de travail nécessaire à la réalisation de ces œuvres ainsi que leur fidélité à une certaine vérité (travail et fidélité qui sont tout à fait indéniables) suffisent à les placer au-dessus du niveau du simple mépris ; d'autre part, parce que je suis convaincu que ces jeunes artistes se trouvent à un moment critique de leur carrière, à un tournant à partir duquel ils pourront soit sombrer dans le néant, soit s'élever vers les sommets ; je crois également que leur chute ou leur ascension dépendra dans une large mesure des critiques que leurs œuvres ne manqueront pas de soulever. [...] Je me vois contraint de protester contre l'opinion que vous exprimez de manière catégorique, selon laquelle ces artistes « sacrifient la vérité et le sentiment authentique à l'excentricité ». [...]

Avant d'entrer dans ces détails, permettez-moi de corriger une impression que votre article est susceptible d'induire dans la plupart des esprits, et qui est tout à fait erronée. Ces préraphaélites (je ne peux les féliciter pour leur choix d'un tel nom de guerre) ne désirent ni ne prétendent en aucune façon imiter la peinture antique en tant que telle. Ils ignorent presque tout de la peinture ancienne à laquelle leurs œuvres sont censées ressembler. [...] S'ils souhaitent revenir aux premiers temps, c'est uniquement pour s'attacher à dessiner soit ce qu'ils voient, soit ce qu'ils pensent être la réalité de la scène qu'ils désirent représenter, indépendamment de toute règle conventionnelle en matière de création picturale.

[...]

J'ai l'honneur d'être, Monsieur, votre dévoué serviteur,

John Ruskin, auteur des Peintres modernes,

Denmark Hill, 9 mai

Maladie

62, GREAT KING STREET, ÉDIMBOURG
Le 11 mai

Mon amour, mon chevalier, mon Valentin,

Ma maladie s'aggrave ; je regrette que tu sois demeuré sourd à mes lettres précédentes. Comment peux-tu te soucier si peu de moi ?

Les médecins ont perdu espoir. Clarissa m'a soigné ces derniers mois avec le dévouement qu'un amant aurait dû me témoigner. Je te supplie de venir à mon chevet avant que cette spirale mortelle ne me prive de mon dernier souffle.

« Appelle-moi au jour de la détresse, je te délivrerai, et tu m'honoreras. »

D'ici là, je reste,

Ta Sylvie

62, Great King Street, Édimbourg
Le 11 mai

Très cher Louis,

Je t'ai promis d'écrire quand la fin serait proche. À présent, je la crois imminente – quelques heures, peut-être.

Elle te réclame constamment. Prépare-toi à la trouver profondément changée. Elle est très maigre, épuisée par le cancer. Son visage est taché, sa silhouette marquée par la tumeur. C'est une maladie cruelle et dégradante.

Je t'exhorte à venir apaiser la conscience d'une femme mourante. Je ne voudrais pas que tu entretiennes des regrets lorsqu'il sera trop tard.

Jane a prévenu l'école et les professeurs de ton fils ; il est maintenant en route pour nous rejoindre.

Je prie pour que tu arrives à temps.

Affectueusement,

Clarissa

Édimbourg

« L'avez-vous lu ? » s'enquiert Millais en franchissant le seuil. Iris referme le battant derrière lui tandis qu'il pose son chapeau sur le portant. « Louis ! Où es-tu, mon cher ? As-tu lu le *Times* d'aujourd'hui ?

— Lu quoi ? » demande Louis. Ses joues sont un peu roses – Millais a sonné à l'instant où Iris jouissait de ses caresses, et ils se sont habillés à la hâte en riant comme deux marchandes de fleurs. Sa chemise est boutonnée de travers.

« Ça », répond Millais en brandissant un exemplaire du *Times* plié en quatre. Il pointe le doigt vers un article qu'il commence à lire : « “Votre libéralité coutumière”... Bla, bla, bla... “leur fidélité à une certaine vérité... suffisent à les placer au-dessus du simple mépris...”

— Qu'est-ce que tu racontes ? » bougonne Louis en lui prenant le journal des mains. Iris sourit. Il a beau s'en défendre, il ne se soucie pas des critiques comme d'une guigne.

« Je te parle de Ruskin, explique Millais. Il a écrit au *Times* pour nous défendre. John Ruskin ! Et il a parfaitement expliqué nos principes. »

Iris se penche vers Louis pour lire l'article par-dessus son épaule. Elle n'a parcouru que la moitié du texte quand il s'exclame : « Ah, c'est bien ! Il n'est pas élogieux. Pas du tout. Et pas partisan non plus. Ce qui rend ses compliments plus percutants, non ? »

Millais acquiesce. « Exactement. Bon sang, n'est-ce pas merveilleux, Louis ? Et il m'a écrit ! ajoute-t-il en sortant de sa poche une lettre pliée avec soin. Il la pose sur sa paume et la présente à Iris et à Louis comme le ferait un majordome apportant un plateau de mignardises. « Il voulait acheter *Le Retour de la colombe*, mais je l'ai déjà vendu, hélas. Il s'intéresse aussi à ton *Guigemar.*

— Tu peux lui dire qu'il n'est pas à vendre.

— Voyons, Louis, tu n'y penses pas, c'est Ruskin ! » proteste Millais, horrifié. Iris réprime un sourire. Louis aurait aussi bien pu lui annoncer qu'il venait de découper sa toile en morceaux pour s'en faire une centaine de cigares. « Ce n'est pas le premier venu – un M. Boddington ou un employé des services municipaux ! C'est Ruskin, le plus grand critique d'art de notre époque !

— Je sais parfaitement qui est Ruskin, assure Louis. Et je te répète que mon tableau n'est pas à vendre. » Il marque une pause et fronce les sourcils. « Mais dis-moi… Ruskin veut vraiment l'acheter ? Il te l'a écrit ?

— Oui, mon cher, il me l'a *écrit.*

— Bien. Très bien. Mais n'oublions pas que nous avons aussi été sous le feu des critiques… La lettre de Ruskin arrive à point nommé. » Iris hoche la tête. Louis et Millais ont feint la nonchalance quand la revue *Punch* a publié d'horribles caricatures de leurs tableaux en première page la semaine précédente, mais lorsque le directeur du *Times* a publié cette abominable critique, il y a cinq jours de cela, Louis s'est emparé d'une boîte d'allumettes pour mettre le feu à son exemplaire du journal. *Style étriqué, couleurs frustes, caricature* – avec quelle sévérité cet homme a jugé leur travail ! Louis brandit le journal. « Oui, cette lettre pourrait être un tournant, n'est-ce pas ? Notre première heure de gloire. »

Millais acquiesce avec gravité. « Je crois que oui.

— C'est merveilleux ! » s'exclame Iris.

Elle suit les hommes au salon. Louis s'absente brièvement pour charger un jeune commis d'aller leur acheter trois petites tourtes bien chaudes au coin de la rue. Iris mange avec appétit, mais elle refuse le verre de cognac que lui propose Louis : elle a déjà trop bu la veille et souffre d'une légère migraine. Elle avait invité Rose à passer la journée avec eux, mais sa sœur a préféré décliner : elle a promis à Mme Salter qu'elle ne quitterait pas le magasin avant d'avoir trouvé une nouvelle apprentie pour la remplacer. Louis et Iris se sont rendus à Richmond en barque avec Rossetti et Hunt. Les hommes avaient emporté deux bouteilles de bordeaux et de curaçao. L'après-midi était splendide : les berges du fleuve se paraient de pommiers en fleur, et des truites argentées filaient sous la surface claire de l'eau. Les peintres se sont révélés de piètres maîtres d'équipage. Iris a dû prendre les rames au retour, avec l'aide de Louis. Rossetti s'est montré indigné, mais n'a pas pour autant proposé ses services, comme l'a fait remarquer Louis avec ironie. Quant à Iris, elle n'a pas trouvé matière à se plaindre de la situation, au contraire : le bras de son compagnon frôlait le sien à chaque coup de rame, et il la couvait d'un regard brillant de tendresse.

La lettre arrive en fin d'après-midi. Millais est sorti se promener. Assise sur le canapé, Iris dessine un bol de fraises au fusain. Elle peine à reproduire leurs formes charnues sur la toile, la manière dont les courtes tiges vertes effleurent le rebord du bol. Louis lui a conseillé de les dessiner au fusain, encore et encore, pour que sa main s'en souvienne lorsqu'elle sera dans son atelier, munie de son pinceau et de la peinture à l'huile. Assis près d'elle en cet instant, il a replié les jambes afin qu'elle puisse y poser son carnet de croquis.

On sonne à la porte. Louis soupire. « Je suis navré de te priver de ton bureau. Je reviens tout de suite. »

Il reprend place à côté d'elle un instant plus tard, sans la regarder. Il tient une lettre à la main.

« Qu'est-ce que c'est ? demande-t-elle.

— Une lettre de Sylvia. D'ordinaire, je ne les ouvre pas, mais j'ai reconnu l'écriture de Clarissa sur l'enveloppe.

— Ah oui ? » Iris s'efforce d'adopter un ton neutre, d'ignorer la morsure qu'elle a ressentie à l'énoncé de ce prénom. « Et que dit-elle ?

— Elle dit qu'elle... » Louis baisse les yeux. « Il semble qu'elle vive ses dernières heures.

— Ah.

— Elle m'appelle à son chevet. Pour me faire ses adieux. »

Iris retourne le fusain dans ses mains. Le charbon lui noircit les paumes. « Et tu iras ?

— Je pense... Je pense que je dois le faire. Elle me réclame. Le prochain paquebot pour Édimbourg part – ses yeux se posent sur l'horloge – dans quelques heures. Je peux embarquer ce soir, si je me dépêche. Elle est mourante, Iris. Je ne peux pas lui refuser cette visite. Elle veut se réconcilier avec moi.

— Se réconcilier ? » Cette fois, la voix d'Iris est plus aiguë, moins posée.

Il ne s'agit pas de reconstituer notre couple. Du moins, ce n'est pas ce que, moi, je souhaite. Mais je dois y aller, tu comprends ? Pour la rassurer, lui montrer que je ne lui en veux pas. Ce serait cruel de ne pas le faire, non ? Elle a le droit de mourir la conscience tranquille. Et puis il y a mon fils... Je dois le réconforter.

— Tu m'as souvent dit que Sylvia avait pour habitude de feindre la maladie, d'exagérer ses symptômes…

— Ma sœur m'a écrit, elle aussi. Si tu ne me crois pas…

— Je te crois, l'interrompt Iris. C'est Sylvia que je ne crois pas. »

Louis lui tend la lettre. « Tiens. Lis-la, tu verras. »

Mon amour, mon chevalier, mon Valentin… Comment peux-tu te soucier si peu de moi ?… le dévouement qu'un amant aurait dû me témoigner… Je te supplie de venir à mon chevet… Ta Sylvie.

Les mains d'Iris sont parcourues de tremblements. Quel manque de simplicité et de sincérité chez cette femme ! « C'est une lettre d'amour, dit-elle sèchement.

— Pas du tout, proteste Louis. C'est la dernière missive d'une mourante.

— Naturellement. Et tu tiens encore à elle ?

— Comment peux-tu poser cette question ? » demande-t-il, et Iris s'attend à ce qu'il lui réponde que non, il n'a plus de sentiments pour Sylvia. Au lieu de quoi, il affirme : « Bien sûr que oui. »

Elle fixe le plafond au-dessus de sa tête, là où les lés du papier peint ne sont pas bien alignés. Elle a remarqué ce petit défaut depuis longtemps, et voudrait maintenant arracher la bande tout entière.

Louis esquisse un geste pour lui prendre la main. Elle secoue la tête. Elle sait qu'elle devrait être plus compatissante, plus solidaire, mais elle ne parvient pas à dominer sa colère.

« Je sais ce que tu penses, Iris…

— Ah non ! Ne me dis pas ce que je pense.

— Tu sais bien que c'est toi que j'aime, pas elle… Mais elle est mourante, et je tiens à elle. Nous étions mariés, elle est – elle *était* – mon épouse. » Il la regarde. « Bientôt, je serai libre.

— Libre ? répète Iris, et son irritation reflue. Libre de quoi ?

— D'être plus honnête avec toi. »

La jeune femme sent une question monter à ses lèvres, mais elle n'ose la poser. Elle s'imagine un matin, au réveil, leurs membres moites enchevêtrés, et ce doux murmure qu'elle lui glisserait à l'oreille : « Bonjour, mon cher époux. » Puis elle pense à ses parents, à leur soulagement de la voir enfin mariée – et quel mariage ! Un vrai mariage d'amour. Avec un gentleman. Bien mieux que le jeune commis qu'ils lui destinaient. Ils lui pardonneraient tout, alors : sa fuite, sa démission de chez Mme Salter, et même les séances de pose à l'atelier. « Plus honnête avec moi ? C'est-à-dire ? demande-t-elle, le cœur battant.

— Eh bien, je serai veuf.

— Et… quelle différence ? » Elle ramasse le fusain, puis le pose à nouveau.

Il fronce les sourcils. « Oh, Iris, non… Je ne voulais pas que tu penses… Je… Je suis opposé au mariage, tu le sais bien. Ce que je voulais dire, c'est que nous nous *sentirons* libres. À l'abri du scandale. » Il tire sur le lobe de son oreille, signe de sa nervosité, mais ses mots sont autant de coups de poing dans le ventre d'Iris. « Si tu savais combien je t'aime…

— Pas assez.

— Si ! Je t'aime trop, même. Je voudrais passer le reste de ma vie avec toi. »

La colère d'Iris est de retour. Elle l'emprisonne et lui comprime la gorge, elle la pousse à exprimer des sentiments qu'elle aurait été mortifiée de lui révéler deux minutes plus tôt. « Tu dois comprendre ce que notre relation signifie pour moi, Louis. Ce qu'elle a changé. Tu ne te rends pas compte… Mes parents ne veulent plus me voir ! Tu estimes normal que je me plie à tes principes. Et c'est en leur nom que tu refuses de m'accorder l'honneur de devenir ta femme. Pourtant, tu l'as fait pour Sylvia !

— Je ne t'ai jamais caché que j'étais contre l'institution même du mariage. Peu importe Sylvia ! Cela dit, et je tiens à te le rappeler, c'est une personne, pas seulement un obstacle entre moi et une seconde union.

— Comme j'aimerais être à ta place ! N'obéir qu'à mes principes… Ce doit être facile, non ?

— Pas du tout.

— Ah oui ? En quoi est-ce difficile pour toi ? » Elle le regarde fixement. « Tu as tout ce que tu veux ! Tu es un homme, et un homme bien placé dans la société ! Ton *interaction* avec moi n'entache pas ta réputation. Tu passes pour un coureur, certes, mais ce n'est pas bien grave… Moi, je suis une femme déchue. Une putain. » Voyant Louis tressaillir, elle répète l'insulte d'une voix forte : « Oui, une putain ! Et mes principes à moi, que deviennent-ils ? Et la façon dont je suis regardée, méprisée par tous – même par ta domestique ? Je ne suis que ta maîtresse. Et si tu me quittais, je n'aurais rien.

— Ce n'est pas ce que…

— Tu te souviens de ces mots : « Qui serait assez fou pour se fatiguer à conquérir, puis à conserver une vieille épouse, quand il peut connaître le frisson, les joies d'un jeune et tendre amour ? »

— C'est Rossetti qui a dit ça, pas moi.

— Tu aurais pu dire la même chose », réplique-t-elle.

Il lui tend la main. De nouveau, elle secoue la tête.

« Je t'aime, Iris.

— Tu m'aimes, mais tu ne m'épouseras pas. »

Louis reste coi. Son silence parle pour lui.

La déception ressentie par la jeune femme est comme

une gifle, un poids glacé qui lui reste sur le cœur. Elle se dirige vers la porte. Elle ne supporte plus le spectacle du visage défait et éploré de Louis. Elle doit accélérer son départ, comme un dentiste s'empresse d'arracher une dent malade. « Quand part le bateau ? demande-t-elle.

— Pouvons-nous…

— Quand part-il ? répète-t-elle, et il lève les mains.

— À six heures. »

Elle jette un coup d'œil à l'horloge du salon. « Eh bien, tu ferais mieux de te préparer. Le temps presse. Sylvia attend son chevalier ! » La colère fait battre le sang à ses tempes. Elle poursuit sans réfléchir : « Peut-être qu'à ton retour tu seras miraculeusement débarrassé de moi… »

À peine les mots lui ont-ils échappé qu'elle voudrait les reprendre, mais il est trop tard – elle est trop fière. Et, maintenant, la menace d'une rupture plane dans l'air lourd. Elle observe son reflet dans un miroir convexe : son petit monde vient de se briser.

« Iris, voyons, marmonne Louis, effaré. Tu ne peux pas penser une chose pareille !

— Je vais te chercher un fiacre.

— Je ne partirai pas avant…

— Pars, dit-elle, assenant son dernier coup. Tu as tout juste le temps de faire tes bagages. Je vais te chercher un fiacre. »

Elle a claqué la porte avant qu'il puisse la retenir. Elle s'éloigne à grands pas dans la ruelle, faisant glisser la paille détrempée sous ses souliers.

Son imagination s'enflamme : elle voit Louis, à Venise, les mains serrées sur la taille fine de Sylvia tandis qu'ils valsent dans une salle de bal ; puis Louis, couché sur elle, engendrant un fils – « Mon chevalier », chuchote-t-elle en lui griffant le dos ; et demain, Sylvia allongée sur son lit de mort, le teint pâle, les cheveux étalés sur l'oreiller.

Louis est assis à son chevet, chien fidèle. Il lui embrasse la main pour l'aider à mourir la conscience tranquille, il lui dit qu'il l'aime, il… Iris tente d'arrêter le flot des images, mais elles se bousculent dans son esprit : les lèvres de Louis sur celles de Sylvia, le réveil de son désir endormi… *Ça suffit !* Iris secoue la tête. Elle sait qu'elle se montre injuste et ridicule en jalousant une mourante. Louis n'a pas le choix : il doit y aller. Ce n'est pas son départ qui la blesse : c'est le fait qu'il refuse de l'épouser alors qu'il l'a épousée, *elle*, autrefois.

« Je t'aime ! crie Louis depuis la fenêtre de l'atelier alors qu'elle tourne à l'angle de Charlotte Street. Reste avec moi, je t'en prie. »

Elle ne répond pas. Tout juste parvient-elle à étouffer les sanglots qui montent en elle.

Fiacre

L'été est arrivé tôt. Dès le milieu de la journée, la chaleur pèse sur Silas comme un manteau trop lourd. La nuque moite de transpiration, il ôte sa redingote bleue rapiécée tout en observant un chat qui vient de grimper sur le rebord de la fenêtre dans la boutique déserte. Sa colonne vertébrale est curieusement incurvée. S'agit-il d'une fracture accidentelle ou d'une malformation de naissance ? Il y a quelques mois encore, Silas aurait voulu connaître la réponse. Il aurait suivi l'animal pour le tuer, puis le dépouiller et reconstituer sa colonne vertébrale sur son établi. À présent, ça ne l'intéresse plus. Il détourne les yeux et s'absorbe dans la contemplation de la maison d'en face. Celle de Louis Frost. Un peu plus tôt dans l'après-midi, un gamin est venu lui apporter une lettre. Silas se tamponne le front à l'aide d'un mouchoir. Le soir tombera bientôt. Dès qu'il fera plus frais, il pourra se détendre.

La porte claque. Silas lève les yeux et voit Iris se précipiter vers Charlotte Street. Lorsqu'elle passe devant la vitrine, il entend le bruissement de ses jupes sur les pavés. Le bas de sa robe est déjà couvert de poussière.

Une fenêtre s'ouvre ; Silas recule d'un pas pour ne pas être vu. « Je t'aime ! Reste avec moi », s'écrie Louis, tandis que la bouche de Silas s'emplit d'une substance acide.

Iris viendra vers lui, il en est sûr. Elle inclinera doucement le menton, comme elle le fait dans le tableau, entre les barreaux de sa cellule. « Vous m'avez aidée à vous aimer, dira-t-elle. Comment se fait-il que je ne vous aie jamais remarqué auparavant ? »

Il hésite à suivre la jeune femme, mais elle ne portait ni châle ni bonnet. Or elle ne sort jamais sans eux. Il attend, persuadé qu'elle reviendra vite. En effet, elle réapparaît quelques minutes plus tard. Il sourit, fier de lui. Quel sens de l'observation ! S'il appartenait à la police, il résoudrait plus de crimes que tous ses collègues réunis. Un fiacre la suit à courte distance. Les flancs du cheval bai sont luisants de transpiration ; le cocher arbore une moustache rousse, dont les pointes remontent vers le haut comme les défenses d'un lamantin. Silas redoute de voir Iris grimper à bord de la voiture : elle serait alors seule avec cet homme et…

Non, il semble que le fiacre ne soit que pour Louis : le peintre se dresse sur le seuil de sa maison avec une petite valise, qu'il hisse sur le toit du fiacre. Le cocher l'attache avec des cordes tandis que le cheval renâcle. Il a trop chaud, manifestement.

« Le quai d'embarquement sous London Bridge, ordonne le peintre. Et dépêchez-vous. »

Il essaie de prendre la main d'Iris, mais elle se détourne et prononce quelques mots que Silas n'entend pas. Louis semble plaider sa cause, puis il soupire et grimpe à l'intérieur.

Silas serre les dents si fort qu'il en a mal au crâne. Quel soulagement ! Il savait bien qu'elle n'aimait pas vraiment Louis. Une pensée se forme dans son esprit. Ce n'est qu'une jeune pousse, un bourgeon sortant de terre, mais il s'y accroche parce que c'est *son* moment, si précisément le sien que seul le destin peut l'avoir décidé.

Tout est prêt. Silas a acheté vingt-huit fioles de

chloroforme, il a préparé la cave pour son séjour*. Il se souvient de ce terme français entendu dans un salon de Stoke il y a bien longtemps. Une cocotte fraîchement arrivée de Paris le prononçait fièrement. Oui, il est prêt pour le séjour d'Iris. Inutile de s'attarder davantage ici. C'est à la boutique qu'il mettra son projet à exécution. Et si sa sœur Rose arrivait précisément au moment où il passera à l'action ? Tant pis. C'est un risque à prendre, songe-t-il. Il repense aux discussions des carabins entendues lorsqu'il rôdait près de la faculté de médecine : quand le chloroforme a été administré et que le corps est allongé sur la table d'opération, il convient de pratiquer l'incision rapidement et proprement, au bon endroit et avec la pression requise. La précision ne réside pas seulement dans la minutie des gestes, mais aussi dans le choix du moment propice.

Le fiacre tourne au coin de la rue. Louis agite bêtement la main par la fenêtre. Iris demeure au milieu de l'allée, elle se berce dans ses bras, elle fond en larmes.

Ma vie est morne. Il lui apportera joie et réconfort.

Elle est seule, à présent. L'heure est venue, et qui est-il pour contrecarrer le destin ?

Silas court pour la première fois depuis des années. Ses jambes s'élancent sur les pavés, malhabiles et disgracieuses. Il évite de justesse les dames et les dandys, les ramoneurs et les marchands ambulants. Une femme renverse par sa faute une pyramide d'oranges sur le trottoir et le couvre d'insultes. Il court comme il a vu courir le gamin édenté. Son cœur bat la chamade, sa gorge trop sèche lui fait mal et des perles de sueur roulent dans son dos et sur ses joues.

Il imagine Iris empruntant le même chemin, ses pas

tombant dans les fantômes des siens. Cependant, une dame comme elle, aussi pressée soit-elle, ne court pas. Il voit surgir les bâtiments devant lui comme s'il les voyait avec ses yeux à elle. Que va-t-elle en penser ? Il s'engouffre dans l'impasse qui mène à sa boutique. Il remarque pour la première fois les taches vertes sur les murs. Comme les maisons sont proches les unes des autres ! Et si exiguës ! On dirait qu'elles vont s'écrouler sur son passage. Depuis quand les ordures jonchent-elles le trottoir ? Il n'y avait jamais prêté attention auparavant. Et cette odeur ! Iris va-t-elle s'engager ou hésiter à l'entrée de l'impasse ? Il cherche des yeux le cadavre de l'épagneul, mais un chiffonnier a dû le prendre pour vendre ses os à une fabrique de colle. Par chance, l'impasse est déserte : nul gamin en haillons désireux de s'abriter du vent. Et le vacarme est assourdissant sur le Strand à cette heure-ci : le grincement des roues sur les pavés s'ajoute au bavardage des employés de bureau vêtus de noir qui rentrent chez eux après leur journée de travail. Personne ne l'entendra crier. Un passant alarmé jettera-t-il un regard dans l'impasse ? Et quand bien même ! Il fait si sombre qu'il ne distinguerait rien. Même maintenant, Silas voit à peine le fond de l'allée. Quand on arrive du Strand qui baigne dans une clarté aveuglante, il faut un moment pour s'accoutumer à l'obscurité. Iris fera la même expérience. Elle ne remarquera pas qu'il est accroupi derrière la porte de sa boutique.

Silas veut s'assurer une dernière fois que tout est en ordre chez lui. Il se glisse à l'intérieur, soulève la peau de cerf qui recouvre la trappe et imagine le trajet qu'il fera pour la transporter à travers la boutique, légère et délicate dans ses bras. Et tant pis si elle se foule une cheville tandis qu'il la descend dans la cave : la blessure ne fera qu'entraver ses tentatives d'évasion – si elle tente de s'évader, ce qui n'est pas certain. Il s'efforce de maîtriser les tremblements qui agitent ses mains. Il touche les fioles de chloroforme alignées sur le buffet, caresse le fémur qu'il utilisera comme massue. Bientôt, il aura une compagne.

Il ne lui manque plus qu'un écrivain public. Or il y en a des douzaines sur le Strand. Les commis recourent souvent à leurs services pour rédiger les documents qu'ils prétendent savoir écrire.

Silas a préparé le texte. Il n'a plus qu'à le dicter.

Puce

« Qu'est-ce qu'il voulait ? »

Le jeune snobinard soulève sa plume d'oie et lui jette un regard hautain.

Albie s'approche. Il observe les gribouillis qui ornent la pancarte publicitaire de l'écrivain public. Comment ces boucles peuvent-elles former des mots ? Et comment peut-on apprendre à reconnaître des trucs pareils ? Ils se ressemblent tous !

« Qu'est-ce qu'il t'a demandé d'écrire ? lance-t-il en se campant devant le jeune type.

— Qui ?

— Celui qui vient de partir. Avec le manteau bleu. » Albie a surveillé Silas tout l'après-midi. Il a vu Louis monter dans un fiacre pour se rendre au quai d'embarquement du London Bridge.

« Qu'est-ce que ça peut te faire ? » réplique le jeune garçon. Il porte une veste de velours élimée et un canotier dont la paille s'effiloche sur le bord. Il regarde loin devant lui, derrière Albie, et crie en allongeant les voyelles : « J'écris vos lettres pour cinq pence ! Cinq pence pour une lettre ! » Puis, baissant la voix : « Dégage, morveux. Tu vas faire fuir mes clients.

— Écoute-moi, pignouf. Cet homme au manteau bleu – qu'est-ce que t'as écrit pour lui ?

— Dégage, je t'ai dit ! »

Albie le foudroie du regard. Pour qui il se prend, ce cabot ? Il se croit meilleur que lui parce qu'il est allé à l'école, c'est ça ? Il est assis derrière une table pliante sur laquelle sont disposées des piles de vélin et de papier bien ficelé alourdies par un presse-papiers, et une bouteille de lait remplie d'encre. Albie s'en empare, ôte le bouchon et renverse un peu d'encre sur le trottoir.

« Arrête ! s'écrie le jeune snobinard. C'est dix shillings la bouteille ! »

Albie soulève la bouteille au-dessus de sa tête. « Je vais la lâcher, j'te jure, si tu m'dis pas ce que t'as écrit pour ce type.

— Tu vas le regretter ! Rends-moi cette bouteille tout de suite !

— Dis-moi juste ce qu'il voulait », répète Albie d'un ton égal pour se protéger de la panique qui jaillit dans ses veines. Il est prêt à frapper ce misérable pour lui faire cracher le morceau. *Dis-le-moi*, supplie-t-il intérieurement. *Je t'en prie, dis-le-moi.*

« Il m'a d'mandé, répond l'écrivain en imitant l'accent d'Albie, d'écrire une lettre.

— Ça, je m'en doute. Mais qu'est-ce qu'il disait dans la lettre ? Je ne plaisante pas. » Albie incline la bouteille et verse un peu d'encre sur le trottoir.

Son interlocuteur grogne, puis capitule. « C'était à propos d'une fille qui demandait à sa sœur de venir la chercher dans une rue près d'ici. Cette rue-là, précise-t-il en désignant l'impasse où vit Silas. Elle disait qu'elle était blessée, ou quelque chose comme ça. C'est tout ce que je sais. Rien de plus. Maintenant, rends-moi ça, avant que je te file une bonne gifle. »

Albie se mord les lèvres. Qu'est-ce que c'est que cette histoire de sœur et de blessure ? « C'était quoi, le nom de cette fille ? Celle qui doit recevoir la lettre ? demande-t-il.

— *C'était quoi ?* répète le snobinard en ricanant. Aucune idée, j'suis navré.

— Iris ?

— Peut-être bien. Maintenant, dit le garçon en haussant le ton, trahissant alors son accent des faubourgs, fini de plaisanter, gamin. Rends-moi cette bouteille ou je crie au voleur. Et rembourse-moi les dix shillings que... »

Albie repose brutalement la bouteille sur la table et s'enfuit avant que le jeune garçon puisse le prendre en chasse. Il court jusqu'au coin de la rue, puis ralentit le pas.

Il pense à Silas, qui vient de faire porter cette missive mensongère, et à Iris, demeurée seule à Colville Place – Louis est parti pour quelques jours, manifestement.

Iris tombera-t-elle dans le piège ? Le cœur d'Albie palpite dans sa poitrine.

Tu n'es qu'un lâche, une mauviette ! Regarde un peu dans quel pétrin tu l'as mise !

Oui, Iris est en danger. Tandis que la sœur d'Albie... Elle est en sécurité maintenant, à Marylebone, logée dans une pension dirigée par des dames de charité. Elle a remboursé ses dettes et s'est libérée de la maquerelle de St Giles. L'argent qui restait, elle l'a glissé dans la poche de son tablier bien repassé : elle apprend à tenir une maison. Bientôt, elle trouvera du travail – un vrai, dans une famille respectable. Silas ne peut plus lui faire du mal : il ne connaît même pas sa nouvelle adresse.

Albie se fige. Il s'est toujours dit qu'il agirait quand il serait certain de pouvoir le faire. N'est-ce pas le cas maintenant ?

Tu es comme un frère pour moi.

Albie saute d'un pied sur l'autre, le cœur de plus en plus lourd. Il s'en veut tellement ! Pourquoi a-t-il tant *tardé* à l'avertir ?

Mais il n'est pas trop tard. Iris est à Colville Place. Il doit la prévenir.

S'il part maintenant et court de toutes ses forces, il arrivera avant le messager. Il dira à Iris que cette lettre est un mensonge, qu'il n'est rien arrivé à Rose. Et que feront-ils, alors ? Ils n'auront pas assez de preuves contre Silas pour le faire arrêter, mais Albie aura agi de son mieux, et Iris ne tombera pas dans le piège que lui a tendu Silas. C'est déjà beaucoup, non ? Et puis la plume rose qu'Albie a trouvée, la plume de Bluebell, servira peut-être à incriminer le taxidermiste, qui sait ?

Il court comme il n'a jamais couru auparavant, comme s'il était une machine à vapeur. L'air du dehors est glacé dans sa gorge brûlante. Le trajet lui paraît interminable, et il emprunte ses vieux raccourcis – des rues, des passages qu'il pourrait parcourir les yeux bandés. Il n'est qu'un gamin, un gosse des rues, mais, à cet instant, il se sent puissant. Il détient le pouvoir d'avertir Iris et de contrecarrer les plans de Silas. Il l'a surveillé, il a attendu son heure. Il sait des choses que personne d'autre ne sait.

Ses jambes sont étrangement liquides, comme du métal en fusion sous le marteau d'un forgeron. Il pense à Iris, à ses doigts fins caressant la rosace qu'il a fabriquée pour elle, aux six pence qu'elle lui a donnés quand sa sœur était malade, il pense aux cinq livres pour ses dents. Ces souvenirs encombrent son esprit lorsqu'il débouche comme un boulet de canon sur Oxford Street, à moins de cinq minutes de Colville Place. Il est distrait, ses pensées s'enchevêtrent, et il ne perçoit pas les formes mouvantes des voitures et des charrettes, il n'entend pas le danger siffler à ses oreilles.

Un choc sourd. Un long grincement métallique, un panneau de bois qui craque. Le cheval hennit et se cabre.

Au moment de l'impact, quand les sabots s'abattent

sur sa poitrine, quand il est jeté comme une poupée de chiffon sous les roues de la charrette, pendant le court instant avant que les roues ne lui fendent le crâne aussi aisément qu'une coquille d'œuf et que le mince fil de sa vie ne se rompe, il ne pense pas à sa sœur. Il ne pense pas à l'amour, ni à ses rêves, ni même à Iris. Non, il la revoit juste faire glisser son doigt le long de la couture d'une petite jupe, un matin, au magasin de poupées. Puis écraser une puce du bout de son ongle. Un *pop* joyeux a retenti dans l'air et une perle de sang a jailli sur le tissu. Une si jolie perle rouge.

Lumley Court

14, LUMLEY COURT

Chère Mademoiselle Iris,

Nous ne nous connaissons pas, mais je vous écris au nom de Mlle Rose. Elle vient d'être agressée sur le Strand. Le voleur a été appréhendé. J'ai accueilli votre sœur chez moi pour qu'elle reprenne ses esprits. Elle m'a donné votre adresse et vous prie de venir immédiatement. Vous me trouverez à Lumley Court, au bout de l'impasse. Sa blessure n'est pas grave, bien qu'un médecin ait été convoqué. Il devrait arriver sous peu. Vous pouvez donc vous tranquilliser sur ce point.

Sincèrement,

M. T. Baker

La charrette

Un accident s'est produit sur Oxford Street : une charrette a basculé sur le côté. Iris, qui descend la rue à la hâte, s'interdit de regarder. Elle entend des cris – une dame vient de s'évanouir, et des passants s'empressent et s'agitent autour d'elle. Iris presse le pas. Non, elle ne jettera pas un œil vers la charrette. Ce spectacle ne ferait que l'affliger. Pourtant, lorsqu'elle arrive à la hauteur de l'attroupement, elle ne peut s'empêcher de tourner la tête, comme tirée par un fil invisible. Un regard, un bref regard seulement, mais les images s'impriment sur sa rétine : un cheval à terre, ses sabots pointés vers le ciel, l'os à nu de sa patte meurtrie, sa bouche écumante, son sang dans le caniveau ; le cocher qui tente de réconforter l'animal. « Faudra l'abattre, pauvre bête ! Ce gamin nous a foncé dessus sans regarder ! » ; et près d'eux, un petit corps dissimulé sous une bâche ; seuls ses orteils poussiéreux sont visibles, tels de minuscules coquillages.

Une jeune fille aux cheveux très pâles est agenouillée au-dessus du gamin. Elle porte une robe bleue propre et fraîchement repassée. Iris reconnaît le tissu uni dans lequel elle a taillé des vêtements pour les bonnes œuvres de Clarissa, cette organisation qui s'occupe des femmes déchues à Marylebone. La fille soulève le petit corps pour le prendre dans ses bras. Elle pleure à chaudes larmes en criant : « Mon frère, mon p'tit frère... »

« Il n'a pas regardé ! Il nous a foncé dessus », répète le cocher à un agent de police, avant de faire claquer son fouet pour chasser un chenapan qui tente de s'emparer d'un rayon de la roue tordue par le choc.

Iris s'éloigne en secouant la tête comme pour chasser ces images de son esprit. Que se passe-t-il aujourd'hui ? Pourquoi tant de drames ? D'abord Sylvia si près de la mort, puis Rose agressée sur le Strand, et maintenant ce gamin, renversé à deux pas de chez elle. Allons, se dit-elle, ce genre d'accidents arrive tout le temps. Elle a vu tant de blessés et de cadavres dans les rues de Londres ! Certains sont gravés dans sa mémoire : un chiffonnier mort de froid sur le pas d'une porte, un vieil homme qui chancelle, la main crispée sur son cœur, une mendiante en sanglots, son bébé grisâtre dans ses bras maigres. Mais aussi répété soit-il, le spectacle de ces malheureux continue de la bouleverser.

Elle espère que Rose n'est pas gravement blessée et que son visage n'est pas atteint. Elle se rappelle sa visite, leur conversation et la main que sa sœur a tendue vers Louis, surmontant bravement sa jalousie et son ressentiment.

Iris a décidé d'accorder son pardon à Louis. Quand il est monté dans le fiacre, il a dit qu'il l'épouserait, mais elle était trop en colère, trop blessée pour le prendre au sérieux. « Je veux que tu le désires vraiment, pas que tu te sentes obligé de le faire », a-t-elle répliqué. Lorsqu'elle a reçu le message l'avertissant de l'incident arrivé à Rose, Iris était sur le point de rejoindre Louis sur les docks pour se réconcilier avec lui avant son départ. Elle le fera par écrit et lui enverra la lettre à Édimbourg.

Autour d'elle, la ville bourdonne et s'agite. Partout, la vie suit son cours, mais la jeune femme n'a qu'un désir : serrer sa sœur et Louis dans ses bras. Son souffle lui râpe la gorge. Une fille en robe verte brandit une paire de souliers éculés sous son nez (« Deux pence, mam'zelle ») ; puis un enfant la saisit par le bras et lui tend une corbeille garnie de maquereaux qui brillent comme des peignes d'argent. Iris doit faire un écart pour les éviter sans ralentir sa course.

Elle passe d'une rue à l'autre, pressant le pas quand les badauds sont rares, prenant son mal en patience quand la foule se densifie ou que le trottoir est jonché de boue, de paille et d'ordures. Les rues sont sinueuses, encombrées ; la plupart d'entre elles se ressemblent, et Iris se trompe de temps à autre, ce qui la contraint à revenir en arrière. La puanteur qui monte de la Tamise s'intensifie à mesure qu'elle approche des quais. Un gentleman ivre sort en titubant d'un restaurant chic et lui sourit. Enfin, elle débouche sur le Strand, où elle se mêle aux employés qui envahissent soudain les trottoirs telles des fourmis dont on aurait piétiné la fourmilière. Elle se demande où se trouve la maison de ce M. Baker. Vu l'épaisseur du carton de couleur crème sur lequel il a rédigé son message, elle s'attend à une belle demeure.

« Je cherche Lumley Court. Tu sais où c'est ? » demande-t-elle à un gamin courbé sous le poids d'un panier de savons marbrés. Sa chemise est d'un jaune splendide – gomme-gutte pure, songe Iris en pinçant les lèvres.

« Oh oui, dit-il, et il désigne une allée décrépite. C'est là-bas. »

Iris se remet en route, un peu étonnée (M. Baker n'est peut-être pas aussi fortuné qu'elle l'a imaginé), mais pressée de retrouver Rose. Elle songe au visage de Louis quand il pose pour elle, à la pureté enfantine de ses traits, à ses cheveux sombres et bouclés – elle devrait ajouter une pointe d'émeraude sur sa palette.

Elle s'engage dans l'impasse sans hésiter. Perdue

dans ses pensées, elle ne remarque pas que ses épaules effleurent les murs de pierre, tant l'impasse est étroite, et qu'elle salit sa robe. Où est donc la maison de M. Baker ? Elle cligne des yeux, surprise par l'obscurité, et trébuche, offrant le haut de son crâne au coup qui s'abat sur elle avec violence – un coup que rien n'avait laissé présager.

TROISIÈME PARTIE

« Ses sires l'ad mis'en prisun
En une tur de marbre bis,
Le jur ad mal e la nuit pis.
Le Seigneur l'a mise en prison
Dans une tour de marbre bis.
Dur est le jour, pire la nuit[1]. »

MARIE DE FRANCE,
Lai de Guigemar, vers 660

« Ma vie est morne,
Il ne vient jamais[2]. »

ALFRED LORD TENNYSON,
« Mariana », 1830

1. Traduction française de Françoise Morvan, Actes Sud, 2008.
2. Traduction de Stéphane Mallarmé, 1874.

*Le séjour**

Iris est étendue sur le sol dans la cave de Silas. Elle est pâle, et ses lèvres entrouvertes semblent une blessure dans son visage blême. Il tend la main vers elle et tire sur le col montant de sa robe afin de dévoiler sa clavicule. La voilà, telle qu'il l'a vue lors de leurs précédentes rencontres : sur le chantier de l'Exposition universelle, à l'Académie royale et, parfois, dans la rue quand son châle glissait de ses épaules. Une torsion de la peau sur l'os. La texture est agréable, comme un nœud dans le bois d'une rampe polie par l'usage. Il sourit. Voilà, il l'a fait. Aucun de ceux qui se sont moqués de lui – sa mère, les ouvriers de la manufacture, Gideon – n'aurait réussi un tel exploit. Il l'a enfermée dans son musée, elle est en séjour* chez lui.

Elle a surgi dans l'allée, éclairée à contre-jour par la lumière qui inondait le Strand, et elle a couru droit vers lui. Bien sûr, il a dû se faire violence pour abattre le lourd fémur sur sa tête. C'était un geste pénible, mais nécessaire. Et puis, serait-il aussi satisfait si tout s'était passé trop facilement ? Les tâches les plus compliquées sont les plus gratifiantes. Il repense à la manufacture de porcelaine : s'il n'était pas indispensable de procéder à deux cuissons, de faire travailler des enfourneurs, des tourneurs, des polisseurs et des émailleurs, aurions-nous autant de plaisir à retourner une assiette de porcelaine entre nos mains ?

Il a parfaitement choisi l'instant de l'impact. Elle a titubé et gémi, mais il avait préparé le chiffon imbibé de chloroforme et il l'a plaqué sur son visage. Elle était tellement stupéfaite qu'elle s'est à peine débattue ; elle a chancelé, grogné un peu, puis elle s'est endormie, si rapidement, si docilement qu'il a eu la certitude de lui accorder ce qu'elle souhaitait. Elle tenait le message dans son poing fermé, ce qui l'a soulagé. Il craignait qu'elle ne le laisse chez elle en partant. Louis l'aurait découvert et aurait su où venir la chercher.

Tandis qu'il la regarde, une vive tristesse l'envahit. Il s'en étonne lui-même. D'où vient cette sensation d'amertume persistante au fond de sa gorge ? Peu importe. Il soupire, puis il hisse Iris sur la chaise. Il enroule les bandes de tissu autour de ses mollets et de ses poignets de façon qu'elle ne puisse plus bouger, puis il noue le tissu à plusieurs reprises.

Sa tâche accomplie, il recule de quelques pas. Il a décidé de la laisser s'adapter seule à son nouvel environnement. Plus tard, il lui apportera à manger et ils pourront bavarder. Ils prendront le temps de se connaître, de découvrir leurs goûts et leurs habitudes respectifs, d'échanger les histoires de leur vie. Quand il lui fera confiance, il lui détachera les mains et ils dîneront ensemble. Elle lui racontera ses journées au magasin de poupées, et ils riront de ses anecdotes sur Louis. (« Oh, ce porc ? Vous me pardonnerez, et le ciel aussi, je l'espère, d'utiliser un tel langage… Dieu merci, vous m'avez libérée de ses griffes. »)

Il sourit, et sa tristesse est vite oubliée. Lorsqu'il regagne la boutique, quelques instants plus tard, il éclate de rire. Et c'est en chantonnant qu'il pousse la vitrine aux lépidoptères au-dessus de la trappe. Puis il rit de nouveau, à gorge déployée. Il peut faire tout ce qu'il veut. *Tout ce qu'il veut !* Il grimpe jusqu'à sa chambre et redescend à la boutique avec l'énergie et la joie irrépressible d'un fou furieux.

Silence

Quand Iris ouvre les yeux, ça ne fait aucune différence. Elle est plongée dans l'obscurité la plus dense et le silence le plus profond qu'elle ait jamais connus. C'est une obscurité dépourvue de toute clarté : ni rayon de lune ni halo de réverbère ; c'est un silence que ne vient troubler aucun bruit, pas même le lointain soliloque d'un ivrogne, les pleurs d'un nourrisson ou le hennissement d'un cheval. Cette obscurité et ce silence sont pareillement épais, lourds et sirupeux. Iris a l'impression d'avoir été enveloppée dans un rouleau de velours sombre.

Quand elle veut porter ses mains à son visage, elle s'aperçoit qu'elles sont attachées. Elle tire plus fort – en vain. Et les sangles lui éraflent les poignets. Ses jambes sont attachées, elles aussi. Ses pieds ont enflé, là où le sang s'est accumulé. Elle se sent hébétée. Et elle a mal au crâne.

Elle gémit, mais un tissu recouvre sa bouche, étouffant le son de sa voix. Son souffle chaud ricoche contre sa joue. Elle halète, mais le bâillon colle à ses lèvres. Elle crache et secoue la tête.

Une vague de panique s'insinue en elle et se répand à travers son corps. Où est-elle ? Que s'est-il passé ? Pendant un bref instant, elle tente d'imaginer un scénario rassurant : c'est Louis qui lui a fait une farce – mais elle sait qu'il n'en est rien, et la panique gagne du terrain. Son estomac se soulève. Son cœur s'accélère.

Elle tente de se libérer des liens qui l'entravent, à peine consciente de ce qu'elle fait. Tout juste éprouve-t-elle la morsure des douleurs qu'elle s'inflige : ses pieds, qu'elle frappe contre le sol ; ses doigts, qu'elle plie et tord. Elle fait basculer la chaise en tous sens jusqu'à la faire chuter – et elle avec – sur le sol en terre battue. La douleur lui traverse les côtes et les hanches. Son bras se coince sous elle, son coude s'enfonce dans son estomac. Son visage est plaqué contre la terre, un goût de tanin remonte du fond de sa gorge. Plus elle se tortille, plus sa terreur s'accroît.

Nggggggghghhhhh, crie-t-elle en s'étouffant contre le carré de coton. *Nggggggghghhhhh.*

Elle ne peut plus respirer. Elle a besoin d'air, mais ses poumons paraissent incapables de se remplir d'oxygène. Le peu qu'elle parvient à aspirer à travers le tissu n'atteint même pas l'arrière de sa bouche. Son pouls cogne à ses tempes de plus en plus lourdement, ses membres deviennent aussi froids et rigides que de la porcelaine. Elle se replie dans la coque vibrante de la terreur pure. Son ventre se crispe sous l'effort nécessaire pour retenir ses intestins.

Les sangles lui entaillent la chair. Et, soudain, elle comprend.

Silas.

Ces sangles brûlantes sont aussi implacables que les doigts qu'il a serrés sur son poignet l'autre jour, à la Royal Academy. La terre battue est sa poigne de fer, cette odeur d'humidité est celle qu'il transporte avec lui. Le bâillon est sa bouche sur la sienne, aussi molle et froide qu'un gant de toilette glacé. Il l'a attirée ici sous un prétexte fallacieux, et elle est tombée dans le piège comme un chien attiré par un morceau de viande pourrie.

Ses pensées prennent alors un tour monstrueux, qu'elle s'efforce de contenir. Déjà, elle imagine les mains de Silas sur elle, ses doigts autour de sa gorge. Que fera-t-il quand il viendra la chercher ? À moins qu'il ne la laisse mourir de faim et de soif, comme un rat prisonnier sous un seau retourné ?

Elle s'exhorte au calme. Elle est vivante, non ? Elle respire. Lentement. Elle pense à ses doigts, plaqués sur le papier peint de sa chambre, à ses petites veines bleues qui transportent le sang vers son cœur ; elle puise un léger réconfort dans ses battements réguliers.

Mais rien de tout cela ne l'empêche de trembler.

Truffes au caramel

Silas presse le pas, un sachet de papier vert à la main. Il sait que ses craintes sont dénuées de fondement : la vitrine des lépidoptères est bien trop lourde, ses liens sont bien trop serrés pour qu'elle parvienne à s'échapper – mais il ne peut s'empêcher d'être inquiet. Il craint que son joyau ne lui glisse entre les doigts. Il poussera la porte, tendra l'oreille et comprendra qu'il a rêvé. Il sera de nouveau seul, comme il l'a toujours été. La solitude est une calamité. Il a toujours prétendu le contraire – quand on n'a pas le choix, à quoi bon regretter ce que le destin nous impose ? Mais le silence qui règne dans sa boutique, la place froide et vide à côté de lui sous les draps, les récits qu'il se fait à lui-même, faute d'interlocuteur, le va-et-vient lancinant de ses pensées – tout cela l'a laissé exsangue.

Mais à présent, il a une compagne. Une créature magnifique. Quand elle le verra revenir avec ses friandises préférées, achetées auprès de son vendeur préféré, elle n'aura plus aucune inquiétude. C'est une dame bien élevée, qui sait apprécier les marques d'attention.

Il ouvre la porte de la boutique et tend l'oreille. S'il posait la joue contre le sol, il percevrait un léger bruit, mais il pourrait s'agir d'un chat ou d'un enfant dans la maison voisine.

Il déplace la vitrine des lépidoptères, soulève la trappe

et l'entend gémir. Il va la rassurer, lui expliquer qu'il est son sauveur, son consolateur. Il ne se demande pas ce qu'elle est pour lui, ni lui pour elle. La considère-t-il comme sa prisonnière, son invitée, sa servante ou son spécimen ? Et elle, le voit-elle comme un ravisseur, un hôte, un sauveur ou un collectionneur ? Peu importe. Tout ce qui compte, c'est qu'elle soit ici, avec lui.

Il emprunte l'échelle qui mène à la cave, la lampe à huile dans une main, le sac en papier entre ses dents. Il se retourne lorsqu'il atteint le dernier échelon et s'aperçoit qu'elle a fait basculer la chaise au sol. Ses yeux sont écarquillés et injectés de sang.

« Je ne vous ferai pas de mal », lui assure-t-il, mais elle se raidit en le voyant approcher. Il la redresse. « J'ai un cadeau pour vous. »

Elle le regarde fixement. Il baisse les yeux. Elle paraît absolument terrifiée. Pourquoi ? Il ne comprend pas. Il n'a rien fait d'extraordinaire. Des milliers de femmes à travers l'histoire ont connu le même sort. Elle-même n'était-elle pas enfermée entre les quatre murs d'une cellule dans le tableau qui est exposé à la Royal Academy ?

Il brandit le sachet vert qu'il tenait caché derrière son dos. Elle le foudroie du regard. « Caramels au chocolat », dit-il, mais son expression ne change pas. Il essaie une autre tactique. « Si vous êtes sage, je vous détacherai. »

Il tousse. Il n'est pas habitué à détenir un tel pouvoir. Ce n'est pas désagréable, même s'il ne sait pas quoi faire de ses mains.

Il dénoue son bâillon. Elle ouvre et ferme la bouche à plusieurs reprises pour assouplir sa mâchoire endolorie, mais elle ne dit rien. Elle ne crie pas.

« Je peux vous donner un chocolat », reprend-il bien qu'il ait préféré ne pas avoir à le suggérer. Il n'y a rien d'élégant à être nourrie de la sorte, comme un bébé ou un chien.

« Laissez-moi partir, dit-elle d'un ton si pressant, si suppliant que les truffes lui échappent presque des mains. Laissez-moi partir, je vous en prie ! Je ne dirai rien à personne, mais je vous en supplie, je vous en supplie, laissez-moi partir.

— Je les ai achetées chez votre marchand préféré, précise-t-il en levant le sachet.

— Qu'attendez-vous de moi ? Si c'est de l'argent, Louis vous paiera ce que vous demanderez. Mais vous devez me laisser partir…

— Il y a du caramel à l'intérieur », insiste-t-il en sortant une truffe du sachet. « Un penny la douzaine.

— Je me fiche des chocolats ! crie-t-elle, puis ses yeux se remettent à danser dans ses orbites. Laissez-moi partir, je vous en prie.

— Je veux seulement être votre ami.

— Et ensuite, vous me libérerez ? » Elle s'empare de son aveu comme un chien engloutirait un steak tombé d'un panier. « Bien sûr que vous êtes mon ami. Laissez-moi partir et je vous montrerai…

— J'aimerais que vous me prouviez votre amitié en écrivant une lettre.

— Une lettre ?

— Une lettre qui dirait à… l'homme que vous venez de mentionner que vous êtes en sécurité et qu'il ne doit pas s'inquiéter.

— Mais ce n'est pas vrai !

— Pourquoi ? réplique-t-il posément. Vous êtes en sécurité avec moi. »

Elle recommence à se balancer sur la chaise, d'avant en arrière, d'arrière en avant, d'avant en arrière. « Je ne sais pas ce que vous voulez, dit-elle. Je serai votre amie, je ferai n'importe quoi, mais...

— Je veux que vous écriviez cette lettre », l'interrompt-il. Gêné par le ton précipité et trop aigu de sa voix, il tente de reformuler sa requête de manière plus autoritaire : « Vous allez écrire cette lettre. »

Elle secoue la tête. « Laissez-moi partir, je vous en supplie ! Je ferai tout ce que vous voudrez. »

Il recule, presque dégoûté par son insistance. « Je vous ai déjà dit que je vous libérerai quand je serai certain que vous êtes mon amie.

— Mais je le suis ! Je suis votre amie. Dites-moi seulement ce que je dois faire pour le prouver...

— Je vous ai apporté vos chocolats préférés », poursuit-il, écœuré par ses lamentations, et il lui tend une truffe posée sur sa paume comme il tendrait un morceau de pain à un cheval.

Elle incline la tête en arrière, se penche et lui mord le doigt avec une vigueur qui le stupéfie. Il retire vivement sa main, tapant ses dents sans le vouloir. Il serre son doigt blessé dans sa paume. Elle l'a peut-être fracturé.

Ce qui suit est pire. Elle se met à hurler. Ses cris emplissent la cave, un vacarme qui se cogne contre les murs et lui revient en écho. Il doit se retenir de plaquer ses mains sur ses oreilles et de la frapper pour la faire taire. Ce n'est pas un gémissement assourdi, comme il aurait pu l'imaginer venant d'elle, mais un beuglement guttural, entrecoupé de halètements chaque fois qu'elle doit reprendre son souffle.

« Taisez-vous ! » ordonne-t-il en fouillant dans sa poche pour en sortir un flacon. Il verse le contenu sur un grand mouchoir qu'il plaque sur sa bouche. Elle continue de crier. Cette fois, il a l'impression de devoir attendre des siècles avant que le chloroforme fasse son effet. Elle se cabre et secoue la tête, mais elle est bien obligée de respirer par le nez – et d'inhaler la drogue par la même occasion. Enfin, un grand silence. Elle se laisse glisser sur la chaise, la tête en avant.

Clavicule

Les yeux de Silas paraissent jaunes sous la lueur de la lampe.

Que m'avez-vous fait ? Elle veut savoir, mais sous le bâillon, elle peut à peine proférer un son. Le mouchoir qu'il a plaqué sur son visage semble l'avoir plongée dans un profond sommeil, comme s'il était un sorcier dans un conte pour enfants. Que lui a-t-il fait ?

« Si vous n'êtes pas sage, je ne vous laisserai pas parler. »

De toute façon, elle ne peut ni parler, ni marcher ni manger (sauf ce que sa main lui tend) ni – c'est pire encore – soulager sa vessie. Elle se retient de plus en plus difficilement. Pourtant, elle doit se maîtriser, ne pas se laisser paralyser par la terreur. Elle regrette d'avoir manqué de sang-froid tout à l'heure. Avec quelle rage elle l'a défié ! Ses hurlements résonnent encore à ses oreilles. Si sa mère l'avait entendue – elle qui insistait tant pour qu'Iris domine ses passions, ne crie pas et respecte l'opinion des hommes –, elle en aurait été mortifiée. Les émotions d'Iris ont toujours pris le dessus chez elle. À présent, elles débordent. La colère la fait suffoquer.

Demain, Rose trouvera sa chambre vide, et Louis reviendra bientôt d'Édimbourg. Il sait que Silas l'a agressée à l'inauguration de l'exposition. Et il a certainement compris que leur dispute n'avait pas de raison d'être. Il viendra la chercher et la libérer. Il *viendra*.

Elle fixe les murs de la cave. Ils sont bas et humides, et de petits cristaux se sont formés par endroits. La lumière tremble et vacille, tandis que le regard de Silas s'enflamme, plus cuisant que jamais. Il l'observe sans ciller, sans bouger, d'un air si implacable qu'elle se sent à chaque instant plus fanée, plus flétrie.

Je dois te contempler pendant des jours entiers jusqu'à ce que je t'aie apprise par cœur.

La voici redevenue modèle. Ses souffrances viennent du fait qu'elle est assise, immobile, figée dans une pose inconfortable. Le regard qui l'observe est celui d'un artiste et d'un amant – Louis, son cher Louis. Ses yeux : deux étangs dans lesquels elle pourrait se noyer ; d'une couleur qu'elle ne sait reproduire sur la toile. Bientôt, il posera son pinceau et lui annoncera qu'elle peut de nouveau bouger.

Elle jette un rapide coup d'œil à Silas et perçoit la soif qui brille dans son regard, une soif intense et maladive qui se répand dans l'eau de ses yeux et contamine tout ce qu'elle touche. Elle tente de revenir à Louis, de faire resurgir l'expression de son visage aimé lorsqu'il tapote son pinceau contre le chevalet, lorsqu'il la contemple pour l'apprendre par cœur. *Ma reine.*

Une pensée lui vient à l'esprit, et elle suit le regard de Silas. Il ne fixe pas son visage ou sa poitrine, mais son cou, sa clavicule qui – elle s'en rend compte maintenant – est visible sous le col défait de sa robe.

La jeune femme se cabre contre le dossier de la chaise. Tout s'explique, à présent : pourquoi Silas l'a remarquée, pourquoi il l'a poursuivie de ses assiduités, pourquoi il s'est obstiné alors qu'elle demeurait sourde à ses avances. Elle songe à la babiole qu'il lui a offerte, cette aile de papillon enfermée entre deux morceaux de verre, et à l'autre objet qu'il transportait avec lui quand il l'a abordée à Colville Place. Un chiot empaillé et son squelette, a-t-il expliqué. Et l'autre jour, Louis lui a raconté que Silas leur avait fabriqué plusieurs animaux naturalisés pour leurs tableaux. Pourquoi ? Est-ce un collectionneur ? Un collectionneur morbide, un assembleur d'os et de cadavres ? Cette pensée la précipite dans la terreur qu'elle s'efforçait de tenir à distance. Elle fond en larmes. Sa vessie la trahit et se relâche brusquement. Elle sent le liquide chaud former une flaque sous elle, puis couler le long des barreaux de la chaise.

Cueillette

Silas lit le journal dans sa boutique, juché sur un tonneau en métal. Dix corbeaux flottent à l'intérieur, sous le couvercle rouillé. Ils étaient encore dans de grands bocaux en verre quelques jours plus tôt, mais il les a transportés au rez-de-chaussée avec ses autres spécimens. Tous témoignent d'une étape de sa vie dans laquelle il ne se reconnaît plus.

La pièce est pleine de bric-à-brac, d'objets entassés les uns sur les autres. L'ordre tranquille, les vitrines bien astiquées et les bocaux étiquetés avec soin ont disparu. La boutique reflète le désordre qui s'est emparé de son esprit. Tout est poussiéreux – il éternue – et nauséabond. L'un des bocaux s'est fissuré : le liquide a coulé sur le sol, et les cœurs de tourterelles, privés de formol, sont en train de pourrir dans leur prison de verre. Silas passe la main sur une jarre qui renferme un objet dont il a oublié le nom. Un os, visiblement, mais lequel ? Peu importe. La jarre est sale, et ses doigts sont noirs, à présent.

Il entend un léger bruit au sous-sol, et l'odeur infecte qui a empli la cave un moment plus tôt lui revient en mémoire. La puanteur ammoniaquée de l'urine. Il en est resté horrifié. Sa reine, sa belle dame calme et digne, hurlant et mordant comme une bête en cage, puis faisant sous elle… C'est plus qu'il n'en pouvait supporter. Il a fait volte-face et s'est précipité en haut de l'échelle pour regagner la boutique. Loin d'elle et de ses humeurs. Il imagine sa vessie, rose et humide comme l'intérieur d'une pêche, puis – s'il la séparait de son corps – blanche et desséchée comme une oreille de porc passée à la poêle à frire.

Il reporte son attention sur le journal, qu'il déchiffre péniblement, article après article. Il ne s'autorise à se détendre qu'en atteignant les publicités pour des savons et du parfum en dernière page : il n'y a rien sur la disparition d'Iris.

Et s'il sortait un peu ? Il a besoin d'échapper à la confusion et au désordre qui règnent chez lui. Et il doit s'éloigner d'elle, ne serait-ce que pour un moment. Lorsque la cave était occupée par ses fidèles compagnons, mutiques et immobiles, elle lui paraissait de bonne taille, ni trop grande ni trop étroite. Mais maintenant qu'elle emplit la pièce de sa présence monstrueuse – sans parler de ses cris et de ses odeurs –, les lieux semblent terriblement exigus. Encore heureux qu'elle soit assise : elle est moins *encombrante* sur une chaise que lorsqu'elle le domine de toute sa hauteur. La situation le laisse perplexe. Pourquoi faut-il qu'elle soit si grande, si bruyante, si… si différente de ce qu'il avait imaginé ? Et s'il s'était trompé ? Si elle ne l'aimait pas, si elle persistait dans son attitude actuelle, revêche et grossière ?

Il prend son chapeau et se met en route. La matinée est déjà bien avancée, et les omnibus sont chargés d'ouvriers. Il tente de se raisonner. Iris n'est là que depuis une douzaine d'heures, et déjà il s'inquiète de son attitude ! Allons, songe-t-il, il est normal qu'elle soit troublée, apeurée aussi. Il doit lui laisser le temps de s'adapter. Se montrer patient, lui pardonner ses égarements. Et puis, la nuit n'a-t-elle pas filé plus vite que d'ordinaire, avec une compagne à son côté ?

Il observe Rose dans le magasin de poupées de Mme Salter, sans autre désir que celui d'apaiser son esprit, puis il la suit lorsqu'elle sort se promener à l'heure du déjeuner. Elle marche jusqu'à la pension d'Iris. La logeuse ouvre la porte. Silas est trop loin pour entendre leur conversation, mais il l'imagine aisément : à la question de Rose, la femme réplique qu'Iris n'est pas rentrée la veille au soir. Le front tavelé de la jeune femme se plisse d'inquiétude. Elle va frapper à la porte de Louis, n'obtient pas de réponse, et martèle le battant de ses poings fermés. En vain. Elle renonce et revient sur ses pas. Silas se demande si Iris lui a parlé, si elle a mentionné l'incident survenu à la Royal Academy. Il n'aurait pas dû lui saisir le poignet aussi vivement, il le sait. Quel imbécile ! Il aurait dû se maîtriser, éviter d'attirer l'attention sur lui. Maintenant, il faut qu'Iris écrive à Louis. C'est impératif.

Il se désintéresse de Rose et poursuit sa promenade à travers les ruelles sinueuses de Soho, vers Hyde Park. Gêné par une ampoule au pied, il boite et décide de monter dans un omnibus. Il tente de se souvenir de l'odeur de Flick. Elle sentait le propre, certainement – contrairement à Iris. Il se rappelle parfaitement la pâleur de sa peau, mais il lui manque une séquence entre les mûres qu'elle fourre dans sa bouche et son corps froid, étendu dans le pré. Même cette image, qui vient de surgir à sa mémoire, n'est pas très fiable. Comme beaucoup d'autres, il la chasse rapidement de son esprit. C'est le père de Flick qui l'a frappée et Silas qui a trouvé le corps. À moins qu'il ait rêvé et qu'elle se soit enfuie à Londres pour échapper à la manufacture et aux coups de son père ?

Nombre de souvenirs lui sont restés de cette lointaine journée, si souvent revisités qu'ils sont devenus lisses et doux comme de la porcelaine. L'expression de Flick, surtout, est imprimée dans sa mémoire. Sa joie enfantine lorsqu'il lui a montré les fruits achetés au marché de Stoke en prétendant qu'elle pourrait en cueillir de semblables si elle venait avec lui. Il n'avait pas de plan à l'époque, pas vraiment. Il était jeune et dénué d'expérience. Il voulait seulement passer un moment avec elle, et se sentir aimé.

Elle n'a pas marché dans les rues avec lui en sortant de la manufacture. Elle ne voulait pas s'attirer les railleries des autres gamins, qui n'auraient pas manqué de se moquer s'ils les surprenaient ensemble. Silas devinait sa poitrine naissante sous sa chemise. Il se demandait si ses mamelons ressemblaient aux mamelles d'une chienne enceinte ou au museau rose et humide d'un chaton. Enfin, à l'angle d'une rue, elle s'est détachée de son groupe d'amis et l'a suivi jusqu'aux abords de la ville, puis dans les prés environnants, bordés d'épais massifs de ronces.

« C'est là ? » a-t-elle demandé en désignant les branches enchevêtrées. Les mûres brillaient comme des rubis, mais Flick était déçue. « Tu m'as dit qu'il y avait des pommes, des prunes et des pêches, pas seulement des mûres. Il y en a plein près de chez moi, des mûres comme ça ! »

Silas a baissé les yeux.

« Je croyais…

— Tu m'as menti ! T'as acheté les autres fruits au marché, c'est ça ?

— Pas du tout », a-t-il répliqué, gagné par une irritation croissante. Il s'était donné tant de mal pour lui faire plaisir ! Comment pouvait-elle se montrer si ingrate ?

« Où t'as trouvé les sous ? Tu les as piqués ?

— J'ai rien piqué à personne. J'suis pas un voleur. Je voulais juste te montrer…

— Je devrais le dire à ta mère », a-t-elle lancé, puis elle a fourré les mûres dans sa bouche, avec gourmandise, par poignées entières. Ses petites mains étaient aussi efficaces que les marteaux et les enclumes de la manufacture.

« Pourquoi tu fais cette tête ?

— Quelle tête ? »

Elle a pris un air idiot et grimaçant, et il l'a détestée. « Rentre chez toi, a-t-elle ajouté.

— Mais c'est chez moi ici ! Et je veux te montrer ma collection. J'ai mis de l'argent de côté pour nous deux. On pourrait partir à Londres…

— Fiche le camp », a-t-elle ordonné en agitant la main, comme si elle chassait une mouche, puis elle lui a lancé une mûre à la figure. Et elle a ri en la voyant s'écraser sur sa chemise. Elle en a lancé une autre, et il l'a saisie par le bras.

« Lâche-moi, a-t-elle grogné, mais il l'a serrée plus fort.

— Viens voir ma collection. » Il l'a entraînée vers le bosquet ombragé où il avait déposé ses trésors : les crânes du bélier, du rat des champs et du renard, tous bien alignés. Trop occupée à se libérer de son emprise, elle ne leur a même pas jeté un regard. Elle se démenait si violemment qu'il a dû la gifler pour la calmer. Elle a trébuché et piétiné le crâne du bélier, qui s'est fendu en deux.

Ensuite, il l'a trouvée couchée dans le pré, le visage barbouillé de mûres.

Comme il lui en a voulu alors ! Aujourd'hui encore, il bout de colère lorsqu'il repense à sa cruauté, à ses railleries. Comment a-t-elle pu le traiter ainsi ? N'ont-ils pas couru main dans la main à travers la campagne ? Le soleil n'a-t-il pas joué dans ses cheveux roux ?

Non.

Il ne veut plus y penser. Il se tourne vers le grand bâtiment qui se dresse devant lui : le Crystal Palace, où se trouvent ses chiots siamois. Ses créations ! Alors que les ouvriers de la manufacture, tous ces morveux qui se moquaient de lui, sont probablement morts à l'heure qu'il est – un accident est si vite arrivé dans une fabrique de porcelaine. Gideon non plus n'a pas réussi à se faire connaître : Silas a parcouru *The Lancet* pendant des années dans l'espoir d'y lire son nom. Peut-être est-il mort lui aussi, emporté par une maladie contractée dans un des hôpitaux de la capitale.

Le palais de cristal brille au soleil. Ses galeries et son dôme vitré ressemblent aux gâteaux élaborés qu'il a vus dans les vitrines des deux pâtisseries qui flanquent la boutique de Mme Salter. Il apprécie sa géométrie harmonieuse.

Une foule dense et mouvante se presse vers l'entrée du bâtiment. Silas joue des coudes parmi les écoliers et les voyageurs – une femme, venue à pied de Cornouailles, raconte son périple à qui veut l'entendre –, puis il franchit les tourniquets en montrant son billet valable pendant toute la durée de l'exposition. Aujourd'hui, il prend le temps de flâner. Il examine avec attention les grands rouages noirs des machines industrielles – moteurs, presses et chaudières. Une presse à vapeur tempête et tourbillonne, et la poussière de charbon épaissit l'air. Maintenant qu'il ne s'inquiète plus de savoir si Iris va apparaître au détour d'une galerie, il est plus calme, il peut enfin apprécier ce qu'il voit.

Il parcourt les allées, étonné par la variété des objets exposés. Ce musée semble renfermer tout ce qui a été inventé, construit ou mis en forme par l'homme : cercueils, diamants, vases, voitures et vélocipèdes. Il s'arrête devant les pièces qui l'intéressent le plus. L'Union douanière allemande présente une collection de grenouilles naturalisées assises sur de petits fauteuils de barbier, serviettes nouées sous le menton, ainsi qu'une portée de chatons empaillés occupés à boire du thé. Silas remarque que les coutures sont grossièrement faites et que les membres des animaux sont pliés de manière peu naturelle.

Il garde ses propres créations pour la fin de la visite, tel un bonbon que l'attente rend plus délicieux encore. Les chiots siamois sont bien là, sur leur double présentoir, au-dessus de son nom inscrit en grandes lettres noires sur un carton.

Silas Reed.

C'est lui, et voici son œuvre.

Si seulement Iris était venue le voir ! Si seulement elle était venue quand il l'a invitée dans sa boutique, puis à l'inauguration de l'exposition ! Les choses auraient été différentes. Si seulement Flick avait marché à son côté en prenant sa main dans la sienne. Il voulait être leur ami, rien de plus. Et, franchement, elles ne peuvent s'en prendre qu'à elles-mêmes.

Robe

Le bâillon d'Iris est trempé de larmes. Elle éprouve des picotements et des démangeaisons dans tout le corps : ses joues marbrées de sel, ses cuisses souillées d'urine, ses poignets et ses chevilles éraflés. Elle n'a pas pu se retenir tout à l'heure. Maintenant, chaque fois qu'elle bouge, elle sent le liquide froid imprégner ses fesses. Elle a faim et soif, mais l'idée de manger dans la main de Silas lui est insupportable. Elle se trouve dans une situation si désespérante, si pitoyable qu'elle n'en voit pas l'issue.

« Écrivez la lettre, réclame-t-il, encore et encore. C'est tout ce que je vous demande. Une lettre. »

Il l'utilise comme monnaie d'échange, un shilling contre une toupie, une guinée contre une poupée en porcelaine.

Si elle écrit cette lettre, il lui détachera les mains et la laissera manger seule.

Si elle écrit cette lettre, il la laissera arpenter la cave.

Si elle écrit cette lettre, il la laissera monter dans la boutique.

Si elle écrit cette lettre, il… il… il… – mais elle reste bouche cousue et secoue la tête.

Parce qu'elle sait qu'il ment. Elle place tant d'espoirs en Louis qu'elle en a des élancements dans le crâne. Si elle consent à rédiger la lettre que lui réclame Silas, Louis tombera dans le piège. Il ne se lancera pas à sa recherche. Et elle ne sortira jamais de cette cellule.

Elle enfonce ses doigts dans ses paumes. *Cesse de pleurer*, s'exhorte-t-elle. *Arrête.* Au lieu de s'apitoyer sur son sort, elle doit faire tout son possible pour survivre. Y compris manger et boire dans les mains de son ravisseur. L'essentiel est de rester en vie.

Elle se distrait en pensant au tableau de Louis et à la manière dont il a représenté le nœud très élaboré fait par Guigemar à la ceinture de sa dame. Avec quelle précision Louis a tracé chaque coup de pinceau ! Une touche à la fois sur un petit carré de la toile, jamais davantage. Et l'ombre de la dame, peinte en vert-bleu sur le fond d'un blanc lumineux, crée l'illusion d'une personne réelle dans un lieu réel, quand ce ne sont, en fait, que des pigments sur une toile. Le nœud que seul Guigemar peut détacher, comment est-il, exactement ? Elle convoque à son esprit les couleurs vives de la toile. Dans la cave, tout est brun, noir et jaune, comme si l'émeraude, le garance et l'outremer n'existaient que dans son imagination.

Au moins, Silas a laissé la lampe – autant en profiter, songe-t-elle en baissant les yeux vers les bandes de tissu qui enserrent ses mollets. Ils sont attachés aux pieds de la chaise, au-dessus de la barre transversale. Ses poignets, eux, sont arrimés aux accoudoirs en spirale, jusqu'en dessous du coude. Elle observe aussi la forme des accoudoirs, et note qu'ils s'amincissent à l'endroit où ils rencontrent l'assise de la chaise.

Elle se contorsionne de manière à faire glisser la bande de tissu nouée autour de son poignet droit vers la partie la plus mince de l'accoudoir. Le processus dure plusieurs heures. Elle progresse millimètre par millimètre, mais elle parvient à desserrer le tissu. Puis, en repliant sa main sur elle-même, elle atteint le nœud sur lequel elle referme les doigts. Elle touche presque au but : si ses doigts peuvent saisir un crayon et le déplacer en travers d'une page, ils doivent aussi avoir le pouvoir de défaire ce nœud, songe-t-elle. Et c'est le cas : le bandage devient de plus en plus lâche, et finit par tomber, libérant son poignet.

Elle va s'enfuir. Elle ne mourra pas ici. Elle entendra à nouveau la voix de Louis, et ce ton facétieux sur lequel il termine souvent ses phrases : *Nous sommes ici pour vous sauver du roi Mériaduc.*

Elle fléchit les doigts – le tissu a imprimé des marques rouges sur ses bras – et enlève le bâillon. Elle passe sa langue sur ses lèvres. Un goût aigre emplit sa bouche. Elle aspire avec délectation une grande bouffée d'air, plus frais qu'à travers le bâillon.

Délier sa main gauche ne lui prend qu'un instant, et ses mollets suivent rapidement. Elle tente de se redresser, mais ses jambes refusent de la porter. On dirait de la gelée qu'on a trop tôt sortie du moule. Elle recommence, plus lentement, en faisant tourner son pied, puis sa jambe. La douleur est si intense qu'elle doit retenir un cri.

Elle grimpe aux barreaux de l'échelle et tente d'ouvrir la trappe. En vain, bien sûr. Autant essayer de détruire la Royal Academy à mains nues.

Elle redescend et réfléchit à la suite des opérations. Elle prend la lampe, la juge assez lourde, et la soulève au-dessus de sa tête. Parfait. Ainsi armée, elle devrait pouvoir assommer Silas. Elle répète le geste, balançant la lampe d'avant en arrière – un peu trop vivement, cependant : la flamme vacille et finit par s'éteindre.

Elle lâche un juron et rejoint le fauteuil à tâtons. Elle reprend sa place, enroule les bandes de tissu autour de ses bras et de ses jambes afin de paraître attachée. Elle tient la lampe dans sa main droite, du côté opposé à l'échelle, afin que Silas ne la remarque pas tout de suite.

Elle entend le bruit de ses pas dans la boutique, puis le raclement du meuble qu'il déplace pour ouvrir la trappe. Les battements de son cœur s'accélèrent. Il est rentré précisément au bon moment, comme s'il lui avait accordé le temps nécessaire à l'élaboration de son projet d'évasion. Comme si ce n'était qu'un jeu.

Silas descend l'échelle. Un barreau après l'autre, et chaque fois l'écho se répercute à travers la petite cellule. Un rai de lumière s'engouffre par la trappe ouverte comme un rayon de soleil à travers les nuages. Il ne dit rien, il transporte quelque chose. Une chaise. Il la tient maladroitement et trébuche sur le dernier échelon.

Il se redresse en grommelant. Elle lève la lampe à l'instant où il fait un pas vers elle. Il esquive le coup – tout juste parvient-elle à frôler son oreille. Elle recommence et parvient à le frapper à l'épaule. Il crie et tombe au sol.

Elle s'élance vers l'échelle – la trappe est ouverte. Ses mains glissent sur les barreaux. Le métal dur est agréablement froid sur ses doigts. Elle se hisse vers le sommet et découvre une pièce étrange, en grand désordre. Elle pose les mains sur le plancher, prête à se hisser hors de la cave, mais quelque chose la retient.

Il a saisi son pied. Elle se débat et se contorsionne pour lui échapper. *Tu ne me vaincras pas*, songe-t-elle, animée d'une rage qui décuple ses forces. Il lâche prise. Elle se hisse à nouveau vers l'extérieur et enjambe le rebord de la trappe quand il lui agrippe la cheville.

« Au secours ! crie-t-elle. Au secours ! J'ai été enlevée ! À l'aide ! Vite ! Il va me tuer ! »

Elle perd l'équilibre et retombe dans la cellule avec un grognement de colère.

Mais la trappe est encore ouverte. Elle doit saisir sa chance ! Elle n'en aura peut-être pas d'autre. Elle se relève, prête à se battre, à le griffer et à le frapper. C'est alors qu'il surgit au-dessus d'elle, le mouchoir à la main.

Elle sent un claquement dans ses oreilles. Avec quoi l'a-t-il frappée ? Son poing ? Elle s'effondre sur le sol. Le chiffon apparaît dans son champ de vision.

« Non, supplie-t-elle. Je vous en prie ! Je vais m'asseoir, je serai sage, je vous en supplie...

— Je ne vous crois pas », réplique-t-il, et il plaque le mouchoir sur son nez. Elle s'efforce de rester éveillée. De ne pas respirer. Elle se débat, garde les yeux ouverts, mais le monde vacille devant elle. Tout devient flou.

Et s'estompe.

Une compagne

Il va me tuer.

Silas observe Iris dans son sommeil. Comment peut-elle le croire capable d'un tel crime ? Voilà qui explique son comportement erratique et la peur qu'il lit constamment dans ses yeux. Il doit à tout prix lui faire comprendre que ses intentions sont honorables, qu'il ne désire rien d'autre que son amitié. Elle est si belle ! Ses paupières nacrées baissées sur ses yeux fermés, sa clavicule… Son bas-ventre se contracte. Une vague de désir tiraille son entrejambe. *En voilà un beau bâton, m'sieur.*

Il se souvient de la fille dans le taudis de St Giles – la tendresse factice de sa voix, ses faux cheveux roux et l'odeur aigre qui régnait dans sa chambre… Quelle puanteur ! C'était presque aussi atroce que les effluves âcres qui ont envahi la cave quand Iris a souillé ses jupes.

En revenant de l'Exposition universelle, il a fait halte chez un menuisier pour lui commander une chaise percée. Il est ressorti la chercher en fin de journée. Il imaginait déjà la joie qui se peindrait sur le visage d'Iris quand il lui offrirait ce beau cadeau. Au lieu de quoi, elle l'a frappé avec la lampe à huile ! Et comment a-t-elle pu se débrouiller pour dénouer les sangles ? Il est monté se soigner après l'avoir maîtrisée et endormie. Elle l'a blessé au crâne, au cubitus et au doigt. Ce qu'elle peut se montrer vicieuse, parfois ! Une vraie bête sauvage. Ses traits délicats prennent alors une apparence presque simiesque. Dans ces moments-là, elle n'a plus rien d'une reine.

Il l'a ligotée sur sa nouvelle chaise. Elle dort, le buste et la tête penchés vers l'avant, assise sur le seau en fer-blanc. Il a dû soulever son jupon pour l'installer, mais il ne l'a pas touchée. Il s'est même interdit de regarder, alors qu'il en brûlait d'envie. Elle dormait si paisiblement qu'il a desserré un peu les sangles – pure gentillesse de sa part. Sous le tissu épais, sa chair était marbrée et légèrement meurtrie, comme celle d'un cadavre vieux d'une semaine. Il a sorti son flacon d'huile de lavande de sa poche, en a versé quelques gouttes sur un mouchoir, qu'il a appliqué sur les tempes d'Iris et sur ses jupes pour atténuer les mauvaises odeurs qui montent du seau. À présent, il hume l'air avec plaisir. Quel parfum délicat !

La jeune femme remue les lèvres. Un filet de bave coule sur son menton. Un gémissement, un battement de paupières. Silas retient son souffle. Sa prisonnière se réveille !

Elle jette un regard autour d'elle et gémit de nouveau.

« Je vous ai installée sur votre nouvelle chaise, dit-il. Inutile de crier, personne ne vous entendra. »

Pas de réponse. Elle se mordille les lèvres.

« Je veux seulement être votre ami. J'aimerais tant que…

— Vous allez me tuer. » Sa voix est parcourue de tremblements. « Vous voulez m'empailler. Me prendre ma clavicule…

— Non, l'interrompt Silas en se penchant vers elle. Comment pouvez-vous penser une chose pareille ? Vous ne comprenez donc pas ? Je veux être votre ami. Je veux que vous m'aimiez. »

Elle secoue la tête.

« Qu'y a-t-il ? demande-t-il.

— Vous voulez que je vous aime ? » répète-t-elle d'un

ton glacial. Un ricanement mauvais jaillit de sa gorge, semblable à celui de la mère de Silas, quand elle le frappait autrefois. « Jamais je ne vous aimerai. Je vous méprise. Je vous déteste !

— Vous ne le pensez pas. Vous apprendrez à m'aimer, vous verrez. »

Elle lève le menton. « Jamais !

— Ne dites pas ça. Vous...

— Vous me dégoûtez ! »

Silas recule, frappé en plein cœur. Il ne s'attendait pas à tant de cruauté. Il s'efforce d'ignorer la colère qui bouillonne dans ses veines. Pourquoi se montre-t-elle si obtuse ? Elle est plus têtue que le bœuf qui tirait la charrette pleine de charbon vers les fours à poterie : l'animal refusait d'avancer, trébuchait, n'allait jamais dans la bonne direction. Le contremaître l'a maté : à force de lui entailler le dos à coups de fouet, il a brisé ses résistances. Le bœuf a fini par obéir, baissant le cou, traversant la cour à pas lents et réguliers.

Silas attend qu'elle reprenne la parole. Au bout d'un long moment, elle se décide enfin à lui poser une question, sans le regarder. « Pourquoi faites-vous cela ?

— Quoi donc ?

— Vos collections... Pourquoi passez-vous vos journées à tuer et empailler toutes ces créatures ? »

Il secoue la tête. Elle ne comprend donc rien. Il ne met pas fin à leur vie : il préserve leur mémoire. Il en fait des totems qui traverseront le temps. Il sauve leurs fourrures et leurs os de la pourriture qui les aurait dévorés au fond des ruelles. Et puis, ces créatures ont un sens pour lui. Elles lui procurent de la joie. N'est-ce pas suffisant ? Pourquoi faut-il que tout ait une utilité de nos jours ? Il est sur le point de s'expliquer lorsqu'elle interrompt le flot de ses pensées.

« J'ai faim », dit-elle d'un ton hautain, telle une princesse donnant ses ordres à un domestique.

Pour plaisanter, il décide de la faire attendre. « Ah oui ? Et alors ? »

Elle ne mord pas à l'hameçon. Il soupire. « Vous m'avez mordu la dernière fois – vous vous en souvenez ? » Il tend son doigt rouge et gonflé vers elle. Elle a laissé quatre entailles en forme de faucille dans sa chair. La marque de ses incisives.

« Je ne le ferai plus. J'ai trop faim ! Et soif aussi. » Elle lève les yeux vers lui. Comme elle est belle !

« Très bien », dit-il, cédant plus tôt que prévu. Il rit. Nul doute, elle sait vraiment s'y prendre pour arriver à ses fins !

Il sort une petite gamelle en fer-blanc, semblable aux récipients qu'utilisent les chirurgiens à l'hôpital. Hors de question qu'il lui tende de nouveau sa main : elle risquerait de le mordre, malgré ses promesses. Il ramasse les truffes au chocolat qui ont roulé dans la poussière, les pose dans la gamelle et se penche vers Iris. Elle tourne la tête, incline le menton et saisit un chocolat entre ses dents. Puis un autre. Bientôt, il n'en reste plus.

« De l'eau », ordonne-t-elle. Il tire une bouteille de la poche de son manteau et verse le liquide dans la gamelle. Elle le lape comme un chat. Des grains de poussière flottent à la surface.

« Vous vous sentez mieux ? » demande-t-il, mais elle garde le silence.

Il doit se faire aimer d'elle. C'est son plus cher désir.

« Je suis sérieux, dit-il. Je veux être votre ami. »

Il attend. Toujours pas de réponse. S'est-elle endormie ?

« J'ai toujours été… », commence-t-il, avant de s'interrompre. Il n'a jamais fait cet aveu à voix haute. « J'ai toujours été seul, reprend-il. Terriblement seul. »

Elle se garde du moindre commentaire.

« Quand j'étais enfant, je n'avais pas d'amis. Personne ne voulait jouer avec moi. J'aurais aimé me lier avec les gamins de mon quartier, mais ils me fuyaient. Ils se moquaient de moi. Plus tard, j'ai cru avoir trouvé un ami. C'était un étudiant en médecine. Mais il s'est moqué de moi, lui aussi, et… »

Il raconte tout à Iris. Il parle si longtemps qu'il en a mal à la gorge. Gideon, sa mère, les crânes qu'il vendait à la femme du directeur : il déverse sa vie dans la petite pièce sombre ; ses mots et ses soucis s'incrustent dans la pierre humide. Il lui confie ses chagrins, ses rêves, ses années de dur labeur, la joie qu'il puise dans ses compagnons empaillés. Le sentiment d'évasion qu'ils lui procurent.

Elle ne dit toujours rien.

Ténèbres

Le temps passe. Iris ne saurait dire combien de jours, combien de nuits, s'écoulent ainsi. Silas lui apporte à boire et à manger. Elle se surprend à guetter le raclement du meuble qu'il déplace pour ouvrir la trappe, le grincement des charnières ; le bruit de ses pas sur les barreaux de l'échelle l'emplit d'une joie étrange. Elle s'en veut terriblement : elle en trépigne de colère, frappant le sol du bout de ses souliers pour faire passer sa rage – mais elle ne peut le nier : en sa compagnie, au moins, elle n'a pas l'impression de devenir folle.

Lorsqu'il s'en va, emportant la lampe avec lui, les ténèbres envahissent la cave. Des ténèbres si profondes, si denses, qu'elle en demeure pantelante, au bord de l'asphyxie. Il n'existe pas de pigment assez sombre, pas de pinceau assez épais pour peindre de telles ténèbres. Ses pensées divaguent et s'effilochent. Elle perd pied. Elle imagine que sa sœur est assise dans l'angle de la pièce, la tête baissée sur son ouvrage ; elle entend crisser son aiguille à travers le tissu. Un rat fouine sur le sol, et elle croit distinguer le raclement du couteau à palette de Millais contre la toile. Les attaches autour de ses poignets deviennent aussi douces que les caresses de Louis sur son bras, son murmure à son oreille. Contraints à l'immobilité, ses membres s'engourdissent et lui font mal. Elle vide sa vessie et ses intestins dans un seau. Elle est une ancre murée dans les fondations d'une abbaye, une dame du Moyen Âge enfermée dans une tour, une conspiratrice jetée en prison. Une poupée dans une boîte. Un chien dans une cage.

Il me faudra une créature d'une beauté époustouflante.

Quelle créature majestueuse !

Elle mange tout ce que Silas lui donne pour entretenir ses forces. Elle ne tente plus de s'évader : elle doit d'abord élaborer un plan qui n'échouera pas. Elle doit être mesurée, calme et patiente. Elle ne parviendra à rien tant que Silas ne lui fera pas confiance. Alors seulement, il relâchera sa vigilance et commettra une erreur dont elle tirera profit. Elle a voulu aller trop vite. Elle a eu tort. Elle aurait dû attendre, ou le frapper plus fort avec la lampe. Elle se cabre contre le dossier de sa chaise. Quelle imbécile ! Elle a peut-être gâché son unique chance de lui échapper.

Elle se demande si Louis est rentré d'Édimbourg. Des dizaines de scénarios lui traversent l'esprit : il est retombé amoureux de Sylvia qui a échappé à la mort, et il est resté en Écosse avec elle ; le bateau a été retardé, ou il a coulé ; il est rentré chez lui et, ne la trouvant pas, il s'est convaincu qu'elle l'a quitté, comme elle avait menacé de le faire.

Ou alors…

Ou alors…

Ou alors il arrive à Colville Place, s'étonne de trouver la maison vide et froide, plongée dans un profond silence. Il l'appelle. Seul l'écho de sa voix lui répond.

Il jette sa cape sur ses épaules (si seulement elle avait laissé la lettre de Silas dans l'entrée !) et se dirige vers Charlotte Street.

Il frappe à la porte de sa pension. La logeuse vient ouvrir. « Je ne l'ai pas vue depuis une semaine », dit-elle. (Une semaine s'est-elle écoulée ? Ou seulement quelques jours ? Elle a perdu la notion du temps.) Louis monte dans sa chambre. Rien ne suggère qu'elle a emporté des vêtements ou fait une valise pour partir en voyage. Il est inquiet.

Il décide d'aller en parler à Rose. Iris entend la clochette tinter dans le magasin de poupées, elle respire les effluves écœurants des confiseries voisines, elle voit le tapis élimé sous les semelles de Louis. Rose est inquiète, elle aussi. Voilà plusieurs jours qu'elle est sans nouvelles de sa sœur. Iris n'est pas venue se promener avec elle, comme elle le lui avait proposé. « Je croyais que vous étiez partis sur un coup de tête », explique-t-elle à Louis.

Troublé, il cherche à comprendre. C'est alors qu'il songe à Silas, et aux craintes qu'elle a exprimées à son sujet. Il se souvient du colifichet et de la violence avec laquelle il l'a accostée à la Royal Academy. Se pourrait-il que le taxidermiste soit responsable de la disparition d'Iris ? Louis veut en avoir le cœur net. Il se rend immédiatement à Lumley Court.

Il pousse la porte de la boutique et se dresse devant Silas. Il le frappe au menton.

Elle entend des pas au-dessus de sa tête. Elle comprend que son ravisseur a de la visite. Elle appelle à l'aide. Elle crie de toutes ses forces. Encore et encore.

Ça y est : on déplace le meuble.

La trappe s'ouvre ; Louis est là. Il l'appelle, il la prend dans ses bras, il dénoue les sangles, il…

Madame

Silas est assis dans son fauteuil quand il entend le *clac* du piège à rats. Il replie soigneusement le *Lancet* et le *Times* et les glisse dans le porte-revues qu'il a fabriqué avec des os blanchis et de la fourrure de blaireau. Il fait craquer les articulations de ses doigts l'une après l'autre.

D'ordinaire, il commande ses spécimens à Albie, mais il n'a pas vu ce misérable depuis des semaines. Quand il est allé frapper à sa fenêtre pour lui rappeler leur accord, il a terrorisé un autre gamin. Albie et sa sœur ont déménagé, apparemment. La fille est allée travailler dans un autre bordel et Albie a trouvé le moyen de se passer de sa générosité. C'est peut-être mieux ainsi, d'ailleurs. Il n'aurait pas aimé que ce morveux vienne fourrer son nez dans sa boutique pendant le séjour* d'Iris : il en sait déjà beaucoup trop, semble-t-il.

Une souris blanche bien dodue est coincée entre les mâchoires du piège. Ses yeux sont fixes, deux rubis rouges dépourvus d'expression, mais son estomac se contracte. Silas le pique avec un cure-dent. Comme c'est étrange !

C'est alors qu'il comprend : la souris attendait des petits, qui remuent à l'intérieur. Il n'a observé ce phénomène qu'une seule fois jusqu'ici, sur une chienne de chasse. Comment appelle-t-on les petits d'une souris ? Des souriettes ? Des souriaux ?

Il détache le corps de l'animal. C'est un bon spécimen.

La souris s'est brisé la colonne vertébrale en cherchant à fuir, mais c'est sans importance : il la veut pour sa peau. Or la fourrure n'est pas abîmée.

Silas s'assied derrière son établi et aligne avec soin ses outils devant lui : trois scalpels, des ciseaux coudés, un couteau d'écharnage et un grattoir à peau. Puis il épingle les quatre pattes et incise le ventre palpitant, comme le ferait un chirurgien.

« Vilaine petite souris, murmure-t-il. Sortons vite tes bâtards de là. »

Chaque bébé se tortille dans une membrane. Silas les fend, puis il observe les créatures : elles se libèrent du tissu maternel et rampent maladroitement sur l'établi. Six souris vacillantes. Elles sont nues et roses, les yeux mi-clos comme de minuscules asticots. Il rit un peu quand l'une d'elles vient renifler son scalpel du bout de son museau translucide.

Puis il se lasse du spectacle et les écrase avec un maillet, une par une.

Il reporte son attention sur la mère. Il la dépouille avec soin, travaillant millimètre par millimètre autour des points où les muscles s'attachent à la peau : les oreilles, la queue, les pattes avant. Une fois le travail accompli, il laisse sécher la peau à l'air libre. Elle risquera moins de pourrir lorsqu'elle sera empaillée.

Il se souvient soudain de Louis et de sa maudite tourterelle. Rien de tout cela ne serait arrivé si l'oiseau n'avait pas pourri dans son atelier. C'est pour se faire pardonner que Silas lui a livré Iris.

Iris… C'est la première fois qu'il songe à elle depuis le début de la journée. Elle commence à le fatiguer, avec son regard apeuré et ses déjections. C'est ignoble, inhumain. Il ne lui était même pas venu à l'esprit qu'elle pouvait produire de telles odeurs.

On frappe à la porte.

Silas se raidit, puis décide d'ignorer ce visiteur, quel qu'il soit. Quelques clients sont venus dans l'impasse au cours des jours précédents, mais le panneau « fermé » fixé sur la porte de la boutique les a dissuadés de sonner ou de frapper.

Le martèlement reprend avec plus d'insistance. Silas glisse ses mains tremblantes sous ses cuisses. Il entend le faible tintement de la sonnette dans la cave. Iris l'a forcément entendu, elle aussi. Ce n'est pas un visiteur ordinaire. Qui cela peut-il être ? Louis, avec Albie ?

« Monsieur Reed ? Je vous ordonne d'ouvrir cette porte », lance une voix masculine d'un ton sévère, mais Silas ne bouge pas.

Une autre voix. « Ouvre cette porte, fumier ! »

Il la reconnaît aussitôt : c'est la patronne du Dolphin, celle qui se fait appeler « Madame », à la française. Que lui veut-elle encore ? Si c'est pour brailler sur le sort de cette catin retrouvée morte dans le caniveau, elle peut aller se faire voir. L'affaire n'a même pas été mentionnée dans le journal, c'est dire ! Et, de toute façon, le moment est très mal choisi pour discuter. Il pense à Iris enfermée dans la cave, au bruit étouffé de ses cris. A-t-il bien serré son bâillon la veille au soir ? Des gouttes de sueur perlent à son front.

« Ouvrez ! » répète la voix de l'inconnu. La porte grince et craque sous ses coups. Silas se lève à contrecœur. Ils vont enfoncer le battant s'il ne va pas leur ouvrir. Madame a dû convaincre un des habitués du Dolphin de l'accompagner – un gros bras, manifestement.

Silas fouille dans les tiroirs du buffet pour se munir de la lame tranchante qu'il utilise pour inciser les animaux de grande taille. Il va ouvrir à ces visiteurs, apaiser leurs craintes et répondre à leurs questions. Mais si le gros bras montre les dents, Silas ripostera sans hésiter. Il est de taille à lutter contre n'importe quel imbécile.

« Qu'y a-t-il ? » demande-t-il en ouvrant la porte.

À sa grande surprise, l'inconnu qui se dresse sur le seuil au côté de Madame n'est pas un habitué de la taverne, mais un policier vêtu d'un long manteau bleu marine et d'un chapeau en cuir vernissé. Une matraque, une lampe et des menottes pendent à sa ceinture. Ses insignes en argent brillent comme des harengs fraîchement pêchés.

Silas sent le couteau glisser dans sa paume. Il tente de le fourrer discrètement dans la poche arrière de son pantalon.

« Désolé de vous déranger, monsieur, dit le policier. Nous...

— Espèce de salaud ! s'écrie la patronne en plissant les yeux. Je sais que c'est toi ! »

Elle s'avance vers Silas, prête à frapper, mais le policier l'arrête d'un geste de la main. « Un peu de retenue, madame, je vous en prie.

— De quoi parlez-vous ? s'enquiert Silas d'un ton volontairement léger. Si je peux faire quoi que ce soit pour vous aider, j'en serai ravi. »

Les lèvres du sergent de police font frémir son épaisse moustache chaque fois qu'il prononce une phrase. L'effet produit est si surprenant que Silas peine à se concentrer sur ses propos. Cette moustache frémissante lui fait penser à un petit mammifère encore palpitant sur son établi.

« Pardon ? dit-il en clignant des yeux.

— Connaissiez-vous Jane Simmond ? répète le policier.

— Bluebell, aboie la bistrotière. Il te parle de Bluebell. Bien sûr que tu la connaissais, sale...

— Je l'ai connue, en effet, admet Silas. Comme tous les clients de la taverne. Elle était souvent là. C'était une entraîneuse, comme on dit. »

Le policier tapote le sol du bout du pied en signe d'impatience. Il semble pressé d'en finir, et surtout de se débarrasser de Madame, qu'il considère visiblement comme une hystérique. Silas comprend ce qu'il doit faire. Il doit s'adresser à lui, et seulement à lui. D'homme à homme, comme s'ils étaient seuls.

« Je ne la connaissais pas personnellement, reprend-il, mais le peu que j'en ai vu m'a laissé l'impression d'une personne fort mal élevée. J'ai appris qu'elle était morte, mais ça m'était sorti de la tête. » Il prend une expression perplexe. « Je pensais que ce décès n'avait rien de suspect... J'ai entendu dire qu'elle avait glissé dans un trou sous l'emprise de l'opium ou du gin, je ne sais plus très bien... Alors je ne comprends pas pourquoi vous êtes ici. »

L'agent hoche la tête. « Nous avons d'abord considéré son décès comme un accident, en effet. Mais... » Il incline la tête vers la patronne de la taverne, l'incitant à poursuivre.

« Je sais que c'est toi qui as fait le coup, crache-t-elle à l'intention du taxidermiste. J'en suis sûre, tu entends ? Et je ne laisserai pas...

— Si cette personne a succombé à un accident, je ne vois pas ce que j'ai à voir là-dedans », l'interrompt Silas.

Le policier lui décoche un regard navré. « Je dois tout de même vous poser la question, monsieur : où étiez-vous cette nuit-là ?

— Ici, j'imagine », répond Silas en croisant un pied au-dessus de l'autre dans une attitude décontractée. Sa jambe, cependant, est parcourue de tremblements, et il a trop chaud. Le couteau commence à glisser le long de sa jambe. Il n'ose plus bouger de peur de se blesser.

Puis il l'entend – un miaulement assourdi et continu.

Son cœur se serre dans sa poitrine. Combien d'hommes

sont morts de chocs moins violents que celui-ci ? Il faut qu'il se débarrasse de ces gens, et vite !

« Monsieur Reed ? » dit l'agent en fronçant les sourcils.

Silas esquisse un sourire. « Désolé. J'étais distrait.

— Je vous ai demandé ce qui s'était passé cet après-midi-là, quand vous vous êtes disputé avec Bluebell. Pourriez-vous me relater les faits, depuis votre arrivée au Dolphin jusqu'à votre retour chez vous ? »

Silas réfléchit : il se rappelle qu'il s'était rendu dans un bordel de St Giles – il n'est pas près d'oublier cette fille aux manières affectées et aux cheveux teints –, puis il est retourné au Dolphin… et il a attendu Iris à Colville Place. Ah oui ! Il a aussi vu Louis et Iris s'enlacer dans le parc. Il y avait cette odeur sur lui – le parfum de Bluebell. Pourquoi ? Comment est-ce possible ? Il s'adosse à l'encadrement de la porte pour ne pas chanceler. Il doit se ressaisir. Cesser d'y penser. L'essentiel est de mettre fin à cette conversation avant que Madame et le policier entendent Iris crier dans la cave.

« Qu'avez-vous fait cet après-midi-là ? répète le sergent pour la troisième fois.

— Je suis allé boire un verre au Dolphin. Cette femme s'est montrée un peu grossière, je l'admets. » Les mots jaillissent de sa bouche avec aisance. Des mots élégants et bien choisis, alors que son esprit tout entier s'abandonne au chaos. « J'ai mis son emportement sur le compte de l'ivresse : elle avait beaucoup bu et ne tenait presque plus sur la banquette. Elle était en compagnie d'un gentleman. Un vieil homme. Vraiment, je n'ai pas accordé d'importance à cet incident. D'ailleurs, j'ai dit à madame… »

La patronne le foudroie du regard.

« J'ai dit à madame que je me faisais du souci pour Bluebell, vu l'état dans lequel elle se trouvait…

— C'est faux ! Il était furieux. La colère l'avait mis hors de lui... »

Le policier lève la main pour la faire taire, et Silas poursuit son récit. Plus il parlera, moins ils risqueront d'entendre les cris d'Iris. Des cris qu'il entend pourtant résonner au plus profond de lui-même.

« Et après ça, je suis revenu ici.

— Y avait-il quelqu'un avec vous ? interroge le sergent.

— Je vis seul. Est-ce une raison pour me soupçonner ? »

Le policier fronce les sourcils. « Attendez... Qu'est-ce que c'est que ce bruit ?

— Quel bruit ? » demande Silas. Un long frisson parcourt sa colonne vertébrale. Il s'éclaircit la gorge, soudain devenue sèche.

« Ce bruit. Vous l'entendez, vous aussi ?

— Oh, *ça*. C'est à devenir fou... Les gosses qui vivent là-dedans – il désigne la bâtisse abandonnée derrière lui – ont enfermé un chaton dans une cage. Ils sont aussi cruels que des gamins peuvent l'être à cet âge, mais c'est assez révoltant, je dois dire.

— Je vois, dit le policier, et il hausse les épaules. Ah ! Ces gamins ! »

Tandis qu'il oriente la discussion sur les problèmes de logement dans la capitale, Silas demeure sur ses gardes. Il ne parvient pas à croire que l'interrogatoire soit déjà terminé. Le gendarme semble avoir oublié Bluebell, et même les cris d'Iris. Manifestement, il lui fait confiance et ne voit rien de suspect dans son comportement.

« Avez-vous d'autres questions à me poser, sergent ? demande Silas, pressé de mettre un terme à leur entretien. Je comprends votre chagrin, madame. Je sais que nous n'avons pas toujours été d'accord, vous et moi, mais vous conviendrez certainement que vous êtes allée un peu loin.

M'accuser de telles horreurs quand il est clair que votre amie a été victime d'un tragique accident...

— Espèce de salaud ! » La patronne de la taverne se jette sur lui, le pince et le griffe, mais Silas demeure impassible. Il endure les coups sans réagir, conscient d'impressionner le policier en sa faveur. L'homme intervient.

« Vraiment, madame... Calmez-vous !

— Je ne lui en veux pas, assure Silas. C'est le gin qui parle. L'alcool peut rendre un cerveau hystérique si on en boit trop souvent, vous savez. »

Le policier lève les yeux au ciel. « À qui le dites-vous ! Allons, madame, venez. Merci, monsieur Reed. Encore désolé de vous avoir dérangé. »

Ils s'éloignent vers le Strand. Silas ferme la porte et presse son dos contre le battant, à bout de souffle.

Guigemar

Cher Guigemar,

Notre histoire d'amour a mal tourné. Je n'ai pas grand-chose à ajouter, hormis mes adieux. Ne vous inquiétez pas pour moi. Je vous demande seulement de ne pas chercher à me revoir ni à correspondre avec moi.

Vôtre,

Iris

Monstre

Iris ferme les yeux. La terre est froide contre sa joue. Elle a de nouveau basculé, entraînant la chaise avec elle. Le seau est tombé. Une partie de son contenu s'est répandue au sol, une autre dans ses jupes. C'est sans espoir. Tout ça pour rien. Elle a tellement crié. Elle a crié, crié et crié encore, un cri rauque monté des profondeurs de sa gorge. Et elle tapait des pieds, le plus fort possible ! En vain. Le bâillon étouffait ses cris. Les murs assourdissaient les coups. Elle a perçu des bruits de voix – celle d'une femme en colère, surtout –, puis la vibration de la porte qui se refermait.

Et maintenant, elle entend Silas marcher au-dessus de sa tête.

Il déplace le meuble et soulève la trappe. Elle cligne des yeux, éblouie par la lampe. Elle fronce le nez. Sa propre odeur lui donne la nausée. Urine et sueur. Elle est consternée. Elle qui, d'ordinaire, se lave avec soin chaque matin, en pressant l'éponge imbibée d'eau chaude et de savon sous ses bras, entre ses jambes !

« Écrivez la lettre », ordonne-t-il après l'avoir redressée. Il ôte son bâillon d'une main tremblante. Il paraît très agité, les poings crispés. Mais il est descendu la voir – c'est déjà ça. Il n'est pas venu la veille. Elle est très affaiblie. Sa gorge est parcheminée par la soif, son estomac crie famine. Sa langue pèse lourdement dans sa bouche.

Elle pense : La main de Silas sur ma clavicule.

Elle pense : Les rats qui se chamaillent et grattent le sol…

Elle pense : M'enfuir. C'est tout ce qui compte. Si je réussis à m'enfuir, j'irai trouver Louis et je le croirai quand il me dira qu'il m'aime, puis je prendrai Rose dans mes bras et je donnerai de l'argent à Albie pour qu'il aille à l'école.

Silas lui tend un papier et une plume. « Tout ce que je vous demande, c'est de lui écrire. Si seulement vous étiez plus obéissante ! »

Elle veut répondre, mais la soif lui a brisé la voix. « Je… Je vais le faire, croasse-t-elle.

— Pardon ? »

Ses yeux se posent sur elle, il est surpris et incrédule.

« Je vais écrire cette fichue lettre.

— Iris, ma chère. Ne vous exprimez pas si vulgairement, je vous en prie ! »

Elle serre les dents. « Je l'écrirai si vous desserrez les sangles. Je veux aussi boire et manger. »

Il s'accorde le temps de la réflexion. Elle devine à son air narquois qu'il envisage de la faire attendre un moment. Puis il soupire et accède à ses requêtes. Il lui présente le récipient métallique rempli d'eau trouble, qu'elle lape sans le regarder. Elle se sent brusquement furieuse contre Louis. Où est-il ? Pourquoi n'est-il pas venu à son secours ?

Lorsqu'il détache son bras droit, sa paume moite frôlant la sienne, elle fond en larmes. Elle fait pivoter son poignet meurtri. Les articulations claquent dans le silence.

Il lui donne une plume, mais elle ne parvient pas à la tenir : l'objet glisse entre ses doigts gourds. Elle soupire, puis, dans un élan de colère, elle la jette à travers la pièce.

« Allons, calmez-vous, murmure-t-il d'un ton apaisant.

Ma patience n'est-elle pas sans limites ? Prenez votre temps. »

Et il énonce les mots qu'elle doit écrire, les mensonges qui doivent jaillir de la plume.

À peine a-t-elle terminé qu'il lui arrache la feuille de papier.

Elle espère que la référence à Guigemar suffira à provoquer l'étonnement de Louis. D'ordinaire, elle ne l'appelle ainsi que pour plaisanter. En lisant ce sobriquet en tête de la missive, Louis devrait comprendre qu'elle a cherché à l'avertir, qu'elle court un grand danger et qu'il doit venir la secourir. Comme la dame de Guigemar. C'est là son unique chance d'évasion. Mais c'est aussi un pari, car Louis peut tomber dans le piège que lui tend Silas : il croira alors recevoir une lettre de rupture de la part d'Iris et ne cherchera pas à reprendre contact avec elle.

Une violente quinte de toux soulève sa poitrine encombrée. Cette pièce humide, avec son plafond et ses murs brillants de moisissures – comme elle voudrait lui échapper ! Sortir à l'air libre, bouger, courir, retrouver la lumière du jour et les grandes pelouses de Hyde Park !

« *Cher…* », lit Silas, puis il s'interrompt. Il approche la feuille de la lampe. Et se redresse, sourcils froncés.

« Qu'avez-vous écrit là ? grogne-t-il en agitant la lettre sous le nez d'Iris. Gui-ge-mar ?

— Oui. C'est le surnom que je lui ai donné. Je ne l'appelle jamais Louis. Si j'avais écrit “Cher Louis”, il aurait trouvé cela très curieux.

— Vous mentez.

— Pas du tout, insiste-t-elle. Je vous assure ! C'est comme ça que je l'appelle – Guigemar.

— Vous mentez », répète-t-il d'une voix vibrante de colère. Il froisse la lettre entre ses mains. « Vous êtes une menteuse. Une sale petite menteuse. Et moi qui voulais vous aimer ! Je me suis donné tant de mal pour vous ! Mais vous n'êtes qu'une sale bête, un monstre…

— Moi, un monstre ? hurle Iris avec une rage égale à la sienne. C'est *vous* qui m'avez enfermée, mise en cage comme une bête sauvage !

— Vous vouliez que…

— Je ne voulais rien de vous ! Rien, vous entendez ? Vous êtes complètement fou. Je vous déteste. Je vous hais de toutes mes forces. Vous êtes vil et pitoyable. Pas étonnant que vous n'ayez pas d'amis, que vous soyez seul…

— Silence !

— Je comprends pourquoi votre mère vous détestait ! » Les mots jaillissent de sa bouche, insultants, implacables, une marée de vitriol qu'elle contient depuis… Combien de temps, au juste ? Une semaine ? Une quinzaine ? Quelques jours à peine ? Où est Louis ? Pourquoi ne vient-il pas à son secours ?

« Silence ! » glapit-il de nouveau, et il plonge la main dans sa poche. Elle sait ce qu'il va en sortir : le mouchoir crasseux qu'il plaque sur son nez pour l'endormir. Elle se hérisse, mais les mots continuent de déferler. Elle sait qu'elle devrait se taire, ne pas exacerber la colère de Silas, mais la rage la submerge.

« Je ne vous aimerai jamais. Je vous haïrai toute ma vie, comme votre mère ! » Elle tousse et lui crache au visage, ressentant un immense plaisir à voir la morve couler le long de sa joue.

Furieux, il s'empare du fauteuil et le renverse au sol.

Puis il se penche vers elle et plaque ses mains sur son cou. Iris tente de lutter, de crier, de le mordre, mais elle en est incapable. Le seul son qui jaillit de sa gorge est celui d'un chat qui s'étouffe.

Perles de verre

Voilà deux jours que Silas n'a pas rendu visite à Iris. Leur dernier entretien s'est si mal terminé qu'il s'est enfui. Que s'est-il passé, exactement ? Les images se bousculent dans sa mémoire. Les cris d'Iris, ses insultes, le fauteuil renversé, ses mains sur sa gorge, et ce son râpeux, désespéré lorsqu'elle a tenté d'inspirer un peu d'air... Il a cligné des yeux, comme s'il s'éveillait d'un long sommeil. Puis il l'a lâchée. Il a bafouillé des excuses tandis qu'elle pantelait, au bord de l'asphyxie. « Je suis désolé. Pardonnez-moi... Je ne savais plus ce que je faisais... Vous m'avez mis dans une telle colère. » Ensuite, elle a vomi et il a essuyé avec tendresse la bile jaunâtre qui maculait ses lèvres. « Là... Tout va bien. Voyez comme je tiens à vous », a-t-il souligné, avant de replacer le bâillon sur sa bouche. Puis il a gravi les barreaux de l'échelle, jetant un dernier regard vers Iris avant de sortir. Elle paraissait hébétée. Ses yeux injectés de sang roulaient en tous sens. Et elle gémissait à fendre l'âme. Il a refermé la trappe et fourré la lettre froissée dans le tiroir du buffet, déterminé à ne plus y penser.

Mais Silas n'oublie pas le regard d'Iris ni le son guttural de sa respiration lorsqu'il a serré son cou entre ses mains. Ces souvenirs ont suffi à l'éloigner d'elle pendant deux jours. De plus, il a été très occupé : il a lu les journaux de la première à la dernière page, parcouru le quartier à la recherche d'Albie et empaillé la souris. Il achève cette dernière tâche en ce moment même : après avoir rempli le crâne de coton, il a cousu deux perles noires sur les orbites creuses et poussé le rembourrage vers l'extrémité des membres.

Le travail l'apaise. Entre ses mains, la souris commence à reprendre forme, à ressembler au petit mammifère blanc et dodu qu'il a extrait du piège.

Silas s'efforce de ne pas penser à Bluebell. Le sergent de police n'est pas revenu l'interroger, et la disparition de cette fille n'a pas fait l'objet d'articles dans les journaux. À quoi bon s'inquiéter ? Les autorités n'ont aucune preuve contre lui. Rien ne le désigne, hormis les soupçons d'une femme hystérique. La patronne du Dolphin a dû exercer une sorte de chantage sur ce brave policier pour le convaincre de procéder à une enquête. Peut-être est-il un habitué de la taverne, lui aussi – un peu trop porté sur les filles et la boisson ? Oui, ce doit être ça. Sans quoi il n'aurait pas accepté de venir l'interroger, alors qu'il penchait clairement pour la thèse de l'accident. De toute façon, s'il soupçonnait vraiment Silas d'avoir tué cette misérable, il aurait fouillé sa boutique et l'aurait mis sous les verrous.

Silas retient son souffle afin de maîtriser le tremblement de ses doigts tandis qu'il enroule le fil métallique autour de la queue de la souris – un geste précis et méticuleux. Non, il n'a pas vraiment de raisons de s'inquiéter. Il n'entendra certainement plus parler de Bluebell. Mais que se serait-il passé si le policier n'avait pas cru à son histoire de chaton mis en cage par des chenapans ? Et s'il avait franchi le seuil de la boutique et soulevé la trappe ? Silas a agi en toute discrétion, sans laisser le moindre indice pouvant laisser croire qu'il a enlevé Iris et qu'il la retient prisonnière, mais il suffirait d'un autre incident du même genre pour que tout s'écroule : un voisin, un client trop curieux... ou Louis, inquiet de ne pas trouver Iris chez lui à son retour d'Édimbourg.

Il tamponne son front moite de sueur, puis il pose la souris à la verticale et l'observe d'un œil critique. Ce n'est pas sa meilleure création. Il s'efforce de mieux suturer l'incision, mais ses mains refusent de lui obéir, et il abîme le pelage en voulant trop serrer les coutures. Il soupire. Que lui arrive-t-il ? Jusqu'ici, chaque nouvelle pièce était plus réussie que la précédente.

Conscient de céder au pessimisme et désireux de se rassurer sur ses compétences, il se précipite à l'étage pour admirer sa collection de souris empaillées. Il les compte une à une : elles sont treize. Il saisit la plus récente d'entre elles, naturalisée quelques semaines plus tôt – pelage brun, plume rose perchée sur le haut du crâne. Il examine les coutures, admire les zigzags nets et précis le long des incisions. Comme c'est bien fait ! Il la repose avec satisfaction, puis il se penche vers la première souris de sa collection, la plus petite, celle qui a des cheveux roux et tient une assiette entre ses griffes. Il manquait d'expérience, à l'époque, et cela se voit : le corps n'est pas assez rembourré, la tête est trop garnie et le pelage, tendu de manière peu naturelle.

Allons, se dit-il, sa nouvelle création n'est peut-être pas aussi ratée qu'il le pense. Il redescend l'escalier et reprend place derrière son établi. Un seul regard vers la souris suffit à contredire ses espoirs : la pièce ne vaut pas un clou. Le fil métallique n'atteint pas l'extrémité des pattes, et le rembourrage, inégalement réparti, forme des bosses et des creux sous la peau de l'animal. Il soupire. Son petit voyage à l'étage ne l'a pas aidé à se calmer.

Menteur, voyeur, vil et pitoyable, démarche asymétrique.

Tous, ils se sont moqués de lui ! Ils l'ont raillé, déprécié, dénigré, jour après jour. Furieux, il tape du poing sur la table, repousse la chaise d'un geste brusque et décide d'aller lui rendre visite.

Pain aux raisins

Des mains sur sa clavicule, un souffle dans son cou – Louis ? Silas ? Ou est-ce son imagination qui lui joue des tours ? Louis se dresse devant elle – cruel mirage : ses cheveux emmêlés, son sourire. Il lui annonce que Guenièvre a bâti un palais pour elle, et il l'entraîne jusqu'à un grand atelier baigné de lumière ; chaque mur est constitué de panneaux de verre – des dizaines, des centaines de panneaux ! Il y a aussi une petite estrade pour ses modèles. C'est magnifique ! Mais brusquement le sol s'ouvre sous ses pieds et elle tombe dans une pièce froide et humide. Le visage de Silas remplace celui de Louis. Elle appelle le jeune homme, elle le supplie de revenir, mais il a disparu. Puis une main touche sa clavicule. Iris la reconnaît : c'est la main en marbre du British Museum, avec ses doigts repliés, prêts à l'étrangler.

« Louis, dit-elle d'une voix rauque. Louis, mon amour ! » Puis : « J'ai soif. » Un verre mouillé contre ses lèvres. Elle boit à grandes gorgées. L'eau coule à la commissure de ses lèvres, rebondit sur son menton et mouille le corsage de sa robe. Elle frissonne. Après le verre d'eau vient un petit pain aux raisins de Corinthe, surmonté d'un glaçage au sucre, que Silas coupe en petits morceaux avant de les lui donner un par un.

« Encore », dit-elle, bien que son estomac se torde de douleur. Elle devrait manger plus lentement après ces longs jours de disette, mais elle préfère prendre des réserves, au cas où Silas l'abandonnerait de nouveau. Et s'il la laissait mourir de faim ? S'il était retenu en ville ou tué dans un accident ? Personne ne saurait qu'elle est enfermée dans cette cave. « Encore. »

Un autre pain aux raisins, englouti avec avidité.

« J'étais si seul avant votre arrivée », confie Silas.

Iris ferme les yeux. Elle a terriblement mal au crâne.

« Laissez-moi partir, je vous en prie ! » murmure-t-elle. Elle a perdu le compte du nombre de fois où elle a formulé cette prière. « S'il vous plaît, laissez-moi partir. Je ne parlerai de vous à personne. Je dirai que j'étais partie en voyage...

— Menteuse...

— Je vous en prie, Silas, supplie-t-elle, et les larmes roulent sur son nez et son menton. Je vous en prie. Je suis un être humain comme vous, pas un spécimen ni un animal...

— Je voulais être votre ami. C'était mon plus cher désir, et vous m'avez repoussé !

— Je suis désolée, vraiment. » Son corps est moite de fièvre. Elle doit retenir Silas auprès d'elle, s'assurer qu'il reviendra lui apporter à boire et à manger. « Vous êtes mon ami, maintenant. Ne le voyez-vous pas ?

— Je ne vous crois pas.

— C'est la vérité, pourtant ! Oh, Silas. Me laisserez-vous partir un jour ? »

Silence.

« Je viendrai vous rendre visite. Je resterai votre amie, je vous assure ! Nous irons ensemble au Crystal Palace...

— Vous n'êtes pas venue quand je vous ai invitée.

— C'est vrai, mais je vous connais maintenant. Ce serait différent ! Si vous me laissiez partir, vous verriez à quel point je désire rester amie avec vous, vous revoir et vous parler… » Elle se répète, accumule les promesses – un vrai moulin à paroles –, empile les mots les uns sur les autres, *amie, amie, amie*, tandis que Silas demeure assis en face d'elle, les mains crispées sur ses genoux.

« Parlez-moi de vous, dit-il.

— Plus tard. Je vous raconterai tout la prochaine fois. » *Je vous en prie, faites qu'il y ait une prochaine fois.* « Si vous m'apportez une tourte, du lait et du ragoût de bœuf… »

Elle est interrompue par le tintement de la cloche. Silas se lève d'un bond.

Iris se met à crier, mais sa gorge ne produit qu'un faible râle, bien différent des hurlements perçants qu'elle poussait quelques jours auparavant. Ses cris sont inutiles, de toute façon : Silas a sorti la fiole de sa poche et imbibé le mouchoir de l'étrange liquide qui la fait dormir. Il se penche vers elle pour le lui administrer.

Elle tente de lui donner des coups de tête pour l'obliger à lâcher le mouchoir qu'il plaque sur son nez et sa bouche. En vain. Elle manque cruellement de force.

La cloche sonne à nouveau. Iris se débat tant qu'elle peut.

Ne t'endors pas, s'exhorte-t-elle. Ne laisse pas le monde s'estomper. Cette visite… C'est une chance à saisir ! Une lueur. Ne t'endors pas. Ne laisse pas le monde s'estomper. Souviens-toi de la foule rassemblée pour le mariage de la reine Victoria. Pense au matelas en crin de cheval ! Et ce gamin renversé par une charrette, et sa sœur qui pleurait… Ne t'endors pas. Une touche de couleur sur la toile. Un trait de pinceau fin comme une aiguille. L'iris que Rose t'a offert. Le creux sous son épaule, juste assez grand pour que j'y pose ma tête. Louis, Louis, Louis, Louis…

Coup de sonnette

Le coup de sonnette a tiré Silas de sa rêverie. Pendant un instant, il a cru aux promesses d'Iris, il s'est persuadé qu'elle voulait vraiment être son amie. Qu'elle *était* son amie. Et il a sincèrement songé à la libérer. C'était possible, après tout. Il *pouvait* la relâcher. Il se gargarisait déjà de sa propre générosité et de la gratitude qu'elle lui témoignerait. Leur relation évoluerait, et bientôt, ce serait elle qui viendrait le réconforter en lui apportant à manger ; elle qui s'assiérait en face de lui tandis qu'il empaillerait ses spécimens. Il rouvrirait le magasin, ce qui serait une bonne chose. Car il a plusieurs semaines de retard dans le paiement du loyer… Que fera-t-il quand le propriétaire viendra réclamer son dû ?

Il en était là de ses pensées quand la sonnette a retenti. Iris s'est aussitôt mise à hurler pour appeler à l'aide. Alors il a compris : elle lui a menti, une fois de plus. S'il la relâche, elle ira le dénoncer à la police, et tout éclatera au grand jour.

Il lui lance un regard avant de grimper à l'échelle. Elle dort, la tête penchée en avant. La cloche tinte de nouveau, plus insistante, et le visiteur tambourine à la porte. Si c'est encore la patronne du Dolphin et le policier, s'ils parviennent à enfoncer le battant et à s'engouffrer dans la boutique avant que Silas ait refermé la trappe… Vite, il doit faire vite ! Il se hisse en haut de l'échelle, remet la vitrine en place de manière à dissimuler la trappe, et s'empresse d'aller ouvrir. Ce ne peut être que Madame. Personne n'est aussi obstiné qu'elle.

Il ouvre la porte. Ce n'est pas Madame.

C'est ce salaud de Louis. Rose l'accompagne – toujours aussi laide, la peau violacée, l'œil vitreux.

Silas recule, prêt à recevoir un coup de poing.

Mais le peintre ne se jette pas sur lui ; il ne le bouscule pas pour s'élancer dans la boutique et courir délivrer Iris. Silas crispe les doigts sur l'encadrement de la porte. Cela signifie-t-il que Louis ne sait rien ? D'ailleurs, s'il pensait que Silas détenait Iris, il aurait amené un sergent de police, ou quelques amis, au moins, déterminés à faire justice eux-mêmes. Un peu rassuré, Silas décide de se comporter aussi normalement que possible. Surtout, ne pas éveiller leurs soupçons. Il tente de sourire, mais ne parvient qu'à esquisser une grimace en retroussant les lèvres sur ses dents.

« En quoi puis-je vous être utile ? » s'enquiert-il. Sa voix tremble, teintée de jovialité forcée. Combien de temps lui reste-t-il avant que le chloroforme cesse de faire effet ? Cinq minutes ? Si Iris se réveille et se remet à hurler, Louis l'entendra certainement, et il ne croira pas, comme le sergent, à son histoire de chaton. Le cœur de Silas tambourine dans sa poitrine – un canari ne frapperait pas plus fort contre les parois de sa cage. « Souhaitez-vous me commander un spécimen ? Une colombe, peut-être, ou un chat ? »

Il a l'impression que sa culpabilité est inscrite en grosses lettres en travers de son visage.

« Où est Iris ? » lance justement Louis, tandis que Rose le fixe de son regard borgne.

Il se raidit, puis s'exhorte au calme. Ils ne savent rien. Leurs soupçons sont dénués de fondement.

« Je vous demande pardon ? marmonne-t-il.

— Elle est ici ? reprend Louis d'un ton sec. Vous la retenez chez vous ?

— Iris a dit à Louis que vous lui aviez violemment saisi le poignet, intervient Rose. Et je sais que vous l'avez suivie jusqu'à Colville Place. Maintenant, elle a disparu. Où est-elle ? »

Elle a disparu. Les mots résonnent dans son crâne. Rose n'a pas dit : « Elle a été enlevée. » *C'est déjà ça.* Malgré tout, il peine à respirer. Et son cœur continue de battre à toute allure. « Oh, elle est ici, bien sûr. Elle prend le thé », réplique-t-il, soudain bravache. Il aboie un rire factice.

Louis jette un œil d'un côté de l'impasse, puis de l'autre. Il passe une main dans ses boucles brunes, et Silas doit se retenir pour ne pas le plaquer contre le mur et le bourrer de coups de poing. Quel cabot !

« Entrez, je vous en prie, dit-il. Vous êtes les bienvenus – mais je doute que vous trouviez ce que vous cherchez, hélas. »

Il jette un regard derrière son épaule et aperçoit son couteau sur le buffet.

Louis avance le cou en plissant les yeux, comme s'il redoutait de franchir le seuil. Comme si les ténèbres qui règnent dans la boutique risquaient de le précipiter dans la folie. Il n'hésite qu'un instant, pourtant. « Eh bien, si vous n'y voyez pas d'objection... », dit-il, et il entre. Rose lui emboîte le pas.

« N'hésitez pas à fouiller dans les tiroirs, lance Silas avec ironie. Elle s'y cache peut-être, qui sait ? »

Il glisse le couteau dans sa poche.

Louis ne répond pas. Il inspecte rapidement les lieux, puis se dirige sans vergogne vers l'escalier qui mène à la chambre de Silas.

« Je ne vous permets pas ! » proteste-t-il, mais Louis

fait mine de n'avoir rien entendu. La sœur d'Iris demeure dans la boutique, l'air mauvais. Silas se surprend à observer avec fascination ses joues variolées. Ces pustules et ces cratères demeureraient-ils intacts si la peau était détachée de son crâne ?

« A-t-elle vraiment disparu ? » demande Silas, tandis qu'une pensée lui vient à l'esprit. Il tourne le dos à Rose, fouille dans un tiroir, s'empare d'un morceau de papier et le met dans sa poche.

« Oui, confirme Louis. Et elle n'a rien laissé. Pas de mot, pas d'explication – rien. »

Silas est soulagé de le voir redescendre l'escalier. Le jeune homme paraît mal à l'aise, presque gêné. « Alors ? Vous ne l'avez pas trouvée cachée sous mon lit ?

— Ce n'est pas drôle, assène Rose. Ma sœur a disparu et nous sommes à sa recherche. Ce n'est pas normal…

— Ce n'est pas drôle du tout », renchérit Louis. Il est plus pâle encore que d'ordinaire. « Je ne vous autorise pas à en rire, encore moins à traiter cette affaire avec légèreté. Albie m'avait mis en garde contre vous. Iris aussi. Vous l'avez agressée et vous lui avez fait peur. Elle m'a tout raconté ! Et quelques semaines à peine après cet incident, elle disparaît sans prévenir. Elle n'a pas laissé le moindre message pour moi ou pour sa sœur. Ce n'est pas du tout son genre. »

Silas se souvient du fiacre qu'Iris est allée chercher pour Louis, et de leurs adieux contraints sur le seuil de sa demeure, à Colville Place. Iris a refusé de l'embrasser. Il s'en souvient très bien.

« Êtes-vous certain qu'il n'y a pas une explication à son silence ? lâche-t-il d'un ton pernicieux. Une querelle, peut-être ?

— Ce n'est pas la question, rétorque Louis (mais Silas

perçoit une hésitation dans sa voix). Albie m'a dit que vous la suiviez…

— Albie ? » l'interrompt Silas, et ses craintes s'enflamment de nouveau. Albie est son maillon faible. Il suffirait d'un mot du gamin pour que tout s'effondre. Ce garnement a-t-il pris le risque de se confier à Louis, malgré les menaces qu'il a proférées à l'encontre de sa sœur ?

« Albie est mort, annonce Louis.

— Mort ?

— Renversé par une charrette. Sa sœur est venue me le dire. Je l'ai prise à mon service, et elle m'a raconté à quel point Albie vous détestait. »

Le sale morveux ! Quelle traîtrise de sa part alors que Silas s'est toujours montré si gentil envers lui ! Mais peu importe, à présent. Tout ce qui compte, c'est de faire déguerpir Louis et Rose avant qu'Iris ne se réveille. Par chance, il sait comment s'y prendre. Et si sa stratégie échoue, ou si Iris se met à crier avant leur départ… Il passe son doigt sur le tranchant de la lame. Il les prendra au dépourvu et profitera de l'effet de surprise pour leur trancher la gorge. D'abord cette canaille de Louis, puis Rose…

« Pour revenir à Iris, il me semble que la disparition est chez elle une sorte d'habitude, commence-t-il d'un ton sentencieux.

— Que savez-vous de ses habitudes ? réplique Louis.

— Elle ne vous a rien dit ?

— Qu'aurait-elle dû me dire ? » Louis fait un pas vers Silas, tandis que Rose continue de le fixer méchamment de son œil valide, aussi brillant qu'une lanterne de fiacre.

« Ah ! C'est une affaire délicate », marmonne Silas d'un ton faussement embarrassé. Son cœur bat si fort qu'il en a le vertige. « Il serait indiscret de vous en parler.

— Comment osez-vous ? s'emporte le peintre.

— Je ne sais comment le formuler avec pudeur, mais nous avons été… (il se mord la lèvre) romantiquement et même *physiquement* liés, Iris et moi.

— Je ne vous crois pas ! lance Louis.

— Menteur ! s'écrie Rose à l'unisson. Je l'aurais su…

— Oh, Rose. Vous n'en avez rien su ?

— Vous êtes un monstre ! Comment osez-vous inventer de telles horreurs ? »

Silas sent fondre ses réserves de patience. Il décide d'abattre sa dernière carte. « Quand elle travaillait avec vous chez Mme Salter, ne suis-je pas venu la chercher au magasin ? Je voulais lui parler, vous vous en souvenez ? » Il se réjouit d'avoir si bonne mémoire. Il a parfois l'impression que son crâne est rempli de purée de pois, mais, aujourd'hui, il a l'esprit vif et tranchant. Comme la lame du couteau.

« Quand était-ce ? demande Louis en se tournant vers Rose.

— J'étais en colère contre elle à cette époque, explique la jeune femme. Mais même alors, j'ai refusé de croire qu'elle puisse s'associer à un homme aussi déplaisant, aussi vil que lui. »

Les doigts de Silas se crispent sur le manche de la lame. Il fixe son regard sur un lièvre flottant dans une jarre et prend une profonde inspiration pour se calmer.

« Il est vrai que nous n'avons pas été liés très longtemps… Je l'aimais bien, pourtant. Elle m'a invité au vernissage de la Royal Academy en me disant qu'il y avait un portrait d'elle dans une des salles. J'y suis allé par politesse. Mais de quelle agression parlez-vous ? Je ne l'ai jamais attaquée, que je sache !

— Vous lui avez agrippé le poignet, réplique Louis. Et vous avez refusé de lâcher prise. »

Silas s'esclaffe. « Moi ? Je n'ai rien fait de tel. Elle m'a invité, nous avons discuté poliment. Il s'agit probablement d'une fable qu'elle aura concoctée pour s'assurer de votre pitié et gagner votre attention…

— Menteur ! s'exclame Louis d'une voix incertaine. Je ne vous crois pas. Iris ne m'aurait pas menti…

— C'est elle qui m'a blessé, pas le contraire.

Silas fouille dans sa poche. Combien de temps lui reste-t-il avant qu'Iris se réveille ? Rose et Louis devraient être partis depuis longtemps. Il reprend :

« Iris a l'habitude de disparaître, vous dis-je… Je suis certain que vous ne vous êtes pas querellés, mais si c'était le cas… Vous tiendriez là une explication, ne croyez-vous pas ? D'ailleurs, elle a quitté sa sœur assez facilement, me semble-t-il.

— C'était différent, objecte Rose, mais Silas ne la laisse pas poursuivre.

— Quant à moi, elle m'a jeté aussi négligemment qu'un trognon de pomme. Voyez par vous-mêmes. »

Il sort la lettre de sa poche, dont il manque la partie sur laquelle était écrit *Cher Guigemar*. Il pourrait la réciter par cœur.

Notre histoire d'amour a mal tourné. Je n'ai pas grand-chose à ajouter, hormis mes adieux. Ne vous inquiétez pas pour moi. Je vous demande seulement de ne pas chercher à me revoir ou à correspondre avec moi. Vôtre, Iris.

Louis lui arrache la lettre des mains, et Rose la lit par-dessus son épaule.

« Où l'avez-vous trouvée ? demande Louis.

— Elle me l'a envoyée. Ne reconnaissez-vous pas son écriture ? »

Le jeune homme enfouit son visage dans ses mains.

« Mon Dieu ! Je n'arrive pas à le croire.

— C'est un faux, affirme Rose. Je ne sais pas quelle ruse il a employée pour l'obtenir, mais…

— Je n'arrive pas à le croire », répète Louis. Il paraît totalement décontenancé. Un soufflet privé d'air. « Je ne renoncerai pas, bon sang ! Nous ne pouvons pas nous quitter ainsi, elle et moi…

— Maintenant, si ça ne vous dérange pas, j'ai des affaires à régler… »

Louis s'élance vers Silas, le poing levé, mais Rose l'arrête en posant une main sur son bras. La frappe d'un boxeur aux muscles saillants n'aurait pas eu plus d'effet : Louis se fige, puis s'affaisse sur lui-même, et se laisse conduire par la jeune femme vers la porte de la boutique. « Ce n'est pas terminé. Je reviendrai ! Vous n'en avez pas fini avec nous ! » assure-t-il, mais sa voix a perdu son mordant.

Silas claque la porte derrière eux.

Louis revient à la charge en martelant le battant de ses poings.

« Je ne vous crois pas – pas un mot ! crie-t-il. Je suis sûr que vous êtes responsable de sa disparition. J'en aurai le cœur net. Et si vous lui avez fait du mal, vous le paierez cher. Je vous poursuivrai sans relâche, vous entendez ? Je l'aime… Je l'aime tant ! » Sa voix se brouille. Silas comprend qu'il a fondu en larmes.

« Venez. Nous n'apprendrons rien de plus », dit Rose en assenant un ultime coup de pied dans la porte.

Un doux silence s'installe brièvement dans la boutique avant que les cris d'Iris ne montent de la cave.

Pigeon

Quand Iris et Rose étaient enfants, elles observaient avec fascination les oiseaux en cage que vendait un colporteur souvent campé sur le trottoir, en face de chez elles. Coiffé d'un bicorne, sanglé dans un gilet en peau de buffle, il brandissait sous le nez des passants des cages en bois contenant des pigeons et des verdiers, dont il avait peint les plumes pour leur donner l'apparence d'oiseaux exotiques.

« Un shilling, le canari ! Deux shillings, le perroquet ! » criait-il à pleins poumons tandis qu'Iris fixait les ailes engluées des petits prisonniers, le cœur serré par leurs cris languissants. Dressés sur leurs courtes pattes, ils tentaient de s'évader, mais ne parvenaient qu'à se cogner aux barreaux de leurs cages.

Ce triste spectacle la chagrinait tant qu'elle avait fini par aller voir le colporteur, entraînant Rose avec elle. Elles avaient traversé la rue et s'étaient dressées devant lui, exigeant qu'il relâche les oiseaux. Rose avait supplié d'un ton larmoyant, Iris avait tapé du pied avec colère. L'homme avait posé sa grosse poigne sur les épaules d'Iris. « Chacun ses combines, ma p'tite. On gagnerait pas not'vie si on s'donnait pas un peu de mal pour améliorer la marchandise », avait-il grommelé avant de les chasser d'un geste impatient de la main.

« Vous êtes drôles, toutes les deux, avait-il ajouté en les regardant traverser la rue. L'une est douce comme une fraise, l'autre acide comme une groseille. »

Iris s'était retournée. « Vous ne seriez pas content si c'était *vous* qui étiez enfermé dans une cage.

— Laissez-les partir, je vous en prie ! » avait supplié Rose.

Au cours des jours suivants, la colère d'Iris n'avait fait que croître. Chaque fois qu'elle croisait le colporteur, elle la sentait rougir en elle comme le fer d'un forgeron. Un matin, alors qu'elle était punie pour une raison quelconque – elle avait sans doute taché son tablier ou refusé de manger les légumes bouillis de sa mère, ou bien elle avait ri pendant l'office ou s'était roussi les sourcils à la flamme d'une bougie pour voir l'effet que ça ferait –, elle avait demandé à Rose de détourner l'attention du colporteur pendant quelques instants.

« Qu'as-tu l'intention de faire ? avait chuchoté sa jumelle en lui lançant un regard apeuré.

— Je... Tu verras. Débrouille-toi pour le distraire, tu veux bien ? »

Tandis que Rose demandait au marchand si les humains apprendraient un jour à voler, eux aussi (« Nous, apprendre à voler ? avait-il gloussé. Autant vouloir marcher sur la lune ! »), Iris s'était emparée d'une des cages. Elle avait tenté de dénouer la ficelle qui tenait le loquet fermé, mais celle-ci était trop serrée. Un coup d'œil au marchand, toujours en train de jacasser avec sa sœur, l'avait incitée à persévérer. Elle avait alors brisé d'un coup sec trois petits barreaux en bois, à peine plus épais que des allumettes. « Envole-toi ! » avait-elle soufflé au pigeon maquillé en perroquet, mais il s'était contenté de la fixer d'un œil perplexe.

« Va-t'en ! » avait-elle supplié en secouant la cage. En vain. L'oiseau n'avait pas bougé.

Finalement, le vendeur s'était aperçu de son manège. Il l'avait attrapée par le col à l'instant même où l'oiseau s'était enfin décidé à sautiller vers la liberté.

Iris s'était imaginé qu'il s'élancerait vers le ciel avec grâce, ouvrant ses ailes peintes comme un paon miniature. Elle avait pensé qu'il rejoindrait ses congénères nichés sous les toits et provoquerait leur admiration avec son plumage chatoyant, si coloré quand le leur était si terne ! Il ne lui était pas venu à l'esprit que la peinture engluait ses plumes, l'empêchant de déployer ses ailes. Tout juste se dandinait-il sur les pavés, avançant le cou à chaque pas d'un air idiot.

« Non ! » avait-elle crié. Trop tard, hélas : le pigeon avait été haché menu sous les roues d'une charrette anglaise.

Elle s'était longtemps reproché sa mort. Elle avait voulu bien faire, et le pire était arrivé par sa faute. Furieux, le colporteur l'avait frappée à coups de savate, Rose avait fondu en larmes, et leurs parents avaient été obligés de rembourser à l'homme les deux shillings que valait l'oiseau.

Iris secoue la tête. Pourquoi repense-t-elle maintenant à cette vieille histoire ? Tant d'images envahissent son esprit désœuvré ! Elles se succèdent, s'emmêlent et s'enchevêtrent.

Louis – le poids de son corps sur le sien lorsqu'ils se sont étreints sur le toit de la maison. Elle avait relevé ses jupes jusqu'à la taille, il s'était débarrassé de son pantalon. Ils s'étaient unis l'un à l'autre sous le regard du ciel. Savourant leur plaisir avec effronterie, sans la moindre gêne. « Je t'aime, je t'aime, je t'aime, je t'aime », avait murmuré Louis au creux de son oreille.

Il n'est pas venu la secourir. Il n'a pas descendu l'échelle ni dénoué ses sangles. Elle demeure prisonnière, coupée de la ville qui bruisse et s'agite autour d'elle, incapable de déclencher l'incident qui pourrait mener à sa libération.

Ma vie est morne. Il ne vient point.

Que penserait Louis s'il venait la délivrer ? S'il la trouvait ligotée sur le fauteuil, sale, puante, fiévreuse et crottée ? Voilà le vrai visage de l'enfermement : une truie dans son auge ! Iris est loin, bien loin de présenter le visage propre, pâle et langoureux qu'elle tournait vers la lumière, dans la cellule que Louis a peinte pour l'exposition de la Royal Academy.

Elle tend l'oreille, espérant entendre le raclement du meuble sur la trappe, mais non... Pourtant, elle entend Silas aller et venir dans la boutique. Son détachement la terrifie. À tout prendre, elle préfère son agitation et sa folie à son absence. Elle a besoin d'être rassurée, de savoir qu'il ne lui fera pas de mal, qu'il désire seulement être son ami.

Venez me voir, pense-t-elle de toutes ses forces. Parlez-moi. Apportez-moi à manger.

Ce qui signifie, mais elle n'ose se l'avouer : Ne me laissez pas mourir ici.

Une peur panique l'enserre dans ses griffes.

L'oiseau.

Ses plumes engluées de peinture.

Maintenant, c'est elle qui se trouve dans la cage, si loin des regards qu'aucune enfant ne viendra briser ses barreaux d'un coup sec.

C'est alors qu'une idée germe dans son esprit. Une esquisse, rien qu'une esquisse d'idée.

Royal Academy

Il est plus de midi quand Silas ouvre les yeux. Un journal est étalé sur son lit. Si Iris n'avait pas insisté pour adresser sa lettre de rupture au prétendu Guigemar, Silas n'aurait pas prêté attention à la petite annonce insérée dans le coin inférieur gauche de la page. Il ne s'est écoulé qu'une journée depuis la visite de Louis. Il n'a pas perdu de temps, ce cabot ! Pressé de se réconcilier avec sa « reine », il a contacté sans tarder la rédaction du quotidien. Peut-être était-il troublé par les insinuations de Silas ?

Il saisit le journal. Les caractères d'imprimerie se froissent sous ses doigts. Il a trébuché sur certains mots quand il l'a lue pour la première fois, mais, à présent, il pourrait la réciter les yeux fermés.

Ma reine,

Je vous cherche sans relâche. Je vous aime et je sais que vous m'aimez en retour, que notre querelle n'était qu'une brouille sans conséquence. Je vous retrouverai et vous épouserai, si vous consentez à accepter une proposition aussi médiocre. Écrivez-moi, je vous en supplie ! Je ne peux vivre sans vous.

Votre Guigemar

Silas soupire. Quel manque d'originalité ! Quel sentimentalisme ! C'est grotesque. Louis n'a rien compris à l'amour, à la patience, à la minutie, aux abîmes de réflexion que tout cela requiert. Il tourne les yeux vers les souris empaillées sur l'étagère. Sa gorge se noue brusquement, et une vive douleur lui vrille la poitrine, comme s'il avait reçu un coup de hache.

Il ne peut plus ignorer les souvenirs qui s'imposent à sa mémoire. Il se lève et prend la petite souris rousse dans sa main. Celle qui tient une assiette en porcelaine entre ses griffes.

Il lui a donné le visage de Flick, cette frimousse crasseuse, cabossée par les coups de son père. La frimousse qu'elle a levée vers lui, sans sourire, les lèvres retroussées en une grimace hargneuse, lorsque Silas lui a montré le bosquet plein de mûres. « Menteur ! avait-elle crié. Menteur ! » Et elle avait piétiné son précieux spécimen, le bélier aux longues cornes enroulées sur elles-mêmes. Il s'en souvient très bien, maintenant. Elle était si pressée de lui échapper qu'elle avait marché sur le crâne et l'avait fendu en deux. Voilà ce qui l'avait précipité dans une colère irrépressible. Il l'avait frappée et plaquée au sol. L'instant d'après, elle haletait, privée d'air entre ses mains serrées autour de son cou. Il ne pensait plus à rien, emporté par sa rage. Il avait continué à serrer, puis il avait regardé avec stupeur son visage violacé et la béance qui s'ouvrait entre ses lèvres. *Il l'avait fait*. Ensuite, et alors que les recherches avaient déjà commencé, il était retourné deux fois sur les lieux pour voir le corps étendu dans l'herbe. Il avait frôlé sa peau marbrée du bout des doigts. Bientôt, elle commencerait à pourrir, comme les lièvres et le bélier. Il aurait aimé explorer la cathédrale de ses os, mais les recherches se poursuivaient, et il avait pris peur. Il avait donc enterré Flick dans la forêt, sous le regard de la lune et d'un renard apeuré. Les feuilles des arbres semblaient se recroqueviller, les hiboux hululaient, dispersant son secret dans l'air nocturne, et les scarabées se pressaient de regagner leurs cachettes.

Silas repose la petite souris rousse sur l'étagère, à côté du seul mâle de sa collection. Plus corpulent, il porte l'uniforme des étudiants en médecine : petit calot sur la tête, veste en flanelle et tablier. En guise de scalpel, il tient une aiguille dans sa patte rose.

C'est Gideon.

Le vent soufflait par rafales cette nuit-là. Il pleuvait à verse et Gideon était sorti si tard de l'université que Silas avait bien cru l'avoir manqué. Il l'attendait, les doigts crispés sur la lame du couteau, la rage au cœur.

Il passe doucement la main sur les souris. Il repense à Iris telle que Louis l'a représentée sur la toile. Une reine majestueuse.

Il se lave pour la première fois depuis des semaines. Il frotte avec soin ses aisselles et ses parties génitales, pressé de remplacer ses senteurs corporelles par un parfum propre et frais. Puis il s'habille et prend un scalpel dans le tiroir de la commode – le plus effilé, celui qu'il utilise pour pratiquer la première incision sur ses créatures.

Il sort, longe l'impasse à pas vifs et s'engage sur le Strand. Un omnibus déverse sur le trottoir une marée de laquais à moustache noire et d'ouvrières coiffées de bonnets à large bord. On dirait une file de champignons. Les femmes s'écartent sur son passage. Il hausse les épaules. Toute sa vie, il a été moqué, dénigré, humilié. Comme il en a souffert ! Et quelle solitude a été la sienne !

Il se dirige vers Trafalgar Square. En arrivant sur la place, il bouscule un vendeur de patates chaudes, qui trébuche et lâche ses marchandises. Elles roulent sur le trottoir en grésillant.

Un homme se dresse à l'entrée de la Royal Academy, mais Silas ne lui accorde pas un regard. Pourquoi parlementer avec cet individu ? Dans le hall, il ne remarque pas les deux amis qui grimpent les marches bras dessus bras dessous, et il n'éprouve aucune amertume au spectacle d'une jeune femme murmurant à l'oreille de son compagnon. Il est au-dessus de tout cela, à présent. Le scalpel est bien à plat dans sa poche, telle une promesse. Il traverse rapidement les premières salles encombrées de tableaux pour se rendre dans celle située à l'ouest de la galerie.

La voilà.

Comme elle était douce, alors ! Si propre, si pure. Le jour du vernissage, Silas vibrait d'espoir en observant son portrait. Il sentait enfler en lui l'assurance d'une vie meilleure, tissée d'amour et de désir. Chaque regard vers la dame de Guigemar raffermissait ses certitudes. Iris l'aimerait. Il la verrait chaque jour, il pourrait toucher sa clavicule, lui parler. Il imaginait son beau visage tourné vers le sien, un calme sourire aux lèvres, tout comme dans le tableau. Une reine acceptant sa captivité – s'en réjouissant, même. Il lui ferait suffisamment confiance pour la laisser arpenter la cave, et il empilerait de la nourriture à ses pieds : coupes d'argent remplies de vin, pains frais, bols en porcelaine regorgeant de fraises et de figues. Lorsqu'il lui rendrait visite, il la trouverait toujours bien mise, le teint clair, l'air délicat, les cheveux lâchés sur ses épaules, ses jupes étalées autour d'elle.

Hélas, ce petit monde parfait s'est écroulé chaque jour davantage. Iris n'est pas une dame, mais une bête traquée, sale et repoussante, les joues éraflées et meurtries par les frottements du bâillon ; son langage est grossier, son tempérament, insupportable. De plus, le sergent de police et Louis pourraient revenir à tout instant. Peut-être sont-ils devant sa porte ? Ou déjà dans la boutique, poussant la vitrine des papillons pour ouvrir la trappe ?

Silas s'approche du tableau et examine le visage de la reine. À cette courte distance, il voit ce qui lui échappait auparavant : un léger coup de pinceau sur sa joue, une pointe de lumière dans son œil, et ce vert affreux, si peu naturel, à l'intérieur de sa bouche. De près, la reine n'est qu'un leurre. Une vile comédie, un artifice, comme les faux cheveux roux de la fille de St Giles. Or Silas ne supporte pas la fausseté : c'est le pire défaut qui soit.

Il sort le scalpel d'une main tremblante. Il attend qu'un groupe de visiteurs se disperse vers les salles voisines. Et lorsqu'une conversation particulièrement bruyante s'élève dans l'angle de la salle, il appuie la lame sur le tableau. La toile est dure comme du bois, mais en appuyant fort, il parvient à la percer. Le tableau n'est pas très grand – la longueur de son bras, guère plus.

Il tire doucement la lame vers lui. Le mouvement, aussi discret soit-il, produit un son guttural. La peinture éclate, les fils de la trame s'effilochent. La reine est maintenant coupée à la taille, la fenêtre scindée en deux. Silas sourit, remet la lame dans sa poche, puis savoure le bruit de ses pas tandis qu'il foule le parquet ciré, descend le grand escalier en marbre, retraverse la cour du musée et gagne l'agitation de la rue.

Eau

Iris a perdu l'usage de ses jambes. Elles sont aussi inutiles que si son geôlier avait sectionné les tendons de ses genoux. Elle imagine une paire de ciseaux de chirurgien étincelante dans sa main. *Clac, clac, clac.*

Elle tente de se redresser dès qu'elle l'entend partir. Il claque la porte de la boutique derrière lui. Elle se hisse péniblement sur ses orteils – et retombe aussitôt contre le dossier du fauteuil en grimaçant de douleur. Les muscles de ses jambes sont trop raides, trop affaiblis. Elle n'y parviendra pas.

Elle suffoque sous son bâillon. Son haleine est si putride, la peau de sa joue si abîmée et douloureuse, qu'elle sent rejaillir sa révolte. Pas question de rester là, à pourrir sur place ! Elle doit s'échapper. Respirer l'air frais, sentir une autre odeur que celle de ses déjections, voir autre chose que cette béance noire. Arc-boutée contre le dossier du fauteuil, elle parvient à le traîner jusqu'au mur. Elle appuie son front contre les pierres humides et se mord les lèvres, terrassée par les crampes qui engourdissent ses muscles tétanisés.

Je suis en vie.

La première fois qu'elle cogne violemment l'accoudoir contre le mur, elle craint de se blesser. Puis, rassurée, elle réitère son geste. Une pièce de bois sur une pierre, deux textures qui s'entrechoquent. Elle s'égratigne, pousse un halètement de stupeur, sent couler un filet de sang chaud sur son avant-bras. Aucune importance. Elle peut tout endurer. Et se sent envahie d'une joie étrange à cette idée.

Elle a mal aux jambes, aux bras, à la tête, et aux tempes où bat une migraine persistante, mais elle se jette contre le mur, encore et encore. Elle croit parfois entendre un léger craquement, mais lorsqu'elle tente de remuer le poignet, l'accoudoir demeure inamovible. Elle recommence : un coup, puis un autre, et encore un autre. Elle a juste besoin de libérer son bras. Ensuite, elle pourra détacher ses autres membres. Un bras. Un seul.

Le découragement la saisit par vagues. Elle ferme les yeux et se sent vaincue par un courant invisible qui l'entraîne vers le bas, sape ses espoirs et ses dernières forces. Elle ne lui échappera jamais. Elle ne retrouvera jamais la liberté. D'interminables quintes de toux lui assèchent la gorge. Le monde vire et tournoie. Prise de vertige, elle se sent si mal, si fiévreuse, qu'elle est tentée de s'endormir.

Puis elle se ressaisit. Elle y arrivera. Elle doit y arriver.

Elle est blessée au bras, ses jambes sont brûlantes de douleur, mais elle continue. Elle compte le nombre de fois qu'elle cogne l'accoudoir contre le mur. Douze, treize, quatorze.

Elle imagine que ses membres sont en porcelaine, que sa tenue sale et déchirée se mue en robe de bal d'une folle élégance. Elle est vêtue de satin brodé de dentelle mousseuse, et ses pieds sont chaussés de bottines noires attachées par de minuscules boutons peints au pinceau. Ses douleurs et ses crampes ? Ce sont les piqûres accidentelles que lui inflige l'aiguille de Rose quand elle referme la jupe sur son corps en tissu.

« Morte ou vivante ? demande-t-elle à sa sœur, qui réprime un sourire.

— Voyons, Iris ! N'es-tu pas lasse de ce petit jeu ?

— Ses yeux sont un peu flous. Je crois que… »

Est-elle morte ou vivante ?

Elle pousse un rugissement et se jette contre le mur avec l'énergie du désespoir. Cette fois, enfin, le craquement tant attendu résonne à travers la cave. Elle a réussi !

L'accoudoir bouge sous son bras et les sangles se desserrent. Une vive douleur crépite de son poignet jusqu'à son épaule. Elle laisse tomber sa tête en arrière, exténuée. Mais très vite, elle se remet au travail. Son endurance la réconforte. Découvrir qu'elle peut aller au-delà des limites de ce qu'elle estimait pouvoir supporter lui donne la force de continuer. Elle parvient à dénouer les autres sangles, remue les poignets, les chevilles. Bientôt, elle tâchera de se lever.

Elle entend soudain Silas marcher au-dessus de sa tête. Il s'arrête au-dessus de la trappe.

S'il descend, il verra l'accoudoir brisé, les sangles à ses pieds. Que fera-t-elle alors ? Elle n'a pas encore établi la suite des opérations. Elle est très faible, à bout de forces. Il l'attachera de nouveau, en serrant plus fort les sangles, ou d'une autre manière encore. Elle ne s'échappera jamais…

Elle l'entend pousser le meuble pour dégager la trappe. Elle retient un cri de rage. Il soulève la trappe, faisant entrer un flot de lumière jaune dans la cave. Elle ne bouge pas, impuissante, désespérée. Son bras est éraflé et couvert de sang ; ses vêtements souillés et tachés. Elle entend le cliquetis de la lampe, le raclement de ses bottes sur le premier barreau de l'échelle. Il sera là dans un instant.

Elle veut crier, l'insulter, mais elle a tellement soif qu'elle ne parvient pas à former le moindre mot. Sa gorge refuse de lui obéir. Elle reconnaît à peine le gargouillis monstrueux qui jaillit de son propre corps.

Ne descends pas, lui ordonne-t-elle en silence. Ne descends…

Un bref silence, puis – elle peine à le croire – Silas referme la trappe et retourne dans la boutique.

Ses jambes vacillent quand elle tente de se lever. Elle se rappelle avoir voulu traverser l'atelier de Louis après avoir posé pendant plus d'une heure pour lui, les jambes repliées sous elle : elle avait titubé comme si elle était ivre et s'était effondrée sur le canapé. Louis avait éclaté de rire. Il la tient maintenant dans ses bras. Il l'encourage à se redresser, il l'enlace tandis qu'elle s'appuie doucement sur un pied, puis sur l'autre. Rose est là, elle aussi. *Essaie encore, Iris.*

La seule arme dont elle dispose est l'accoudoir du fauteuil. Elle passe à tâtons les mains sur le sol dans l'espoir d'y trouver autre chose – ne serait-ce qu'un éclat de verre –, mais Silas est prudent. Il a tout emporté. Tout, hormis la sonnette qui l'avertit de l'arrivée des visiteurs. Pourrait-elle détacher le fil métallique ? Elle ne sait pas encore à quoi il pourrait lui servir, mais ce serait mieux que rien.

Elle frôle le plafond voûté du bout des doigts, une rangée de pierre à la fois. Les pavés sont humides et visqueux. De petits cristaux s'effritent dans sa main.

Enfin, elle sent un objet métallique. Le dôme de la clochette et le petit marteau qui l'accompagne – le tout pris dans une toile d'araignée. Iris tâte la clochette pour comprendre comment elle est fixée au plafond, puis elle la détache avec soin en veillant à ne pas la faire tinter. Le marteau est relié au fil métallique qui descend du rez-de-chaussée. Elle le démonte également, puis s'attaque au câble. Hélas, il est si tendu qu'il refuse de céder. Elle le tire de toutes ses forces, mais glisse et perd l'équilibre. Elle tente de nouveau sa chance. Cette fois, un bruit se fait entendre au-dessus de sa tête, une sorte de sifflement métallique, puis le câble se détend entre ses doigts, et elle parvient à le tirer vers elle, petit à petit, sursautant à chaque bruit. Par chance, la maison est plongée dans le silence. Silas doit dormir. À moins qu'il ne soit sorti ?

Elle se demande encore une fois à quoi lui servira ce câble, mais elle est contente de l'avoir démonté. Elle dispose d'un recours au cas où l'accoudoir se briserait. Peut-être pourrait-elle ligoter Silas après l'avoir assommé ? Cette fois, elle ne craindra pas de lui faire mal. Quand elle le frappera avec l'accoudoir, elle y mettra tout son poids. Elle s'entraîne à le lever au-dessus de sa tête, puis à l'abaisser brusquement.

Elle n'attend plus que Silas, à présent.

Elle attend et attend et attend.

Elle somnole dans le fauteuil manchot. Ses paupières sont si lourdes qu'elles se ferment d'elles-mêmes. Elle veille à préserver ses forces en restant assise sans bouger, ne se levant que de temps à autre, quand ses muscles s'engourdissent. Malgré tout, elle se sent de plus en plus faible. Les vertiges la reprennent. La faim. La soif.

Jamais elle n'a autant désiré un verre d'eau. La soif la ronge de l'intérieur ; la soif rampe vers son crâne, qu'elle fait gonfler et palpiter. Sa migraine est lancinante. Iris rêve qu'elle boit, qu'elle trempe un pinceau dans un bocal rempli de liquide trouble et qu'elle le porte à ses lèvres. Elle…

Elle cligne des yeux et décide de se concentrer sur son corps. Sur son haleine.

Elle est vivante.

Pourquoi ne vient-il pas ?

Elle lèche l'humidité qui perle sur le mur jusqu'à ce que son estomac soit pris de convulsion. Son estomac vide se tord en vain : elle n'a rien à vomir. Elle envisage de se mordre le bras et de sucer son sang, puis elle renonce. Elle n'y gagnerait rien – au contraire. Plus faible, elle perdrait encore plus le contact avec la réalité.

Elle nage dans un lac d'eau claire. Elle plonge la tête sous l'eau, ouvre la bouche et se remplit d'eau fraîche. Elle ramasse un caillou au fond du lac. Ce n'est pas un caillou, mais une tête de poupée, tachée par l'eau mêlée de peinture qu'elle vient de renverser. Le crâne devient son propre crâne, et le fond du lac en est couvert. Des rangées de poupées bien alignées, de femmes peintes, de crânes. Mortes, mortes, toutes mortes.

Où est-il ? Combien de temps lui reste-t-il avant de n'avoir plus rien – ni force, ni désir, ni colère ?

Elle a lutté tant qu'elle a pu, et elle s'est brisée.

Le visage de Louis surgit des ténèbres ; son souffle vient balayer sa joue.

« Veux-tu retourner à l'intérieur ? chuchote-t-il en lui embrassant l'oreille.

— Est-ce vraiment nécessaire ? » réplique-t-elle en souriant. Il verse dans sa bouche le porto réchauffé par le soleil. Elle rit, s'étrangle et tache sa robe. Il l'embrasse, encore et encore, jusqu'à ce qu'elle ne sente plus rien.

L'obscurité est si douce, si chaude ! On dirait un duvet en plumes d'oie. Elle sombre dans ses profondeurs ouatées, rejoint Louis et ne le quitte plus.

Aiguille

Silas assemble quatre petits morceaux de bois, de la taille d'une allumette, de manière à former un carré. Quatre points de colle. Il les observe. Parfait. Ils formeront les montants d'un cadre doré.

Il saisit la souris blanche, maintenant vêtue d'une robe bleue taillée dans un tissu uni et cousue avec soin. Comme nombre de chirurgiens dont il a écouté les conversations, Silas est aussi à l'aise avec une aiguille qu'avec un scalpel. Les médecins de la faculté se vantaient de savoir repriser les chaussettes et s'entraînaient volontiers aux travaux d'aiguille sur les vêtements de poupée de leurs filles. Certains d'entre eux concouraient pour le prix annuel de broderie chirurgicale.

« Te voilà bien jolie, ma reine ! » dit-il au rongeur en caressant le haut de sa tête. Il la fixe sur son support, puis il colle une mouche à l'intérieur du cadre pour représenter la tourterelle qu'Iris aperçoit dans le tableau. Ensuite, il place celui-ci devant la souris.

Il considère la pièce terminée. Elle n'est pas parfaite, mais elle fera l'affaire. Ce soir, il la portera dans sa chambre pour la poser à côté des autres, sur l'étagère.

Il n'a pas entendu Iris depuis un moment. Plus d'une journée, à vrai dire. Pas de gémissements, pas de coups de pied – rien. Son silence le glace et le réconforte tout à la fois.

Comme c'est calme ! Comme il est étrange de ne plus entendre le moindre bruit, de ne plus avoir quelqu'un à qui parler... Pour être franc, c'est un soulagement. Finis les bavardages et les cris stridents ! Il n'aura plus à endurer les ruses et les tournures de phrase pernicieuses qu'elle employait pour faire vaciller sa détermination. Non, c'est mieux ainsi, même s'il n'en avait pas l'intention au départ. Bientôt, il pourra redescendre tous ses bocaux et ses spécimens dans la cave.

Il dépoussière les jarres, polit les os avec de l'huile et un chiffon, redispose les animaux empaillés. Puis il s'assied pour lire un article du *Lancet* consacré à la manière dont la clavicule s'accroche aux os voisins, sur sa jointure avec le manubrium du sternum et l'articulation sterno-claviculaire. Un coup frappé au battant interrompt sa lecture.

« Qui est-ce ?

— Mabel. Je viens chercher une broche papillon pour ma maîtresse. »

Il ouvre la porte. Une domestique se tient sur le seuil.

« Votre sonnette, m'sieur. On dirait qu'elle est cassée.

Silas tourne les yeux vers le mur : le logement qui abrite la sonnette est vide, et la cloche est tombée au sol. Il jure entre ses dents.

« Puis-je entrer, m'sieur ? »

Il sourit, les traits figés par l'amabilité factice qu'il adopte avec ses clients. « Revenez plus tard, s'il vous plaît. Je me suis absenté quelque temps, et la boutique est dans un tel désordre... Un véritable chaos ! Dans deux jours, ce sera mieux rangé, et je trouverai ce qu'il vous faut. »

Après le départ de Mabel, Silas inspecte la sonnette. La vague de chaleur estivale a peut-être fait fondre les soudures ? Il faut qu'il aille à la cave pour voir comment la réparer.

Il pousse la vitrine des lépidoptères et ouvre la trappe. Puis il tend la lampe allumée au-dessus du vide. Iris est affalée dans le fauteuil.

Il presse son mouchoir contre son nez et descend l'échelle d'une main. Il s'efforce de ne pas inhaler l'air putride.

Parvenu en bas, il se retourne. Elle est là.

Sa peau est plus blanche qu'elle ne l'était de son vivant. Son front et ses joues sont perlés de sueur comme une couenne de porc abandonnée au soleil. Elle a tenté de lutter, il en est conscient. Elle a lutté plus longtemps, elle s'est débattue davantage que Bluebell, que Flick, que tous les autres.

Il adore ses cheveux. Il en saisit une mèche et la fait glisser entre ses doigts. Douce comme de la fourrure. Or, auburn et brun mêlés. Ils sont un peu en désordre, mais il les peignera avec amour.

Sa chevelure rousse lui rappelle le premier renard qu'il a trouvé. Un animal au pelage rouge, au ventre couvert d'un duvet blanc comme de l'alumine. Il avait été émerveillé par la vigueur des os de la mâchoire, couleur mastic, et des dents qu'elle abritait. Ce renard débordait de vie ! Aujourd'hui, il ne reste de lui qu'un squelette, pâle tombeau offert à son ancien moi.

Silas fond en larmes à cette pensée. Il s'effondre, brusquement submergé par les émotions, les craintes, la peur et l'amour qu'il a tenus en lisière au cours des dix derniers jours. Dix jours seulement… C'est tout le temps qu'elle a séjourné avec lui. Dix jours pour piéger sa souris, sa bien-aimée. Ses sanglots redoublent d'intensité. Comment admettre qu'une créature d'une telle beauté soit réduite à néant ?

« Je suis désolé, murmure-t-il. Je suis désolé. Tellement désolé. »

Les yeux d'Iris sont dissimulés derrière le rideau de ses cheveux roux. Il enfouit son visage dans son mouchoir et pleure.

La vitrine des papillons

Quand il fait glisser une mèche de ses cheveux entre ses doigts, elle s'imagine qu'il tire sur les boucles d'une poupée – de jolies boucles blondes achetées à une paysanne du sud de l'Allemagne. Ses lèvres sont peintes à l'aide d'un pigment carmin. Ses membres sont en porcelaine. Ses yeux sont deux billes vertes et brillantes. Elle se dresse avec raideur sur l'étagère de Mme Salter, fichée sur un socle métallique. Les mains de son geôlier, ses mains moites, sont celles d'une enfant turbulente, pressée de jouer avec elle. Iris ne bronchera pas, elle se l'est promis.

Silas ne semble pas avoir remarqué l'accoudoir manquant du fauteuil, les sangles lâchement enroulées autour de ses chevilles et de ses poignets, ni le fil de fer qui pend de sa paume. Son odeur a changé : elle est devenue plus chimique. Il sent le tiroir à médicaments de Mme Salter, avec ses pilules, ses lotions et ses sirops, tous prometteurs de jeunesse éternelle et de santé. Il sent également l'essence de térébenthine et les pinceaux fraîchement rincés.

La vision d'Iris se trouble, mais elle demeure parfaitement immobile. Elle sait que sa seule chance de s'en sortir réside dans l'effet de surprise : Silas doit continuer à croire qu'elle est morte. Pourtant, n'entend-il pas le battement de son cœur et le bruit léger de son souffle ?

Quand il fond en larmes, elle sent décupler le dégoût qu'il lui inspire. Elle n'a que faire de sa pitié ! Elle le méprise avec une telle intensité qu'elle doit retenir un cri de rage. *Tâchez de ne pas bouger.*

Je fais tout mon possible, Louis. Si vous preniez une photographie, je suis sûre que l'image serait parfaitement nette. On pourrait même la confondre avec un daguerréotype memento mori.

Silas s'accroupit et enfouit son visage dans ses mains.

Le moment est venu. Mais l'air lui semble lourd et visqueux comme un tas de boue, et quand elle veut lever l'accoudoir au-dessus de sa tête, son bras refuse de lui obéir. Il pend dans le vide comme s'il appartenait à une autre, aussi engourdi que s'il avait été replié sous elle pendant des heures. Elle doit le ramener peu à peu à la vie, comme les couleurs qu'elle fixe une à une sur la toile : d'abord un mouvement du doigt, puis une flexion du poignet.

Louis est assis d'un côté du fauteuil, sa sœur de l'autre. Elle pense à ce qu'elle éprouvera lorsqu'elle les reverra. Lorsqu'elle les reverra *vraiment.* Sa sœur, à la tête d'une boutique, notant les ventes du jour dans un grand livre, assistée d'une jeune apprentie ; Louis, peignant près d'elle, les coins de sa bouche relevés en un sourire, prêt à lancer une plaisanterie ; la vigueur de ses mains quand il fait glisser son pinceau sur la toile ; et son propre tableau, achevé, exposé à la Royal Academy, sur la ligne, ou juste en dessous ou au-dessus.

Rassemblant ses ultimes réserves d'énergie, telle une femme qui se noie battant des pieds pour remonter à la surface, elle lève le bras. C'est plus facile qu'elle ne le pensait. Elle arque le dos pour abattre l'accoudoir sur le crâne de Silas. Elle porte le coup avec une brutalité sèche et précise : la vibration de l'impact se propage dans toute la longueur de son bras. Ensuite, tout va très vite, et le monde se réduit à une succession de gestes brusques qui éclatent comme des coups de couteau à palette sur une toile, des éclaboussures de peinture sur un tableau achevé. Silas chancelle. Elle lève de nouveau l'accoudoir au-dessus de sa tête et le frappe au front. Elle se sent gagnée par une telle haine, une telle colère, qu'elle en tremble, enivrée par sa propre violence. Le sang jaillit – un éclat de garance pur.

Silas pousse un hurlement et tente de lui agripper les jambes pour la faire basculer avec lui. Elle attrape son seau débordant d'urine et le vide sur sa tête. Il est affreusement proche d'elle. Horrifiée, elle le frappe une troisième fois avec l'accoudoir. Et pas un instant le monde ne cesse de chavirer et de tournoyer, aggravant ses vertiges. Elle entend craquer les os de Silas – ses vertèbres sans doute – et le bois se fendre. Elle s'adosse au mur pour reprendre son souffle.

Les barreaux de l'échelle se présentent sous ses mains, délicieusement froids. Elle se hisse vers la lumière, exténuée, entravée par ses jupes qui se prennent dans ses pieds. Elle a gardé le câble, enroulé autour de son poignet. Un filet de sang sur sa main lui apprend qu'elle s'est coupée. Elle s'arrête, la tête lui tourne, des formes vagues dansent sous ses yeux, et ses doigts glissent sur les barreaux en métal.

Demeuré au sol, Silas gémit et tente de se redresser. Elle oscille, prise de malaise. La fatigue s'abat sur elle comme une déferlante.

C'est ta dernière chance.

Elle resserre les doigts sur l'échelle et reprend son ascension, plus lentement, plus prudemment. Silas grogne au-dessous d'elle, mais elle s'efforce de l'ignorer. Ne pas tomber. Grimper un barreau après l'autre. *Tu y es presque.* Un pas de plus, et ses jupons frôlent le plancher du magasin. Encore un barreau. Puis un autre. Elle se hisse vers l'extérieur – sa tête, son buste et sa taille sont déjà dans la boutique.

La pièce est inondée de soleil. Un rayon de lumière pure vient se poser sur son visage. Si lisse, si brillant qu'il semble dur et plein comme une baguette. Elle plisse les yeux, éblouie. Elle entend le grondement des fiacres sur le Strand. La vie est là, tout près. Des gens normaux qui mènent une existence normale. L'air est pur. D'étranges créatures la fixent de leurs yeux troubles à travers les parois de leurs prisons de verre. Elle pose les mains de chaque côté de la trappe pour se hisser sur le plancher.

Puis elle la sent. Cette main sur sa cheville. Elle jette un regard par-dessus son épaule. Il est là : le haut de son crâne, ses cheveux luisants, à un mètre à peine. Elle lui donne des coups de pied – en vain. Il continue sa progression. Elle vacille. Puis elle se souvient : le câble ! Elle s'en sert comme d'un fouet qu'elle fait claquer sur les mains de Silas, accrochées aux montants de l'échelle. Un cri – elle ne saurait dire s'il vient de lui ou d'elle.

Il lâche sa cheville, tombe au sol.

Elle se hisse hors de la trappe. Le plancher, ferme et rassurant sous ses pieds. Et la lumière ! Elle voudrait la boire, en savourer jusqu'à la dernière goutte. Mais elle entend Silas dans la cave : il s'est relevé et pose déjà ses pieds sur l'échelle. Elle ferme la trappe d'un coup sec. Le battant claque. Un instant de répit, puis le coin se soulève. Il va rouvrir la trappe. Elle jette un regard autour d'elle. Il lui faut un objet lourd, mais lequel ? Elle n'a pas la force de déplacer l'armoire remplie de papillons. En cet instant, elle ne peut même pas se lever : elle est à demi couchée sur le sol, ses jupes déchirées étalées autour d'elle comme une flaque d'eau sale et puante.

Elle rampe vers l'armoire – une lourde vitrine en acajou et en verre –, puis elle se soulève sur ses coudes et s'adosse contre la façade vernie. Elle pousse de toutes ses forces. Le meuble glisse lentement sur le parquet. Elle s'arcboute, enfonce ses épaules dans le bois. L'armoire tremble, oscille d'avant en arrière comme si elle était sur un fil, puis bascule vers le sol. Fracas retentissant. Nuage de poussière. Les panneaux se fendent, le verre se brise et les papillons se répandent à travers la boutique.

Silas est pris au piège. Il ne pourra plus sortir. Alors seulement, elle se laisse basculer à son tour. Elle demeure un instant au sol, haletante, puis elle se traîne vers la porte. Sa vision se brouille, le monde se tord et se déforme. Ses mains sont hérissées d'éclats de verre, ses genoux sont éraflés, ses jupes sont retroussées. Peu importe. Elle tire le battant et trébuche dans l'allée.

Elle se redresse.

Une odeur de friture lui envahit les narines. Et toutes les odeurs de Londres avec elle : humidité froide de la Tamise, fumée de pipe, feu de bois, légumes pourris, pommes sures. Et tant d'autres encore ! Les tas de cendres qui jonchent le trottoir et se soulèvent sous la brise, légers et volatils ; la poussière qui monte du Strand, entraînée sous les roues des voitures. Un soleil radieux danse entre les immeubles. C'est splendide. Et c'est à elle. Pour elle. Un instant d'éternité.

Elle est certaine d'être à bout de forces.

Et pourtant.

Et pourtant, elle fait un pas vers l'avant. Vers la cohue, le vacarme et les files de commis pressés.

Plus encore que l'odorat, c'est la vue qui lui est rendue. Voir le monde, enfin ! Elle pourrait le contempler pendant des jours, des années, sans jamais se lasser. Les briques ébréchées d'une maison délabrée, le bras tendu d'un jeune écrivain public, le Strand qui s'ouvre devant elle à mesure qu'elle s'approche. Elle aimerait poser son chevalet et sortir ses peintures. Penché vers elle, Louis lui montrerait comment mélanger les couleurs : le noir d'un haut-de-forme, le vert émeraude d'un fiacre qui file sur les pavés et une fille aux longs cheveux roux – qui court.

Londres

Mai 1852

Le tableau

Académie royale des beaux-arts : second compte rendu de notre critique – extrait d'un article paru dans l'*Illustrated London News* le 22 mai 1852

Si j'ai par le passé frotté ma plume contre la palette des peintres préraphaélites, je me montrerai moins sévère cette année. En effet, en entrant dans la salle est, votre regard se trouvera immédiatement attiré par une toile de taille moyenne, accrochée un peu en dessous de la ligne, manifestant une telle dignité de sentiments que j'ai passé l'heure la plus joyeuse à ses côtés. Bien qu'elle présente quelques défauts d'exécution et que l'artiste dispose d'une importante marge d'amélioration technique, sa réponse à la Nature me paraît remarquable.

Comme toutes les œuvres de la FPR, celle-ci est peinte dans des couleurs crues ; l'accent est mis sur la lumière, et une importance égale est attachée à chaque objet. Ce point de vue uniforme possède son revers : les petites choses sont représentées avec beaucoup d'attention, les grandes sont peu prises en compte. Une souris échappe aux griffes d'un chat, un vase est rempli d'iris et de roses encore en boutons, et une servante blonde, assise à l'arrière-plan, profite de la distraction de sa maîtresse pour plonger la main dans un bol de fraises. Ces détails inutiles portent atteinte à la véritable intimité qui se trouve au cœur de cette œuvre, à savoir l'étreinte des amants. Ils se tournent l'un vers l'autre comme s'ils étaient sur le point d'éclater de rire et sont représentés avec un tel naturel, une telle suavité, que la scène ne bascule nullement dans une sentimentalité maladive.

Un miroir convexe est posé contre le mur, donnant à voir au spectateur des détails qui échappent à la seule composition représentée entre les montants du cadre. Trope surexploité par les peintres modernes, l'inclusion du miroir se justifie ici par le dédoublement des sujets. Dans le reflet du miroir, une figure presque identique à la femme centrale est assise derrière un bureau, penchée sur une caisse enregistreuse en laiton. C'est judicieux : son visage déformé fait allusion au passage du temps et au déclin, la caisse enregistreuse jouant le rôle d'une balance des temps modernes et symbolisant le jugement métaphysique et le décompte des jours.

La servante aux cheveux d'un blond presque blanc, quant à elle, trouve son double dans les traits similaires d'un petit garçon en pantalon bleu, peint dans le prisme de lumière qui entre par la fenêtre. L'enfant tend la main vers le spectateur comme s'il l'invitait à entrer dans le cadre, ou comme s'il quémandait une pièce de monnaie.

Ce tableau simple, bien que surchargé, ne s'inspire pas d'un éminent poète ou des vers de Shakespeare, mais son interprétation pittoresque et honnête d'une scène domestique a laissé votre serviteur – ce fripon prompt à la calomnie et aux moqueries – empli d'admiration pour sa beauté sobre et naturelle.

Note de l'auteur

À l'époque où se situe le roman, Lizzie Siddal orthographiait son nom de famille avec deux *l*. Gabriel Rossetti l'a convaincue par la suite d'opter pour « Siddal » avec un seul *l*, dont il jugeait la graphie et la prononciation plus élégantes.

Remerciements

Merci…

À Maddy, mine d'enthousiasme et d'énergie, amie et agent hors normes, qui n'a jamais cessé de croire en moi. Pour les mugs de thé, et, plus tard, les gin-fizz ; pour sa foi inextinguible ; pour son calme et ses conseils avertis. À tous les collaborateurs et collaboratrices de Madeleine Milburn Agency : Anna Hogarty, Giles Milburn, Hayley Steed et Alice Sutherland-Hawes.

À Sophie Jonathan, ma merveilleuse éditrice, dont l'intuition et le regard d'aigle ont permis à ce roman de devenir ce qu'il est. Merci, merci et encore merci. À Emily Bestler, mon éditrice américaine, pour ses précieuses suggestions, ses commentaires et son enthousiasme. Je vous suis infiniment reconnaissante.

À tous ceux qui ont œuvré chez Picador à la publication de ce livre : Camilla Elworthy, déesse des relations commerciales, Paul Baggaley, Lara Borlenghi, Katie Bowden, Gill Fitzgerald-Kelly et Katie Tooke. Et chez Simon & Schuster aux États-Unis, un merci tout particulier à Lara Jones et à Libby McGuire.

Aux membres de l'atelier d'écriture que je fréquente à Londres : Megan Davis, Richard O'Halloran, Sophie Kirkwood, Campaspe Lloyd-Jacob et Tom Watson. Votre talent et votre amitié me sont plus chers que tout. L'aide, le soutien et les conseils d'Emily Ruth Ford, notamment, demeureront gravés dans ma mémoire.

À Lydia Matthews et Diana Parker, qui ont lu tout ce que j'écris depuis dix ans et m'ont toujours encouragée à surmonter les obstacles qui se dressaient sur ma route. À Lucy Clarke, Alessandra Crawford, Elizabeth Day, Chris McQuitty, Julia Murday, Ed Parry-Smith, Emma Sharp, Nayela Wickramasuriya et Elizabeth Wignall pour leurs conseils et leurs encouragements, si précieux lors des premières ébauches de ce roman. Votre amitié m'honore.

À mes professeurs de littérature anglaise : Paul Cheetham, Pippa Donald, Rob Harrison, Joe McKee et Betty Thompson. À Fiona Stafford, qui fut ma tutrice au Somerville College : elle m'a transmis sa passion pour la fiction de l'époque victorienne et m'a encouragée à écrire un mémoire sur l'accumulation de bibelots qui encombraient les demeures bourgeoises dans les romans des années 1850, ce qui m'a amenée à m'intéresser aux peintres préraphaélites et à l'Exposition universelle.

À tous ceux dont j'ai suivi les cours, qui m'ont soutenue et encouragée au sein de l'UEA. À mes tuteurs : Giles Foden, Philip Langeskov, Laura Joyce, Rebecca Stott, et bien sûr Joe Dunthorne ; aux membres de l'atelier qui ont lu les premiers chapitres de ce roman et m'ont incitée à continuer.

Aux fondations Malcolm Bradbury et Ian Watt : les bourses que vous m'avez accordées m'ont permis de trouver le temps d'écrire. À Wendy Bough et au Caledonia Novel Awards, dont la réception a bouleversé mon existence à un moment crucial. Merci de m'avoir attribué ce prix, de m'avoir présentée à mon agent et de m'avoir soutenue si vivement par la suite.

À Josh Bennett, Terry Blundell, Dan Reeve et Viktor Wynd pour leur expertise dans des domaines variés, allant des lais médiévaux à la taxidermie en passant par la peinture à l'huile. Si des erreurs se sont glissées dans le roman, elles sont entièrement de mon fait.

Enfin,

À tous les membres de ma famille : ma tante Dinah, compagnon de route extraordinaire, qui me dira toujours les choses telles qu'elles sont. À mes frères et à ma sœur, Peter, Hector et Laura, pour votre amour, vos rires et nos rivalités. À mes grand-mère et grand-père, Enid et Arthur Bourne, qui étaient déjà fiers de moi avant que j'aie accompli quoi que ce soit, et qui m'ont tant appris. Je vous avais promis de vous dédier mon premier roman et je regrette infiniment de ne pas pouvoir partager avec vous toute cette aventure. Vous me manquez terriblement.

À Jonny. Pour tout.

À mes parents, qui m'ont toujours encouragée à aller au-delà de ce dont je me croyais capable, qui m'ont réconfortée chaque fois que j'échouais et incitée à me remettre au travail. Merci infiniment d'avoir lu et aimé tout ce que je vous ai envoyé (même lorsque c'était très mauvais). Merci d'être là pour moi. Merci.

MIXTE
Papier
FSC FSC® C003309

Composition et mise en pages
Nord Compo à Villeneuve-d'Ascq

Imprimé en France par [illegible]
en décembre 2019

N° d'impression : 3037391